民国通俗小说典藏文库·顾明道卷

啼鹃录·啼鹃续录

顾明道◎著

中国文史出版社

顾明道和他的小说（代序）

张赣生

在本世纪(指二十世纪)二十年代末，能与"南向北赵"并称的武侠小说作家只有顾明道。

顾明道(1897—1944)，原名景程，江苏苏州人。他八岁丧父，自幼体弱，上学时膝部患骨结核(中医所谓骨痨)致残，行动依赖挂拐。他毕业于教会所办的振声中学，因学习成绩优秀，即留在该校任教，并受洗为基督教徒。1922年，范烟桥移居苏州，范氏在辛亥革命的时候就曾与友人组织"同南社"，诗酒唱和；这时又于七夕会同赵眠云、郑逸梅、顾明道等九人组织"星社"，以文会友。顾氏由此结识了一批文友，他一生的文学活动大体未超出这个小团体的范围。顾明道因一直希望医好腿疾，所以结婚较迟，抗战爆发后，他和母亲、妻子全家移居上海，苏州的家产毁于战火，从此落入贫病交加的处境中。他一生以教书为业，战前一直在苏州振声中学执教，迁居上海后一面写作，一面仍自办补习学校，招生授课，直至肺结核把他折磨得卧床不起才停办。病重时生活无着落，全靠朋友周济，终年只有四十八岁，身后凄凉。

了解了顾明道一生的经历，有助于我们客观地认识和评价他的小说。

从顾明道一生经历来看，腿残、留校执教、参加星社，这三件事深刻影响着他一生的文学事业。民国初年的上海，盛行哀情小说，即文

1

学史上称之为"淫啼浪哭"的时期。1912年,徐枕亚的《玉梨魂》和吴双热的《孽冤镜》在《民权报》同时连载,随即又连载李定夷的《賈玉怨》,流风所被,一片哀音。顾明道就在这种风气的影响下,开始试写小说,那时他只有十七岁,尚未成年。他的处女作是短篇言情小说,发表在高剑华主编的《眉语》月刊上,这是一份以知识妇女为读者对象的刊物,脂粉气很重,在该刊的创刊号上发表了一篇阐明办刊宗旨的《宣言》,其中说:"花前扑蝶宜于春;槛畔招凉宜于夏;倚帷望月宜于秋;围炉品茗宜于冬。璇闺姐妹以职业之暇,聚钗光鬓影能及时行乐者,亦解人也。然而踏青纳凉赏月话雪,寂寂相对,是亦不可以无伴。本社乃集多数才媛,辑此杂志,而以许啸天君夫人高剑华女士主笔政。锦心绣口,句香意雅,虽曰游戏文章、荒唐演述,然谲谏微讽,潜移转化于消闲之余,亦未始无感化之功也。每当月子弯时,是本杂志诞生之期,爰名之曰《眉语》,亦雅人韵士花前月下之良伴也。"看了这篇《宣言》,读者当能了解此刊物的性质。顾明道在1914年左右开始写小说时,选中这样一个刊物投稿,也就表明顾氏本人的性格难免有些多愁善感的脂粉气。

我指出顾氏性格中的脂粉气,因为这决定着他文学作品的基调,丝毫也没有嘲讽顾氏之意,每个人都在一定的环境下养成他的性格,这没有什么可嘲讽的,我们要研究的只是事实。郑逸梅在《悼顾明道兄》一文中提到两件事,其一为:"明道最初的作品,刊登在许啸天所辑的《眉语》杂志上,该杂志多载女作家的文字,他就化名梅倩女史,撰着短篇小说。有一位读者,是登徒子之流,写信追求他,缱绻缠绵,大有甘伺眼波之意。明道接到了信,大笑之下,用梅倩具名答复他。那个登徒子欣喜欲狂,寄给他一帧照片,请他交换'芳影',并约他会晤某园。明道到这时,才用真姓名自行揭破。这一段趣史,明道时常讲给人听的。"其二为:"《江上流莺》稿成,我曾为他写一小序,有云:'江山

2

摇落，风雨鸡鸣，我侪丁斯乱世，应变无方，干禄乏术，臣朔饥欲死，乃不得不乞灵于不律，红茧缫愁，绿蕉写恨，借以博稿资而活妻挐。社友顾子明道固与予相怜同病者也。'明道读了，亦为之感喟百端，不能自已。"当时正值日寇侵华，人民生活困苦，对此局面"感喟百端"也是情理中的事，我们不必咬文嚼字，过分挑剔；但达到"不能自已"的程度，就难免少些丈夫气了。以上两件事都可证明顾氏确有些多愁善感的脂粉气。

顾明道养成这样一种性格，固然与前述民初上海文坛的时尚有关，在当时一些人的心目中，唯其如此才配称为"才子"，少了贾宝玉味道就被视为粗俗；但是就顾氏本身的内因而言，腿残对他心理上的影响，恐也不容忽视。肢体的残疾不仅影响着顾明道的性格，也限制着他的行动。郑逸梅《悼顾明道兄》一文说："这时他在吴门振声中学担任教务，因不良于行，往返不便，所以他住在校中。"顾氏是一位多半生未离他那中学小天地的人，缺少广泛的社会生活经历，在这方面，他既不能与同时的"南向北赵"相比，更不能与后来的"北派四大家"同日而语。对于这样一位学生出身，生活面狭窄，又多愁善感的作家来说，写言情小说自然是最方便的，他可以坐在家里凭自己的情感体验来打动读者，只要情感诚挚，哪怕写的只是他个人的小天地，也总会有其可取之处。但自向恺然《江湖奇侠传》引起轰动之后，报刊编者和出版商均热心于武侠一途，顾明道为适应这一潮流，便也改弦易辙，于1923年至1924年在《侦探世界》杂志发表武侠小说。1929年，他由杭返苏，途经上海，与当时主编《新闻报》副刊《快活林》的星社文友严独鹤相会，恰逢《快活林》需要连载长篇武侠小说，严约顾撰写，这就促成了他一生的代表作《荒江女侠》的问世。

《荒江女侠》刊出后竟大受欢迎，同年冬，上海三星图书局向新闻报馆购买版权出版单行本，至1930年8月已翻印四版，1934年11月更达到十四版，这在当时是很可观的销行数。可见其轰动的程度。由于此书畅销，顾氏也就续写下去，共出版了六集，并被友联公司改编为十三集连续影片，上海大舞台、更新舞台也改编为京剧连台本戏，风靡一时，大有凌驾《江湖奇侠传》之上的势头。这部小说之所以能取得如此出人意料的效果，今天的读者或许很难理解。当时最著名的武侠小说，是"南向北赵"的作品，向恺然连缀民间传说，自有其吸引人的一面，但却少了点爱情纠葛、哀感顽艳；赵焕亭的《奇侠精忠传》据说原有不少狎媟的描写，因而触犯禁例，出版时经过删削。顾明道于此际把武侠、恋爱、探险等成分捏在一起，就给读者一种新鲜感，满足了十里洋场那特定读者群追求新奇、热闹的要求，正如严独鹤在《荒江女侠序》中所说："以武侠为经，以儿女情事为纬，铁马金戈之中，时有脂香粉腻之致，能使读者时时转换眼光，而不假非僻之途，不赘芜秽之词。是以爱读者驰函交誉。"

顾明道用以吸引读者的另一个办法是写"冒险"，他在谈及自己的作品时说："余喜作武侠而兼冒险体，以壮国人之气。曾在《侦探世界》中作《秘密之国》《海盗之王》《海岛鏖兵记》诸篇，皆写我国同胞冒险海洋之事，与外人坚拒，为祖国争光者。余又著有《金龙山下》一篇，可万余言，则完全为理想之武侠小说也，刊入《联益之友》旬刊中。又曾写《黄袍国王》长篇说部，记叙郑昭王暹罗之事，曾刊《大上海报》，后该报停版，余亦中止，他日拟出单行本以飨读者矣。又新著《龙山争王记》，则方刊于《湖心》周刊中，该刊为西湖小说研究社出版者也。襄年余为《新闻报·快活林》撰《荒江女侠》初续集，尚得读者欢迎，今由三星书局出单行本，三集亦在付梓中矣；又为《小日报》撰《海上英雄》初续集，则以郑成功起义海上之事为经，以海岛英雄为纬，以上两种皆由友联公司摄制影片。又尝作《草莽奇人传》，则以台湾之割让，与庚子之乱为背景也。"（转引自郑逸梅《悼顾明道兄》）所谓"冒险体"

或"理想小说"，显然是接受了西方的小说观念，是指类似斯蒂文生《宝岛》或斯威夫特《格列佛游记》的体裁，譬如他所著的《怪侠》，写一个身负绝技的革命者，失败后率党徒逃亡海外，去非洲探险，与当地土著争斗，称雄异域，即是一例。

就顾氏的为人来说，他是一个正直、爱国的书生。"一·二八"日寇进犯上海，顾氏写了《国难家仇》《为谁牺牲》等小说，表示了他作为中国人的同仇敌忾之心。顾氏一生写过五十多部小说，以武侠和言情为主，也有社会、历史、侦探等作，他临终前，春明书店出版了他的最后一部作品《江南花雨》，这本小说具有自述的性质。

目　录

啼鹃录

1

下　卷

啼鹃续录

啼鹃录

自　序

　　自来稗官野史荒诞不经，本不足供大雅一览。而士君子丁危急存亡之秋，不为奔走爱国之举，乃拈管弄墨，用心于斯道，不亦末与？且为小说，既不写英雄侠士可歌可泣之遗闻，以兴起读者之同情，又不明正道、阐公理，指陈社会利弊，为世人借镜，作文化运动或述快意愉目之事，发天地之秘藏，生阅者之欢心，而独的的焉，琐琐焉，传儿女之恨事，记情场之哀史，珠沉玉碎，蕙折兰摧，徒使人读之於邑不乐，废然抛卷而去，抑又末矣！信如是，吾亦将何以自解？

　　虽然，人生之所渴望者，非美满幸福乎？无如花开只在一时，月圆难逢三五，不如意事常八九，同是圆颅方趾之伦，而能终生享甜蜜之光阴、不知忧愁为何物者有几人哉？若夫小怜命薄，奉倩神伤，延津之剑长断，乐昌之镜不圆，或鸾漂凤泊，对黄花兮涕零，钿劈钗分，拈红豆而增感；或还珠有泪，恨不相逢未嫁时，完璧难期，此情可待成追忆，则又滔滔者，天下皆是也。

　　且吾生堕地二十五年矣，马齿空加，勋名未树，前尘影事不堪回头，故每闻悲惨之事，中心辄为感动，有不能已于言者。则抽吾

3

余暇一一以记之，譬之五夜鹃啼，自鸣其悲，且以吊人复何择哉？

鸣呼！以吾所得之学，犹之蹄涔之量，洄酌之盈，自愧无治世之才可以为福国利民之计，又不喜为恭谀歌颂之文以博当世所谓伟人者顾盼，而徒致力于此哀情说部，宜有如前之所述，其为人所唾弃不顾也，断断然矣！然使千万人中得一人怜而读之一洒同情之泪，则余亦可以无憾也已噫！

民国十一年发刊日
吴门顾明道序于正谊斋

4

还 珠 泪

冷香阁者，虎阜名胜之一也。初，吴中人士以虎阜风景幽寂而地僻路远，游山者苦无憩息流连之所，因募资阁于其巅，遍植梅树，榜署曰"冷香"，因所见而名之也。

每值初春之际，早梅方开，一班风雅士女咸来阁上烹茗闲坐，领略清香，较之城市间之尘嚣甚上，庞杂沸腾，则固别有天地矣！

一日午后，阁上来一裙屐少年，风姿潇洒，择一雅洁处烹茗赏梅，凭栏而观，见阁下大小梅树已尽吐蕊，疏枝横斜，暗香浮动，微度鼻观，心然之醉，因叹曰：

"时至今日，风雅沦亡，嗟彼贵游，朝夕征逐于绮罗丛中、笙歌队里。而一班俨然为公卿者，则又奔走势利之途，伺候权贵之门，汲汲皇皇，患得患失，宁复有如林和靖梅妻鹤子隐逸出尘者耶？"

怃然久之，回身回顾，瞥睹粉蛎墙上墨迹琳琅，似有人题诗者。顾视之，乃七绝两首也：

苦无妙术涤烦襟，杰阁新开试一临。

坐对青山成啸咏，梅花能否似冰心？

伶仃弱质欲何之，前途茫茫安可期？

一片孤怀谁与语，此心独有此花知。

蝇头小楷，效卫夫人簪花格，明为女子手笔，而诗情又沉郁芊绵，哀而不伤，深得风人之旨。则大惊叹，颇恨不知为谁女郎所题也。

徘徊久之，又见西栏尽处有纸裹一物，往拾而破视之，则一小影也。一女郎年可十八九，风姿秀丽，淡妆可人，倚一小亭之侧，含笑凝视，绝代也！少年见之，狂喜曰：

"谁家丽姝留得此惊鸿艳影耶？古今美人难得如此画中小影者，足以当美之一字矣！"

然而继思，图中春风虽识一面，而彼美之究为何如人，则不可得而详，为之奈何？因思一询侍者或可稍得底蕴。适侍者提壶至，少年取小影，指谓之曰：

"今日或前日，曾有此女郎来乎？"

侍者曰：

"此女郎欤？今日清晨曾至是，偕数女子烹茗阁上，至午方去，谅为女校学生。此壁上诗亦即此女郎所题者，彼曾向我索笔墨也。"

少年曰：

"壁上题诗者，为此人欤？"

曰：

"然。"

少年拍案曰：

"是矣！"

侍者曰：

6

"岂先生之亲戚乎？"

少年摇首笑曰：

"不然。若能识此女郎，而有以告余否？"

侍者笑曰：

"此间游客甚多，余乌能一一知其历史？先生乞相恕，余事剧繁也。"

一笑而去。少年无如之何，目睹此飞来倩影，一片柔情徒生神往。默思：当今有姿色之女郎非少，顾求清才幽情、玉骨冰肌、淡雅如阁下之梅者，则舍此女郎而谁？虽然女郎之芳踪不可知也，我其求之于青山绿水间乎？则缘浅福薄，奚能巧值？思至此，颇懊恨，即起立徘徊阁上，倚栏而望。

时天已近晚，林间夕阳与天际浮云渲染成一片红霞，而阁前梅林被风摇曳，时觉清香扑鼻。少年触景生情，颇涉遐想，而游人皆相率归城，少年亦怀倩影踽踽而归。

少年吴姓，晦庵其名，世家子也。美风姿，多才艺，执教鞭于某中学，每日只授课一二时，盖晦庵非穷措大，借此糊口者也。其父曾为侍郎，年老乞退，妻任氏，生晦庵等姊弟三人，姊字娟，已嫁，弟名仲强，肄业海上。晦庵侍奉双亲，享天伦之乐，唯尚未授室耳！其父母本欲为之物色佳媳，以期含饴弄孙，无如晦庵独于此事，坚持反对，人皆怪其性情之谬异，而不知晦庵并非太上忘情。其所以迟迟不欲者，以不得知心，宁作鳏鱼也。而自冷香游后，每不能忘情于阁上之诗与夫美人倩影，惘惘如有所失，系恋于一缥缈虚空不可想见之人，可谓痴矣！

明年，生与至友数人同游西湖，终日徜徉于水云乡中，其乐无极。一日，生与友人共驾舴艋，亲自荡桨至雷峰塔畔。时已傍晚，夕阳映照林中成一片红霞，塔顶为阳光所射，亦闪闪作金色，蝉声聒耳，山光扑面，清风徐来，水波微动。正心旷神怡之际，忽见有一画舫掠小舟而过，一女子衣浅碧衫，以手支颐，凭窗远望，丰神绰约，依稀影中人也。急审视之，容貌酷肖，而女子亦已斜睇及生，欲再视，则舟行甚速，已远离丈余矣！生此时迷离惝恍，心无所主，桨堕于水而不觉。其友笑曰：

"惊鸿一瞥，令人神往。不谓淡漠如晦庵，亦入魔道矣！"

生闻友言，如梦方醒，一笑无语，重取其桨，返棹而归。

明日，生一人独雇小舟，泊其处，冀有所遇。则烟水苍茫，芳踪难觅，卒怏丧返，寓诵蒹葭白露之章，所谓伊人者，不可得而求见，冰簟银床，颇觉好梦难成也。

世之多情人，其芳洁之情蕴蓄于中，有所待而不发，既发则一意专注，之死靡他，非若浮薄者流，朝秦暮楚，漫无宗旨也！故生自避暑归，伊人时萦梦寐，怅望天涯，一缕情丝飘荡无已，而秋雨秋风，相思刻骨，不觉恹恹卧病矣！

生有表姊，曰彩贞，来视生病，见生病情特异，知有别故，因窥伺之。适生于无人时，出倩影相对，思至无可奈何时，则浩然长叹。不意为表姊所窥破，前夺其倩影，笑曰：

"吾固知弟之病异于常人也，今果然矣！"

生方大惭，而彩贞忽睹影而嘻曰：

"噫！即此人耶？"

生闻其言，矍然曰：

"姊岂识其人者？幸速告弟。"

曰：

"是即姊昔时同学严可云也。曩在校时，颇与友好，其人品学皆出人上，而国学尤有根底，后彼不知以何事辍学，然今常见之，所居闻在胥江附近也。弟何由得此小影而思之成病？"

8

生乃以事详告曰：

"心有所爱，不知其然，但冷香阁上、西子湖畔无端遇合，一见生情，此其中殆有天焉？姊盍一访彼美，为弟代达微忱乎？"

彩贞笑颔之，复以可云在校逸事相告，生闻之，精神大增，又乞其在父母前讳言其事。良久，彩贞乃告辞而去。而不数日，生之疾亦霍然若失矣！

一日，生课后归来，见彩贞方侍其母闲谈，自思：表姊其赍佳音至乎？因托故偕至书室，问曰：

"所事若何？"

彩贞曰：

"余昨日至其家，以吾弟思念成病告之。彼颇为感动，问弟今已病愈否。余曰：'自知妹之芳踪，渐告痊矣！'彼双眉频蹙，曰：'吴君一片痴情，令人感佩，虽然，妹仍望吴君勿以妹为念。'余乃曰：'表弟年过弱冠，而尚守身以待，平居雅不喜与儿女厮缠。今甚至思妹而病，此殆有天缘耶？余殊不解。'彼闻余言，玉颜微赤，但谓：'妹自遗失小影后，常惴惴自惧，恐为歹人所得，造作是非。今吴君既为守道之君子，若能以原璧赐还，则尤感激靡涯矣！'"

生闻言，至是笑曰：

"严女士欲索还小影耶？请姊为言，弟已香花供奉，视为奇珍，一日不能离也。"

彩贞闻生言，叹曰：

"吾弟落情网矣！虽然，以可云之才貌，固属一时罕有，使妹而为男子，亦必为之倾倒。是日，可云虽无所言，然姊察其意，亦似有情而无所怍，唯彼尚未见吾弟耳！姊今愿作塞修，成此一段姻缘，请以吾弟小影授余一。星期日，姊当再晤可云，为弟做说客也！"

生闻言大喜，作揖而谢曰：

"侠情如姊，令人可感，此事克谐，终生毋忘，但弟意欲先与严女士通函，借表寸心，烦姊一作青鸟，其允之乎？"

表姊笑颔之，生乃作书曰：

可云女士赐鉴：

　　仆与女士素昧平生，而今遽修尺函奉达瑶阶者，以中心向往，神驰无已，欲借此管城子之力以稍表鄙忱也。今春探梅冷香，得读女士壁上题诗，灵珠在握，妙笔欲仙，谢女何足俦？班氏不能俦。而字里行间，尤多悲感，雒诵之余，私自慨叹。窃不自意，又获玉照，岂彼碧翁翁果有意为之耶？然怅望天涯，梦中之路难识，伊人安在？无介之虞尤悲，爱而不见，于今两年。又今夏避暑圣湖，雷峰塔下，有画舫掠我而过，凭窗远眺者，非女士也耶？一再相遇，增人遐想，归后访问，幸遇表姊，方知女士瑶居非迳，同是姑苏台畔人也，因此聊书数言，托其转呈，倘蒙不弃狂妄，许为友朋，则固馨香祷祝者尔，所拾尊照已藏之胸头，作羹墙之对，慰岑寂之况，知我罪我非敢知也。

　　拙诗奉上，尚祈哂政。佳音之赐，尤所翘企。

　　　　　　　　　　　　　　　吴晦庵谨上

　　　　惊鸿绝艳画中存，留得新诗有泪痕。
　　　　缘浅徒深人远叹，蒹葭秋水最销魂。

　　　　绝代才华绝世姿，伊人幽恨有花知。
　　　　鲰生愿把心香爇，拜倒榴裙十二时。

10

晦庵作书讫，笑曰：

"小诗两首，系冷香阁归后所作，不知自愧，并以附呈表姊，得毋胡卢乎？"

彩贞取其书观之，微笑曰：

"一往情深，弟真多情人也。"

晦庵戏言曰：

"尚不及姊之多情，试问逸尘姊丈当年卧病客馆时，姊嘘寒问暖，朝夕伴守，其多情为何如？"

彩贞闻言，微觉羞作，反身外出，曰：

"吾弟尚来调笑余耶？此事我不问矣！"

晦庵急笑止之曰：

"勿作难，功德无量。"

彩贞遂以书藏之怀中，曰：

"看弟可怜态，姑恕汝。"

晦庵又询及可云家庭，彩贞曰：

"余唯知可云幼失父母，依叔而居。今芳龄已有二十，常见其眉峰颦蹙，似有伤心事在者，想或寄人篱下，多不如意故也。"

晦庵闻言，颇为叹息，以为天下之最可怜者，厥为无父无母之孤雏，而况可云一茕茕弱女子耶？

凉蛩悲鸣，秋窗岑寂，电灯之下，书桌之旁，晦庵独坐椅中，面色惨白，手一锦笺，而长叹曰：

"希望已绝，我其已矣！"

笺上所写者，约略为："辱相爱，感甚，云非木石，焉能无情？然有难言之隐，直陈之恐徒增人伤心，然而亦不得不奉告。嗟夫吴君！云已早岁许人矣……"

虽寥寥数十字，而语语悲痛，刺人肺腑。此时，晦庵失望已极，不禁伏案痛哭。嗟嗟此情泪也，读者亦勿责晦庵之痴情之势力，自有生以来，即弥漫于宇宙间，能有几人不为之颠倒哉？使晦庵而与可云成为有情眷属，则冷香阁上、西泠桥畔两次奇遇，人将称为天作之合矣！今者可云已属他人，晦庵空劳结想，于是泪花血果，恨缕情丝，悉为吾哀情之资料，庸非晦庵之不幸乎？且由此以观婚姻，犹如买卖，可云譬之一连城贵物，无日不在人之注意中，悉听物主之善价而沽。晦庵所遇已落人后，故自为他人捷足先得矣！虽然，此等之婚姻，能否谓之尊重人道乎？

当晦庵哭时，有一女郎掀帘而入，即其表姊彩贞也。见生状亦凄然，曰：

"多情自古空余恨，弟亦善自遣慰，勿过思念。虽然，吾不解彼苍苍者，抑何惯会弄狡，而使吾弟一再相遇，多此一番痛苦耶？噫！余来时，可云亦方自伤薄命，泪滴襟袖也。"

晦庵拭泪曰：

"姊亦必勿笑弟之哭，盖弟不独为一身悲恨，且为可云痛惜也。邯郸才人反归厮养，自古有之，今亦宜然，不知可云所许者为何如人？"

彩贞叹曰：

"可云亦太可怜，余初不知可云已字人，今而知所许之人虽亦一读书少年，而有肝疾者，明春且将结俪也。"

晦庵跌足曰：

"此何可者？可云之前途可知矣！吾侪目睹此名花遭劫而无法救之，宁非可恨。"

彩贞曰：

"可云之叔曾一席为吏，抱残守缺，食古不化，尤绝端反对新学

12

家，故可云入校未几，而遽退学者，即以此也。不然，姊尚欲思挽救之计。"

晦庵闻言，长叹无语。彩贞复曰：

"弟虽与可云伉俪之想，终不能遂，若欲结为友朋，则亦无不可。"

晦庵微颔其首曰：

"此后可云如有患难，弟必尽力相助，以表爱情，虽然吾今不欲见其人，盖见面之后，弟与可云当作何语？不过益增悲痛耳！姊乞为吾告之，彼实为吾天上之明星，明星已失，前途黑暗，毫无乐趣矣！彼又为吾躯中之灵魂，灵魂一去，形骸无主，坐以待毙矣！盖弟一生之爱情已灌注其身，不幸而为他人攫去。弟当誓不娶室，度此残生，以报可云耳！唯愿可云之所遇不在吾意料之中，则他日弟死时，岁岁寒食节，能得彼来墓旁一吊，知冢中人之痴情可怜而一洒同情之泪，则于愿足矣！"

彩贞叹曰：

"痴哉弟也！语语痛心，姊当告之可云，然徒伤其心而已。冷香之游，本为娱乐，然壁上题诗，阁中遗影，遂致结此不欢之果，举动诚不可不慎也。夜色已深，姊亦将归，愿弟力驱此烦恼，祝弟晚安。"

遂翩然而出。

物不得其平则鸣，文人学子每至咄咄书空，徒唤奈何，时有不能已于言者，则托之于诗词、于传奇、于小说传之，于世俾得同情者之感叹，而稍抒其怀，如屈平《九歌》、梁鸿《五噫》，尤其著者也。即不文如作者，耳闻目击类皆伤心之事，于是借人杯酒浇己块垒，有此《啼鹃录》之出版，读者其亦讥我为无病之呻乎？

13

今晦庵良缘天悭，有志莫遂，感潮层起，悲观迭生，是以哀思缭绕于笔端，凄响频见于诗中，无限缠绵悱恻，动人有无，题目百余，尤凄怨欲绝，久之，积稿成帙，付之剞劂，题名《哀云集》。吴中名流多了其词之工，而感其意之悲，然尚有一人灯下读之，柔肠百折，芳心寸碎，至泣不能仰者，非可云乎？可云一弱女子，权为人操，遇知心人而不能受人之爱，种种不如意事，无可与语。于是思及其生身父母，更悲哭无已。夜窗寂寂，孤灯黯黯，此时此景，其何能堪？而彩贞亦爱莫能助，只作无谓之劝慰。由此，作者知可云悲痛之心，较之晦庵，殆有加焉。

花红草绿，莺舞蝶歌，媚人之春光，竞艳斗妍，似招人遣愁寻乐者，而一班嬉春女士，亦乘此美景良辰，做赏心乐事。然可云之嫁期至矣，斯时可云心中之悲苦，谅读者可揣得之，无烦赘述。晦庵亦送礼物甚多，可云不欲受，盖自愧无以报之也，后从彩贞之劝始受之。

可云既嫁，其婿多病，而性乖僻，夫妇间爱情平淡，间与晦庵通函，则皆哀感之语，而此时之晦庵，久已如槁木死灰，无意情场矣！唯爱重可云之心则始终不沦耳！

翌年，可云音举一雄，晦庵作诗贺之，不谓方庆麟儿，遽失良人，哀哉可云！命薄如烟，结缡未及二载，即为孤孀，谁为为之，孰令致之耶？可云哀痛不自胜，颇欲脱离此污浊世界，而一顾褓褓中之小儿，啼饥索乳，时张黑漆之小目注视其母作笑态，则又不忍抛弃，似彼之小儿，有魔力可以消其自杀之念者，芳心婉转，痛苦甚矣！

晦庵闻之，叹曰：

"吾早知有此一日也，可云何辜为此强迫之婚姻牺牲其一世之幸福耶？"

闻可云无力办丧，即慨助数百金。可云感之为泣下，自憾命途

14

多舛，不能早逢彼人，又以年来历受痛苦，产后荏弱，遂奄奄卧病，婿家又无人照顾。晦庵遂恳其表姊往视之，为雇乳母，又出医药资不计，故可云虽病，而卒获无恙，益觉晦庵之恩终生难报，遂拂云笺作书以谢之曰：

晦庵先生惠鉴：

云与君初无葭莩之亲，缱绻之欢，而屡蒙援助，仁心厚德，真可谓生死人而肉白骨矣！此情此恩，虽衔环结草，不足图报于万一也。

尊著《哀云集》，云已和泪读之，讽诵数四，言中有物，云何幸而独得君之怜惜耶？然诵"还君明珠双泪垂，恨不相逢未嫁时"之诗，不禁肠断心碎，而叹云之薄命也。以君之爱云，一往情深，历久不变，诚属难能可贵。但云以孤雏无主，飞絮依人，遂有此终天之恨。云之不幸耶，万恶社会之荼毒耶？

嗟夫！吴君而今已矣，云不难以白绫三尺了此残生，但一念及此心头之肉，而又不忍轻弃，使受痛苦，故不得不苟活人世矣！君知我者，谅不责云之偷生也。云无他祝，若死而有灵，昊天见怜，使我二人来生得结良缘，以补今生之憾，则不负君爱我之深情矣。抑云又有不能已于言者。君年将及壮，亦宜仰体双亲之意，早为物色云英以补缺憾，毋以一经失意于情场即无志自振也。倘蒙惠允，则云亦稍释罪愆，同学姊妹中不乏女学士，云当力为介绍，玉成其事，未知有意否？

可云上言

15

晦庵得书，太息者再，亦作书以报曰：

辱损书，已悉，言词哀而婉，情意挚而诚，盥诵之余，充增於邑。

嗟夫！吾至爱之可云尚未知汝晦庵之心耶？曾经沧海难为巫山，天下虽大，四海虽广，然仆之所爱者唯女士一人而已！夫既使吾心爱之一人而已为他人所夺去，则唯有作鳏鱼以终耳！复有何心涉足情场哉？且女士所受之痛苦，间接即仆之痛苦也。仆之爱心久已灌注女士之身，亦何忍别觅佳侣，使吾心爱之人独受痛苦乎？仆之义务，即愿协助女士教子成名，亦所以表区区之爱心也。

嗟夫可云！年来所受之痛苦，可谓至矣！仆恨不能以身相代，拯吾心爱之人于苦风凄雨之中耳！绵绵此恨，地久天长，失意之余，夫复何乐？秋风多厉，玉体新愈，尚望努力加餐，善自遣愁为幸。

晦庵敬复

书讫，觉心中搏荡不已，命下人投之邮箱，独居书室，倚窗外望，见庭中有海棠一丛，红蕊初放，作可怜色，如美人之血泪然。乃出可云玉照痴视，大有今昔异殊之感，而冷香阁上之新诗，雷峰塔下之惊鸿，辄盘旋于脑海中，永永不忘。盖初不自意，即为其一生愁恨之根也。

16

啼蛄别史

残阳西下，晚风送凉，鸥裔生负手绕行室中，状类痴思一事，忽焉而喜，忽焉而愁。久之，喟息而言曰：

"此正巧合，吾朝夕所见之美貌女生，孰意近在咫尺，即为吾芳邻乎？吾生多情，而所遇辄左，常欲以吾贞洁神圣之爱情施诸爱吾者之身，顾当今世道凌夷，人心鬼蜮，即一班名媛闺秀亦复赠兰采芍、暮雨朝云，不顾中冓之丑，敢作淇上之行者比比皆然，欲求一天真烂漫、洁身自好者，则已有才难之叹，而况才逾鲍妹、韵适左芬者乎？然蓬岛尘寰，咫尺天涯，吾复有何术与之接近？徒兴窈窕之思耳！"

言至此，颓然而坐，废然而叹。忽室门微启，一少女手持蔷薇花一束，含笑自外入，曰：

"哥欲此玉鸡苗乎？香胜玉蕊，色笑西施，尚忆韩偓有诗云：'通体全无力，酡颜不自持。绿疏微露刺，红蜜欲藏枝。'此花的是不凡也。"

因从架上取玉胆瓶注水而插其中，置之案上，曰：

"哥胡一人默默在此，殆有心事乎？"

鸥裔生曰：

"大妹，余方思一诗耳。"

少女笑曰：

"昔贾岛推敲，传为美谈。妹虽不才，欲为吾哥决之。"

鸥裔生不能答，遂乱以他语曰：

"此诗方成一联，颇嫌不佳，勿容推敲。妹从何处采得此花者？"

少女曰：

"西邻姚家。"

邸裔生闻"姚家"二字，色然喜，复曰：

"妹识姚家何人？"

少女曰：

"妹识姚常仪女士，即在本城某女校读书者。"

生惊起曰：

"妹识是人耶？"

曰：

"然。彼与吾姨有葭莩之亲，妹一日至姨处，常仪先在，遂由姨介绍得识其人。彼与妹意甚亲昵，而又为比邻，以此，妹常至其处游谈。渠家有小园，蔷薇数株，花开正盛，今日因折取数株而归，岂吾哥亦识其人乎？"

鸥裔生不觉面赪，曰：

"否，吾但见其人耳！"

少女笑曰：

"常仪天生丽质，亲见犹怜，自无怪吾哥之见而生爱。然而常仪亦曾询妹，谓余朝晚来往时，在道中常遇一白袷少年，向余痴视，察其状，亦似某校学生。一日清晨，余挟书箧赴校，见少年方自姊家步出，见余来，则又鹄立道旁，凝视不释，余不觉顾之而笑，而微闻少年吟曰：'回头一笑百媚生。'始徐徐他去。余不知姊家何如

18

人。妹因答曰：'此家兄也。唐突吾姊，罪甚罪甚。'然常仪毫不以此为忤，反絮絮询阿兄状况，妹一一以答，且言：'兄善作诗，闲尝独居一室，咿唔不辍，家人皆目之为诗痴，而兄勿顾也。'常仪闻妹言，乃笑曰：'令兄少年多才，可谓难能，余喜绘事，前月曾绘《真娘墓》一幅，为校师称誉，余配以镜架，悬诸壁上，惜少诗人一题耳！令兄如有暇余，欲烦其握管也。'妹漫应之，而健忘未告，今察吾哥钟情于彼，当介绍常仪与兄相识，他日若成……则毋忘妹之功也。"

一笑而去。少女者谁？即鸥裔生之胞妹静芬女士也。

一日，鸥裔生课后回家，方坐室中伏案绘一美女画，盖鸥裔生亦雅擅绘事也，图中绘一女学生，衣淡红衫，轻盈绰约，方在垂髫之年，挟一白色书包及花洋伞一，姗姗自道左而来，阿堵传神酷肖彼妹，顾而色喜，更研丹调铅烘染道旁风景，忽闻笑语。顾视之，则见大妹静芬、次妹咏芬拥一女郎入，时女郎白罗衫裤，足革履，双颊浅晕，似笑似羞，正朝夕道遇之意中人也。咏芬笑曰：

"佳客来矣！哥盍起迎？此即仪姊也。"

鸥裔生赧然起立，各点首为礼，彼此素心相照，似觉有无数语言可以畅谈，而百觅无一语，乃对坐痴视。静芬笑谓其兄曰：

"未见时不胜倾慕，浼人作介，既相逢矣！乃作木偶人，噤若寒蝉耶？"

鸥裔生不觉失笑，常仪亦反首视壁上画图，盖忍笑也。鸥裔生乃曰：

"女士读书某校耶？诚辛勤，余朝朝时遇女士也。"

常仪曰：

"然。校中规则稍严，不敢迟到、有旷功课耳！"

时咏芬瞥见其兄所绘女郎，不觉大呼曰：

19

"噫！阿兄所绘者，抑何酷肖仪姊耶？"

因夺取之与其姊共睹，哧哧笑不止。鸥裔生不禁面赪，而常仪亦含笑展视，卷而藏之袖中，曰：

"既似妹貌，请以见赐何如？"

吟香不可，欲夺回，鸥裔生止之曰：

"余生性好弄，冒昧涂鸦，女士勿以为忤，感幸实多，乃蒙爱索，敢自珍乎？"

静芬曰：

"兄与仪姊皆丹青妙手，惺惺自古惜惺惺，仪姊焉欲以此见嗔？兄可赠诗一首，以题仪姊之画，则足赎罪矣！"

鸥裔生曰：

"唯闻女士亦工吟咏，得闲当一效颦，录呈请政。"

常仪闻言，谦谢不遑。复互询校事，言语之间，颇相投合。常仪谓下星期一，彼校将举行毕业会，己虽学业未满，而等级已高，是日亦有表作，欲请彼兄妹来校参观。

鸥裔生喜曰：

"久闻贵校盛名，今有此机会，当来观光。"

正纵谈间，忽一雏婢匆匆入见常仪曰：

"小姐在此耶！老夫人寻汝也。"

常仪遂起身告辞而去。

邸裔生顿足曰：

"何物小婢搅人清谈？"

静芬笑曰：

"常仪之母家教颇严，不容轻易纵其子女出外也。且守旧甚性，又悭吝重视财物，不似常仪之放达。"

鸥裔生曰：

"其父非业商者乎？彼家近况颇优，吾观常仪聪明多才，品德清高，汝侪姊妹与为女友，则入芝兰之室，久而不自知其芬芳矣！"

咏芬曰：

"兄言是也，但妹觉吾兄神情亦欲与之为友，岂所谓袭其芬芳乎？抑有他乎？"

鸥裔生笑曰：

"妹胡咄咄，逼人如是耶？天晚矣，吾侪可出而散步，毋久居室中。"

遂一笑而出。

校旗飘扬，来宾满座，常仪校中行毕业礼矣。鸥裔生同二妹持券往观，见所演节目均属完美，大为来宾称善。至钢琴独奏一节，常仪翩然而出，衣服淡雅，娇憨动人，向来宾一鞠躬，然后徐行至琴边，坐而奏技，琴音嘹亮，靡曼悦耳，高下疾徐，各尽其妙。来宾皆正襟危坐，倾耳静听。少焉，琴音忽由靡曼一变而为激烈之音，如波涛夜惊，风雨骤至，如铁骑奔腾，刀枪奔鸣，使我凛乎动容。继则弦弦掩抑，声声凄楚，如午夜鹃啼，凉秋蛩语，又使人愀然而悲。鸥裔生目贻神往，想入非非。忽闻哗然一声，琴音顿止。座中掌声大作，鸥裔生亦用力击掌，以表欢迎，掌痛不顾也。常仪复一鞠躬而退，其余如演说，如故事，亦皆动人。

授凭既讫，遂散会。来宾皆往陈列室参观诸生成绩，而其中以姚常仪之水彩画及丝织手工为最佳。鸥裔生复翻阅其文稿，亦复清丽可诵。观毕，始先返，其妹则欲与常仪偕归也。

鸥裔生既归，自思：常仪容貌秀美，而性情又温柔可亲，今日复睹其学问艺术，觉无一不出人上，扫眉才子，常仪之谓矣！当初邂逅道中，一见其人，即觉可爱，今幸为吾妹女友，或可时相晤面，容非天之厚我耶？人非木石，孰能无情？唯吾与常仪当出之光明磊落间耳！因忆常仪嘱其题诗，尚未握笔，即于是夜漫成一绝，并写一书托静芬以达之。书曰：

常仪女士雅鉴：

　　窃闻成风之斤，俟郢鼻而方运；流水之琴，俟钟期而后鼓。何则？美者为情生，气求者声应，苟非同调，未易深言也。是故仆自邂逅女士之后，倾慕之情，朝夕萦怀。顾以素昧平生，未由上达私忱，爱而不见，搔首踟蹰。幸得大妹静芬之介，始能识荆。而女士亦不以仆为荒伧之流而鄙弃之，幸也！何如高山流水，得一知己，可以无憾矣？尤可喜者，女士蕙质兰心，韶年玉貌，玻璃墨匣，终朝随身，翡翠笔床，无时离手。昨在校中快读大著，女相如才调，真足令人拜倒。且也尤擅西乐，琴歌一奏，飒飒动听，有云浮泉涌之致，极鸟舞鱼跃之妙，师旷、邾巴不足专美于前矣！

　　尊画亦已瞻览一过，匠心独运，脱离凡格，多才多艺，诚非聪明人不办也。承索题诗，焉敢藏拙？率成一绝，谨奉郢政，弄斧匠石之门，奏乐伶伦之室，不文之诮，自知难免，尚望不我遐弃，赐书教督，则仆之幸也！

　　日来榴火照眼，桑林成荫，贵校已放暑假，女士作何消遣，度此长夏？倘蒙过我一谈，曷胜慰忏！

鸥裔生上

题真娘墓
风流何觉最伥伥，墓上题诗枉断肠。

22

休笑阿蒙偏重色，南朝官妓是同乡。

常仪得函，快慰莫名，而于"高山流水，得一知己可以无憾"之句，回环雒诵不已。深夜自思：茫茫尘寰，知心难遇，今观个郎之书，爱我实深，即如前者交谈，亦复心合神契，且也个郎英俊少年，多情种子，他日必非池中物。诚得斯人而事之，当无复怨偶之叹。盖此时常仪一点灵犀已为所动矣！少年男女，各具坦白纯洁之情，一旦幸遇知己，倾心相爱，倘能始终以礼自持，则亦未足为非。至于事之成否，难可逆料也。明日，常仪乃亦作书以报之曰：

辱赐瑶函，并题《真娘墓》诗，均已拜读。麒麟笔健，鹦鹉才雄，开府逊兹清新，参军无此俊逸，少年多才，敢不望风拜倒耶？常仪管窥蠡测，学识剪陋，过蒙宠饰，感愧交并。倘得为随园女弟子以就正有道，则常仪之幸耳。溽暑蒸人，烈日可畏，萱亲拟挈家人等至圣湖避暑，以彼处有至亲，可以借居，然则六桥三竺间，山明水秀，绮丽清幽，十里荷塘，香生菡萏，大足祛除尘暑，荡涤烦襟也。启程在即，当来府告别，借此与足下一谈。

附上拙诗数首，蛙吟蚓唱之词，若蒙生花彩笔加以斧削，则点石成金，仪诗传矣！临颖依依，不尽欲言。

常仪手上

鸥裔生接常仪复函，展诵之下，一喜一忧，喜者，喜玉人之垂青，忧者，忧彼美之远别也。

翌日，常仪果至，以别意告静芬姊妹，皆有恋恋态。常仪笑曰：

"此去只月余耳，待到秋风起时，妹又与二姊聚首矣！人生不能无别，彼所谓送君南浦，伤如之何者？皆短气之言耳！"

乃与生细谈诗词源流，颇推重渔洋，以谓其感时之作，怆恻于杜陵，缘情之作缠绵于义山，兴寄超远，吐语隽雅，殆得三唐之秀者，尤喜读其《秦淮杂咏》诸诗，旖旎风华，函情绵渺，生平私淑之，清言娓娓，纵谈不倦。且言西子湖边诗料必多，此去有暇当亦从事于吟咏，欲请生为删润。

鸥裔生谦谢未能曰：

"倘得香草美人之章，披读于明月清风之夜，则为幸多矣！"

常仪复略询余杭情事，以鸥裔生曾一至其处也，畅谈久之，兴尽而去。

至常仪行日，静芬姊妹送之至车站，叮咛曰：

"此去务望常通鱼雁，以慰阿兄盼望也。"

常仪微笑应之。

鸥裔生自常仪赴杭后，益专心致力于诗词，与常仪常有尺素来往，间有所作，彼此必相录示，翰墨姻缘，其乐尤甚，以故一暑假中，积函盈箧，而二人之爱情亦已如胶漆相合，只待第三者一言撮合之耳！

好事多磨，良缘难成，方二人缱绻情深之际，忽有眈眈者日伺于其旁，思乘隙以构伤之。盖常仪才貌出众，芳名久著，垂涎者大有其人。鸥裔生之邻友华某，即其一也。静芬姊妹适有事出外，常仪苦无传达之人，乃以一函邮寄至鸥裔生家时，鸥裔生方在校未归。华某无事，来此闲游，忽睹桌上有函，墨迹娟秀，大似女子手笔，华某亦知裔鸥生凤有女友，颇妒羡之，欲刺其隐，乃乘间窃之而归，拆阅之，不觉妒火中烧。自思：鸥裔生独享艳福，竟得彼姝青眼子？而又秘不吾告，岂惧他人攘夺耶？彼姝心高气傲，我前日曾上一函，

24

达我爱忱，而石沉大海，置之不复，今日授人以柄矣！彼辈痴心欲成好事，有华某在，当棒打鸳鸯，使之各自分飞也。遂使人讽于常仪父母之前，媒蘖其短，且出仪函做证。姚父得女书观之，幸尚光明无暧昧之语，盖此函乃常仪约生某日往游留园也，然姚母以为常仪一闺女，安可私约他人出游以招人之毁谤？遂俟常仪归家，以书示之，常仪大惊，俯首泣曰：

"鸥裔生，儿友静芬之兄也，儿以其才学富瞻，故与之通函论文，自信并无苟且之事，以贻父母羞。此函稍逾范，自知罪矣！未悉有谁仇家与儿作对也？"

姚母遂言：

"同巷华某使人来说者。"

常仪惊曰：

"果是人耶？儿知其故矣！"

遂入房取华函，奉父曰：

"阿父试观之，便知蜚语之有由来矣！"

姚父视讫，曰：

"华某纨绔子弟也，包藏祸心，所谋不遂，遽欲中伤他人，儿无罪。"

至是遂谓姚母曰：

"鸥裔生，吾常见，其人才貌尚佳，今仪儿既私心向往，不如婿之。"

时常仪闻言，不觉面报，隐避入房。讵意姚母不以为然，曰：

"待之他日再议可也。"

情海波折，疑云层起，鸥裔生尚在五里雾中，茫然无知，日盼常仪函至，而久久未得，则倩其妹静芬往探之。静芬见常仪，常仪向之泣，详告其故，且曰：

25

"此事莫须有，设彼伧肆其污蔑，颠倒黑白，则妹将无颜见人矣！故近日妹非但不敢来姊处，且因侦伺严密，亦不能有只字报令兄也。"

静芬叹曰：

"华某鬼蜮伎俩，可恨莫甚，妹将归告阿兄，与之理论也。"

常仪急摇首曰：

"此乌可哉？待小人能若是乎？若从姊言，则无论真否，彼将衔怨妄为，妹不堪命矣！且此后母命妹寄宿在校，不许轻出，恐亦难与姊等常相觏面也。"

静芬凄然曰：

"女子之不自由，抑何甚耶？此阿兄累妹也。"

常仪又以父言相告，谓：

"婚事或可由此而成，但视母意为转移耳。请致令兄，诸事当谨慎，莫使贻人口实。"

二人正密谈间，姚母忽缓步入室。静芬即起为礼，姚母乃坐而杂谈，顷之语及此事。姚母曰：

"已往不咎，余亦不欲追寻根究，但闻仪儿有亲笔书函若干在令兄处，若能悉数璧还，则余当与仪父一商，或能以仪儿许令兄也。"

静芬应诺，及返家，尽告其兄。鸥裔生拍案大骂华某不置，欲往辩白，则恐损及常仪，忍气在胸，自誓以后必与之绝交。乃拣仪函交其妹转还姚母，盖一片痴心，终望其言之验也。

居无何，鸥裔生之家庭忽起祸变，盖其父母在一月间相继逝世，药石无救，风木兴悲。鸥裔生惨遭大故，哀痛莫甚，苦次之间，不问外事。

一日，忽接一函，封面为常仪手笔。鳞鸿久疏，朵云忽来，不知有何好消息也，遂拆阅之，书曰：

鸥裔君鉴：

仪之与君皎如天日，前自魑魅觊觎，含沙射影，几使仪蒙不白之冤。小人之言，殊可畏也，然尚幸老父所察，前途有一线希望，故仪亦绝不与君有一纸之遗，以防谗言之横加。不意苍狗白云，变幻莫测，竟使吾二人入于山穷水尽之境耶！

仪前日自校返舍，闻嫂言，双亲曾谈及仪之姻事，吾母则以君新失怙恃，后顾茫茫，是以坚持寝议，遽食前言。

呜呼！母也天只，不谅人只，仪与君从兹形格势禁，不复能相见矣！捣麝成尘，滴蜡化泪，命之穷也，一至于斯，天实为之，其又何尤？

明知此书得达，徒增君之悲痛，然须知仪之悲痛更有甚于君者。我侪女子，处此文明时代，而尚受专制家庭之支配，几肉釜鱼，供人脔割，笼鹏簉凤不能奋飞，自由之福无望，解放之的难达，兴言及此，能不悲哉？虽然，仪生固无望矣，而有数语欲勉君者，今日国势艰危，民生凋敝，外有强邻之虎视，内有宵小之鸱张，神州板荡，将有陆沉之祸。

君少年英杰，当毅然以救国为己任，奋力前途，廓清妖孽，则修养体魄，锻炼意志，全赖今日有以自勉。不徒吟风弄月，摘艳薰香，恋恋于儿女之情而已也。经一磨折，多一见解，望斩断情丝，努力学业，毋以仪为念。

愁思入缄，泪痕濡纸，一封断肠书，在旁人视之，尚觉哀感悲恻，况鸥裔生乎？此时，鸥裔生希望已寂，万念俱灰，愤懑之余，几欲轻生。幸其妹善言安慰阿兄：

"与仪姊鸳梦未圆，鸠媒先至，虽诚至恨之事，然谅三生石上未结良缘，致有此耳！（无可奈何之语）且阿兄与仪姊文字神交，光明磊落，彼此肝胆相照，毫无不可语人之处，何必定成夫妇乎？天下不少美妇人，舍此他求，亦无不可，若有他种举动，则人其谓兄何？"

鸥崎生闻言，默思久之，微叹曰：

"水月镜花，终是幻梦，多情自古空余恨，余从此深自忏悔，绝不谈情矣！"

适其友以书来请其就事海上，鸥崎生亦以情场失意，思一出游，以解塞结，遂束装赴沪，从事笔墨生涯，与常仪断绝音书矣。

阅年，其叔父为之缔婚平阳，伉俪间尚相得，后归吴门，间遇常仪，亦无所语，略一颔首而已。

回首前尘，无限怅触，有不能已于言者，乃作《啼蚨词》一卷，取李贺啼蚨吊月勾栏下之意，哀感顽艳，要眇幽深，长吉所呕奚囊皆血，海上诸名流咸有题咏，颇为士林所赞许也。兹录其四以殿吾篇。

菩萨蛮

横塘夜雨萧萧歇，微云半吐深庭月。书远雁生疏，梦儿还有无。

眉山生小绿，瘦了人如玉。行处怯乌龙，当年市曲东。

迈陂塘

看花驰道人如水，因怜芳榭岑寂。东风枉皱粼粼浪，早负鲤鱼消息。心匪石，纵刻骨相思，直是思无益。遣愁

28

反积，怅澹。日蒙蒙，轻烟漠漠，柳外一声篴。

城南晚，但见蘼芜四碧。秋千依旧墙隔，红丝曾系当时燕，却向那家重觅。春狼藉，奈历乱，榆钱买断青溪迹。逝波可惜，叹入道谁同，参禅难会，争得坠欢拾。

绮罗香

捩笛花明，停杯酒殚，中有些些情愫。永夜无聊，幽泪欲垂还住。记年时，乌桕江村，应怅触碧萝门户。病余腰瘦比烟轻，潇潇莫话西窗雨。

风流佳约间阻。何况疏栏之外，残蛄低诉。访里寻邻，全仗小魂飞渡。裁绵笺，暗写情愁，似依前，冀云鬟雾。又争奈，珠箔飘灯，淡蛾人自去。

卜算子

门外柳条新，门里春愁旧，一样蛾眉两样颦，画出难为斗。

揽镜酷相思，无赖消长昼，但祝东风护落花，何必生红豆。

明道曰：

鸥裔生，吾友也。今岁春，余饮于其处，出《啼蛄词》示余，余乃笑谓之曰："此中有人呼之欲出，一段伤心史能为外人道乎？余方撰著《啼鹃录》一书，为普天下可怜虫写照，倘蒙以实见告，则一好资料也。"吾友乃略举事之颠末以告，且曰："吾爱其人不欲以爱累之，故唯有力自忏悔耳！"余乃为之点缀而成别史。

29

嗟乎！吾友年少风流，多情种子，自不免梦劳《关雎》，心凤求凰，而况红粉知己，岂易多觏？情之所钟有不期然而然者，不幸祸局忽乱，鸳瓦难全，亦能力挥慧剑斩断情丝，且发乎情止乎礼义，始终洁白无瑕，尤为难能，读者岂可与待月逾墙、投桃报李之事等类而齐观之乎？

哀 凤 记

汪复汉者，革命先烈也。往来南洋群岛及闽粤诸省间，经营其事不懈。顾其时民智尚暗，多不知共和为何物，而清廷法网綦严，故和者尚寡。唯粤中陈公学哲与之善。公广州人，年四十，博学宏达，蜚声四方，妻梁氏，生一子曰鼎新，溺爱甚，常不令其就学。公方在京，未之知也（此两句为公回护）。

尝有其族人戏与鼎新嬉，一不慎，鼎新仆于地，哭诉其母。梁氏怒，以为族人欺之也（句健），出谓族人曰：

"岂以吾儿为可欺耶？今我在也，而人竟藉吾儿，他日我有不测，皆鱼肉之矣！若父虽不在家，我宁能为石人乎（一味负气）？"

族人惮其财势（千古不平之事），忍气引咎，以此鼎新渐骄恣（儿童何知，唯在家长耳!），与诸童狎，俨然自大，且好弄聪明。梁氏不怪也（人莫知其子之恶）。

家有郑妪，老矣，香港人，乳二世，有孙女名凤姑，与鼎新年相若，常相嬉戏（预伏）。老妪积资甚多，以谓皆受主人赐，窃忧鼎新之废学，常以言讽，主妇，梁氏不欲闻，遂得罪去（放过一边）。先是，公官侍中，颇有澄清天下之志，然见满人多颟顸，虽揽大权，而沉酣荒亡，不能有所作为，且人民虽渴望立宪，而执政者因循敷衍，恐不能见诸实行，盖孝钦后之无立宪诚意，路人皆知也（治国安能以诈）。且其时列强环伺，外患益迫，深信非革命不足以挽中国之厄运（先有破坏后能建设），遂挂冠归乡（好志气）。

是时，复汉适至粤（紧接得势，可谓天衣无缝），耳其名踵门求见，与之谈天下事。公惊起曰：

"此何时尚有奇男子耶？玛志尼不足为矣！"

复汉知公曾食清禄，不敢遽信（自是复汉持重处），谦谢曰：

"蒙公相许，其如草莽下士，无此大志。"

何公曰：

"先生岂疑我哉？余默察大势，革命之事殆难免矣！我侪以先觉自任，宜有所作为，然余虽有此心，奈与海外诸同志素不相识。闻先生奔走海外，必有所得，祈垂教焉！"

复汉见公言语诚挚，乃尽吐露。公大喜，下榻留宿，与之筹划起义诸事，愿出家财佐军需，谈论彻夜，不觉恨相知晚也（写得火热热的）。

居数日，复汉始别去，由此，公遂列名党籍，而党人之来粤者有假宿焉（预伏一笔）。时徐锡麟刺恩事起，革命之风日急，而清廷拘禁之令亦日密，各省疆吏，咸秉顺上旨，锻炼罗织，屡兴大狱（为虎作伥，清室之亡，此辈助成之也）。土豪大猾，以私仇而告密者，实繁有徒。公性耿直，辄面折人过，不稍宽人，人以是衔之（皭皭者易污，峣峣者易缺）。会族人某性阴狠，尝以事衔公，数刺探公之所为，闻公与复汉事，则大悦，欲得而甘心焉（无此人则公亦不致受祸）。

某日，复汉偕同志十数来省垣运动军队，潜匿公处。某知之，即阴告当道，谓：

"公窝藏党人，将有所为，当速捕之，迟则省垣糜烂矣！"

时粤督某公，与公夙有嫌，闻而色喜，曰：

"陈某亦有今日耶（描写小人得意处，可恨亦复可畏）？"

急发兵一连，围其宅，思合而歼焉。公等方聚议密室，忽得警耗，复汉起曰：

"事急矣！请与诸君突围走，或尚可免，然奈何为陈公计（说得是）？"

公笑曰（一笑字可以见公之为人）：

"今日之事，有死耳！诸哲请速行，尚可及，诸君以后之事，即某之事也（数语可歌可惊）！犬子鼎新倘获无罪，但得汪先生他时稍匡助之，某死瞑目矣！"

时门外人声汹然，祸变已亟，党人等各出手枪，或登屋而逸，或突围而走，枪声乱起，公之家人无不惊惶失色也。顷之，中伤被擒者二人，复汉幸得脱，于是连长某率兵拥入，搜获证物若干，缚公去。

粤督闻党人拒捕，赫然震怒，曰：

"陈某昔曾食禄于朝，乃为此叛逆之事乎？罪不容赦矣！"

故公等三人于是晚皆被害焉。公死后，其家产悉为粤督所乾没，族人某以无所得愤愧不已，忽发狂疾（天道不爽，祸人者视此可以悟矣）。公夫人梁氏惨遭大祸，哀痛不自胜，饮鸩以殉。家人皆散去，唯鼎新无所依附，流落市中，时方十有四龄耳！

一日，鼎新踯躅道侧，有一老妪见而惊呼曰（突如其来，妙笔）：

"此非公子耶？何一寒至此哉？老主人无恙否？"

鼎新顾视之，则固识其为郑妪也，特数年不见，益觉老矣。鼎新乃泣告之，妪亦泣，且叹曰：

"天乎！痛哉！善人之报施固如是耶？且陈氏之施恩于人者多

矣，今者家破人亡，唯此孤雏子焉尚存，而人皆热视而无睹，何也（骂尽天下势利人，义愤凛然，郑妪足入义仆传矣）？余虽一女仆，为感恩图报，当不忍坐视公子之沦落耳！"

因挈之回乡。

当郑妪之为主妇所斥而回港也（异军特起，一笔挽到从前），出其所蓄资，经营成家。而凤姑性灵慧，习女红，有针神誉，每日所得工资，悉以奉妪，且敏而好学，暇常执卷自修，心有所疑，则问于人，久之，亦颇有所得。妪忆及故主，屡思一来临问，恐触梁氏怒，后闻公归营苋裘，欲见之心愈切，至是，乘轮赴省垣，中途忽遇鼎新，方知公家已罹祸死亡矣（如此则省笔）。妪凤爱鼎新，且不忍任其为饿殍也，乃携之返家，慰之曰：

"吾家即若家，公子请且安居。"

凤姑闻鼎新来，喜而出见，时二人几不相识矣！鼎新见凤姑，乃曰：

"凤姊，数年阔别，今非昔比矣！"

凤姑嫣然微笑，絮絮问鼎新破家事，至悲惨处，相向下涕（小儿女心地真实）。厥后，鼎新遂居妪家，然无所事事也。凤姑曰：

"公子年渐长，当令读书，俾将来能自立，庶勿负陈氏（眼光远到，非寻常女子可及）。"

妪曰：

"善。"

即为鼎新读于某校，其学费皆凤姑刺绣所得者（不可多得）。鼎新颇感之曰：

"余与凤姊后当以兄妹相呼，无复分主仆礼。他日余能腾达，皆姆与凤姊之功也。"

凤姑曰：

34

"当如弟言，弟第勤读，斯善耳。"

由是鼎新埋首校课，孜孜不倦，盖已动心忍性矣！故每至夜间，鼎新伏案读书，书声琅琅，达于户外，又读英吉利文，亦清脆上口。凤姑则在旁刺绣相伴，至夜深始眠。由此，鼎新才学大进，非复昔日阿蒙矣！

鼎新忧患余生，鲜有可倚，而赖一区区仆妇之力得饱食而读书，又有多情之凤姑时加慰藉，故感激无涯爱之也深。而凤姑则亦芳心脉脉，视鼎新为第二之我，爱护周至。如是者有年（省笔），后妪忽病没，凤姑悲痛不自胜，寂寞荒庐，所亲者唯鼎新耳（着一笔，愈见将来鼎新薄幸之罪）。会鼎新卒业中学时，以友人之介，无意中，忽遇复汉。复汉询知其状，遂为出资，送鼎新游学三岛。鼎新既喜且忧，盖喜其前途发展，而忧与凤姑离别也，归而告其事，凤姑虽不忍鼎新远行，然为前途计，乌能沮之（是深明大义者）？乃泣曰：

"弱女子无可亲，所亲者弟耳（哀音缭绕，不忍卒听），弟倘远离，余茕茕居此，岂所能堪？然余望弟深，此好机会得之不易，正宜奋发进行，克底于成，若株守一隅，安能成大事？然则弟行矣，唯愿将来毋忘薄命人耳！至妹之生活，当苦守以待，幸此间邻人皆素稔，缓急或可倚也。"

鼎新亦泣曰：

"姊之爱余，中心藏之，不得已而相离，他日安敢遗忘？皇天后土，实鉴我心（山盟海誓，不久即忘，安得南山白额虎，吃尽天下负心人乎）。且弟有冒昧请求者，姊倘不以弟为可弃，愿许同心何如？"

凤姑闻其言，悲羞交并，俯首至臆，默然无语矣！鼎新前握其手而吻之，而二人即定情于是夜（既污其身，复弃其人，鼎新之罪可杀）。

鼎新留东后，与凤姑常通鱼雁，彼此慰问，爱好之情，溢于言表。凤姑方自庆幸，而一稔后，音问渐稀，凤姑思疑益甚，连函诘责，犹忧鼎新或有疾病也（痴心如绘），然久久卒无得。凤姑朝思暮想，憔悴益甚，不觉思念成疾矣！而孰知鼎新薄幸善变，已与扶桑女订婚，而弃置曩日患难相共之凤姑于不顾乎（语气哀痛）？时鼎新交际之术大进，渐与政客结识，其娶扶桑女亦系结好东邻某伟人之手腕耳（原来如此）。

不数年卒业东旋，复汉又极力提挈（收复汉，通篇以复汉起，以复汉终），即得优美之位置于粤中。今者裘马翩翩，意气自扬，后房宠妾益多，俨然为一时之要人（今世所谓之伟人，大都如此，心术之坏极矣）。而凤姑则死矣（冷冷一句，令人阅之，益怜凤姑，而鄙鼎新，余意含蓄不尽，所谓意在言外也）！

明道曰：

余友李子，曾有函抵余，谈及为小说事，中有"日来颇闲，购《古文辞类纂》读之，聊当阅小说。窃意若能以为古文者而为小说，当更有味。惜小说须撑篇幅，取悦于俗眼，不能以简朴出之。又私谓学古文不难，当从简朴，不用陈语入手，能简朴即免取厌读者，至于神韵雄伟诸端，机至即自然发露，不必学亦不能学也"云云。

鄙意文也，小说也，二而一者。泰西著作家如狄更斯、托尔斯泰、欧文、司各得之流，其所著小说，寄慨深远，写情入理，欧西人士皆用为学校教本，而归入文学一类。且我国唐宋人之小说，亦皆有章法可诵，自成一家，小说之价值可知矣！惜今日之小说家类多，朝走笔而夕售稿，不能名山著作，待之数十年，安望其能为古文乎（不佞虽

36

非作者，亦犯此病，盖无恒心也）？李子谓古文当简朴，此言甚是，用笔如《檀弓》上下篇，可以当之矣！余谓作古文当有自然态，则不致呆滞与强饰，意在言外，方能耐人寻味（人讥苏东坡作文率易，即以其用笔流利，多一泻无遗也，此病东坡暮年亦自知之）。观于归氏之文可知矣，否则，词采纷披，无论易犯堆砌之病，即作来美丽可观，亦不免为贵族之文章也。

近人林琴南先生，最初译之泰西小说，用笔简洁，且有余妍，纯是白描，余颇喜读之，以谓较之坊肆间骈四俪六之俗本，有上下床之别，即以其功夫较人深也。余浅尝薄涉，即为小说，亦属一时有感而作。自问功夫尚浅，不能如李子所谓。今作此篇，务去陈言，不用词藻，欲从简朴入手（恐不见得，一笑）。然稿成读之，颇憾无甚佳处，恐不能副李子之望也。李子其亦莞尔而笑曰："画虎不成，顾子之谓矣！"

啼鹃琐译

斯巴达民风好战，昔有一女子，名蕾蕙，其夫律特，陆军上尉也，伉俪笃好无间。会国有战事，其夫恋恋于妇，怯于远征，蕾蕙怫然曰："吾不愿有懦怯之良人也。"遂于夜间服药自尽，留书与其夫，劝其为国勠力。律特悲痛之余，荷戈从军，而是役也，律特立功甚多，卒殒于战。以死谏夫，是非斯巴达妇人不能也。

密司路霞、玛丽者，伦敦之有名花冠也。少年之向彼求婚者，多如过江之鲫，而玛丽终无表示意旨。知之者，谓玛丽本昵一少年。一日，玛丽与少年习游泳时，有漩涡，流甚急，玛丽卷入其中，少年遂冒险跃入，以手助玛丽出险。然彼已力竭不能复搏，卒遭灭顶之凶。玛丽哀之，以为少年之死皆因其一人也，故自誓终身不嫁，以报之云。

他之秘密

呜呼！自古迄今，我国妇女所受之最大痛苦，非万恶之旧式婚姻乎？父母主张之媒妁促成之，毫无自主之能力表示其合意与否？试思，以彼此漠不相识之男女，一旦而欲结为夫妇，悉由外界之迫力，绝少中心之感情，安望其能始终克谐乎？即使我辈有毅力、有见识之女子，不甘受家长之专制而誓死反对之，则人之非笑者，蜂起于后矣！且有顽父嚣母之流，反借口谓自周公制礼，数千年来，夫妇配合莫非由此途径，汝侪父母皆过来人，亦何尚多怨偶乎？此言骤听之，似尚有理，然实则无理。盖商人之买卖，双方尚须见货定价，何况婚姻，断非买卖可比，而谓彼此不熟相识而能真正无憾乎？窃恐我侪女子之葬恨埋愁，莫曰于人者，自古以来，不知其恒河沙数矣，若侬者亦其一也。盖侬嫁时，亦茫然无知，悉听父母之指使，因其时侬之智识尚浅，即堕陷阱而不觉，以谓此为女子者不能逃避之事，及今而知婚姻不由"爱"而相成者，皆不正当者也！

噫！侬之所言，果有感而发欤？试请言"他之秘密"。

"他"为何人？诸君谅急欲知之，然"他"之一字非普通之代名词也。盖我国夫妇间向无一定之称谓，在人前辄用"他"之一字代之，然则他之为他可知矣。

他，王姓，亦苏人也。为世家子，早失怙，而家资巨富，族人多出仕，故有名于乡里。侬之舅父，即在他家司会计。适他母托其物色佳媳，盖苏俗稍有财产者，无不欲为其子早日成婚也。至于早婚之害，彼等亦茫然无知，而为其子者，亦往往为其家长所迫从，不良社会之遗风，可叹孰甚！舅父乃返家，白于侬之父母，欲为侬做蹇修。侬父母艳羡其富，表示允意。即以侬之小影及庚帖往，后似闻他家占得大吉，以侬貌美好，遂择日定亲。至期，余匿伏房中，羞见外人，而来宾无不道彩礼之富，饰物之贵，人人咸谓阿侬得偶富家子，幸福非鲜！

当时，侬年十五，不甚明了，及今思之，不得不怪侬父母之虚荣心，盖彼时她亦年幼，将来事尚未可知，徒贪其富贵而以爱女相许，一旦伉俪间意不谐和，岂非铸成大错乎？且侬之与他初无爱情以为媒介，亦未一晤容颜，性情之隔膜可知矣！

呜呼！古语云，红颜薄命，侬以为红颜岂皆薄命？所以叹为薄命者，其原皆由于不良之婚姻制耳！配合既非出于己意，而脱离亦难许于法律，唯有坐而待毙耳！吾侪女子，何不幸哉？

自后，侬肄业某女校，与同学谈论，智识渐开，始知旧式婚姻之非，然木已成舟，不意侬即中其毒者也。一日返家，父母言：

"他家迎娶有日，儿亦可早日退学，预备嫁事。"

又画鸳鸯鸟花等饰物，命侬夜间绣之。侬不得已，遵父母之命，然自此侬常怏怏若有所失，寝食渐减。侬父母以侬患疾也，盖延医诊治，而不知侬之病非医生所可治也。

一日，侬至表姊英秀处，表姊赠侬礼物若干，侬不肯受，强而后可。表姊又出一小影与侬曰：

"妹试观，此为谁氏？"

侬接观之，则一翩翩美少年也。乃答曰：

"谁欤？彼人侬不识也。"

表姊笑曰：

"妹不识耶？抑假惺惺作态耶？再待数日，看妹识也未？自家夫婿犹不识，吾不信，吾不信！"

侬闻言，不觉面赧，抛影桌上，乱以他语。而表姊复笑谓侬曰：

"姊与王家本有葭莩之亲，闻王郎风流放诞，雅事奢华，将来闺房乐事恐不足为外人道矣！"

侬不悦曰：

"妹性素甘淡泊，姊所知也，舍己从人，有何乐为？前途可知矣！"

因潸然下泪。表姊乃笑颜安慰，谈久之，始告辞而归。然晚来心有所触，忽忆及一事，盖去秋吾校旅行秣陵时，侬与二三同学徜徉于莫愁湖旁，吊古兴怀，意颇自得，忽见林中有少年男女二人，喁喁私语，见侬等至，逡巡逸去。彼时侬以为狡童荡妇之流，一笑置之。及今见他之小影，胡酷似莫愁湖旁林中之少年耶？又闻表姊言他性风流，若所遇者果为他，则他已有所欢，何必多侬赘疣哉？弥觉不乐，然侬已如被缚之羔羊，更有何力脱此范围而还侬自由之身哉？前途茫茫，又如孤舟行于海中，大雾当前，而又不得不进，此去是安是危，未可知也。

然而韶光如箭，曾不稍留，转瞬而婚期至矣。花团锦簇，珠绕玉围，此侬为新嫁娘之时也。嗟夫！侬之终身定于此日矣！他果与侬有何关系而结此不解缘耶？且彼人已有所欢，侬此去不过备受种种虐待，消磨一生之岁月于愁城恨府中耳。当侬泣别父母而至他家时，己身犹如傀儡，任人牵引，侬固有目而不能视，有口而不能言，一切失却自由。耳中但闻乐声、鼓号声、人语喧笑声、赞礼员读礼目声，恍焉忽焉，如蹈云雾，幸婚礼尚简，勉能支持。既至新房，则锦绣耀眼，芬香刺鼻，喜娘扶侬坐床上，依稀见他坐侬旁，旋有诸宾客入室取闹，他乃起立——为之周旋，而侬亦只可端坐弗动，任人笑谑而已。

夜既阑，有女宾数人喧笑拥入，近前瞻侬颜色，相与评论，咸谓小玉艳福不浅，得此佳妇。小玉者，即他之乳名也。此时有一女郎前握侬手而问曰：

"姊得毋倦乎？"

侬不得已，微摇侬首，女郎即与侬并肩坐，笑谓诸女宾曰：

"新娘子的是可人，今宵余代玉哥为新郎何如？"

一女宾以指羞其面曰：

"妮子不识羞，惜汝无福也，虽然，稍待数年，汝亦有此一日矣！"

女郎闻言，微笑不答，自桌上取一枣授余曰：

"姊试食之，则早生贵子也。"

侬谢绝之，女郎以枣强纳侬之口中，咯咯笑不已，时他忽踉跄步入，诸女宾曰：

"新郎醉矣！我等盍作解人，待彼等早做鸳鸯同梦乎？"

女郎摇手曰：

"不能，不能，新郎今夕当从余一言……"

侬思个女郎亦可谓善戏谑者。因乘彼语时，斜目视之，见女郎衣淡红绣花衫，装束清雅，容貌美妍，自愧勿如也。他闻女郎言，即笑曰：

"妹惯会恶作剧，无何难问题，速言之。"

女郎曰：

"新郎如能使新娘展颜一笑者，我等当偃旗束甲而退，否则不天明不动身。"

众女宾皆嬉笑和之。他即曰：

"此易事耳，不论何人，我皆能使之笑，汝等盍视之？"

遂作种种丑态，如剧中小丑。侬颇厌恶，闭目弗之理，继作一一怪笑声，室中诸人皆笑而侬仍强忍。彼此见二者无效，遂笑曰：

"不笑耶？吾殊不信！"

乃肖作犬声，狺狺狂吠。适宅中本畜一金铃小犬，闻其声，忽自楼下答吠，真假莫辨时，侬忍俊不禁，不觉嫣然微笑。女郎曰：

"新娘笑矣！哥真好本领。"

他遂傲然自得，醉语呓呓，诸女宾一一散去，唯女郎尚逡巡未去。他笑谓之曰：

"妹出此好题目，幸能有效，否则余其难堪矣！我今当有以报汝。"

因直前捉其手腕，推向椅上。女郎且笑且以手撑拒，力弱不能支持，倒于椅中，他即伸手呵其痒且曰：

"下次看妹敢也未？"

女郎笑而乞恕曰：

"玉哥速止手，妹以后不敢为矣！"

他遂扶之起，女郎笑声犹未止，曰：

"哥倚力大欺人耶？"

至是，他忽张口大呕，女郎急退避，罗袜已污，悻悻曰：

"自不量力，洪醉如此耶？当速睡矣！"

因扶之入帐，顾谓侬曰：

"此醉人，姊善视之。"

一笑而去。侬思此女郎，其"他"之妹耶？胡亲昵若是，然侬素闻他唯有一姊，并无弱妹，然则此女郎为阿谁欤？诚不能令人无疑也。

43

华烛影里，见他横卧床上，两目灼灼视侬，侬即回首避之，然已详视他之容貌，非秣陵莫愁湖旁所见之少年而谁软？此时，他忽呼渴，喜娘饮以香茗，他始酣然睡去。喜娘亦扫除秽物，请侬安睡，悄然掩户去。侬乃脱卸锦袄，以衾自裹睡于其旁，觉酒气熏人，闻之欲呕，然侬倦甚，甫合睫即入睡乡矣！

明日，喜娘促我侪起，为侬理妆，他盥漱毕，即出房去，倾之，伴娘引侬往见姑嫜。侬微窥之，则一旧式妇人也，复引与他人为礼。他之家族甚多，然家人则甚少，除大姊已嫁外，唯一幼弟而已，而昨夕所见之女郎即姑之寄女也。侬颇留意之，见女郎今晨已易浅色罗衣，足革履，谈笑风生，其倜傥之态，侬弗如也。

时女郎与大姊携手而立，睨侬微笑，曼声吟唐诗一绝曰："洞房昨夜停红烛，待晓堂前拜舅姑。妆罢低声问夫婿，画眉深浅入时无？"侬闻之，不觉腼腆无似，然颇爱其人也。侬既至他家，数日，渐与诸人相稔，而诸女宾亦稍稍去，他之待侬亦不过如是，唯侬之婚姻完全非由自主，今已失身于他，夫复何言？暇时闲坐辄生不欢，且怀念家人无以自慰，幸彼女郎常来房中谈笑，稍解岑寂。

彼郑姓，芳名素瑛，二九年华，居此已近十载矣。盖素瑛幼失父母，薄具资产，又无兄弟可恃，故来寄居。吾姑自幼与她同学，天资敏慧，工诗词，一巾帼才人也。此吾姑告侬者，侬遂时以文字请其指教，而素瑛亦弗拒，知侬谙西乐，则乞侬教其抚琴，璇闺有此雅伴，殊属难得，以此侬与彼之感情大进，和好无间，然心中尚有疑云不能去者，则他之与她是否有爱情关系也？然莫愁湖旁所见之少女，明明又为一人，侬亦不可忘度。且素瑛见他至，辄托故避去，而于背人时问侬曰：

"玉兄与姊爱情深厚否？不落寞否？"

侬颇感其诚意，但自觉结婚将近一月，彼此相处淡然，安有如

44

艳情小说书中所谓卿卿我我、鹣鹣鲽鲽者？益信未嫁时之理想不谬，辄一笑报之，而素瑛犹痴痴然不能已于言也。侬又深察他之行为，不喜研究学理，而时与豪家子弟相征逐，往往迟至夜分，大醉而归，家中仆人常坐而相伺，然侬殊深恶之，尝微谏不听，则亦拥衾自睡，不之顾也。

归宁后，与家人团聚，如出笼之鸟，稍觉还我自由，盖侬姑喜多礼，不堪命也，同学中有来视侬者，出以笑谑，殊不知侬心中之苦闷闷不欲告人也。他亦间数日一来，来则不半日即去，盖因侬家无与消闲行乐故也，于此亦可见其对侬之爱情矣！母心隐知之，颇为侬忧，然已无可如何矣！侬有一弱妹，美而聪颖，深忧之，因乘此劝母毋为早订婚，使专心求学，养成自立，然后听其自由选择，但稍加督察于其后可矣！母深然侬言，盖亦深悔曩者之孟浪也，后姑遣舆来迎侬，遂不得不重与家庭作别矣。

返至他家，至姑处问安，复与素瑛相见，觉彼玉貌瘦削，楚楚可怜，惊问之。素瑛笑曰：

"前数日妹曾患病，今才稍痊耳。"

然背后细察，觉彼且有不欢事在也。及他归时，见侬唯略询母家状况，而已小别一月，在亲爱之夫妇视之，则一日三秋，其相思之苦非可形容，见面时当有无限情话，彼此相慰。然侬之与他终觉形合神离，无可与话，此亦彼此性情不合之故耳！侬殊苦为此形式上之夫妇也。

一日，侬独坐无聊，取向日校中所读之英文温习之，废弃已久，几生强不能上口，读久，觉有倦意，遂抛书而起。时闻姑已外出作竹园游，盖彼素有盘高癖者也。侬思及素瑛何往，胡不来闲谈，因至其室觇之，则见室门虚掩，疑亦他出，方欲反身，忽闻中有人声，酷肖侬夫，侬大疑，自隙窥之，则见素瑛坐榻上，他立其旁，向之

45

作分辩状，曰：

"妹何由知我有外好耶？我虽与彼不合，则尚有妹在……"

素瑛不待其语讫，即止之曰：

"兄其志之，我二人之关系，自兄婚后，即已断绝。余前者年幼无知，为兄所欺，追念往事，恨不自杀，稍涤吾垢，含羞忍辱以至于今，后见彼人德容庄丽，深庆兄之得人，然不知兄别具心肠，弃其室人而狎彼淫娃，薄命如余，尚复何言？然彼人亦有何辜而为兄所弃置耶？负心薄幸，兄一人兼而有之矣！淫娃之事，余知之已悉，兄亦不必狡赖，悬崖勒马，则彼人犹未至绝望之境，尚可为也。"

言至是，声泪并下。侬闻其言，始知其伤心由之，且闻其语语为侬而发，侠义之情令人可感，亦不觉偷挹珠泪，时则见他毫无悔心，反强握其手曰：

"久不与妹行乐矣！今日难得此机会，望妹勿责余之薄幸。"

素瑛闻言，色变曰：

"恶！是何言？速出室，勿萌妄想。"

他又笑曰：

"妹今日始以吾为妄想耶？吾则欲实践之。"

即拥抱其身，素瑛力弱，苦不得脱，欲出声呼，则势已不能，涕泗被面，如为恶魔所劫，一任彼尽情轻薄。侬观至是，愤火中烧，欲排闼解围，非妒也，盖不忍侬心爱之素瑛为他所蹂躏也。继思，侬若入内，素瑛将有何面目见侬？岂非促其死耶？不得已，长叹去之。

自此，侬与他感情益疏，且深为素瑛痛惜，盖素瑛之为人聪慧英爽，其容貌态度又妩媚可爱，真大家之闺秀，女界之人才，不幸幼失怙时寄人篱下，而有眈眈者伺其旁，遂致一朝失足，白圭受玷，此素瑛之所以饮恨于胸，追悔无及者也。不然，以素瑛之天性俊爽，胡日来沉郁寡言，形容憔悴？

嗟乎！素瑛天生汝一好女儿，而亦供人兽欲之牺牲耶？设他而早能悔改，与侬和好无间者，则侬亦愿效英、皇故事，不忍使素瑛抱怨于空闺，然而今则何如？侬与素瑛其本虽异，而其遇则同耳！因思此生已矣，不如及早求学为将来服务社会计，稍补缺憾，遂致函侬之同学，托其代索海上某校章程。得悉所读课程自为补习，以备投考。

某日之夜，侬与素瑛乘凉庭中，素瑛见他已数日不还，乃曰：

"妹见兄与姊爱情不属，颇代杞忧，未知姊心如何？"

侬答曰：

"根本既异，姊早知有今日矣！姊之婚姻皆误于父母之虚荣心，才致今日倍受精神上之痛苦，故侬之与他日疏月离，本可要求离婚，然侬亦无志于此，自誓今日后立志求学，异日为我妇女界稍谋幸福，则侬志遂矣！若吾妹则才貌双绝，既无家长在上，则尽可以镇静其眼光，为自由之选择。"

素瑛闻侬言，即微叹曰：

"当此卑鄙龌龊之世，欲求纯洁多情之人，岂易易哉？妹已抱独身主义，断不欲自堕情网，多此烦恼，亦思出外求学，以冀他日有所树立，庶不致为男子所轻视耳！"

侬知其痛苦甚深，亦欲摆脱矣，乃赞许之，约暑假后同入某校肄业。彼复以他之秘密吐泄于侬，谓彼闻某仆人言，他在数年前曾眷爱一小家女，别筑香巢于城内，侬姑今年方知之，曾向规劝，而他已迷溺其中，不之听也。侬笑曰：

"彼世之男人，多以我女子为玩物，朝爱而夕弃之，毫无神圣之恋爱在其间，或有广置姬妾以求娱乐，人格之堕落甚矣！而尚有一班无智识之女子，甘心献媚，诚为吾女界羞。故女子当亟谋教育，以求智识，而为父母者亦不可轻诺婚姻，牺牲其子女之幸福，必先助成其自立，庶无所依赖，而各遂其性矣！否则，茫茫孽海间，恐沉沦其中者未有已日也。"

言至是，侬与素瑛不胜悲叹，而皆泪下。萤火草间虫声，益觉增人凄苦也。

暑假后，侬与素瑛皆束装赴沪，肄业某校。他本视侬为眼中钉，去耶？留耶？漠然不关其心。姑氏虽不欲侬外出，而无如侬立志已坚，不为所阻也。侬之学费则由双方担认，而素瑛则完全自出，以彼尚有遗产也。此后，逢暑、寒二假，则相偕回苏，余则多属校中生涯，悉心求学，不问外事。而明春，侬忽接家中来函，则言他已纳妾矣。

明道曰：

瑞典爱伦凯女士有言："结婚无论手续完善、法律许可，若无恋爱者，即为不道德。故离婚道德不道德，全视恋爱之有无而定。"信如斯言，云仙女士盍为而不离婚哉？然吾知女士亦有不得已在也。

呜呼！若女士之所谈"他"之一人者，则香巢别筑，自图欢乐，固旧社会所承认为男子可有者也。人皆知无爱情而同居，其痛苦莫甚，然此种痛苦，女士受之，其名义上之夫何尝有一丝之痛苦哉？设女士而要求离婚，吾知女士之家族必将以为玷辱门楣，而大多数人必有讪笑随其后也。且贞操观念今人亦尚未明了其真，欲求再嫁，亦甚难矣！至若素瑛者，以一好女子而受强暴之玷辱，亦深足怜惜者也。

孽海双花记

吾往尝读罗兰夫人"自由，自由，天下几多罪恶假汝之名以行"之语，未尝不有深感也。今者，世界潮流日新，解放之呼声日响，和之者亦日众。夫以时代之需要而生新思想，以革故鼎新，实为世界进化之表示，亦所以谋人类将来之幸福，矧解放亦人道主义之基础，固属刻不容缓，无容异辞者，但昧者不察，盲徒附和，或且变本加厉，自趋歧路，则未有不受其害者。且吾国妇女往常受专制束缚之痛苦而未受高等之教育，一旦放任，则贤者尚知自爱，恪遵正轨，或者竟如无羁之马，假名妄行，遂有溃藩篱决川防，受其害而不自知者矣！

呜呼！青年妇女犹如抛锚未定之舟，本处最危险之时代，而外界之引诱，日接触于其旁，苟无定力及眼光，则每易受人欺愚，而种种痛苦随之而来，久而久之，自甘堕落矣！一失足成千古恨，再回头已百年身，我实为之，其又何尤？闻友人谈某姓姊妹事，言之有无限悲痛，余亦不忍深责，且为之怜惜矣！

呜呼！解放解放，天下几多罪恶假汝之名以行，余愿效罗兰口吻为吾国女同胞忠告焉。

吴中某氏，夙饶家资，生有二女，长曰怜，次曰惜（嗟乎！怜与惜，非真名也。著者不欲以真姓名告人耳，盖彼一对姊妹花，固相识也）。姿色尚佳，性情亦温淑，慕本邑某女校之名，遂往肄业，而惜聪颖过其姊，试辄冠，教师多器重之。惜亦以此自负，尤擅音乐，天生歌喉，即黄莺儿亦无是清脆，亦靡曼之声也。阅数年，先后皆卒业，惜遂执教鞭于沪上某女校，怜则自幼已字本邑黄家子，结缡在即，不能再出治事。合卺之日，诸同学咸来道贺，且絮絮探问，新郎貌美否？才高否？则黄郎固一风流少年也。怜亦私心自喜，以为得婿如此，闺房韵事其概无央矣！然而归宁之日，怜则形容瘦削，泪盈盈承睫，告其妹曰：

"吾母早丧，父不察，剥削女儿自由权，误许彼伧，此生已矣！"

惜惊起曰：

"姊言云何？速告妹。"

怜泣而言曰：

"自婚后第三日，午后无事，彼坐椅中观书，余趋而视之，则稗官家言也。余问曰：'此何书？'曰：'《杏花天》，有价值之书也。'余以'杏花天'似词牌名，自意中文程度尚浅，或未之知，乃请其作诗一首，以题小影，彼颔之而不握管。后小姑来，余亦无暇促之。明日，彼以小说一篇名'海天奇缘'者示余，且笑曰：'此拙作也，卿试一观。'余详视之，则情节离奇，宗旨纯正，文笔亦高雅清秀，不禁折服，以为彼真有高才也。一日，彼出访友，余坐闺中与小姑猜谜为戏，然有彼知友余某遣下人来假书，余视其纸条，则《金瓶梅》也。余似闻《金瓶梅》为诲淫之书，遂往其书斋，开书橱取之，以交来人，复翻阅各书，则字句粗俚，语意淫亵，皆不轻之书也。余乃叹曰：'谁见才学高雅之士而满贮淫书秽籍哉？'颇为之不乐。及夜，彼归，余乃复促其题诗，欲以观其能也。彼期期推诿，曰：'今日惫甚矣！明日当交卷可也。'余不可故作态，曰：'今夜不交卷不同衾。'彼笑曰：'娘子军如此令严耶？余不能藏拙矣！'乃复曰：'昔李太白作书命杨国忠磨墨，卿其做司香砚吏乎？'余曰：'唯，君速作可也，何絮絮为？'遂为之饱磨香墨，彼搔首踌躇，久之，始成七律一首。笑曰：'此香艳诗也，即李义山、王次回复生，亦无以加。'余视之，不觉作呕，撕为数片，掷向其身曰：'真好诗，余生平诵此，殆破题儿第一遭。'触怀伤心，倒向床上，彼复来作温存。余曰：'休矣！假作斯文，大言不惭，子真没字碑之流。前日之小说，谅亦非出汝之手笔，不过假此以欺余耳！余今适汝，有负多矣！'言讫，即不之理。"

言至此，出一小纸与惜曰：

"妹欲一读此好诗乎？姊抄得在此也。"

惜笑而诵之："娇小玲珑女儿身，古今无汝好佳人。西施容貌不嫌丑，大家才学奚足论。明月清风景致雅，锦帐妆台乐趣深。黄郎真是有福气，温柔乡里过此生。"惜展阅一过，不禁大笑曰：

"平仄不调，音韵不协，而吐语鄙俚，古今洵无此佳诗，令人阅之，当作三日呕。孰谓温文美丽如吾姊而适彼伧耶？当以此质诸阿父，试彼有以答我侪否？"

妇女一生最不幸之事莫甚于所适非人，故此时之怜涕泗沾襟，倒于其妹怀中颤声泣曰：

"妹思余此后岁月何以过度乎？"

惜一亦洒同情之泪，慨然言曰：

"婚姻之事，子女自有其主权，为父母者，只可督察于其旁，至于匹配与否，不能相强也。今吾姊大错铸成，莫可为力，唯有暂忍一时，徐图离婚之策耳！"

怜拭泪曰：

"余亦思，方今世界维新，离婚之案日有所闻，与其怨偶死守，

51

曷若改弦他适？况余尚有薄艺，差足自立，何必倚彼没字碑乎？"

二人正议论间，忽其父施施自外入，见怜状，惊问其故，惜以诗与之曰：

"父盍视此好诗？父谓黄氏子才高学深，今何如乎？儿等才质鲁钝，不解其旨，请父有以语我来。"

其父遂自怀中取眼镜出戴之，然后取纸郑重朗读讫，不觉面微赧，嗫嚅曰：

"彼无才而相貌甚佳，且其家资富厚，吾儿一生当吃着不尽，若既欲其才，又欲其貌，而又欲其多财，则天下有几人哉？吾儿毋徒自苦？"

怜闻言复泣。惜娇嗔曰：

"多谢阿父良训，但明珠投暗，彩凤随鸦，既属可惜，毋乃非偶婚姻，当求相匹，若以吾姊匹彼伧，辱没多矣！吾侪非贪阿堵物者，假令其人不肖，虽有陶朱、猗顿之富，亦曷足贵哉？"

其父见惜痛诘，默然而去。惜冷然曰：

"姊从妹言，离婚可也，奚泣为？"

怜乃欣然曰诺。

五四运动以后，新学说大盛，而自由恋爱之说持之者亦不乏人，尤以学生为最多，惜固热心解放之人，遂一弃其昔日之所学，而从事于新，且鉴于其姊之覆辙，力思脱离家庭专制之支配，而物色意气相投之人为百年佳偶。一日，归自沪上，在车中邂逅一西装少年，坐于其侧，神采飞扬，吐风俊雅，手拿报纸而观，时而蹙眉，时而咨嗟，一若关心国事也者。久之，与对坐某客谈论社会改革之事，语语痛切，头头是道，似非真有学问者不能为此。惜凝视其面，静聆其语，少年忽又谈及女学界事，谓当今诸女生智识日新，固当庆贺，然以解放而论，其中亦不乏误解之徒，矫枉过直，逾越常轨，

52

遂使一班反对者有所借口，于解放前途不无影响，斯又亟宜注意者也。惜闻其语，不觉启齿为女界辩白，且言男女平权之利，侃侃而谈，车中人无不相顾惊奇。少年遂大致敬，深韪其言，且问惜服务何方？惜以实对，少年亦出一名刺与惜，且曰：

"余姓曹，名汝器，曾游学英伦，卒业于剑桥大学，今兹回国，目击我国实业之不振，与某友组织某工厂于沪上，冀以挽回权利。今日来苏，拟晤某要人筹措资本。"

遂与惜谈论苏州实业，言之，滔滔不穷。迨车既至站，曹与惜联翩同下，互询通信地址，依依而别。盖二人虽初次相见，而爱慕之情甚殷也。

惜既返家，自思今日车上所遇之曹汝器，亦一时俊杰也。吾既自命解放，则男女交友，亦何不可？只须出之以光明耳。次日，遂晤怜，告以其事，怜亦谆嘱其祛除旧见，择友而交。后惜至沪，与曹过从甚密，曹亦诸事维谨，无不博惜欢。久之，遂向惜乞婚。惜固热心恋爱，深入情网，与曹自由结婚于大东旅社，校中同事皆来道贺，与惜谑浪笑傲，咸谓惜得如意郎，他日水晶帘下，茜纱窗前，鹣鲽相随，闺房之乐无穷也。惜亦请女友代课，与曹至西子湖边度蜜月，水色湖光，春景娱目，每当夕阳将下时，二人共驾瓜皮小艇融与湖中，见之者咸美此人间鸳鸯，不啻天上神仙焉。然惜父固未前闻，迨蜜月既尽，惜遂回家告父，欲取奁金去，盖其母没时曾言彼姊妹二人各有奁金一万也。父闻其言，大惊曰：

"汝已嫁人乎？何不令我知也？我生垂老，未见有女儿在外私自许人而不令其家长知者，此事传扬，不将为戚朋邻友讪笑乎？新法女学生事事维新，然而此事不免太新矣！且汝方当年幼，阅历未深，社会污浊，人心鬼蜮，设或误受匪人诱绐，将若之何？"

惜曰：

"婚姻之权，儿自有之，儿不愿受专制家庭之束缚，而自误一生，怜姊之事殷鉴不远，故儿与曹生由友人而为夫妇，感情之挚，不言而喻，神圣之恋爱，父亦不能干涉。况已与彼人结婚，他日祸福，毋与父事。今来此取儿应得之奁金耳！"

其父闻言，气怒甚，曰：

"余不料汝竟为是言，若果尔，则汝可取去，我不愿有此等不肖儿玷辱门庭也！"

惜冷笑曰：

"阿父头脑太旧，少见多怪，他日或知儿言之不谬。"

其父无奈，遂出支票与惜，惜接之，乃幡然返申。

方惜之返吴也，怜亦起而实行离婚之举，盖怜自其夫题诗之后，夫妇间数反目，以致闺房之中时闻诟谇，怜则往往独自出外至其女友处，每数夜不归。黄生责之，则答谓：

"今世妇女解放，子岂有权治余？"

以故黄生亦渐有厌弃之心，且生固纨绔子，放诞不羁，至是故态复萌，寻花问柳，殆无虚日。黄生仅有一母，性柔懦无能，见儿媳不睦，亦无如之何。

一日，怜于其夫袋中得一小影，则金阊名花也。及黄归，怜乃以此诘责，并言：

"子既弃妻而别图新欢，则有违法律，余亦何恋而随汝？今当离婚，各自嫁娶可也。"

明日，遂携妆奁中诸贵物别去。黄之族人欲为之诉于官，黄以谓：

"兴讼徒费钱财，即幸而胜，则彼人心终不欲向余，强合一时，亦复何益？不如任其离去，反可他娶。"

故其事遂寝。

怜既脱离羁绊，私幸还我自由，欲思营一职业为自立之计。其意固善也，然而怜方青年，情魔难除，况外间欲尝鼎脔者，亦不乏人，久之，遂与某少年缔婚。少年乃新学子，供职于库伦某使处，于是蜜月之后，同离吴门，往居荒旱漠北间矣！

俄党扰蒙，库伦不守，炮火声中，怜等仓皇遁出，途中历尽辛苦，幸脱于祸，相率回南之海上。欲觅惜，则人去楼空，芳踪杳然，探之于友，方知惜前所适者并非留学生，乃沪上拆白党人耳！曩日与惜所云者，皆訾言也。惜年幼热心恋爱，坦然无疑，及夫万金告罄，则图穷匕见，彼伧亦弃之而去矣！惜至是方知为匪人所诱，白璧已玷，何颜见人？一时悲怨交集，悔恨无已，痛泣数日，饮鸩自戕。其友王女士见其惨死，为之卜葬于沪，及怜归来，已物化期年矣！怜闻耗，放声大恸，曰：

"以吾妹冰雪聪明之姿，而又方当妙年，孰意其结果竟如斯耶？造物不仁，以万物为刍狗，人美于花，命薄如纸，彼苍苍者何必多生？惜妹以迫之于死而增他人悲悼耶？"

遂探悉惜之葬处，与其夫购花圈往吊之，则夕阳无语，墓草青青，美人黄土，千古同慨。昔时光明活泼之惜，不知魂归何所矣。

春 之 恨

一

时方暮春，风柔日暖，郊外芳草芊绵，一碧无际，而桃花怒开，锦霞烂漫，如美人玉容半酡，向人媚笑状，蛱蝶双双飞舞绿阴间，春光旖旎，撩动绮怀。

斯时，堤岸上有自由车二，疾驰而至，车上坐两女郎，首者衣哔叽夹衫及裙，鼻架金丝镜，年事稍长，态度倜傥，车上系两水瓶、一钓篮。后者年可十八九，风姿美好，笑容可掬，身衣白罗衫子，黑裙高拽足，新式革履，车上插钓竿二，手按警铃，铃声前后相应答，惊起枝上黄莺，曼声而鸣。此时，若有画家为绘一幅《美女试车图》，大可留得春色供人雅赏也。既稚者左顾塘水，晴碧汛然，水草丛深，则色然喜呼前者曰：

"韶华姊，盍稍止此间？当有鱼可钓。"

长者答曰：

"然。"

二人乃皆翩然下车，以车倚桃树下，香汗涔涔，盖皆惫矣！各出罗巾以拭，长者笑曰：

56

"秋雯妹，汝坐自由车之技殊不及余，途中余常常停待，且恐妹之倾跌也。"

稚者亦嫣然曰：

"妹本不善是，自去年随姊等至东京后，方学得耳！吾国女子不如欧美各国之妇女喜做户外运动，故能者寥寥。"

言时即自车上取钓竿，长者亦取钓篮，同至水涯，以罗巾铺地而坐，饵钩而下之。良久，稚者视浮子动，掣之，得鲫长可尺，喜而投之篮中，长者同时亦获一小鱼。二人且谈且钓，趣味甚浓，见塘之北有水阁一座，南向皆玻璃明窗，雕栏曲槛，幽雅可人。中间邺架书桌陈设精美，依稀似一书房然，旁栽杨柳数株，临风飘曳，丝丝柔条拂塘水上，随风吹作柳浪，又有紫燕两对呢喃阁上，不知为谁家文人读书佳地也。对此春景，颇觉心旷神怡。顷之，已获鱼六七尾矣！忽闻箫声一缕，出自水阁，凄婉沉抑，不忍卒闻，不由心为之动，乃收钓竿细聆哀音，欢笑之容亦为稍敛，桃花片片飘落水上，而箫声更由低郁而渐渐无声矣！然余音袅袅，恍然犹在人耳。稚者顾而嘻曰：

"何声之悲也？伊人殆有伤心事在乎？妹在东京琵琶湖，曾闻一日妇奏银筝一曲，哀音缭绕，闻之三日不欢。今此箫声呜咽若是，能无令人回肠荡气乎？"

长者亦叹曰：

"大千世界，一牢愁窟也，天下固多伤心人，其人铩羽情场者耶？春光明艳，在吾辈无愁之人视之，固胜游不暇，然使失意人见之，蜂愁蝶怨，触目生感，无一非撩愁之媒，心事如潮，不可告人，搔首向天，徒呼负负，自无怪作此哀声矣！故余愿吾曹将来不致堕入愁城，斯为美耳！"

稚者闻言，微吁，似手支颐，悄然无语。长者乃携篮起立，略

57

拂其衣，数篮中之鱼而言曰：

"盍归休，我等劳力钓得此数尾，当归家做鲜鱼汤喝，一尝美味。"

稚者粲然曰：

"诺！"

即自石上跃起，荷钓竿先登堤岸，俯视革履上，渍泥少许，从身旁出袖珍日记，撕一页以拭之，又以竿缚车上，轻拽裙端。与长者方欲上车，而堤旁忽来一童子，年可十三四，状类强有力者，见彼等篮中之鱼，即疾前夺，止稚者之车而喝曰：

"尔等篮中之鱼，为吾家物，何可取去？速留下。"

稚者曰：

"汝言荒谬甚，吾辈方自塘中钓得，何所据而谓为汝家鱼耶？"

长者亦笑斥曰：

"速退去，毋阻吾行。"

童子怒曰：

"此塘为吾家之塘，则其中无论何物，非吾家者耶？尔等不留下，当夺而车。"

言讫，即以掌猛推稚者。稚者不防，仰后退数武，几为倾仆，而车已倒地矣！时稚者绛靥生嗔，谓童子曰：

"止，若太无礼，莫谓女儿好欺，谁惧汝者？"

童子不顾，直前猛扑。稚者侧身疾让，以纤掌批童子之颊，童子愈怒，抵拳进击时，长者亦来助，童子勇甚。幸两人皆身手便捷，尚未为所乘。顷之，稚者飞一足起，适为童子所接，狂笑曰：

"捉汝至我哥哥处去。"

曳之而走。稚者两颊大红，莫可为力。长者急以一手扶之，一手与童子相夺，而稚者已身不由己，随童子前行矣！正窘急间，童子之后忽来一少年，高声喝曰：

"五弟，又惹是非矣！速止速止！"

童子始释手而立。稚者既得脱，娇嗔未已。少年至，即问其故。童子曰：

"彼等偷鱼，吾思捕之。"

少年笑且怒曰：

"五弟，竟无礼若是，吾家虽居塘畔，而此塘非吾私有者，乌能妨人自由耶？且动辄施行野蛮，人家将谓我侪非读书种子矣！幸余望见前至，不则将奈何？"

乃命童子速前谢罪。童子倔强不从，即遁去。少年乃谓二人曰：

"舍弟性劣，有犯尊怒，望恕其年幼无知，归家当禀白家长，不吝重责也。"

二人见少年恂恂有礼，亦还谢曰：

"既属误会，当不介意。"

少年又问稚者受惊否？稚者嫣然微摇其首。少年又曰：

"不以匪人为可疑者，拙居不远，盍请移玉一临，俾进茗稍坐，一聆雅教。"

稚者不答，视长者。长者略一沉吟，即颔首曰：

"既蒙宠邀，当一瞻华厦。"

少年大喜，即返身前导，二人携车随之，左折行二十余武，有蛎墙一带，女萝缘之，翠竹数丛，朱门当前，上书"闲闲别墅"。少年即让二人入，呼门者至，则一苍然老仆也，颇和蔼可亲，见此一双丽姝，即笑问曰：

"此两位姑娘为谁？岂我家四小姐之同学乎？"

少年笑曰：

"老张，汝莫管，且藏此两车及鱼。"

乃请二人置车庭中，徐徐导向内院。则竹篱茅屋，长廊小桥，佳木葱茏，假山嶙峋，布置颇饶幽趣。过鱼池，乃有一月圆式之门，见适间之童子方踞假山岭而窥焉。少年呵之，童子复隐去。二人既步入，则精舍数椽，皆南向塘水。少年遂请二人至其书室，即钓鱼时所见之水阁也。窗明几净，幽雅绝伦，沿窗置书桌，左图右史，牙签满架，中悬云林山水一幅，左右对联则为"谈笑有鸿儒，往来无白丁"，何子贞之法书也。少年邀二人上座，二人谦谢不遑，倚槛而望，则对堤春景及彼等钓鱼之处悉在目前，和风拂面，心为之爽。时有书童进香茗，少年遂展问芳姓。长者答曰：

"吾二人为从姊妹，自幼同处。余为留日公使之秘书，故余前在东京女子体育学校肄业，舍妹则仍居此间，肄业于女师范，去年方亦至东瀛，今以公使更动归国，才三月耳。余侪田姓，余名韶华，伊名秋雯，今日忽动游兴，知此处地方清雅，故相偕来此钓鱼，盖吾等在东京时喜为此，且芳草浅软，驰车其上，亦足乐也。"

少年闻言，频点其首。韶华亦还询邦族，少年曰：

"余高阳后裔也，字季怀，家父昔仕逊清，今老矣，隐居乡间，不问外事。余曾在某大学卒业，且一度任事于京师，以部中空气污浊，不欲久居，遂告归。今以养病居此，盖余家本居城中，此为吾祖所经营之别墅也。适家父命五弟来此视余，渠性顽劣，致惊女士，望勿罪为幸。"

两人亦笑言：

"许君，此小事，请勿介怀。"

言时，细察少年，衣哔叽夹衫，足革履，架眼镜，举止温文，谈吐风雅，虽属庾郎年华，卫玠风度，然眉峰颦蹙，时见愁痕，且两颊稍瘦，似尚在病中也。秋雯瞥见壁上悬有"赤玉箫"，忆及适间之声，乃问少年曰：

"季怀先生，顷余等钓时，闻阁上箫声，为君所奏者欤？"

少年曰：

"然。"

秋雯曰：

"余虽不敢自称知音，已妄加臆度，君殆有不欢事在欤？"

少年叹曰：

"辱相询，感甚，但仆本恨人，此懊懊事，不足为人语也。"

韶华曰：

"君少年英俊，正有为之时，何吐语颓丧若是？方今国事日亟，吾侪正须宣传文化，改革社会，生希望之乐观，做努力之进行，方不负国家兴亡，匹夫有责之义。不观夫近年学潮澎湃，主义日新，一班国人似已觉悟，往日之咎，墨守之非矣！"

少年曰：

"敬受良箴，但蒿目时艰，蓬心难振，大好河山，支离破缺，燕巢危幕，祸在眉睫。而丧心病狂之武人政客，尤复争夺于国门之内，实则皆无统一之能力，徒苦人民，且招外侮。有心人口渴唇焦，大声疾呼，欲以一木支将倾之厦，而环顾情势，则觉人心之坏，亡国之源，孔孟复起，不可救药，唯有蹈东海以死，还吾干净耳！杞人之忧，空言无补，况如仆者心头闷闷，尤有不可告人之处耶！"

秋雯曰：

"今日大势诚如君言，然民心不死，尚可挽救吾中华四万万同胞，宁忍坐视神州陆沉，而束手与之共毙乎？彼跋扈军人、祸国政客，自属无望，然吾侪青年，与有责焉！吾不救之，谁其救之？君虽负隐痛，然有如此才识，何必自甘埋没耶？不计成败，唯力是图，务使此灿烂之五色国旗常得飘扬于地球，受日光之映射耳！"

少年答曰：

"女士之言诚堪心折，巾帼英雄，须眉勿如。仆倘能扫除愁根，当追随骥尾，共图利国也。"

二人闻言微笑，复与谈学术，则少年中西贯通，多有独到之语，虽在初交，言之娓娓不倦。不觉日影已西，暮色苍茫矣！二人遂欲告辞。少年复问明住址，欲订文字之交，且言：

"方今社交公开，女士等皆文明人物，谅不以此为唐突也。"

二人许诺，期以再至，秋雯则向少年告借英文、科学书数本，然后鞠躬而出。少年送其后，门者老张见客辞归，则偕一书童以车俟于门侧。韶华见鱼尚活泼未死，即留两尾赠少年，少年谢之，且曰：

"此间颇清静，如不嫌简慢，请常莅止。"

二人颔首，遂言：

"许君晚安。"

各拽裙上车，轮轨碾尘，向前驰去，见秋雯犹回眸一顾，临去秋波印人脑痕。少年立门前望之，见两车忽左忽右，转入堤岸，为柳树所蔽，芳影遂杳，而自由车上之铃声尚丁零发响，送入少年耳鼓。时夕阳一抹，映照林中，卖饧者归自城市，犹曼声而呼，似送彼两女郎行也。

二

韶光如矢，一年容易，又是春日矣！夫自鸿蒙至今，不知已历若干春日，春之为春，自若也。景色明媚，和风宜人，然而时日已非，人事有变，生生死死，古古今今，人物已逝，遗迹难存。诵"阁中帝子今何在，槛外长江空自流"之句，不禁感慨系之。时郊外花红草绿，一如去年两女郎钓鱼之处，则有数童子嬉戏其上，唯不见美人芳踪耳！

日之午，堤上忽有丽人二，并肩徐行而至，态度翩跹，笑貌依然，非即韶华与秋雯乎？彼一对姊妹花，且行且语，秋雯面有愁容，谓韶华曰：

"妹自与姊第二次到此后，曾一度遇伊人于范坟，叙谈甚欢后，我侪举家北徙，初时亦有尺素往来，姊固知之。但伊人函中行间字里，似有伤心事在，证之箫声，自无疑义，但屡问而不吾告，殆个中事，不足为外人道乎？入秋以来，青鸾音沉，久无只字之贻。妹虽有数书寄往，然望眼将穿，杳无还云，殊令人莫解其故也。"

韶华亦曰：

"余自晤季怀，见彼多才多情，尤致意于妹，因思及妹之婚姻，大可属之伊人，故暑中曾有一函致彼，所可疑者，亦不见报。然彼出言必信，万无中途绝交之理，但此一个闷葫芦亦令人难以猜详。今兹幸有返里扫墓之举，偷暇到此，当可一明真相矣！"

秋雯闻言，两颊微红，俯首无语而已。至闲闲别墅之外，见门者老张方执竹帚扫除庭阶，人声寂寂，只有飞鸟上下而已。老张见二人至，即弃帚前迎，曰：

"来者非即田家两姑娘乎？"

秋雯笑曰：

"老张，汝尚认识乎？少主人安在？"

老张不觉跌足言曰：

"呜呼！我家少主人已逝世二月矣！"

二人闻言，无不惊奇失色。韶华急曰：

"汝言信乎？"

老张长叹曰：

"微论我老张不肯诳人，岂忍妄诅少主人乎？姑娘等盍请入内稍坐，少主人尚有遗物嘱老奴转奉也。”

二人遂随老张至一小轩内，老张旋返身而出。此时，韶华与秋雯相对而坐，默默无语，盖皆不意季怀之遽尔物化也。韶华叹曰：

“王勃早夭，颜回不寿，自古有之，今亦宜然，孰谓年少才高如许君而早夭乎？”

秋雯答曰：

“忧能伤人，季怀之死殆有因也。”

时老张捧茶至，又自怀中出一小册，及一密函，又有小影数张，谓二人曰：

“少主之死，函中当必详言之，毋烦老奴赘陈矣！”

韶华与秋雯急接而拆阅之，书曰：

韶华、秋雯两女士袪鉴：

仆今死矣！与女士等永无相见之日矣！仆果何为而死耶？简言之，仆之环境致之也。

嗟夫！大错铸成，回天乏术，悠悠苍天，谓之何哉？女士等为仆平生知己，敢不于力竭濒危之际，一为痛陈。俾知仆之痛苦，莫可比拟，足为知心人怜惜而一掬同情之泪也。

二人读至此，皆中心凄恻，泣不可抑，拭泪重视，而季怀病死之故赫然呈于眼帘矣。

然而仆书至此，心中大痛，几不能成字，晕去者良久。盖仆处身专制家庭，弱冠即已授室，此等盲目婚姻，稍有新智识者，无不绝端反对，然使彼此才能相等，性情相合者尚可勉强相就，稍补缺憾，毋如床头人，生自贵胄，娇养成性，既属没字之碑，又为胭脂之虎，以仆视之，自顶至踵，殆无一不有俗气，故甫在新婚，已自歧异。后仆肆业海上，漠然视之，数载以来，屡欲脱离，毋如家父性情迂拘，压迫太甚，格于形势，莫可如何？讵意彼反归白家长，肆其簧鼓，彼家凤有权势，即以一纸书来兴问罪之师，家父不察，严词切责，以故家庭之中时生不欢。仆遂悲伤成疾，养疴别墅，且假此以避之也。

嗟乎！仆与彼人有何孽缘而不解如是耶？女士等所以屡问而不告者，以此事难为人道也。

噫！仆今直言之矣！仆自遇秋雯女士，不胜向往之念，而蒙女士亦不弃鄙陋，时赐瑶章，心心相印，惺惺相惜，设仆无此难言之隐者，早有求凤之心矣！然一念及，此身已矣！岂可复惹情丝以误他人？况秋雯君性情纯洁，才学渊深，前途幸福，方兴未艾，以仆之不祥，岂可妄冀？是以虽有爱慕之忱，而不敢越友谊范围。不意顽弟妄言泄露秘密，老父闻听之下，大为震怒，来此痛责。仆虽心迹坦白，亦难自剖，彼遂同居别墅，谆谆劝谕，仆彼时恨不能立即自戕，脱此痛苦，而孰知更有令人抱歉无似者，则韶华君与仆作伐之函，不幸为家父所得，于是证据益信，指为不肖，朝夕命人监视，朋友之间亦不许有片纸往还。虽欲作答，奈无昆仑奴，何如坐牢狱，如挚樊笼，无自由之可言矣！

夫韶华君此书亦由爱仆而发，深情厚谊，感激靡涯，即仆虽死于九原，亦觉愧无以报知己，倘佛家轮回之说不虚，来生当为犬马以报耳！

嗟乎！世界之大，人类之众，夫何必多生一仆哉？且天既生仆，又何必加以种种痛苦而使之不得不死哉？不仁哉造物。仆今宁死毋生矣！与其生受痛苦，反不如一死为愈也。

近日彼人已偕婢妇来居墅中，名为服侍，实则速仆死耳！今夕呕血数升，脉息已微，差幸神志尚清，彼人亦适有小疾，因思女士等天涯悬望，尚未知仆之死耗，他日归里，欲访无从，故乘此间隙，和泪作书。两女士见之，幸毋悲戚，以增仆咎。又有诗草一小卷，病中所作，断肠哀音，留存纪念。又，两君所赠小影，敬以璧还，想老张颇忠于仆，必能谨藏以待。至于两君所遗之书，已于今夕付丙，免为他人所获而造作蜚语也。

嗟夫！苦海茫茫，恨事重重，肉体上之桎梏既毒，精神上之苦痛尤甚。回忆去年春日，曾几何时，孰知今岁春光中，仆已乘风而化，埋骨黄土矣！孤灯如豆，春风似剪，仆书至此，无可言矣！他日女士等能于花飞春尽之天，一来墓旁凭吊，知冢中人之身世可怜，而一为悼惜，则尤仆死后之幸耳！

己未元宵后二日

许季怀绝笔

字体潦草，血迹满纸，二人读毕，泪湿衣襟，秋雯尤不胜哀痛。老张在侧，亦泫然堕泪，良久，谓二人曰：

"少主人之墓，即在别墅之后，姑娘等欲一往吊乎？"

韶华点首曰：

"然则烦汝引导。"

老张遂引二人出墅。韶华则以函件藏怀中，随老张绕道至墅后，则见坟土未干，小草已青，兀然孤立，万种凄凉，回念季怀生时谈笑之状，犹可想象，今对此青冢恍如隔世，不觉有人生到此天道宁论之慨。季怀之英魂何往耶？殆真脱离痛苦而去耶？少年英俊，死于专制婚姻，季怀纵不自惜，知其人者又若何悲叹耶？

嗟夫！季怀，汝亦知汝多情之女友来此凭吊耶？二人相顾凄然，各向墓前鞠躬行礼。韶华仰天叹曰：

"噫！季怀已矣！孰使之然耶？早婚之害，足以死人，吾愿天下为父母者，毋以爱其子女而亟亟为之强合也。"

遂挽秋雯之臂曰：

"吾侪归休。"

二人乃别老张，嗒然而归。时枝上子规婉转哀鸣，声声打入人心中，对此春光，若有无限幽恨也。

啼鹃随笔

女子生弟，即武进周凤来先生之女，而三女服磷案中之含冤以死者也。

凤来家境清寒，设帐授徒。女年虽幼，已知艰难，操作勤恳，绝无怨色。

会其邻人盛媳尼女同往典肆质物，遇悍妪号金狮子者，与某伙戏语，秽亵不堪入耳，侵及二人。女含怒而归，盛媳耸之同往妪所诘责。妪淫犷妇也，大诟骂，宣盛媳隐事于众，而女亦同遭污名，愤欲死。盛有女，亦以死激之，三人遂各服磷自尽。

女死之日，细述其事于父母，语哀而烈，愿一死以明清白。聚观者万人，颜色如生，群议归罪于妪。然妪夫金莲保，恶胥也，夤缘权者之门，欲脱罪，某董乃横加庇护。凤来格于财势，竟不得惩妪于法。污浊社会，公理何在？吾深为生弟呼冤矣！

指严先生与周有戚谊，因述其事于余，欲得吾一言以为传。然余愧卒卒未能报也，兹先笔之《啼鹃录》中。余所望者，青年女子于择交一端，不可不慎耳！

孤燕痛语

　　虎阜下塘有蛎墙一带，峻宇数重，门临堤水，水光澄清，柳榭数株，飘拂其旁，境至岑寂者，即吾吴之清节堂也。青年少女，一旦抱"离鸾"之痛，而欲守"柏舟"之誓者，类多别其家族，孤身入居院中，以度余年，而明心迹。院规甚严，每年只有二次出外扫墓，且不许羁宿在外，故春花秋月，美景良辰，此中人皆无福消受矣！

　　余母有戚某氏，守节其中。一日，余母往探之，叙谈甚欢，盖某氏深居不出，绝不知外间事，得吾母一一详告之，空谷足音，感慰靡既。方谈次，忽有少女搴帷入，鬈发如云，明眸如水，淡妆素服，举止温雅，挟书数本，置某氏案上，曰：

　　"妹已阅毕矣，敬以奉赵。"

　　继见余母即含笑问讯，始知少女柳姓，亦孤嫠也，余母颇为之怜惜，略与叙语，亦相投合。少女即请余母至其所，因共入其房作长谈。少女之室在某氏之东，所居颇高畅，窗明几净，纤洁无尘，室中陈设一如大家闺秀，唯皆素淡无华而已。

　　时适八月，庭中正有桂花甜香，扑人欲醉，吾母与某氏同坐，临窗榻上，少女即命一仆妇进香茗及茶点若干，礼貌殷勤。自坐圆椅上，谓余母曰：

"余居是间寂寞甚，每晚必至姊处闲谈，今遇长者，不胜欢幸。"

余母遂询其芳龄，少女曰：

"十九岁矣！"

余母叹曰：

"此在他人不过待字之年耳！而夫人已寡，然则何时丧失所天耶？"

曰：

"去今两年。"

余母复曰：

"可得闻乎？"

少女至此，凄然欲泪，曰：

"不嫌烦琐，当为帨缕陈之。余本宦家女，自幼延师教读，略识之无。吾母爱余甚，无事不适余意者，尝忆余爱一猫，朝夕捧抱怀中，不忍稍离，夜则伴余眠，且为之穿耳，以红丝线系流苏戴之，觉楚楚可怜，赐名阿珍。一日，阿珍不知曾食何物，流涎不止，僵卧余床，绝不思饮食，辄向余呜呜悲鸣，虽为设法调治，卒无效而死。余埋之后园立小碑，上书'阿珍狸奴之墓'，为之悲泣数日，余母戏谓余曰：'失一猫耳！何如此索然寡欢？吾儿年将及笄，阿母当为儿物色一佳婿，朝朝伴儿眠也。彼时儿当思较之阿珍何如？'当时余娇羞无已，默不一言，而乳母林氏在旁笑谓余母曰：'老夫人，余忆一事矣！前月余同姑娘往游留园，遇故主黄家少夫人啜茗其中，彼见我家姑娘颇为爱重，曾购送茶点数事。姑娘羞不欲食，余为代纳怀中。少夫人又问余此为谁家掌珠？余以实相告，彼即笑谓余曰："我家庆官，汝识之乎？"余曰："然前见尚幼，今想长大不识矣！"彼曰："今日惜未同来，否则汝当见之。我生两子，而庆官尤为我心头之肉，今在学校肄业，思为得一佳妇，苦未有之，今见此小姑娘美丽文雅，足动我心，不知汝能为媒否？"余漫应之，久未有报。今老夫人与姑娘戏言，令我忆及，故敢奉告，老夫人意下何如？'我母笑曰：'彼家门第如何？'乳母曰：'黄家世为官僚，积资甚富，庆官之父乃三老爷，昔为济宁知州，今已亡故，彼家少夫人亦名门之女；两家门第当可相埒。'吾母遂谓乳母：'汝若有暇，可至黄家取庆官年庚及小影来，我当占之，是好姻缘，终能有成。'阅数日，乳母果以生辰及肖影来，余当时不甚了了，窃听阿母与嫂语曰：'是人容貌亦足配妙儿。'妙儿者，余之乳名也，嫂亦以门户相当，在旁乐助。吾母以谓尚需占卜一过，方能无疑，遂命仆妇往请术者王瞽来家推算吉凶，王瞽有神算名，吾母深信之，吾家无论大小诸事，悉质之，以彼所谈辄验也。是日，彼谓天定良缘，后福无穷，溢美之词不绝于口。吾母大喜，遂命吾兄写余庚帖，命乳母赍送黄家，后以小影示余曰：'此汝未来夫婿也，儿试观之，能惬意否？'余羞不可抑，嫂复以戏语调侃，余几失声泣，后往返磋议，各挽正式媒妁，其事遂成。及今思之，余之婚姻悉出吾母主张，余固被动者也。而今形单影只，苦雨凄风，一生岁月消磨于此矣！虽曰实命不犹，而吾母亦不得辞其咎也。"

言至此，以巾掩泪，失声而泣。某氏同病相怜，潜然泪下，余母亦为之凄然无言。少女复曰：

"余处之环境，皆桎梏余身者也，见余拥翠戴珠，生长金张贵第中，当必欢乐，无央孰知余深藏闺阁，跬步不能轻出，一无自由乐趣乎？自余受字后，吾母绝不许余出游，终日埋守妆阁学女红，有事出外，必乘舆盖，恐遇见黄家人也。时光易过，转瞬余已十七，一日，余方阅书楼上，母与嫂仓皇步入，谓余曰：'顷据媒妁来言，黄郎已病一月，医药罔效，汝姑欲择吉娶儿去为冲喜之举，盖望喜

71

星能退病魔也。事出仓促，拒之不可，吾已允之矣。'余闻言，惶急莫名，曰：'若是其亟乎？儿不愿离阿母膝下也。'因大泣，母及嫂皆以好言安慰。此时，余大似傀儡，一任他人播弄矣！吾母日夜采备妆奁，必丰必美以求悦余心，而吾家人多财富，是以咄嗟可办。至期，张灯结彩，喜事增华，诸亲友都来恭贺，实则迫余入绝路耳！将吊之不暇。是日，为三月八日，鸟语花香，风和日暖，余终生不能忘之。

　　午后，乾宅以彩舆来迎，仪仗甚丰。余此时芳心跳跃，不知所可，一任喜娘牵引。与家人分别时，心尤痛戚。吾母此时亦涕下如雨，盖恐黄郎一旦不测，则前途不堪设想也。既至夫家，则余夫已病不能兴，以小姑代作新郎，交拜悉如仪。微闻观者皆窃窃叹曰：'新娘貌颇不恶，且妆奁甚盛，不愧名家闺媛，然恐新郎病入膏肓，无可救药，误人一生矣！'后入洞房，见余夫仰卧床上，形容枯槁，两目内陷，气喘时作，见余来，强作欢笑。然余见其状，顿生畏惧，自思：余曾见吾夫小影，亦一美少年，今病至如此，殆真绝望矣！喜娘又伴余往见姑嫜诸人，姑见余虽佯为欢笑，而辄背人偷拭其泪。及夜深人静，喜娘请余卸妆，余胆怯甚，强欲喜娘为伴，喜娘无如余何，遂席地卧余床下。此时，吾夫忽颤声谓余曰：'卿自安睡，不必畏余也。'余不答，和衣卧其足旁，辗转不能成寐，思及吾母，则不觉痛泣。吾夫闻之，微叹数声，咳又作。喜娘亦醒，又以好言来慰，且烹茶饮吾夫。顷之，而天明矣！余即起而梳洗，小婢以莲子汤来，余独饮之，妆竟，伴娘复引余见吾姑。正坐间，一婢入报：'公子病亟！'姑闻其言，大惊，急奔向余房，伴娘亦扶余暨众人随其后入房，见吾夫面色已变，喘声大作，姑抱之而泣，时医生亦至，按其脉，皱眉无语。良久，出谓姑曰：'言之勿惊，令郎已无可挽回矣！请备后事可也。'姑闻言，大哭，余亦泣，时吾夫忽喘声曰：

'人莫不有一死，余不过略早耳！余已自知无救，请勿为我悲，但我妻奈何？'言至此，向余点首，余乃含羞至其床前，彼遽出其枯瘦之手，握余曰：'我负卿矣！'言讫，泪下如雨，复顾其母曰：'儿不肖，抛弃吾母矣！'遂溘然长逝，享年只十九耳。其时，余痛不欲生，誓以身殉，而吾母亦闻耗至，相向泛澜，不得已，仍慰余曰：'儿无轻生，儿若有不测，则余亦不愿生矣！'姑言亦然，且命仆妇监视余侧。丧期中，余循例守孝，然余与余夫之姻缘只此临终数语，而余之为新妇亦只有一日耳！痛哉，天也！营葬既毕，余即取嫁时所裁诸锦衣，悉付祝融，盖未亡人终身无须乎此矣。又数月，族议送余来此守节，许余有嗣田若干亩，岁收用金若干，以一老妪侍余，且许他日，余年老时，当为请奖立坊，其实恐余年稚不能心如古井耳！余既来此，终岁不出，长日寂寞，则阅小说以自遣，适还《妨书》，亦小说也。吾母虽时来望余，然徒增余之悲痛而已。暇尝揽镜自照，觉形容瘦削，顾影自怜。嗟乎！世之可怜虫孰有更较余为苦楚者？红颜薄命其余之谓欤？故每当疏雨垂帘，落英飘砌之时，与姊谈至伤心处，无以自解，则作楚囚对泣，觉造物不仁，何薄于吾侪耶？檐外有燕巢，春时辄有双双飞燕呢喃对话，见之倍觉神伤。一日，忽丧其偶，其一则悲鸣不去，余亦一洒同情之泪，因忆昔人诗云：'昔年无偶去，今春犹独归。故人恩义重，不忍复双飞。'贞洁自守，物犹如此，况我人乎？且余读《列女传》，见割鼻毁耳涂面断指，凡此青史所载，皆是人间贞烈，益增余坚励之心矣。"

时天已近暮，外户将闭，吾母不能复留，乃起谢曰："今日聆夫人一段伤心史，实令我为夫人痛惜不已，盖余初见夫人时，意谓夫人一少女耳！望夫人勿过悲戚，以伤玉体。余有暇时当重来此间，以慰夫人等寂寥。"

少女复强笑曰：

"余已悟彻，人之于世，如朝露如蟪蛄，一刹那间事耳！虽多戚戚，亦奚以为辱？蒙怜爱，感激实深，如不嫌简慢者，暇请惠临为幸。"

余母复与某氏略谈数语，告辞出院，归为余言其事，若不胜惋惜之情也。

明道曰：

我国男女婚姻，自昔但凭媒妁之一言，父母之一诺。其实彼此容颜未识，性情隔膜，致常有鸦凤非偶，铸成大错之叹。且世俗未婚夫有重病时，每作冲喜之举，终身要事草草过度，一旦厥疾不瘳，赍恨无穷。如柳氏者，绮年玉貌，天真烂漫，而一夕新娘即为毕生孀妇，苦守深院，永无乐趣，岂人道应有之事哉？而一班号称贤士大夫者，尚晓然语人儿女曰："此贞节也。他日当入《列女传》，彤管扬徽，松筠著节，斯为美耳！汝侪倘遇不幸，宜效之。"殊不知个中人之痛苦为何如乎？吾则不敢为此等道德语。

前年海上陈烈女矢志殉夫，余亦尝为文以吊之，未尝不敬其贞节？然吾尚意烈女不必身殉，若另择佳偶，亦无人指斥之者，盖彼此皆由父母所定，一无爱情以维系之也。虽然烈女之死尚可曰自适其志，至如柳氏之守节，则冤矣！且余亦常闻有未婚夫已死而仍娶新娘来夫家守节者，俗名"抱牌位做亲"尤属荒谬，有改良风俗之责者，当思所以痛革之也。

梅芬阁本事

菩萨蛮

梦回笑语倾怀抱，绿窗听遍莺声晓。起早懒梳妆，又
来欹枕旁。

眼波窥镜媚，偷觇檀郎睡。憨态可人怜，深情至性然。

小词一阕，香艳动人，已如有一婉媚女郎跃然纸上，此问梅山
人为其故欢吴姬梅芬所作也。

梅芬，小字翠英，清末时蜀之郫县人，幼即聪慧胜人，且貌又
艳丽，村人无不见而赞美，以故髫龄时，求婚者接踵而至，而其父
母钟爱甚深，不欲以爱女早许他人。故妒之者咸谓阿翠父母居为奇
货，将来必得金龟婿以为前途富贵计。然阿翠虽大佳，而其父母则
褐衣草履，荷锄携篮，不知彼富家子弟能甘心执婿礼否？吾等当拭
目以俟之……云云。唯其邻王翁亦绝爱之，时有馈遗。梅芬性孝甚，
依依膝下，故其父母虽伯道无儿，而亦得此足以自慰，家庭之间颇
觉融融泄泄也。

烈日肆虐，旱魃为灾，狱讼繁兴，盗贼滋炽，于是郫县之人民
苦矣！一夕，梅芬于睡梦中忽闻人声鼎沸，急披衣起视，见所居屋

已起火，惊遽间，有盗匪数人，持刀突入，梅芬欲避已无及。一盗曰：

"此好娃娃，可负之去。"

于是梅芬遂被劫，虽哭呼父母，无应也。既之盗窟，幸盗众皆无伤害意，且以饼饵飨之。梅芬一人独居，苦念家乡，不知父母之或存或亡也。久之，盗党以捕者将至，遂弃此他去，而鬻梅芬于山左卖解之家。

卖解者，吕姓，天龙其名，年已五十余，擅技击，工超距，与其妻颇相爱，其妻不生育。既得梅芬，爱之如己出。时梅芬方十有一龄耳，吕翁为之读书习艺。梅芬天质敏慧，颇知文义，且解音律，学拳术则身手玲珑，深入堂奥，翁喜甚。又教以击剑及腾跃术，梅芬刻苦练习，不数年，尽得翁传，而豆蔻年华，益形婉姿，翁等遂携之出业卖解。仆仆风尘间，由晋而燕，而赵，而豫，流转吴中。卖解女儿之名大著，一班风流子弟、五陵少年咸欲求亲香泽为快，不惜以重利饵吕翁夫妇。吕母以谓钱树子可居也，遂假此重索，于是梅芬遂不得不牺牲色相，沦入乐籍，而问梅山人适以是时至。

山人淞滨人也，性耽吟咏，雅好山水，其朋辈亦皆风雅中人，每当春秋佳日，载舟出游，赏花作诗，对月饮酒，狂放之态亦隐士之所乐也。而尤喜梅，所居植梅数株，生当初春之日，早梅才放，与其妻孪饮酒于梅树下，谈梅花故事，享受清福。

会孟春之月，有友人约其往游邓尉，山人跃而起曰：

"邓尉之游，怀之久矣！今日香雪海畔，想大小梅林已争先竞放矣！"

越日，乃放舟而往。梅花当前，诗兴满怀，盖邓尉之梅固有名于东南也。游兴既阑，返至金阊，城外固多青楼，檀板金樽，豪竹哀丝，靡不荡心悦目。山人等风流自负，遂作平原十日之游，访名花于教坊，聆妙歌于良夜。有友人告以梅芬树帜之处，山人遂偕友访焉，绣幕才动，香风已生，则见有美一人，姗姗而出，明眸皓齿，秀外慧中，且妩媚中露英秀之态，含笑却立，凝睇无言，不似枇杷门巷中人也，山人一见倾心。一夕，设筵张席，命梅芬侑酒，举杯洪饮。席间，又赠梅芬《金缕曲》一阕：

> 吴苑春如画，为探梅，萍踪小寄，友侪争迓。乘兴逢场还作戏，领略歌台舞榭。正翠阁，芳筵开罢。回首春江豪放态，记声声，脆竹清丝夜。哀与乐，借陶泻。　丁娘索句题绡帕，卜他年，明珠十斛，勾栏声价。水样韶光休负却，且引深杯慰藉。看好月，娟娟西下。刚道绮禅参已透，又无端一缕情丝惹。空有泪，向谁洒？

尽兴而去。次日，山人又至梅芬处，适梅芬晚妆，即请山人入其妆阁。山人以一席之缘，竟得为入幕之宾，美人垂青，可谓幸矣！山人乃坐其旁谈论吴门风景。梅芬悠然神往，山人乃许其暮春间同游天平、灵严诸山，梅芬大喜，妆竟，益觉明丽可爱，共坐榻上。山人与之谈诗书亦能对答一二，益奇之，询以家世，则呜咽泣下，曰：

"薄命人复何足言？"

山人叹曰：

"自古红颜多为摧残，安得十万金铃护尽名花耶？卿如有意，仆当力图。"

梅芬谢曰：

"感君厚意，当俟之异日。"

于是往返数次，竟两情缱绻，灭烛留髡矣。梅芬深佩山人之才，

77

常执卷问难，山人有所作，梅芬则取珊瑚之笔录以薛涛之笺，蝇头小楷，清秀绝伦，山人啧啧称道不已。有时共驾小舟往游虎阜，见者无不艳之。然而人事相促，胜游难常，流连旬余，而山人不得不与梅芬作小别矣！以同心之鹣鲽作分飞之劳燕，此情此景，谁在自遣。故梅芬临别，恋恋黯然神伤，山人亦赠诗四律期以重来而去。诗曰：

桃花坞里访桃根，一径莓苔深闭门。
调黛风光香细腻，送钩况味倍温存。
梅苞绽绿春无价，烛影摇红梦有痕。
记取镜屏谈笑处，月明人静夜黄昏。

形影相随不少离，探幽访胜伴寻诗。
赏心韵事欢前夕，洒泪衷情苦此时。
我为催归行急急，卿缘惜别送迟迟。
海滨无此佳山水，他日重来未可知。

遑问长亭与短亭，当筵无计慰娉婷。
徒工艳体诗难续，省识离怀酒易醒。
水尚有情随处碧，山犹含笑向人青。
琵琶莫唱阳关曲，凄调咽声不忍听。

水窗话别意无聊，回首盘桓暮复朝。
元墓探梅曾载酒，胥江泛月更吹箫。
痴情欲觅坤灵扇，私愿难酬金屋娇。
握手依依坚后约，不禁魂已黯然销。

情场方甜，遽赋归去，酒后茶余，怀思所欢，不禁有"望美人兮天一方"之感矣！天生尤物，倾国倾城，自无怪山人之颠倒也。

越岁，吴市设关开埠，山人奉调重来，正中所怀，欣喜莫名。公务之暇，往访梅芬，而人去楼空，不可复得。询之其邻，则言：

"吕翁夫妇已于前数月因事北返矣！余则不得而详。"

山人至是，怅怅不已，育"人面不知何处去，桃花依旧笑春风"之诗，倍增寂寞，辄于无可奈何时作诗寄怀而已。

读者欲知梅芬何往乎？盖梅芬自遇山人后，辄觉怏怏，如有所失，懒于酬应。且以生性工傲，不善狐媚，遇风雅人则稍示颜色，若彼没字碑，登徒子之来者，虽不敢饷以闭门羹，而亦渐为冷淡，故生涯因之稍减，而与之竞争者则不乏其人，于是吕翁夫妇不欲久居南方，携之至津，重树艳帜，以津地新辟商埠也。

梅芬既至津，生涯大盛，然方寸中常有山人小影在也。居无何，而庚子之乱起。初白莲教余孽蔓延于燕赵间，名为拳匪，而鲁督袁世凯竭力驱除，匪遂大盛于直隶一省。入其党者，多属愚氓，勇而无义，借扶清灭洋之名，为焚掠淫杀之事。而满人如载漪、载勋、刚毅、裕禄之流，反信其异端邪说，特往招抚，助其毒焰，于是，一乱而不可遏。

时吕翁亦为其朋辈所召，而入匪党，未几，联军入京师，匪众死者死，散者散，翁亦携家属与其同党曹某者，南匿某乡。曹某觊梅芬色，心怀不良，乘间毒毙吕翁夫妇，而欲劫梅芬去。梅芬闻警先逸，得免淫污，然杀父之仇誓必得报。

某夕，天昏月黑，村人皆梦入华胥。芬短装窄袖，挟匕首，自小逆旅中潜出，至曹处，一跃登屋，捷于飞燕，既至曹室，飘然下堕，杳无声息。自窗隙窥之，见床帐下垂，残灯犹明，仇人夫妇已入好梦，乃拨去了鸟欸，跃入室，轻揭帐幕，睨曹喉，力刺之，曹颈裂，负痛跃起。梅芬更刺之，大吼而僵。其妇惊醒，方欲呼救，而匕首已陷其胸。梅芬乃拂拭血迹，仍归客寓，无人知之也。孝勇双全，梅芬诚巾帼中之杰出者哉！

大仇既雪，遁迹南下，历劫之后，重来吴门，不胜今昔之感，遇故房侍，遂重做冯妇，且有待山人也。友人中有知之者，走告山人，山人闻之，喜而不寐。翌日，即造其妆阁，凄然握手，各道久别相思之苦，梅芬即以在津状况及假父被杀复仇南来之事，一一细告，惨然泣下，且言幼遭盗劫，生我者又不知存亡若何，飘蓬弱质，沦落天涯，此后前途茫茫，又不知作何情景，不禁唏嘘叹息。山人极意慰藉之，故梦重圆，倍觉温馨，赠诗一律，以表爱忱：

　　　　琵琶重唱武陵春，玉蕊金樽对可人。

　　　　花底驱愁愁远遁，酒边索句句翻新。

　　　　欢情记取如今夕，乐处陶然悟凤因。

　　　　不是一番离别苦，相逢怎得倍相亲？

销金帐底莺声涩，绣玉楼中蝶梦圆。此时，山人已尝遍温柔滋味矣！一夕，山人酒酣兴至，欲观梅芬舞剑，曰：

"仆请于卿者屡矣，当此良宵，不知卿能一舞为乐否？"

梅芬不忍拂其意，即入房更短装，抱长剑立庭中，英风凛然，笑谓侍儿曰：

"试以黄豆数升尽渍墨汁，视舞急时，可洒向侬身。"

侍儿遂如其言，分立庭角，梅芬乃旋转而舞。初起时尚分明可辨，继则上下皆成白光，有风雨之声，兔起鹘落，寒光逼人。侍儿辈各以豆尽数掷之，但闻淅沥之声，豆皆外迸，俄而光敛，而梅芬已横剑立于筵前，绛厴含笑，微有喘息而已。细视其身，毫无点墨，众人皆咂舌惊奇。山人尤赞叹曰：

"不谓温柔如卿，而具此好身手，即古之公孙大娘亦不过如是。卿真巾帼英雄矣！"

乃起立贺酒三杯。梅芬接之，一饮而尽，翩然入内，更装复出，谓众人曰：

"舞剑之事，切勿为外人道，否则以技鸣，必以技收，莫谓天下无人也？"

山人亦韪其言，尽欢而散。

他日，梅芬游留园，忽遇乡人王翁，故邻也。他乡遇故知，欢慰无限，梅芬乃邀至其处，絮絮问故园状况，翁曰：

"余以长子在沪经商，获利甚丰，故迁居来此。凤闻吴门风景，因来一游，不意忽睹汝也。"

梅芬询及父母，翁曰：

"忆自盗劫后，汝则不知去向，而父则为盗害，唯而母匿园中获免，然既死其夫，复失其女，悲痛过度，两目几盲。今为佣某家，尚幸健全无恙。若汝则何由来此？今操此神女生涯，想亦有迫而然，盍告余？"

梅芬乃以事之颠末相告，翁亦感叹不已，约致函其母，俾梅芬可以通信而去。

明日，山人至，梅芬告之，且言：

"此后当稍蓄食资，以备将来养老计。"

山人乃思藏之金屋，纳为小星，又恐梅芬不甘为媵妾，逡巡未言。居久之，忽王翁有书至，谓梅母病危，望女速归。梅芬阅毕，痛哭不已，谓山人曰：

"自幸老母未亡，相见有日，不意急耗飞来，能不令妾心碎耶？

81

妾当火速上道，归视母病。若生时得获一面，则妾之幸也。"

言讫，倒于其怀，哭泣不已，盖梅芬诚孝使然也。山人叹曰：

"卿之孝心，实堪钦佩，但蜀道崎岖难行，今者方有兵变，卿焉能孤身独往？"

梅芬曰：

"妾归心已动，不可复罢。且略有薄技，尚可自卫，愿以性命为孤注，否则何以答生母？"

山人知不可劝，乃嘱梅芬一俟母愈，即迎母来吴。梅芬允之。

明日，梅芬摒挡行箧，山人亦至，设席钱别，且赠以川资，梅芬却之曰：

"妾知君近状亦不易，妾私囊尚足敷用，高情厚谊，已心领之矣。"

时此骊歌重唱，惜别依依，山人又作三阕送之，伤感之怀，情见乎辞，不亚于《阳关三叠》也。

梦江南

前岁相逢犹七月，也是院中海棠发。去年七月海棠开，花前欢饮竞诙谐。

今年七月伤离别，只恐明年容易交秋节。海棠又是著花时，对花弹泪有谁知？

惜奴娇

情重怜才两年矣，时携手，共遨游，山明水秀。美景良辰，曾几度，轻相负，自咎，却赢得愁吟病酒。

亭短亭长去程远，休回首，蜀山深，凉雪侵袖。月到圆时期相望，黄昏后，望久。离怀苦，魂销梦受。

卜算子

江上夕阳横，山外浮云断。怕听离亭风笛声，调涩声含怨。

如有再来期，还可重相见。遮莫飙轮去若飞，人共飙轮远。

山人自梅芬行后，日唯以曲蘖自遣，曾寄一函与梅芬，而久无竹报，盖清季蜀中大乱也。未几，而民军起义武昌，扰攘半年，而民国成立，山人仍服务苏关，而梅芬益不知存亡矣。某日，山人以事乘车赴沪，在沪站人丛中，见一妙年女尼，黄绉披身，风姿清丽，似曾相识者。继而视之，而女尼亦已见山人，以手招之曰：

"公非山人耶？何幸而相遇。"

山人此时已知女尼即梅芬矣，且喜且惊曰：

"别来苦忆，又音信不通，卿何为面皈依佛门耶？"

梅芬乃偕山人至隐僻处，凄然告曰：

"妾向堕风尘中，幸慧根未泯，回头尚早，今后青灯古佛，了此一生。盖妾历尽苦辛，及抵家门，而生母已弃妾长逝矣，妾即以所蓄金卜葬之。革命既起，妾还至途中，遇一老尼，与之谈佛理，颇悟彻一切，自知身负罪孽，愿归慈航，扫却尘缘。公莫怪无情，妾已剃度于劳山某庵矣。此行往普陀进香，无意相逢，犹得晤面，愿公善自珍卫，毋以妾为念。"

言毕，即致声珍重而去。山人虽有爱心，莫可挽还，仰天长叹，目送其行。艳情绮梦不堪回思，恨缕愁丝，莫可自遣，念"曲终人不见，江上数峰青"之句，不禁感慨系之。吴县高翁鸥侣，有古风一篇，以纪其事云：

83

君不见，行云神女巫山侧，宋玉微词多掩饰。又不见，出塞明妃尚有村，少陵凭吊留凄恻。蜀中山水灵秀多，惯毓倾城倾国色，倾城倾国无代无，浣铧溪畔薛涛居。有女绛仙属同姓，飘零万里来句吴。问某适作探梅客，探梅邓尉逢彼姝。梅有清芬当问梅，有意无意谁安排？自言本是良家子，横祸幼遭身至此。流落江湖瞬十春，才等男儿擅绝技。若非相聚有夙缘，梅林哪得逢癯仙？缟袂羽衣极潇洒，金樽檀板同流连。芳华想象怀萦抱，竭来重见金阊道。唏嘘假父党红灯，断送全家命如草。儿身似凤脱樊囚，佛在心头时默祷。掠我家财掳我身，心识仇人偏了了。儿家誓学秦女休，五步血流为报仇。君闻其语惊还喜，孝名侠骨传青楼。青楼爱才曾有几？劳燕离愁乌可已。顾横波、柳如是，纵有才华不足齿。落花轻薄随流水，争及吴姬妇释氏。车辙轮飙不暂停，沪宁道上又逢卿。衣装雅淡称梳裹，踪迹离奇托旅行。绮思瑶情极倾慕，禅心不作沾泥絮。因缘如镜幻空花，驻车言别飘然去。蓬莱弱水阻青禽，焦尾难求再赏音。太息曲终人不见，青峰江上夕阳沉。

焚　稿

一精雅之书室中，四壁张画稿无算，临窗绘事桌上供玉胆瓶一，中插紫罗兰数株，花开如含笑意，清香馥郁，醉人心骨。

画家司各得独坐圈椅中，默对左壁上一风景画，凝思有顷，自语曰：

"即此一幅写景，我已崭然扬名于美术展览会中，然颇不以此自足。老友邓林谓我画风景则极尽能事，绘美人则未克尽善，我深引为耻。研精殚思，又半载矣，常欲绘一裸体画，以发挥我之天才，表现人生真美，庶不愧为一美术名家。而追德加（伊特格·德加为法国著名美术大家）之后尘。然环观巴黎之地，虽名花如云，而实乏有天然之美，足供艺术之绘生者。唯繁锦大剧场女优露玲，风韵超群，天生美丽，濯濯如初春杨柳，滟滟如出水芙蓉，红氍毹上，清歌妙舞，足以压倒梨园群芳。若能呈其身相，为我画稿模型，则可成一极美之艺术画，足令一班画家俯首搁笔矣。"

思至此，自椅中起立，踱躞室中，苦思所以得之之法。顾久久未有，则推窗而望，时已薄暮，斜阳一角，映射于对邻惠灵司旅馆圆屋顶之上，作黄金之色。途上电灯齐明，车马喧阗。司各得忽又自语曰：

"闻今夜繁锦剧场，露玲将演《爱国鸳鸯》一剧，是剧本其擅长，必有可观，我盍往饱眼福，且觅机会乎?"

晚餐既毕，遂乘车而往。至则客座已满，仅能居旁稍分一席地，露玲之声价可见一斑矣。顷之，音乐齐奏，露玲飘然出场，罗衣如雪，鬓发似云，手捧鲜花一束，足登最新式之白色革履，眼波婉媚，顾盼生情，曼声歌《欢会》三曲，珠圆玉润，响遏行云，余音袅袅，荡人心魄。司各得注视其面，审其美势，目不旁瞬，顷之，露玲再出为跳舞一折，灯光之下，琴歌声里，但见手如回雪，身若转波，虽穿花蛱蝶，不是过也。司各得观至得意处，以手杖起舞，不觉误中旁客之颅，坟起如桃。其人大怒，夺其手杖，欲还击之，曰:

"恶少! 奈何伤而公?"

司各得自知理屈，即向其人再三谢罪，方得息事。然群众皆诽笑之。即场上之露玲见之，亦展其瓠犀，嫣然一笑也。司各得见露玲笑彼，殊觉美人多情，亦置旁人之非笑于不顾。甩剧终人散，司各得独痴立剧场门次，静俟露玲之出。久之，露玲方出园门，有众少年拥视其侧，司各得欲趋前自通款曲，而稍一趑趄，露玲已跃上摩托车，向东疾驰去矣。

露玲年十八，以幼失怙恃，学为女优，盖亦可怜之女子也。然幸其玉貌琼姿，灵心慧口，颇为当世人士倾倒。彼来繁锦剧场中，方演至两星期，艳名已著巴黎，轰动一城。甚至彼有名画家，亦欲借彼肉身，为裸体画之模型，是诚天生尤物也。露玲所居甚雅静，只有一老妪相伴，然一班少年游客，莫不如蚁赴膻，往来露玲之门，冀一把晤为快，以故露玲门外，常有汽车、马车驻候也。

某日午后，露玲方休憩室中，忽闻铃声，老妪以名刺入报，有客求见。露玲取名刺观之，则美术名家佛兰克令·司各得也。自思: 此人余虽稍闻其名，然与余素昧平生，今以何事见访? 遂令老妪请之人。则革履之声橐橐，一少年推门而入，向露玲鞠躬为礼。露玲亦伸柔荑，与之握手，缔视其貌，似曾相识，则即前日繁锦剧场中起舞，手杖伤及旁客之人也。盖司各得前晚未能达到目的，此心不死，故今日亲来求见也。于是露玲问其来意，司各得柔声和气，详述倾慕之由，来此一亲芳泽，以为荣幸。露玲见司各得一片热诚，不觉芳心喜悦，谦谢不遑。久之，司各得又曰：

"下走今有一事欲求姑娘相助，不识能许之乎？"

露玲笑曰：

"君欲求助于余耶？如能为力处，自无不可，盍言之？"

司各得曰：

"说来恐嫌唐突，姑娘能恕余否？"

露玲曰：

"果为何事？直言无妨。"

司各得曰：

"姑娘谅知余为画家矣，余今欲绘一裸体名画，为美术界上放一异彩，特无此天然美人为余画稿之模型，才难之叹，藏之久矣。复见姑娘，即以审美之眼光，详为观察，觉姑娘肌肤容貌，眼波眉黛，无一处不合余画稿之模型，洵人世间绝无仅有之美人，故躬自拜见，欲请姑娘俯允，牺牲半日之时间，为余玉成。但兹事恐姑娘不乐为之，故先告无罪耳。"

露玲闻言，沉吟曰：

"君欲余为君画稿之模型耶？"

曰：

"然，得姑娘为模型，则尽我之心力，此稿脱时，当可名惊一国，传之不朽，且可售之于图画馆，必获巨价。届时余当以五百法郎为姑娘寿，不食言也。"

87

露玲之性，喜人誉其美丽，且思此事亦非羞耻之举，助名家之艺术品，当有功于美术界，至是，支颐笑曰：

"蒙君过誉，余有何美，足供君之画稿？若君必欲需余相助者，余亦可勉为之。"

司各得见露玲已允其请，无限愉快，乃曰：

"辱蒙不弃，感何如之？此星期六上午，余谨在寓俟姑娘光临。余寓在克里街一七七八号，惠灵司大旅馆之对户也。"

露玲乃出笔记簿录之。司各得此时四顾室中，陈设精美，东壁悬一美人小影，向西则为明窗，窗之外有短垣一带，绿树丛蔽，其外即街也。自思露玲之居，亦颇清雅。复与谈话久之，乃起身告别。

星期六晨，画家司各得在其画室中，俯身于一新式之斜面画桌上，旁置画具无数，聚精会神，注目于东窗下之美人模型。时露玲斜倚一软榻上，以左手自揣其身，右手则抚其额上之发，发光卷曲作金色，披垂其肩，星眸微饧，桃靥含笑，酥胸袒露，以茜色透明轻纱斜披其身，肌肤滑腻丰润，无异于羊脂白玉，双趺尽赤，曲其左肱，玉体横陈，几同神女出浴。即意大利石琢美人，亦无此天然美观，肌香微度，透入画家鼻管，不觉心为之怦怦动。顾此时彼美亦方做其姿势，凝睇无语，以故室内沉寂无声，唯闻汽车鸣鸣，时过门外而已。久之，司各得底稿已成，遂搁笔欠伸而起，笑谓露玲曰：

"敬谢姑娘厚惠，为吾美术界上生色不少，将来竣事时，当再亲呈芳览，但姑娘得无疲倦乎？"

露玲笑曰：

"谢君。"

乃更御其衣，徐徐至画桌边，观其底稿，则但见满幅曲线，依稀一倩影而已，靦然一笑，兴尽而辞。司各得复亲其纤手，表示谢

88

忧，亲坐汽车送之回家。盖人非鲁男子，对此名花，孰能无动？彼少年画家，至是亦不觉深坠爱河矣。

阅数日，司各得煞费心思之裸体名画已大功告成，悬之壁上，则含烟凝露，活色生香，图中美人栩栩欲活，诚美术界破天荒之杰作也。先一日，司各得大宴亲朋，出图遍示座客，见者莫不啧啧称美。即其老友邓林亦鼓掌狂笑曰：

"余曩者谓君于美人画，尚缺精彩，今见斯图，叹观止矣。诚余之畏友，前途进步，莫可限量，足为吾法美术家中之第一人矣。"

因浮白致贺。司各得亦欢慰莫名，絮絮称其画稿成绩。此时，有某友欲为之介绍于巴黎美术保存所中，且言主人劳白脱能出重金者。司各得笑谢之曰：

"余意此画须陈列今年第二次美术展览会中，为诸名家批评一过，然后脱售，则声价十倍矣。"

众皆韪其言，兴尽而散。至夜，司各得折柬请露玲明日至某餐馆午膳。夜卧床上，思其稿成，其名不日将愈显扬，伊谁之力？非露玲欤？继思彼美天然妩媚，动人恋爱，即铁石人见之，亦当动心，况美术家乎？沉思久之，情魔绕怀，不能自解。无何而东方发白，晨钟报晓矣。

是日午时，司各得对镜修饰，上下衣服，焕然一新，携其画稿，驱车至餐馆。择一清雅之室，命侍者预备鲜美之肴馔，自坐沙发上，展阅报纸，见有新闻一则。其辞云：

美术家司各得近有裸体名画之作，昨日宴会时，曾遍示座客，光线完美，栩栩如生，咸叹为近世罕有之画。又闻其稿模型，系商请繁锦大剧场女伶露玲牺牲色相成之者。露玲色艺蜚声菊部，此画之美，可想而知，诚美术界上之

佳话也。据司各得言，此画将陈列于第二次美术展览会中，
则一班有美术癖者，又将大饱眼福矣。

司各得阅毕，笑曰：

"此必格列恩所为，彼为新闻记者，竟以昨日一席话，做彼资料乎？"

斯时，室门忽辟，则露玲随侍者入矣。乃抛去报纸，起立欢迎，见露玲衣光丽之紫色衣裙，益增娇艳，笑谓司各得曰：

"君来几时矣？昨得君书，知君画稿已成，深为君贺。"

司各得曰：

"此皆姑娘之力，今日约此聚晤，借伸谢意。"

露玲乃一笑就座，司各得乃命侍者进餐。二人且食且语，司各得所语，皆致其爱慕之忱，语气前后不相续，盖心所有思然也。顾露玲则颇淡然。久之，司各得忽曰：

"余尚有一事，欲得姑娘应允，不知能否？"

露玲曰：

"岂又欲求画稿模型耶？"

司各得笑曰：

"否，鄙人年逾弱冠，尚赋鳏居，徒以鄙人以美术眼光，观察当世女郎，觉绝少当意者，蹉跎至今，不知所可。唯见姑娘之后，足令余神魂颠倒，梦想殊殷。前蒙姑娘爱许，助成画稿，今敢唐突奉求，姑娘其亦怜而许之乎？"

露玲闻言，面微赧曰：

"谢君厚爱，但此事不敢冒昧遽允，且余为女优，此身如野鹤孤云，疏闲已惯，安能再为人妇？君姑少待，容归而熟思可也。"

司各得闻露玲答语，神色嗒丧，颓然坐椅中，久久不语，顾尚

希冀露玲之终能见允也，不得不强颜欢笑以媚之。露玲则仍谈笑自若，观其画稿，且笑且语曰：

"此画酷肖余形，思之殊自赧也。"

司各得更誉其美处。餐毕，时已近晚，露玲将往剧园，遂与司各得握手告别曰：

"余将去矣，今晚剧园中所演，皆有精彩，君盖莅止乎？"

司各得鞠躬曰：

"诺，姑娘晚安。"

一日，距美术展览会开会之期只三日矣，司各得午后无事，遂出访友人，行至街之转处，忽见左侧驶来一摩托卡。车式甚新，车窗中有少年男女二人，并坐谈笑，疾驰而过。司各得睹之，乃仰天叹曰：

"天乎！彼美已有情人矣，无怪向者之不吾允也。然则余其奈何？"

盖司各得所见车中之女郎，即其日夜思念之露玲也。此时，司各得痴立道旁，状如木鸡。其后又有两汽车衔接而来，几为所仆，遂疾驰回家，闭户痛哭。忽有邮差持函至，则露玲所寄也。司各得一则以喜，一则以忧，拆而视之，且有小影一帧。其书曰：

司各得君如握：

    妾以蓬门贱质，蒙君嘉爱，中心藏之，何日忘之？但妾已与某君雅有情愫，结俪在即，故不得不忍然向君拒绝。君爱吾者，尚祈谅之。附上小影一帧，聊表敬爱之忱云尔。

露玲手启

司各得阅览毕，复取其玉照凝视，益增悲恨，忽起忽坐，状类疯癫。盖司各得之希望至此已绝，怨恨至于无极也。久之，乃取其裸体画稿，默默痴视曰：

"名画虽成，玉人已失，我其何以慰情乎？"

即取火焚之曰：

"吾宁使此画化为灰烬，不欲更以增我悲痛也。"

时画稿着火，悉化为纸蝴蝶，飞舞室中。可怜此绝世名画，一旦化为乌有。司各得见稿已焚去，复从难纵声大哭，以拳抵几曰：

"此一块禁脔，我亦不便夫己氏独尝，当有以报之耳。"

明月横窗，夜色已阑，露玲亦香梦沉甜，深入睡乡。而其卧室窗外短垣之上，忽有一黑影攀援而入，轻撬其窗。顷之，窗已被开，一跃入室。彼来者其妙手空空耶？曰：否。月光皎洁，固能识其为美术大家司各得也。此时司各得面色惨白，东西注视。行至露玲床侧，见彼美向外侧卧，以一手自枕，星眸微合，梨窝儿欲笑，一粉臂露于被外，洁白如雪，鼻息微微，甜香阵阵。司各得此时光不觉神魂销荡，回首叹曰：

"我见犹怜，谁忍不出此？顾余已失望，不欲留此以让他人独享也。"

时露玲亦闻声而醒，伸手向内床电灯机关揿之，则室中大亮，见司各得立于其前，状貌可怖，不觉以手自掩其面，颤声呼曰：

"君乎何来此？"

言未毕，司各得疾自袖中出手枪，准拟其额，轰然一声，而此倾国名姝死于非命矣。司各得则向之作痴哭，绝不遁逸。女仆闻声惊起，破门而入，见其女主露玲横卧血泊中，床侧兀立一人，正前日不速之客也，大惊，急返奔。而门外警吏亦已至矣。司各得见警吏入室，高声言曰：

92

"余为美术家司各得，以情不能遂，演此惨剧。今露玲已为余所暗杀，君等勿亟捕余。盖余亦无意于人世矣。"

言讫，忽闻枪声硑然，此年轻之美术家亦已饮弹自殉。

阅日，美术展览会开会矣，大小名画陈列其中，五光十色，美不胜举，而前日哄传报纸之裸体名画，则独阙如。且群议沸腾，人人争论此美术家所演之情场惨剧矣。

明道曰：

此篇曾见于美国一九一六年《小说年刊》中，友人计君曾告我其事。当时拟借其书一译，因循而罢。今参以己意，以实我书之资料。但余有感者，则司各得虽为美术家，而尚不能真知美者。盖天然之美，既如凤毛麟角，不可多得，则吾人可从而爱护之，何必据为己有？故为司各得计，名画已成，正要发表。人生艺术递而上之，乌可自堕情网，误其一生乎？

露玲能允婚，斯固大佳，不然，则露玲之美，固尚存也。婚姻不谐，亦奚不可者而？司各得卒不能悟此，因美生爱，因爱生妒，遂不惜煮鹤焚琴，同归于尽，夫亦太可怜已。

可怜他死了

一座小小红楼上，六扇玻璃明窗，遮着镂花碧纱，映得那电灯也觉绿滟滟的。沿窗摆着写字台上，供着一瓶桂花，甜香扑人。又有一个银质镜架，里面放一张倩影，旁边堆着些中西书籍。有一位女郎，学生装束，明媚的秋波，小圆的樱唇，两颊却红喷喷的，好像苹果一般，很是令人可爱。年纪约有十八九岁光景（人生最好的时代）。正自握着一支自来水笔，在一本五分簿上写那蟹行文字。那时，只听楼梯响，走上一个中年妇人来，衣服朴素，面貌慈祥，对女郎说道：

"蓉儿，你吃了夜饭，又在这里用心思了。"

女郎回过身来，笑道：

"母亲，我不过写写罢了，你的事体完了吗？"

妇人点点头，便在东首一张沙发上坐下，拔了头上的挖耳，细细剔着牙齿，说道：

"今天的红烧鸡，觉得老些，你吃如何？"

女郎方要回答，忽听底下大门上丁零零的电铃响。妇人说道：

"什么人来了？"

刚要立起身来，女郎也立起道：

"母亲，让我去。"

便把笔向台上一搁，三脚两步跨出房门，噔噔噔地跑下扶梯去了（这是天然足的好处）。不多一刻，还上楼来，背后跟着一个少年，穿着灰色哔叽的夹袍，玄色贡缎的马褂，生得容貌清秀，举动也很安详，向妇人叫了一声"舅母"，妇人便笑盈盈地立起身道：

"原来是福少爷，快请坐。"

忙到间壁房里去，倒了一碗茶来。那时，少年手内还提着两瓶东西，轻轻放在台上，接过茶杯说道：

"罪过，罪过。"

妇人一眼看见了瓶，便问道：

"福少爷，你又去买什么来了（可见得不是这一次）？"

少年笑道：

"没有什么，我听得舅母咳嗽还不曾好，所以买两瓶好的治咳药水带来，请舅母每日用几匙，便可痊愈（何等孝顺）。"

妇人连忙谢道：

"我倒咳得好些了。"

少年喝了一口茶，放下茶杯，走到女郎书桌边，笑眯眯说道：

"蓉妹，好用功呀，你的英文现在真是进步神速，非我所及了。"

女郎道：

"福哥，不要客气，吾方在做一个论题，名叫 *The Necessity of Women's Emancipation*，你看好吗？"

少年便接过簿子一看，道：

"题目很有价值，至于行文造句，也有 rhetoric 的神味。"

女郎道：

"请不要恭维了，我真惭愧得很。"

少年面上一红，又说道：

"实在如此，并非虚赞（少年窘矣，哈哈）。"

女郎笑笑，仍旧俯在桌上写字。少年问道：

"蓉妹，前天的《红礁画桨录》和《情网》看过吗？"

女郎一面写，一面答道：

"多谢哥哥送我这两部小说，不过我的性子不大爱看小说。一个人堕了情网，可怜得很。"

少年叹道：

"妹妹还不曾经历这种境遇，自然说出这些话来。唉！人非草木，孰能无情（不错）？"

女郎听了，不则一声。少年便对妇人说道：

"舅母，今天大戏院里正演卓别林的滑稽片和宝莲女士的侦探长片，还有一班西国妇女跳舞奏乐，大有可观，所以我想请舅母和蓉妹一同前去看看。"

妇人道：

"也好，只是没有人守门，楼下的王妈还不曾转来呢！"

女郎也答道：

"今天我不去，我要做好这篇论说呢，你们两个人去吧（太拂人意）。"

少年道：

"妹妹不去，我们也不去了（何故）。"

女郎笑道：

"请福哥原谅，扫你的兴了。"

少年答道：

"不妨。"

便和妇人絮絮谈起家事来。妇人又说起他故世的母亲，少年眼圈一红，说道：

"一个人没有父母，很是可怜（有父母的听着），我现在只当舅母是我母亲了。"

妇人笑道：

"我哪里当得起？多谢你时常照顾我们母女两个，不知道将来如何报答？"

少年便道：

"不要提起这话，我亲爱的人，除掉我的胞弟务强，只有舅母和蓉妹了。"

说到这里，从身边摸出一样物件，是一个羊脂白玉的裸体美人，约有五寸长，矫首独立，栩栩如生，双手奉与女郎道：

"这件东西从法国来的，值六十两银子，我看见好白相，买了下来，送给妹妹。"

女郎接过去，摩挲一番，笑道：

"多谢你了。"

妇人也拿来看玩，赞它，又是光滑，又是精巧，却不舍得少年费去这般重价。少年只要女郎乐意，并不在乎区区金钱问题上。他们又谈了一刻，少年摸出时计一看，已近十点钟，便立起说道：

"时候不早了，我在此耽搁你们好些工夫，明天会吧！"

女郎也说道：

"福哥慢请。"

少年觉得没有兴致，叫声：

"舅母，我去了。"

走下扶梯时，又回过头来看看女郎（痴情如画）。那妇人送下楼去，十分殷勤，又和少年在楼下讲了几句话。作者要趁此空儿，把他们姓名家世略说一说。

女郎姓朱，名蓉秀，妇人便是她的生母。从小便死了严亲，又没有传下家私，娘儿两个孤苦伶仃，幸亏蓉秀的姑母嫁得很好，便留下这所房屋，让她们居住，常常有些津贴。蓉秀幼时天资聪敏，起先在小学里读书，后来年纪渐大，要想到女学校去读书，没有学费，便向她姑母告借了几十番，买了好些书。那时，蓉秀已有十四五岁，到得校中，非常勤勉，学问智识长进得很快。她因为无力买书看，放了晚学，偷空又做些绒头绳的女红，赚下钱来，去买书籍（如此读书，何忧不成）。后来，他姑母死了，姑母是嫁给本地姓高的人家，丈夫早已死去，但是留下许多家产，着实富足，有两个儿子，大的小名锡福，号成志，便是方才来的少年，起初在本埠某中学肆业。小的名叫务强，也在某小学内读书。成志时常到蓉秀家去，好在一切家财都由他管理，生性又是豪放，便答应舅母，每月一切用费都向他支取。晓得蓉秀出不起学费，也由他担任，又时时送些衣料物件给她们。把他舅母看待得和亲生母亲一般，自然朱母非常感激了（确是难得）。后来，他在中学里毕了业，便在家里研究些美术，却不再进大学。蓉秀不以为然，向他规谏，但是他已打定主意，说也没用。不多两年，蓉秀也在中学毕业了，她很爱研究英文，在外补习，并想谋一个职务做做，省得去依傍别人，这也足见蓉秀的志气了。

当时，朱母送了成志出去，闭了门，回到楼上，见蓉秀正自朗声诵读，不由叹了一口气。蓉秀问道：

"母亲怎么不乐？"

朱母道：

"我想起你爹爹抛弃我们时候，你也不过六岁，可怜孤儿寡妇，靠着谁来？"

蓉秀听了，眼圈一红，说道：

"母亲，不要提起这些伤心之事，以前的事都已过去。"

朱母道：

"不是这般讲，饮水思源，我们两人假使没有他们母子的扶助，恐怕早成沟中之鬼了。"

蓉秀道：

"那是自然，姑母和福哥的恩泽，终生难忘。"

朱母便去倒了两杯茶，一杯递给蓉秀，一杯托在自己手里，喝了一口，又道：

"现在你年纪也有十九岁了，我也将近五十，去死不远……"

蓉秀忙拦住道：

"母亲寿命正长，不要说什么不祥的话，女儿听了很是难过。明天我们逛大世界去。"

朱母点点头，暗想：你不过怕听这句话罢了，便又说道：

"今天有人请你看影戏，你也不去，又说到什么大世界（还答得好）。我有几句要紧话同你老实细讲。"

蓉秀怔了一怔，说道：

"母亲，有什么要紧话儿？"

朱母道：

"我看锡福为人很是忠挚，前天我有咳嗽，他便代我请医生，今天又特地送两瓶药水来。我送他到楼下，他又问我家中可有钱用，给我三十元的纸币，真是自己儿子有的也不过这般体己，便是你这几年来校里的学费用品，他也出了不少，又时常送给你衣服首饰，恐怕你的嫡亲哥哥也没有如此。我记得去年你生了一场大病，他急得什么似的，天天请医生到此，那时，我看他为了你，也瘦了不少（旁观者清）。后来，幸亏好了，他又购备了许多补药给你调养。所以我可说爸爸的性命也是他救活的。这样大恩，总要图报。"

蓉秀道：

"这一切事情，女儿也知道，将来倘有机会，当思报答。"

朱母道：

"别的他也不想你报答，我看他非常爱你，只是说不出口。然而我看你却和他有些冷淡，他来凑你，你便远他，有时候和他执拗，他却并不生气，还是妹妹长妹妹短，和你谈笑。不知道你有何心思？"

蓉秀面上微红，低头无言。朱母道：

"现在我想要将你嫁给他，将来你们夫妇两人，互相亲爱，便是报答他了（朱母真是成志的知己）。"

蓉秀听说，立起身走到她母亲面前，双膝跪下，说道：

"请母亲原谅，女儿并不是违背母亲的吩咐。福哥虽然是我们恩人，粉身碎骨也报答不尽。然而女儿的婚姻，是另一问题。依女儿眼光看来，那些世间的男子，也不过如此，还是不嫁的好，省得将来要受许多束缚，许多苦楚（也有意思）。况且福哥虽然家道巨富，但是没有大志，敷衍度日，这样为人，女儿是绝端不赞成的。所以，现在女儿正想寻那自立的生活。妇女解放后的地位和男子相同，将来我可以终身伴着母亲，尽天伦之乐，还不好吗？况且母亲吃尽辛苦，只养我一个女儿，做女儿的终想有一天使我母亲快乐（何不听从了），只消我在社会中立得住脚便好了。请母亲不要苦苦逼我。"

说到这里，滴下泪来。朱母也觉不胜凄感，把她扶起，抱在怀中，亲亲热热吻了几下，说道：

"既然如此，我也不来勉强你，只不过辜负他一番深情了。"

一天，蓉秀回到家里，喜气满面，对她母亲说道：

"我在英文研究会中新认识一个女友，她叫陈清如，和我很是要好。现在她将要到汉口女子职业中学去充当舍监，兼手工教习，她不舍得和我分离，听得这校内还要聘请一个英文教习，意思要约我一同去任事。她已写了一封信去，如果还没有请，她可推荐。女儿本想谋一自立的职业，难得有此机会，便毅然答应了她。母亲，你看好吗？"

朱母沉吟道：

"汉口地方太远，况且你又要离开我，很不放心。"

蓉秀笑道：

"母亲不要多虑，汉口是一个通商大埠，此地前去，可坐长江轮船，不过几天便到了，途中甚是安稳（为后文反映）。女儿到了那里，倘然得手，便好接母亲一同住在那方。"

朱母勉强答允道：

"也好，且待她回音吧！"

明天，她们母女两人正在闲谈，成志又来了，朱母便将这事告诉他。成志笑道：

"这事虽好，然依愚见而论，蓉妹孤身不宜远出，况且当今歹人很多，浮泛的朋友也有些靠不住。我看妹妹还不如等过这年，待我去托人，就在本埠谋个事体，岂不还好？"

朱母也赞成。只见蓉秀冷笑道：

"盖井而观，腰舟而渡，这是懦夫的行为。我虽然是一个女子，平常修养我的心志，锻炼我的身体，并不怕什么烦难。现在女子解放之说盛行，似乎女子也不必局守一隅，终身依人。所以我想出去做一番事业，不负福哥数年助我之心，母亲养育之恩。况且为人在世，不能因循退缩，也要挺身而出，在社会上做些有益之事（好大议论）。我辈苦学生，不像福哥席丰履厚，逍遥度日，便是终生不做事体，也不打紧（语语针锋，成志将若之何）。"

成志见她侃侃而谈，不觉面上一红，仍是笑道答着：

"妹妹说话不错，不过，我也有我的见解。既然妹妹立定主意前去，也好，只要诸事格外当心些罢了（好忍耐）。"

蓉秀方才回嗔作喜（写蓉秀处），和他闲讲。朱母便向成志商量，倘然蓉秀出去，要向他借些盘缠，成志也欣然答允（写成志处）。

过了几天，蓉秀邀她女友到家中设宴款待，因为那处回信已来，要请蓉秀前去了。朱母又喜又忧，忙着预备过。那位陈清如女士，身穿外国式的衣服，头发也剪去了，戴着眼镜，酥胸微袒，简直是个西方女儿，心中暗想：不信这班女子在外面竟有那么能力。清如同蓉秀一头饮，一头讲，举止豪爽，言语动听。此时，蓉秀心中快活无比，把清如当作知己，将心事一齐吐露，约定后天动身，前往船票都由清如代购，尽欢而别。那夜，蓉秀便借打电话，告诉了成志。

到明天早上，成志亲自前来，送上五十程仪。蓉秀托他常来看看她母亲，成志答道：

"我早已说过，舅母如同我母亲一般，妹妹请放心，家中事我终帮忙。但是妹妹一人在外，饮食衣服，须要格外珍重，往来途中也请留心（其语抑何恳挚乃尔）。现在约你同往的可是叫什么陈清如女士吗？"

蓉秀笑道：

"哥哥怎么知道？"

成志笑了一笑，只是不答（一个闷葫芦），只劝蓉秀，到了那边，诸事谨慎些，不要过分信托外人。蓉秀哪里把这些话放在心上？便说：

"我到了汉口，马上写信前来，将来你有空时，也可到那边游玩游玩（谁知后来竟出意料之外）。"

成志满口答应，并要明天送蓉秀到轮船上，蓉秀也不推却。朱

102

母本不放心，听见成志肯送，十分快活。这天午后，成志又陪她们母女两个到笑舞台去看新戏，晚上，又在一品香代蓉秀饯行，十分殷勤。

到得明朝，蓉秀早将自己行李收拾停当，成志已赶到。不多一刻，听得门上电话铃响，开门一看，乃是那位陈清如女士到了，手中提了一个皮篋，上下装扮得时新非常，见了成志，便鞠躬问讯，大家拿出名片来，举动很是偶悦，却催蓉秀早些动身。蓉秀此时穿着咖啡色的方领哗叽夹衫，下系新式卷裙，足蹬革履，头上挽着一个苹果头，颈后云发蓬松，额前插一只 X 字的别针（X 字的别针却没有见过），耳环未系，脂粉不施，腕上缚着一只打簧手表，也是成志送给她的。对朱母问道：

"母亲，这般装束好吗？"

朱母道：

"我看是好了。"

成志向她微笑（饱尝眼福）。清如却笑道：

"蓉姊，像你这般容貌，不用打扮已是天生佳丽，现在更是出色了。"

蓉秀道：

"没有你好呢（女子爱好是出于天性）。"

朱母便代她将行李提下，成志也去喊了一辆汽车前来，以便坐了一同前去。蓉秀遂同清如辞别她母亲，母女两个昨夜里已经讲了不少话（省笔），现在临别时候，朱母更是再三叮咛，洒下几点泪来。蓉秀虽然不是寻常女儿，然而到此也不觉黯然魂销，只说：

"女儿此去，一到年假，便要回来，请母亲不要苦念，自己保重。"

硬了头皮，跳上汽车，清如、成志随后也携着行李，跨到汽车上，一齐向朱母点点头，车夫早将汽机开动，叭的一声，向前去了。不多一刻，风驰电掣般，早到轮船码头，将车停住。三个人走下车来，成志把车资付去了，便代蓉秀携了行李，送两人到船上。两人定的是六号头等官舱，成志记在心中（何必要记），和她们谈了些话，便告辞而去。蓉秀送他出舱，便见成志走向船首去了。她便凭着窗闲眺，见码头上许多客人运送货物，上上下下，很是拥挤，只不见成志上岸，暗想：奇了，他明明走向船头去，怎的不见他走上岸边呢？难道我眼钝，看不见吗（这等处要着眼）？继而一想，他哪里会不上岸？稳是人多看不见罢了，否则终不成他跟我们到汉口去？便回身同清如闲谈起来。讲到职业女校的内容，清如道：

"那边邹校长是我的盟姊，所以此去稳固得很，蓉姊到了那里，自然晓得。"

蓉秀便不说下去了。

长江轮船开了，出得吴淞口，涛澜汹涌，水天相接。蓉秀不大出过门的，尽情凭眺，后来，轮船转入长江口，蓉秀见那江水尽发黄色，便问清如道：

"我向来以为长江清流，怎么都是黄色呢？"

清如笑道：

"江水发源高地，带着许多泥沙向东流下，故而尽变黄色了。"

蓉秀叹道：

"不曾经吗？哪里知道？闭户读书，可见得是无用的。"

慢表二人闲谈，却说轮船在江中走了两天，过了不少商埠。一天清晨，早到九江口。九江也是江西一个通商大埠，人烟稠密，商务兴盛。轮船抛锚以后，便有许多小工来运货物，喧嚣挤轧，有些船客也陆陆续地上岸。蓉秀同清如开窗眺望，忽见岸上人丛中有一男子，似乎向这里打招呼。蓉秀暗自纳罕（真是作怪）。那时，清如已转身倒了一杯茶来，说道：

"蓉姊口渴吗？可要用茶？"

蓉秀连忙道谢，接过茶杯，一饮而尽，便觉得头脑中一阵晕眩，支持不住，不知不觉地，伏在桌上睡去。

蓉秀昏迷了长久，后来，渐渐觉得头脑有些清醒，睁开眼来，四面一看，不觉大吃一惊（读者至此，也要小吃一惊），见自己并不在船舱里面，却卧在一张铁床上，身上盖着绣花锦被，鼻子里闻着一阵非兰非麝的香味，令人心荡，室内四周摆设华丽，好像女人的闺房。连忙一骨碌翻下床来，觉得身子有些乏力，见玻璃窗外，尚有一角阳光，将近薄暮时候，妆台上的自鸣钟长针正指四点三十五分。心里暗想：好奇怪啊！这里是什么地方？我适才明明在船上闲眺，清如给我喝杯茶，我喝了，不觉昏迷，怎么卧在此处？清如又到哪里去了？莫不是我遇见了歹人吗（此时觉悟来不及了）？定一定神，要想走出房门，不料门已反锁，知道事情不妙，急想寻个出路。唯见床后有两扇玻璃窗，走去一看，见窗外是一座园林，室内地基很高，万难跳下去（伏笔）。蓉秀正在思想，忽听房门外面有了人声。蓉秀回身转来，见门已开锁，有一个中年妇人，笑嘻嘻地走进来，见了蓉秀，便道：

"姑娘醒了吗？"

蓉秀也答道：

"正是。请问此处是什么地方？我方才在轮船上，怎样会到这里？尊姓是谁？清如姊姊又到哪里去了？"

妇人道：

"我姓袁，在此地王府上当个职事，其他一切事情，姑娘不久就要知道。现在我们主人要请你去见见。"

蓉秀道：

"也好，我总要明白底细。"

便跟了妇人出房，一路转弯抹角，走到一间华美的房前，早有一个家人道：

"来了吗？快些进去吧！"

妇人同蓉秀踏进房内。蓉秀见正中太师椅上坐着一个五十多岁的老翁，身上却穿着华美的衣裳，旁边立着许多艳装的姬妾和婢女。那老翁捻须微笑，见蓉秀进来，便道：

"姑娘请坐。"

蓉秀不知就里，答道：

"多谢老丈，但不知鄙人如何到此？务望详细赐知，送我回船，便感激不尽了。"

老翁哈哈笑道：

"既来之，则安之，姑娘还想转去吗（其语突兀）？"

蓉秀惊问道：

"此话怎讲？"

老翁回头对一个侍姬道：

"你可告诉她吧！"

那个侍姬掩着口，笑了一阵（淫态），走到她面前，说道：

"朱小姐，我老实告诉你吧，你的朋友是个女拐匪，我家老爷要想添一个姬妾，因此托她到上海物色一个美人儿。因为她同我们订好条约，我家老爷尽多尽少收得进，她也尽多尽少拐得着（绝妙偶语）。她就施展本领，拐了你来。预先约好我们在码头上迎接，她得了四百元的身价钱，又到他处去了。现在你到得此间，便是一百个不情愿，也不中用了。此处是九江城外王家集，我们老爷是一方之霸，饶你有通天本领，也不能逃走半个（奇语）。还是劝你好好服侍老爷，使他欢喜，便是你的运气。我看你倒像个女学生，可是叫什么朱蓉秀？将来我们是姊妹同伴……"

她正说和高兴，蓉秀面上一红，带着怒气，立起身来道：

"且住！我有我的自由权，谁人卖给你家？你们既然不是好人，我便去了（可谓痴想）。"

立起身来，要往外去。早见面有四个家人怒目扬眉地在房外拦着（好不可怕）。王翁笑嘻嘻地走过来说道：

"好一个任性的女子，你还不如跟我去寻乐，将来包你不要走。你虽有自由之权，到了此处，更有何用？"

便想上前去握她的手。蓉秀在校中本习过拳术，至此怒不可遏，剔起双眉，喝道：

"老贼！敢来近我？"

双手向他一摆，王翁是酒色淘虚、年高老迈的人，被她一推，几乎向后倾跌，幸亏有两个姬妾过来扶住。王翁坐下，不由心火直冒，说道：

"好！你倒这样倔强，不给你吃些痛苦，你终不肯顺服。"

喝令取过皮鞭来，只见一个婢女早到外面拿进一条又细又长的皮鞭，王翁接过来，勒起长袖，吩咐几个婢女上前快把蓉秀脱下衣裤。此时，蓉秀双拳难敌四手，被她们擒住动手（我为蓉秀急杀）。幸有引她进来的妇人走上去说道：

"王老爷且请息怒，人家女孩儿，面皮娇嫩，怎肯一句话便答应你？终要慢慢地，使她回心转意。譬如七姨太太起初也是不肯听从，怎么现在心悦诚服呢？"

王翁听了，便道：

"袁太太，你的话也说和不错。现在你可带她回到房中，着你一个星期，劝她服从，不要触犯了我的怒火方好。"

袁太太答应一声，便引蓉秀出去，到得房里，便和她好说好话。

蓉秀虽然感激她，但是这个问题，终究誓死不能答应。直到天晚，袁太太命一个使女点了盏灯进来，又送上夜饭，蓉秀食不下咽，只喝了两口粥汤。袁太太见她情形，也就没法儿，便对她说道：

"朱小姐，你且安心住下，再细细想一想看。倘然能够答应，王老爷绝不亏待你的。便是要想走，也走不脱的，我劝你听我的话为妙。"

说罢，吹灭了灯，仍把房门回锁上出去了。蓉秀一个人在房中，举目黑暗，万种凄凉，也不想睡，闷闷地坐在椅子里，想起家中的生母，正在盼望佳音，哪里想到她女儿中了歹人暗算，陷身在龙潭虎穴之内呢？又想到成志规劝的话，真有卓见。他何等爱我，只怪自己急于任事，冒昧不察，一味看轻人家的话（自信心太重者，可以视此），弄到如此地步，如何对得起他们？看来要死在此地了。不觉悲从中来，低声饮泣（此时，读者当亦为之徒唤奈何）。此时，已将夜半，蓉秀正泣时，忽听后面窗外有人低低喊道：

"蓉秀妹妹（呜呼噫嘻，此声何自来欤）。"

蓉秀听了，心中不由一惊，暗想：这声音好像福哥，但是他在上海，哪里会到此地（看书的也要问）？不管好歹，便问道：

"你是什么人？"

窗外答道：

"快开窗，我是成志，特来救你的。"

蓉秀听了，又喜又惊，便掩过了，把窗轻轻开了。那夜正是月黑夜，只见窗外黑魆魆地立着一个人影。蓉秀又问道：

"你是福哥吗？"

成志答道：

"正是。妹妹不要惊恐，有我在此，快些出来。"

蓉秀把头探出，低低说道：

"我跳不下。"

成志挨近窗前道：

"我来扶你。"

蓉秀把胆放壮，两手一撑，先把上身耸出窗来，两手向成志肩上一搭，成志便将她两腰托住，向上一抬，然后轻轻把她放下（平时自矜身份，今日也被人家抱在怀中了）。蓉秀此时也顾不得羞赧，握住成志的手，说道：

"福哥，我们不要在梦中吗（到此时候，不免有这般语句）？"

成志把手摇摇，领着蓉秀，曲曲弯弯地走向后面来（吾知读者至此，必有怀疑，然一观下文，便恍然矣）。走到后园门首，见门旁一间小房里，甚是黑暗。成志叫蓉秀稍等，只见他掩将进去，少刻回出来，带着一个小包裹，和一个钥匙，轻轻把园门开了，和蓉秀走出去。蓉秀十分欣喜，便问成志怎么知道她在此处，特来援救？志志道：

"一言难尽，我们且逃了性命再讲（不错）。"

正在这时，忽然园门旁边蹿出一只黑狗来，对着他们猖猖狂吠。成志道：

"不好了，快走吧！"

便拖了蓉秀，向前奔跑。此时，早惊动了宅中的人，出来一看，园门开了，管园的房中也没有灯光，忙照进去一看，见园丁醉卧在地上（原来如此），打他也不醒（天下也有这种醉鬼），忙去禀知王翁。袁太太也起来，掌着灯走到蓉秀房前，把锁开了，进去一看，大叫：

"不好了！这丫头好胆大，被她逃走了。"

王翁得知这个信息，暴跳如雷，连忙点齐一十二名家丁，点起灯笼火把，带着铁尺棍棒，分开两队，向村外追赶，想必走得不远，务必活活捉来（写得好不有声有势，吾为二人急杀）。家人们答应一声，一队出大门，一队出后门，旋风也似般追去了。成志同蓉秀跑了不多路，因为田岸上忽高忽低，走得满头是汗，乏力非常。忽见后面灯光人声，知道追的人来了，要想走得快，越是走不快。看看越追越近，两人急切又没躲处。蓉秀道：

"福哥，你一人先逃吧，我是抵了一死，看他们如何摆布我？"

成志颤声道：

"蓉妹，我千辛万苦把你救了出来，焉有半途抛弃之理？要死我们一同死。他们前来，我可拼命和他们决一死战，所以蓉妹你可先逃，待我去拦挡他们（语语有泪）。"

说罢，掳掇衣袖，要想回身前去（读者又以为必有一番厮打矣）。蓉秀连忙把他衣裳一把拖住，说道：

"好哥哥（我闻其语），快不要冒险，一旦你有不测，我也不能独生（好蓉秀）。还不如赶快逃吧！"

两人遂没命地向前狂奔，转了一个弯，跑得十来步，成志脚下在石上一绊，骨碌碌跌到田里，蓉秀在后忍不住脚，也滚将下去，正跌在成志身上，幸亏田中没有水，成志撑起半身。此时，追赶的人已到转弯角前，蓉秀也只得倚在成志怀中，不敢动弹。只听那些家丁嚷道：

"转糯是条死路，绝不会逃向那边去（笨虫，人家岂能明白村中道路？然亦赖有此耳），我们且赶向前。"

蜂拥着向前去了。半晌，成志叫声运气，忙同蓉秀走上岸来。成志对蓉秀道：

"既然那边是条死路，我们也不必走上去，且望东北上逃吧！"

蓉秀不晓得什么，只说好的。两个人遂往东面赶来，见那边有一小户人家，破窗里面透出些暗淡的灯光，里面机声轧轧，还有人在那里织布。成志便回身对蓉秀道：

"我们黑夜中，道路不能分明，倘然走上去遇见了他们，如何逃避？还不如到那家去借宿一宵，躲过了，待到天明再走。"

蓉秀道：

"不错。"

成志便走到那家门前，把手指轻轻在那板扉上一弹，里面机声停住，有妇人口气问道：

"半夜三更，哪一个来打门？"

成志道：

"是我，请开一开门。"

便听脚步声音，呀的一声，将门开了。成志便同蓉秀走进去，见有一个三十来岁的妇人，身体十分肥胖，画了浓眉，脸上脂粉也涂得很厚，穿一身青花布衣服，两只圆而且大的眼睛，对着他们两人骨溜溜地上下打量（活是一个媒母再世），把手中烛台对成志一照，道：

"你们两个是什么人？一个男，一个女，半夜三更走到我们冷落地方来，好不蹊跷（问得厉害）。"

成志不曾想着这个问题，面上一红，答道：

"我们是兄妹两人，到乡下去望亲眷，走错了路，故而来到贵处借宿，请勿见疑。"

说罢，从衣袋中摸出两块洋钱，笑嘻嘻地纳在妇人手里。蓉秀在背后看见，也觉好笑。那妇人见有银钱，也笑道：

"请勿见怪，现在外面歹人很多，故此不得不详细问问，勿要客气。不嫌龌龊，还请将就住一夜。"

随即把大门关上。两人见里面摆着一张台子，几条长凳，靠左放一座布机，地下也没有一块方砖，正中挂着一张月份牌（月份牌

111

做中堂也是特别）。妇人便将长凳拂拭，请他们坐下，又去草窠里拿出一把黄砂茶壶来，取两个小茶杯，倒了两碗茶，请两人喝。成志道：

"请不要忙。"

蓉秀见茶杯中积着不少深黄的垢腻，那茶又是浓黑得非常，对着杯子皱皱眉头。只听靠后芦席板壁里面有阁索阁索的声音，一个老妇咳着嗽问道：

"外面来了什么人？"

妇人答道：

"婆婆，有两个客人要借宿，我已答应了。今夜让他们睡在我的房里去，我只好睡到你房来了。"

老妇勉强道：

"也好。"

妇人便点起一盏洋油手照，指着右边一扇低小的门说道：

"二位请到这里来吧！"

便走过去，把门推开，成志和蓉秀一同跟将进去，见一个小小房间，约略有些摆设，里面有一张床，夏布的帐子，却满渍着许多尘垢，床上有一条布被和一个枕头，也是很不干净。妇人把手照放在床前一张小台子上，说道：

"你们两位，幸亏是自家人，请将就些吧！"

成志把衣包放下，妇人便出去，将门拽上。蓉秀十分疲乏，呵欠连连。成志道：

"蓉妹，你如不嫌污秽，请先睡吧！"

蓉秀道：

"福哥，你也吃力了，请你先睡，我可坐到天明。"

成志道：

"一张床，睡了我，不能睡你。睡了你，不能睡我。妹妹既然不肯独睡，我们且守到天明再讲吧！"

蓉秀听他的话，低着头，坐在床前一张小凳上，默默无言。却听隔壁妇人对老妇说道：

"这两个客人一男一女，都是少年，想来终是什么姘头，或者是拐逃（其言不堪入耳），也未可知。"

蓉秀和成志听了，都有些羞怍，但是两人已倦睡了，正要蒙眬时候，忽听外面有许多人声、脚声赶到门前（吓杀）。成志忽地跳起身来，蓉秀也觉惊慌失色。只听外面敲着门喊道：

"罗大嫂，我们庄上逃走了一个女子（他们还不晓得有成志也），追来追去，没有看见，可曾逃到你这边来吗（危乎殆哉！读者当为二人捏一把汗）？"

此时，两人急得不得了。只听那妇人答道：

"我们婆媳两人睡了多时了，没有人来，你们可相信我，我很怕冷，也不起来开门了，你到别处去寻吧（出乎意料之外）。"

外面众人听了这话，渐渐走开去了。成志暗暗叫声：惭愧，皇天有眼。幸亏那妇人不曾说出实话，明天倒要好好谢她。

忽听间壁唧唧私语，成志暗想：她们说什么？便掩过去，把耳朵贴在壁上细听。那妇人说道：

"决定是这两人了，适才并非我回护他们不肯说出来，去讨王老爷的欢心。我的意思，要趁他们睡熟时，凭我力大，进去把这一对男女捆住，明天亲自送到他府上，倒可以得些重赏。况且那男人有个包裹，也可夺将下来，强如白送给他们去得功（一波未平，一波又起，真是出乎意料之外，然则二人将如何耶）。"

成志听了，又是大吃一惊，忙低声打着英语，告诉蓉秀。蓉秀叹道：

"命宫魔蝎，怎的都遇见歹人呢?"

成志又道：

"我们还不如仍旧逃出去吧，我看见那妇人很有膂力，况且又在他们势力范围里头。"

蓉秀勉强道：

"也好。"

成志看看房内又没有窗，只得立起来，轻轻把扇小门一捐，放在半边，拿了包裹，和蓉秀掩出去，拔脱了大门闩。此时，妇人已听得声息，大喊：

"不好了，客人逃走了。"

两人早到外面，又望左边一条路上，急忙跑去，幸亏妇人还不曾赶来。两人不顾什么，只管前走，可怜蓉秀虽然不是小脚伶仃的女子，然而走到此时，香汗淋漓，心里又是急，腿里又是酸，真走不动了，喘着气说道：

"我们不要走错了路，怎的还不能近城呢?"

成志答道：

"不错，或是我们走得不对了。"

两人立住脚，正在商议，见天上黑茫茫的，只有几点暗淡的星光，约莫时候已近五更了。左边一带树林，黑森森的，在夜间甚是令人害怕，远远有犬吠的声音（偏有此工夫写此闲笔，然句句非闲笔也）。蓉秀正要对成志说话，忽见林中灯火大明，拥出一簇人来（冤家路窄，想两人今夜正犯着急杀星），成志说声：

"不好! 他们还在追赶。"

便将蓉秀左臂挟住，向前飞跑，只听那边有人嚷道：

"弟兄们留心，东边路上有两个人影，逃向前面去了，敢怕是他们，快快去追（吓杀）!"

便一窝蜂赶将上来。两人都是走不动了，但见前面又是白茫茫一条小溪，前无去路，后有追兵（山穷水尽，急上加急，不得不叹作者惊人之笔矣），蓉秀仰天叹道：

"生路皆绝，不如死在水中倒还干净。福哥，福哥，我辜负你了。"

说罢，奋身向河中一跳（呜呼！蓉秀，奈何死耶）。说时迟，那时快，早被成志紧紧抱住，泣道：

"好妹妹，怎么轻生？有你福哥在此，终要救你脱险，你若一死，我希望俱绝了（好成志）。"

蓉秀也泣道：

"福哥，并非我要觅死，你看已经走到死地，哪能幸免？"

成志道：

"蓉妹，且不要惊慌，我有一计在此（什么妙计）。我本习过洇水术的，这条小溪也不甚深，待我等他们近时，跳入河中，他们以为我们投了河，终想不追寻了，然后我们再可逃生。"

蓉秀道：

"此计虽好，你到河中，恐有性命之虞。"

成志道：

"我自信可以洇泳，只是将妹妹藏在什么地方？"

东张西望，见那边有一棵大松树，枝叶浓蔽，成志喜道：

"有了。"

便扶蓉秀到得树下，叫蓉秀踏着树根，把她托上去。成志脱下长衣，连包裹放在树上。那时，追赶的人已近，都是哈哈大笑道：

"他们走到死路上去了（听了毛骨悚然）！"

成志在岸旁，掇了一块大石，看他们十分迫近时，先把石头向河中一抛，立刻也跳将下去。只听扑通扑通两声，水花四溅。那些

115

家丁们听得声音，赶到河边，看见他们已投了河，一个家人道：

"不中用的东西，吓不起了。"

又一个道：

"你们中间可有谁人能下水的，把他们救起来（故作危语）？"

一个家人答道：

"李大哥，算了吧！这般十月中的天气，我们半夜起来追赶人，也是没法。他们投了河，让他们去死好了，明朝死尸浮起来，老爷也会知道的，谁高兴下水去捞摸？大家回去，只说来不及救，完了这事吧，横竖救转去也是一个死。"

便呼哨着回身去了（真是侥幸）。蓉秀在树上看得分明，芳心中很代成志担忧。停了一歇，成志从溪中扒上岸来，早已满身湿透，走到蓉秀树下，踏上去，把蓉秀扶下来。蓉秀一摸，成志满身是水，便把包裹交在他手中道：

"内中有干衣吗？快请换了，免得受寒。"

成志道：

"有的。"

便叫蓉秀等一等，他到树后去换了衣裤，把两件湿衣塞在石罅里面，披上长衣，觉得天气很冷，身上有些怯寒（苦哉！成志，果何为耶）。其时，鸡声喔喔，天已微明（一夜苦难也够了）。成志同蓉秀回身走转，见太阳渐渐出来，许多飞鸟也飞出窠来了，农家屋上也有一缕一缕的炊烟飘荡在熹微晨光中。两人走了许多路，遇见一个农夫，背了许多稻草，口唱山歌，迎面而来。成志上去问信道：

"请问到城里去走哪条路的？"

农夫把他们看了一眼，答道：

"望南去，离城不远了。"

两人谢了一声，十分快活，赶紧上路。走了一里光景，已到热

116

闹地方，便坐了小车子，推到埠头边，投下一家旅馆，用了些早点。

此时，两个人十分疲乏，不能支持，各自上床安睡。直睡到晚上，电灯大明，成志醒来，见蓉秀已先起身，在床前妆台旁理装。成志穿衣下床，问道：

"蓉妹，身子觉得舒服吗？"

蓉秀笑道：

"我已好了，福哥呢？"

成志道：

"还好。"

茶房见成志起来，便端进面汤和盥口水来，带着笑说：

"旅馆中晚膳已开过了，客人可要另外点什么菜吗？"

成志吩咐拣清爽可口的拿几样来好了。盥洗已毕，同蓉秀坐着谈话。蓉秀道：

"我此次听信了清如的话，把歹人看作好人，只怪我自己没有辨别他人的能力，以致被人拐骗。若不是福哥来救，恐怕我要死于此地，怎生对得住母亲？只是你如何也会跟到此地来？其中缘故，我还不明白，请你告诉我。"

成志道：

"陈清如不是正经人，我是早已晓得。因为一天，我同一个朋友到大世界去，见清如正和一个男拆白党在那里谈话。朋友即指着她对我说道：'这个女子名叫陈清如，新入了妇女研究会，我看她假充时髦，其实不是个好人，我上过她一次当的。但我常看见你的表妹和她常常出去，很是要好。然而你终要提醒你的表妹，不要将来吃她的亏。'我想要和妹妹说，只恐妹妹见怪，因为我有几次说什么话，总被妹妹驳斥。"

蓉秀听了，很是惭愧，便道：

"福哥，我的性子很不好，以前许多触犯，请你原谅（能认错便佳）。"

成志又道：

"自从我知道她荐你到汉口去做教习，很不放心，故此亲送妹妹到船上去。自己带了些衣服，也买了船票，准备跟到汉口探听着实，方才稳妥。不料那天早晨在此停泊时候，我掩到妹妹房前来探看。却见你们两个人都不在里头，反换了他客了。我这一惊，真是出世未有，忙喊过你处的茶房来一问，方知道你们到九江的不多时候，被九江城东王家村的王老爷派人迎接去了。我知道其中事情不妙，立即上岸打听，王家村在什么地方，问了许多人，走了不少路，方才赶到，已是一点钟光景。我到得村上，便在一家小茶馆内探问，有人便回答我说：'王老爷是本村一个大富豪，周围多许田地房屋，倒有一大半是他名下的。他的兄弟又在城内做警察局长，有财有势，谁不怕他？'我又问：'那个王老爷在家中做什么？'那人答道：'他买着不少姬妾，寻欢作乐。'我们正说着话，只见有一个中年男子走过，那人便指着道：'这位六伯便是王老爷家的园丁。'我听了，心里一动，便还了茶钱出去，走到他身前，作揖问道：'请问大伯，你主人府上有个姓金的仆人吗？'他摇首道：'没有。'我假作惊异道：'奇了？我特地来探望他的，怎的不见？你肯领我到那边去，待我亲自问一问你家主人吗？'他听了我的话，便睁起眼睛道：'我家老爷恐怕没有这工夫吧！'我随即拿出两个银圆塞在他手里，道：'大伯，有烦你。'他见了银钱，立刻笑道：'可以，可以，请你跟我走吧（孔方兄的魔力到底不小）。'他路中又问我道：'我看你好像一位大少爷，怎么探望起仆人来？那个仆人是你的什么人呢（破绽来了）？'我面上一红，险地没有回答。"

蓉秀听到此间，也拍手笑道：

118

"你的话有了漏洞，如何补法呢？"

成志道：

"我便说：'姓金的是我表兄，先前只为家寒，所以出来做用人。现在我在上海得法了，要来看看我表兄。'他便笑道：'我在那里也有好多时了，并不曾看见有姓金的。'我又说：'他在王家也好久了。'当时到得庄上，他领我走进后园门，到了小房里坐定，一打听，老爷正在纳见买来的女子，没有工夫。我便详细问他，他都告诉我。我便央告他留我在那里住一夜再讲，他满口答应。我便拿出钱来，请他去买些酒菜来对酌，把他灌醉了，方始寻到妹妹。后听得妹妹哭声，才把你救出来。今天总算如天之福，逃出虎穴。只是妹妹的行李遗失了（此等补笔也不可省）。"正讲时，茶房早送上夜饭来，蓉秀吃不下，只吃了半碗饭。少刻，茶房来收碗盏，成志便问："明天有到上海去的轮船吗？"

茶房道：

"有的，明天是招商局的利顺轮船，上午九点二十分要开船的。"

成志便拿出钱来，交与茶房，托茶房去定了一个官舱，再同蓉秀喝着香茗，咬着瓜子，胡乱谈了好一刻，方始入寝。明朝起身梳洗已毕，吃了早点，茶房送上船票，成志便又算清了房饭钱，多给了些小账，茶房就欢天喜地，谢了又谢（此种钱省不得）。他们两人便走出旅馆，到得轮船上，在舱中坐定，但等轮船开动，安安稳稳地回到上海去了。

利顺轮船乘风破浪，一路平稳，不两日，已到上海黄浦滩边停住。成志遂同蓉秀上岸，雇了一辆马车，送蓉秀到家中来。蓉秀此番重见故乡，格外觉得成志厚恩。回到家里，朱母看见女儿忽然回来了，又惊又喜，把蓉秀抱在怀中，问道：

"怎的？怎的？"

蓉秀不觉落下泪来，悲哽着道：

"母亲，女儿此去，险些不能再见母亲之面，幸有福哥冒险来救我，方得生还。但是我带累他受了不少苦楚和恐怖。"

朱母一时摸不着头路，蓉秀便坐定了，把如何受骗，如何被逼，如何夜奔，如何濒危，如何出险，详详细细地说出来。朱母口中只念：

"阿弥陀佛，神灵保佑（大约是爱神了），若没有你福哥搭救，娘儿两个休想见面。世界上歹人正多，像陈清如这般人，真是使人难看出来。从今以后，不是我喜欢专制，终不肯放你出去了。"

成志也叹道：

"麟鸾其貌，鬼蜮其心，上海地方像这般人多得很呢（为之奈何）。倘然在外交友能谨慎些还好（蓉秀听了）。现在我也要回家去了，请蓉妹好好养息，我明天有空再来拜望。"

朱母又谢了他几句，蓉秀送出门来，说道：

"福哥也请善自珍重，明天有暇，请来一谈。"

成志告别去了。

"至诚而不动者，未之有也。"圣贤说的话，自是不错。蓉秀自从受了一番危险，见成志满怀爱情、诚恳无伪，并且始终如一，尤属难得，自己受他的恩爱着实不少，故此一颗芳心也有些热烘起来，你来我往，十分投契，不像从前一味傲视了。在昔譬如蓉秀是一辆没有水蒸气的火车头，凭你成志怎样推摇，也不能动她一动，现在有了煤烧着，水便沸滚，发出蒸汽，自己就动起来了。煤是什么呢？就是爱情（奇譬）。可见得两人相爱，必要彼此都有爱情。人家对你没有爱情，总是你诚的一字，还有不到之处（好教训）。

闲话少表，且说一天，蓉秀正自无聊，想起成志为何两天不到这里来，便换了衣服，走到成志家中，一问仆人，方晓得成志有些不适。便走到楼上，踏进房中，见罗帐半垂，成志睡在床上，侧身睡着。蓉秀不敢惊动，便坐在床沿上，用手向他额上一摸，觉得稍有微热。少刻，成志醒来，回身看见蓉秀，不由大喜，便紧紧握住她手，问道：

"这两天我有些发寒热，坐不起身，正自想念蓉妹，难得蓉妹来此。"

那时，仆人也倒上茶来，成志对仆人说道：

"朱小姐不是外人，你到下面去照顾吧！"

仆人答应一声，下楼去了。蓉秀便问他身体觉得如何？请过医生吗？成志摇头道：

"些些小恙，想不久就好，故此不曾去请。"

蓉秀道：

"福哥，你的身体也不十分强壮，前天夜中跳河，大约受了些寒，所以要请医服药，不能疏忽。否则我如何对得起你？"

成志答道：

"妹妹的话，我终听从，因为妹妹爱我的。"

说到爱字上，觉得这话太直率了，面上一红。蓉秀听了，粉颊上也泛起两朵桃花，对着成志不觉嫣然一笑，低下头去（此时此景，可谓两心相照矣，描摹得神）。隔了一刻，成志又同她讲起那夜在王家村的事来。蓉秀道：

"那个老贼，明朝转来，倘然不见我们尸首，不知道怎样呢？"

成志道：

"他不过出了钱，去另买一个罢了。像陈清如这样人，不扑灭她，实是社会上的蟊贼，有一朝我遇着了她，少不得请她吃一场官司。"

蓉秀道：

"她终有恶贯满盈的一天呢！"

成志又笑道：

"我想起那个罗大嫂，晓得我们逃走，后来不知道可曾追赶？真所谓白开心。"

蓉秀道：

"她有两块洋钱到手，也不吃亏（事后追述，可谓余音袅袅）。"

讲了一歇，成志要喝茶，蓉秀便倒了一杯，与他喝着。成志忽然低低说道：

"蓉妹，我又有一句话要同你讲。"

蓉秀道：

"什么话？"

成志只是对她看，不开口（什么话说不出来）。蓉秀也瞧料了七八分，再问道：

"福哥，你说便了。"

成志终觉难以出口，蓉秀不觉侧身横下来，把头贴在他枕上（噫！同枕矣），说道：

"你要同我讲什么？我与你心地磊落，不妨直说。"

成志把手去理着蓉秀额上的云发（何等细腻），说道：

"此生别无爱慕，唯有蓉妹一人，长远藏在我心坎里头。所以不避利害，舍身相救，现在天幸妹妹无恙。但是我几年的心事，终不曾达到目的。我晓得妹妹是天上神仙，我也不敢妄想，无奈痴心不死，不得不冒昧奉求。想妹妹慧心人，也料到我心中之意，可能原谅我吗（绝妙一篇求婚辞）？"

蓉秀听了，默默无言，半晌，说道：

"我母女两人，屡受福哥恩赐。福哥又历尽险难，舍身相救，此恩此德，终生难忘。我也并非木石，几年来福哥爱我之心，可谓无微不至，况此身前已为福哥所抱负，福哥既然爱我，我何敢辞（婉转动听，真情之语也）？"

成志听到这里，心花怒放，便在她樱唇上接了一个吻，说道：

"多谢蓉妹。"

此时，蓉秀芳心中也有一种说不出的感触（爱之电），只觉羞答答的。两个人相对着，好久无言。于是成志又同她谈起幼时的逸史，直到天晚，蓉秀起身下床，把台上镜子一照，觉得自己面上有些红霞，又把头发掠了一掠，掉转身对成志说道：

"天色已晚，我要回家了，哥请保重，明天必要请医生，我再同母亲来看你。"

成志满口答应，蓉秀便缓步下楼，回到家中，告诉了朱母。朱母也十分代他担忧。

成志和蓉秀此时是未婚夫妻了，但是成志的病一天一天地沉重，寒热不退，大解不下，服下的药犹如石投大海，毫没效验，故此，蓉秀焦急非常。因为成志家里缺乏体己服侍的人，便住在那边，日夜服侍，弄得形容憔悴，精神疲乏。成志在清醒时，看见了，很觉过意不去，劝她回家去休息，不要劳苦伤了玉体。蓉秀答道：

"我只望福哥病好，此身都是福哥救来，哪里敢言劳苦？"

成志十分感激，谁知天夺其寿，救治无效，成志要和这个世界告别了（呜呼哀哉！蓉秀奈何）。蓉秀在背地里见他情景，知道绝望，哭得和泪人儿一般（惨不忍读）。朱母晓得了，也很忧急。

一天晚里，成志晕了几次，后醒转来，见蓉秀横在他身旁啜泣，不觉叹口气道：

"蓉妹，请你不要哭泣，我自己知道我要和妹妹永诀了（回天之术，徒唤奈何），很觉对不起妹妹。但是自己也做不动主，好在妹妹已经明白我的爱心，虽然我不能和妹妹结婚偕老，享那人生乐事，

123

然而我的爱心，蓉妹你已接受了（回肠荡气之言）。我死后，愿将家产十分之四赠给妹妹，前天夜里，妹妹回去，请舅母过来时候，我已潜请黄律师立了遗嘱，很是稳妥，我的兄弟都晓得的，此后妹妹或者……"

说到此间，又叹了一口气，呜咽无言，流下几滴眼泪来。蓉秀将手帕替他拭去，然而自己眼泪却滴在成志面上（惨极），说道：

"福哥倘有不测，我也希望断绝情缘，跟随哥哥一同去。"

成志摇首道：

"不可！不可！妹妹有舅母在堂，全仗妹妹孝养。并且妹妹如花之年，前途大可有为，动也动不得（爱之至，言之诚）。"

蓉秀泣道：

"哥哥……"

叫了一声，却哽住说不出来（巫峡猿啼无此悲痛）。

那时，成志身上出了一阵冷汗，两目渐渐失光，也顾不得蓉秀（成志可以救蓉秀，蓉秀不能救成志，此天也，非人力所可为也），竟与世长辞了。蓉秀抱住成志的身躯哭道：

"哥哥，死不得（死不得也要死了，可叹）！哥哥死了，如何对得起哥哥？哥哥！"

一阵痛哭，便晕了过去。

却说朱母在家中正等着消息，不知道成志可能九死一生，挽回转来，心中好像热锅上的蚂蚁一般。少刻，看见蓉秀回来了，两眼肿得像胡桃一样，神气沮丧。忙问道：

"福哥病势如何？"

蓉秀听了，不由倒在她母亲怀中，低低哭道：

"母亲，可怜他死了。"

十年一吻

　　小说一道，虽然说是雕虫小技，壮夫不为。然而确有一种神秘的魔力。有种浪漫派的小说，描摹侠丈夫、女豪杰跃马横刀，诛奸锄暴的情形，英风壮气，凛然如在纸上。或写爱国男儿可歌可泣的事实，人家读了，没有不生景仰企羡的心的。假如描写多情儿女，都是深爱蜜怜，痴心幽思，最容易引起人家的同情心。所以有些情窦初开、见解未达的小儿女看了这些书，也要自命多情，效法书中人物了，哪里晓得这多是小说家的幻想？世界上要有这种人，很难得呢。

　　前天，上海报上载有一段新闻，说是北京某姓人家，有个女儿，专看《红楼梦》，朝晚不肯离手，自命为第二个潇湘妃子。年已及笄，父母要将她择配，她一概还绝，自己竟说要嫁宝玉，没有宝玉，一辈子终身不嫁。人家都说她看小说看痴了，这也可见得是《石头记》的魔力伟大。可笑作小说的人，自己本晓得海市蜃楼，都是幻境，然而一时兴致淋漓，尽情描摹个痛快，却不料看的人已入了魔道，所以不可不慎。即如某小说家的一段哀史，也可以做那小说家和看小说的人的当头棒喝了（作者也是个喜欢作小说的人，所以言之深切，我们时常劝他节省光阴，不要多作小说，他已答应了，不

知道他能坚定吗？——廷枚戏注）（恐怕不能坚定。——梅注）

　　方季杰，桐城人，是个美少年，也是个小说大家。自幼浸淫书籍，沉酣小说，根底既深，天资亦优，所以他的奇思意匠，好如长江大河，源源不尽。他家中只有个老母，有几百亩负郭之田，所以也用不着去担负家计，一天到晚，提着他那支生花妙笔，作一个畅快。

　　年纪方才弱冠，但是著作已经很多，某杂志、某月刊、某季报上，都有他的佳作。后来，他出版一部长篇章回小说，名叫《罗浮梦》，共计一百回，一百万言，缠绵悱恻，哀感顽艳，人家大大欢迎，争先拥购，书经三版，还是一个不够，真可说得纸贵洛阳，不胫而走了。他别署罗浮仙蝶，从此，罗浮仙蝶的大名，扬遍海内，公认为小说家的巨擘。他的友人又送了他"东方狄更斯"一个雅号。各书局、各杂志社、各报馆，都来求他的小说，他也声价自高，不暇应接。更有人来请他去做别项事业，他不肯答应，只说闭户著书，此中自有至乐。有人就笑他过于迂执，以为"今日爱才非昔日，莫抛心力作词人"。奈何苦苦去用心于故纸堆中，不料罗浮仙蝶文字的魔力竟害死了一个多情多才的女郎，这真是他梦想不到的了。

　　庭院中的蔷薇花，趁着东风，攒紫绚红般都开了，还有紫藤花的花棚，迎风飘曳，幽雅动人。临东有一间玻璃明窗的精美书室，收拾得清静无伦。书桌上金猊宝鼎内，焚着百合香，一缕一缕的烟，袅袅地送到窗外，便不见了。桌上又摆列着笔床砚匣、书籍报纸。有一个清丽幽娴的妙年女郎，坐在桌前一张转椅上，手握着一卷小说，正在细瞧。她的一双妙目，晶溶溶的，含着许多情思。还有颊上两个笑窝儿，很是妩媚。至于她所看的什么书，竟能使她爱不忍释呢？原来，就是罗浮仙蝶所著的《罗浮梦》，卷首还有仙蝶的一张铜版小影，英姿露爽，活是一个风流少年，令人生爱。她已看到第二十四回"秦梅痴愤走山海关　魏芝瑛病卧杏花楼",觉得有些疲倦,将书放在桌上,打了一个呵欠,却痴痴然想那书中的事。那时,春风扑面,花木向荣。她一眼看到庭中的蔷薇花,嫩蕊柔条,争妍斗媚,还有那蛱蝶双双飞舞在紫藤花下,春光骀荡,触景生情,不觉芳心中好像有游丝一缕,荡漾不定,不晓得怎么样的。忽然听足声响,外面走进一个垂鬟使女,捧着一盏香茗,笑着说道:

"小姐口渴吗?请用茶。"

便将茶杯放在桌上,立在女郎旁边。女郎道:

"秋棠,你到什么地方去的?"

秋棠说:

"我到外面去候报纸的,那个罗浮仙蝶所作的《山海怪谈》今天还要续下去,我昨天听了未完的故事,很是难过。怎么他们不肯一天都登了出来?岂不爽快?偏这般一段一段地未完,不知要登到什么时候方才完结呢!"

女郎微微笑道:

"那个罗浮仙蝶的著作,很不易得着,所以报上每天发出一些,视同奇珍。一则可以借此自夸,有某小说家著作;二则可以羁縻看报的人,使他不得不连看下去。这也是普通弊病。"

说到那时,指着桌上的小说道:

"像这本《罗浮梦》,便是单行本小说,一起都在这本书上,只要你有工夫看完就是了。"

秋棠便道:

"小姐答应每天讲给我听,现在秦海痴可怎样了?不曾死吗?"

女郎举起香茗,呷了一口,笑道:

"痴丫头,你也为他担忧吗?他死了,这本书哪能做得下去?我告诉你,后来,有一个渔翁把他救了,他现在到山海关去投奔郑将军，要立功边塞，做一番事业呢！"

秋棠听了，拍手笑道：

"好一个梅痴，真有志气，他便不负魏芝瑛的期望了。亏得那位罗先生笔下真好，写出这部小说来，大家都喜欢看一个畅快。"

女郎道：

"作书的人，又不姓什么罗，你怎么称他罗先生？那罗浮仙蝶四个字，不过是他的别名罢了。"

秋棠呆了一呆，道：

"他怎么不将真姓名告诉人家？弄什么新花巧的别名呢？"

女郎道：

"作小说的人，大概如此的。"

只听秋棠又道：

"婢子看罗浮仙蝶的才学，真可算得出类拔萃，一时罕有的了。又看他的小影，却年轻得很，容貌又俊美，真是个唐伯虎再世了。况且小姐昨天曾对我说，他作这部书，那书中的秦梅痴，便是写的他自己。所以婢子想来，那人一定是个多情种子。"

女郎笑道：

"他多情便怎么？"

秋棠退后两步，涎着脸说道：

"小姐不要怒我，婢子想，小姐尚未许人，难得有这么一个爱情又富，容貌又好，才学又高，年纪又轻的罗先……不……罗浮仙蝶，小姐又拼命喜欢看他的小说。若然配了这个夫婿，不是天生一对好夫妻吗？将来小说保管看不完了。只可惜不知道他姓甚名谁，住在什么地方，不然，婢子倒要不管三七二十一地赶将前去……"

秋棠正说得高兴，女郎不防她说出这些话来，顿时两颊红晕，啐了她一口，道：

"胡说！要打嘴了。"

秋棠止不住咯咯地笑，还要说将下去，见女郎立起身来，方才一溜烟地逃向外面去了。

看官要晓得这女郎是个什么人？原来她姓何，名叫眉史，杭县人。父母在堂，家资富厚。她父母生了子女五人，只有她一个女儿，所以非常珍爱。自幼便延师教读，聪颖非凡，但可惜她父母是守旧派，所以不曾送她到女校里去。她一个人在家里自修，诗词文章，般般多好。更喜欢看小说，她最佩服就是罗浮仙蝶了。她的灵犀中，本是一尘不染，后来，看了罗浮仙蝶所著的许多言情小说，和那名著《罗浮梦》，不知不觉地，情根爱苗便从这时生出来了。做小说的人和读者本有一种感情，若然意气相合，尤觉融洽。所以有种人喜欢看某人的小说，有种人喜欢看某人的情诗，文字的魔力很大。故而何眉史芳心爱慕的便是这独一无二著作家罗浮仙蝶，给那灵心慧口的女婢秋棠便一猜就猜着了。只可惜天涯海角，罗浮仙蝶的人在哪里去得到呢？并且她心中的秘密也不能老实告诉父母，好让他们出去探听，便招仙蝶做个东床。有这容易的事？恐怕倒要反受她父母责备一番。她又不能和仙蝶笔上通信，借此达意，所以她一颗芳心，尽自相思，一缕幽情也只好深深地幽闭，没处发满怀，只好空时和秋棠讲讲罗浮仙蝶的小说。但是她父母，因为女儿年纪渐大，要提议配亲，也有许多媒人前来作伐，无如她一百个不要，她父母很是爱她，不肯强做，却问她为什么缘故？她只说要等几年。她父母没法，也只好等几年了。

光阴好过，一年一年地过去，罗浮仙蝶著作日见增多。那时，他已和一个女学生冯慧明结婚了，婚后的光阴，更是甜蜜，然而计算起来，自《罗浮梦》出版后，到现在已有十年。这十年之中，沧桑变迁，人物代谢，着实有令人感慨的地方。罗浮仙蝶正坐在书室里，要想作一篇《十年回首》的小说。他的新夫人斜倚在桌上，带着笑对他说道：

"现在的小说已经革新了，所以你也不要再作那些陈腐的小说。我有一本印度哲学家泰戈尔的剧本，你要翻译吗？"

罗浮仙蝶握着她手，笑道：

"哪有不要之理？讲小说的改革，这是时势的关系。譬如我那本自命名著《罗浮梦》，放在现在出版，也绝不能像十年前头人人欢迎的了。便是那些看小说的人，眼光也是一天一天地改变，新文学盛行后，以前许多的旧派小说，不再见有出版，这也是天然淘汰，适者生存了！"

他夫人又道：

"一个小说家，惯会过意描写，引人动心。我起初看了你的小说，想这般多情，十分爱慕，不知道你是怎样一个人物？后来，你常常到我爹爹处来，渐得和你见面。记得中秋节，你私下送给我情诗四首，害我读了益发想念你。虽然前途没有阻挡，有志竟成。然而和你结婚之后，觉得你也不过如此。所以我劝你以后不要作那些缠绵悱恻的文字，给人家年轻女郎看了，没有什么益处的。"

罗浮仙蝶微笑不言。正在这时候，忽然外面邮差送来一封快函。仙蝶想是书局中来催稿子的，盖了印章，接过一看，乃是杭州何姓寄的。仙蝶自思：却不认识这家人家。便拆开细看，上写道：

仙蝶先生撰席：

　　冒昧通函，得毋见怪？先生以雕龙绣虎之才，为腾蛟起凤之文，一纸风行，万人传诵，所谓东方狄更斯者，固堪钦佩。然不知先生文字之魔力误人大矣！小女眉史凤喜读先生佳著，一片痴心，难为人道。即为父母者，初亦不

130

料及此。十年苦思，竟成痼疾，迨至药石罔效，吐露真情，而无救矣！因探知先生居处，欲于将死之前一见先生之面，以慰终生爱慕之情。断肠之言，闻者下泪。春蚕到死，尚余未尽之丝；蜡炬成灰，犹见已干之泪。先生如能不辞跋涉，惠临一晤，幸甚！幸甚！

临颖急迫，伏维荃察。

余杭长庆街何亮世顿首

仙蝶看了这封信，半晌说不出话来，微微叹道：

"怎么有这件事？怎么有这件事？"

他夫人拿来一看，也是十分惊奇，说道：

"天下也有这等痴心幽思的女子吗？唉！你喜欢作小说，现在你的结果如何？"

仙蝶道：

"我虽不杀伯仁，伯仁由我而死，少不得我要到杭州去一遭。"

他夫人道：

"要去便去，那个可怜的女子，恐怕病得很危险呢！"

仙蝶道：

"不错！不错！"

当下便收拾些行装，到得明晨，仙蝶别了老母、妻子，动身到余杭去了。

数株碧梧树旁，有红楼一角，本来收拾得窗明几净，精美华丽。现在楼内有了病人了，窗户都紧闭着，光线不能直通进来，觉得黑暗惨淡，静悄悄的，没有嬉笑高谈的声浪。房中一张牙床上，锦帐半揭，卧着一个带病的女郎，梨窝儿惨白，云鬓不整，看她病骨支离，形容憔悴，便晓得她生了许久病了。那不是十年来痴想仙蝶，情愿不嫁的何眉史女士吗？相思渴疾，无药可治，她一年一年地幽闭不乐，病魔遂乘隙进了她身，深沟高叠，与死俱死地不去了。她父母忧急得不得了，苦苦诘问，眉史一想，自己已成将死之人，或者告诉了他们，倒可以想法见仙蝶一面，便将心事一齐和盘托出。她父母跌足叹道：

"吾儿既有这种念头，何不早说？耽延误事，弄到这个光景呢！"

眉史只是饮泣。她父亲便到各书局里，打听明白仙蝶住址，写了快信去请他，心里却是怨恨他害人不浅。

这天，眉史病势更重，奄奄一息，医生尽回绝了。只是芳心不死，精魂不散，她睁开眼来，见她父亲立在床边。她用力说道：

"信去几天了？怎的不见前来？女儿死后，请父母不要悲伤，否则女儿的罪更是大了。死后别的并无所托，只有一张小照，是十年前拍的，还有一部《罗浮梦》小说，也是经女儿亲自批评过。这两件物事，请父亲送与仙蝶，作为纪念。女儿的死，也是自己不好，别的小说都把它们一股脑儿烧掉了吧！"

她父母听了，掩面哭泣。

正在这时候，小婢秋棠轻轻地掩到房内报道：

"那位罗浮仙蝶先生到了。"

她父亲听了，忙走下楼到外去招接，何府诸女眷都掩在后房偷窥，房中唯有眉史和她母亲及小婢秋棠。隔得不多时候，只听扶梯上履声橐橐，她父亲引了罗浮仙蝶走上楼来。秋棠将门帘揭起，那位大小说家罗浮仙蝶徐步而入。眉史的母亲和秋棠等注目一看，见仙蝶已有将近三旬的年纪，穿着一身西装，容貌清朗，举动文雅，料想十年前头，自然是一个翩翩佳公子了。仙蝶见了何老夫人，赶忙上前叫应。亮世请他坐定，秋棠早奉上茶来。仙蝶见床上卧着一个病美人，估她年纪已有二十六七岁了，心里暗想：这便是看我小说的知己眉史女士了。亮世便请仙蝶到她床前，仙蝶很觉无可开口，便叫一声"眉史女士"，她到此也不愿羞惭，轻轻叫道：

"仙蝶先生，果然来了吗？使我绝望之中，尚有片时精神的快乐。"

仙蝶问道：

"女士为何病得如此田地？"

眉史听了，不觉呜咽无言。亮世在旁，便将经过事实细细告诉他。仙蝶又是抱歉，又是痛惜，对亮世说道：

"晚辈少年时，不自揣度，妄弄笔墨，不意种此祸根，追悔无及。现在叫晚辈怎能对得住令爱呢？"

说到此间，长叹一声，又问道：

"医生有法可治吗？"

眉史叹道：

"病根已深，我也自知道命在旦夕，恨不能早遇先生，一吐生平，这是我的薄命。然而尚幸得睹容颜，稍杀悲痛。"

说到此时，停了一停，又喝了一口茶，说道：

"我乃一深闺女子，本不该和先生接见。然而现在的世界，女子也解放了，我恨天不迟生我十年，给我享受些自由幸福。唉！唉！这等话也不必多讲。总而言之，我非《罗浮梦》小说，不至于死。并不是我错怪先生，责任在这书起始发动我情根，结成今日的恨果。仙蝶！仙蝶！你可明白我的心肠吗？"

说罢，晕了过去。良久醒来，见仙蝶和她父母都在那里哭泣。此时，仙蝶手里已拿着她的小影和一本《罗浮梦》，对她说道：

"眉史女士，你的心事，我哪有不知的道理？只是可恨我不曾遇见你，总是我对不起你。我现在悔恨无及，你能原谅我的罪吗？"

眉史惨笑不言。于是仙蝶向她父母说道：

"我一身罪孽不浅，赎免无术，我虽已婚之人，然有一句唐突之言，不知能允我吗？"

亮世忙问什么？仙蝶道：

"令爱爱我之心，感人肺腑，只恨事已如此，无可挽救。我今愿认令爱为我未婚之妻，不知……"

眉史挣扎着说道：

"这几句话足见吾哥仁爱，我便死了，也可无憾。万望吾哥挈我灵柩，归葬哥家祖茔。他日寒食时节，吾哥能和尊夫人采一二鲜花到我埋骨之所，来吊慰一番，九原有知，感激不尽了。"

说到那时，气力渐无，痰块一齐涌起来，不得了。她父母听她的话，见她情形，知道不妙，哭将起来。那时，仙蝶心中十分难过，也不顾什么，俯身上床，抱住眉史的病躯，和她接了一个亲密的吻。只见眉史笑了一笑，就此瞑目长逝了。

我为什么要嫁

六月里的天气，真是十分炎热，酷日施威，熏风逼人，在那日长如年的当儿，令人懒洋洋的，无力做事。

池丽贞女士仰卧在一只藤榻上，手中握着一本小说，乃是李定夷撰的《伉俪福》，看了一段，觉得十分无味。这却并不是那小说不好，因为在这书中的事情，勾起了她的一缕愁绪。其时，庭中的梧桐树上，蝉声聒噪不止，好像在那里叫道："热死了……热死了……"

女郎双眉颦蹙，抛开书卷，把那一柄细叶芭蕉扇，两手搓着，叹一口气，说道：

"什么热死了……热死了……我的心里烦恼得很，这真要热死了。唉！人生在世，岂非要享那自由幸福吗？婚姻问题，岂非我们女子最要紧的事情吗？假如婚姻不能自由，嫁着一个性情不合、才德不高的丈夫，那么不是埋没一生、投入愁城中间去吗？这倒不及爽爽快快独身不嫁的好了。我现在自信，尚有些知识学问，而且我的容貌也还生得美丽，我更希望将来的幸福无穷。不料弱女子寄人篱下，受人卵翼，便好像笼中之鸟，无法抵抗人家逼迫，一听人家把我自己一生最要紧的事情越俎代谋，夺去自由，使我前途茫茫，

135

希望俱绝，飞絮沾泥，名花堕溷，有谁人来可怜我呢？并且我的心上人儿，尚在痴心妄想，盼望我的回复，满望我彼此同情，一诺无辞，哪里晓得平白地忽起风波呢？至于彼伧，形容丑陋不堪，我是当见过的。还有他的学问，也是浅薄得很，连我都比较不上。这样一个讨厌的人物，我将来嫁了他，哪里有什么伉俪幸福？不过我是一个可怜的玩物，被他玩弄罢了。我的容貌，我的才学，都已肮脏，还要什么？我也和那树上的鸣蝉一般，不多几天，秋风一起，便寂寂无声，末日到了，哪有什么法儿想呢？"

女郎叹到这里，她的眼泪好似断线珍珠一般落在衣襟上。这时，日光忽然隐没，西北角上拥起一团乌云，狂风骤起，刮得树枝东西乱摆，连人家的窗户都自由开闭起来，雷声殷然，大雨将下。女郎将湘帘卷起，一阵阵的凉风吹来，肌肤尽爽。女郎又微微叹道：

"壅极则通，天也有此时光。但我心里烦闷，恐怕终身没有消释的时候了。"

这时，外面急忙忙地跑进一个中年妇人来，后面跟着一个仆妇。女郎忙上前叫应道：

"姨母回来了吗？"

那妇人把手中的洋伞放下，喘着说道：

"天要下雨了，我急急地跑回来，里面晒的衣服收了吗？"

女郎答道：

"我听见阿香已收。"

妇人坐下，从身边掏出一包物件，解开一看，乃是一只时式的打簧手表，笑嘻嘻地对女郎说道：

"这件东西，价值四十块钱，我在公司里拣来拣去，算是顶好的了。你看好吗？"

女郎勉强点点头。妇人便走到她身边，把手表代她戴在手腕上，说道：

"这是你葆仁哥哥定情的礼物，待到丹桂开时，你们两人也可同圆好梦了。"

女郎听着那话，一眶珠泪险些滚出，低着头不则一声。她姨母只当女儿家含羞常态，不知其中缘故。那时，乌云布满天空，雨声自远而近，一霎时，倾盆而下，女郎便走入她的卧房去了。

池丽贞女士是从小便死了父母的，她母亲临死时候，便托她妹妹照应这一块心头之肉，从此，丽贞就依着她姨母过活，渐渐长大起来。她姨母是天主教的信徒，也有些粗浅学识，和法人巴牧师的夫人是十分要好，却蒙巴牧师一手提拔，便做了法教会某学校的总理兼舍监，在校中势力很大。她有子女两个，长子早已成人，有事在杭，带着妻子在外。她的女儿也出洋去了。唯有丽贞，自幼至长，一直在她身边，也从女校毕了业，在母校做个教员。丽贞性格温柔，学问优美，女孩儿有了这身本事，自然心坎中也要想得一个如意郎君，将来可以享那闺房之乐。

她有一个女友陈婉香，是和她十分知己，每当星期六休暇之余，常到她府上去谈心。婉香有一位哥哥，名叫志芳，才貌出众，在京里某大学读书。前年暑假，丽贞曾住在婉香家里一个月，常同志芳讨论学问，彼此十分投机，自后常有鱼雁来往，由朋友的爱慕渐要想进于夫妇的地位。但是，丽贞不敢从速老实答应，因为她姨母的性子甚是严厉，而且自己仍旧是在她的势力范围之中，只好耐守时机。不料她姨母有个侄儿，姓孙名葆仁，家中很有钱财，常常来这里游玩。她姨母很看重他，但是葆仁实在生得丑陋，面上瘢疤很多，眼睛一大一小，而且是个秃子，天天搽着不少生发药水，却仍是牛山濯濯。自幼也曾读过书，只是到了十六七岁时，都还了先生了。每天不过出去赌钱饮酒，做个游荡少年，不知她姨母为何别具只眼，想是因为他有许多家资罢了。

葆仁见了丽贞，非常爱慕，所以在她姨母面前献媚，时常送她许多礼物，有时也买些书籍，或是妆饰用品，把来送与丽贞，借以结交她的感情。然而丽贞很不愿意见他的面，哪愿受他的礼物呢？都拿来转送小婢阿香。

隔了几月，葆仁便在她姨母面前要请她做媒，把丽贞许给自己。她姨母笑道：

"你的眼光果然不错，丽贞自小到大都是我一人的照料，我便好如她的父母，只消我答应了，哪怕她有不肯之理？"

孙葆仁便胁肩谄笑，求她答允。她姨母果然应许了。是夜，便告知丽贞，说葆仁家里如何豪富，葆仁又如何品德循良难得，他要求你做妻子，将来衣食无忧，所以我已答应了他。谅你诸事都听我的话，此事必要赞成。丽贞听了，心中十分着急，暗想：那厮一副俗骨，我见了便不喜欢，如何同他做夫妇？况且我已有志芳在我心中，怎能抛弃他？然而不敢明言拒绝，只得答道：

"姨母可容我再待几年吗？"

她姨母听了，变色道：

"俗语说得好，女大须嫁。这件事体摆不脱的。现在智识早期，一班少年女子，哪一个不想早早嫁人？你却偏要故意迟迟，莫不是你要自由选择吗？唉！我已见过不少年轻女儿，借着自由选择的美名，做出不少寡廉鲜耻的事来，我很不赞成。此事本来由我做主，必经我，告诉你声罢了。"

丽贞此时只好把眼泪咽在肚里，忍气无言。讲到葆仁家中，只有一个老母，诸事由他自己做主，便托她姨母买了一只手表作为定情礼物，一面却已选好阴历八月初旬，要把丽贞娶过去。所以，这两天丽贞听着这个恶消息，心中又是着急，又是怨恨，说不出的难过，背地里不知饮泣了几番。茕茕弱女，一时好像处身荆天棘地之中，所以看了那《伉俪福》小说，反而自悲命薄，说是和寒蝉无异了。

丽贞忽然卧病，婉香约了几个女友都来探望，见丽贞首如飞蓬，形容憔悴，一个女友笑道：

"听说丽贞姊姊快要做新嫁娘了，如何现在先做病美人？我看你瘦腰纤身，楚楚可怜，将来那个密斯脱孙，决然非常顾惜，十分恩爱。"

丽贞听了，不由落下几点泪来。众人都是纳罕，唯有婉香知道她的心事，只是不好说出来，也只得随着众人安慰几句，趁众人不留心时，将一样物件塞在丽贞手里。丽贞叹道：

"多谢诸位姊姊到此探望，但我却并不望我生的病会好了，因为我是一个可怜的人，没有奋斗的能力，像那薄命的杨絮，飘来飘去，一任那东风做主，从此希望尽失，虚度此生了。故而倒不如一病不起，万事皆休。"

众人听了她话，也是不欢，大半也晓得她姨母的专制，此番婚事，决然不是她自己情愿的，便胡乱谈了几句校中事情，嘱她身体保重，告辞去了。丽贞等到众人去后，便将婉香所递的物件一看，乃是一封书信，是她哥哥寄来的，不由芳心跳跃，拆开细看，内中写道：

丽贞学姊雅鉴：

前接芳函，盥蔷雒诵，翩翩赋茗之才，袅袅簪花之格。以吾姊之柔情绰态，而有此逸思雕华，能不令人拜倒耶？并蒙惠赠玉照一张，画里真真呼之欲出，当藏之胸头，朝夕作羹墙之对也。且自别芳颜，时萦梦魂，咏古人"落月

139

满屋梁，犹疑照颜色"之句，辄怅望江南，不胜参商之感。今得小影，稍解红豆渴念矣。弟今夏与诸学友组织少年社会服务团，诸事猬集，无暇返里，尚幸来年当能卒业，届时可有聚首之望。但有一事不辞唐突，而欲求之于吾姊者。

　　今春在舍间一席话，吾姊其亦怜弟之诚而允之乎？弟本无才无德，明知妄冀非分，当遭摈斥。然爱姊之心，出自肺腑，皎如天日，不敢稍有虚饰也。吾姊慧人，必能明以告我，而有以相慰也。际此熏风烈日，沉瓜浮李之时，吾姊如何遣此长日，暇览小说否？弟前寄上《伉俪福》说部一册，吾姊想已阅毕。须知弟即第二蓉哥也，姊许之乎？酷暑可畏，尚望善自珍摄为幸。信到即乞赐复，毋令人望穿秋水也。

弟　志芳谨上

丽贞将信看了又看，读了又读，不由香肩耸动，嘤嘤啜泣，低低说道：

"志芳哥哥啊！你这一番深情，我薄命人是无福消受，只好辜负你了。并且现在叫我如何答你？倘然晓得我已经配了人家，婚期在即，不知你心中痛苦到什么地位呢？唉！可怜可怜。这八月初旬，好像我宣告死刑的日子，谁给我受这终身的苦楚呢？"

想到这里，哭声渐高。那时，她姨母在外房听见了，便进来问道：

"丽贞，你哭什么？"

丽贞连忙把信塞在枕边道：

"我怕我的病不会好了。"

她姨母笑道：

"你不要急，昨天卫医生不是说不要紧的吗？请你不要忧愁。消瘦了面庞，做新娘时难看的。"

说罢，回身出去，唯有丽贞还是微微叹道：

"天啊！我为什么要嫁呢？"

中秋之夜

　　一片浅绿的芳草地，周围栽着许多花木，曲径通幽，微风送香。此时正是中秋节的夜里，一轮明月好似鼓着圆满的笑脸，照到那草地上来，连那亭台池沼都像浸在水里一般。还有那草间的秋虫，一声声地幽咽，顿时变成个寂寞世界。在得意的人见了，或者还称赞它是个良辰美景，若然给那伤心人领略些时，反而新愁旧恨一齐勾起凄凉往事，无限悲感了。

　　那时，凉亭后面，忽然转出一个人影来，渐渐走到草地上。月光很是清楚，照见那人是个少年，举止文雅，躯干瘦小。但是他的丰姿却很清癯，两颊内陷，毫无笑容，面上好似罩着一种严霜，代表他心里失意悲伤的样子。他仰着头，负着手，看那洁白的月亮，只是痴然无语。隔了些时，叹一口气，说道：

　　"彩云易散，人事无常，这正是不能逃脱的事情，什么花好月圆，天长地久，这都是世人痴想的话。便是我和我的意中人，当初耳鬓厮磨，朝夕相随，差不多一天不见面，便觉相思得什么似的。在她的心里，满怀着纯洁的爱情，灌向我的身上，一颦一笑，都是天真烂漫，令我一百个心悦诚服。还记得去年今夕，也不是中秋良宵吗？那月儿也不是这般发出它的银光照到大地吗？这座园亭的夜

142

景，也不是和前没有两样吗？我同她两人并肩坐在这小亭里，互剖胸臆，细谈衷肠。她说道：'哥哥呀，我本来也没晓得什么是叫爱情，读了许多爱情小说，也不明白何以书中的主人翁都是深怜密爱，情丝万道，有的居然得着美满的成效，有的都是情魔难杀，陷入死境。吾见了非常代他们悲伤。后来，遇见哥哥，心里起了一种爱慕的感情，也不晓得是为什么，只觉人类里头可爱的唯有哥哥。吾但愿上帝爱心，使吾们将来排除一切障碍，享那美满的幸福便是了。'那时，吾听了她话，好像我心里要说的，感激万分，眼眶中不觉滴下泪来，跪在她的身前，握住她的柔荑，亲亲热热在她手上吻了一下，说道：'我也如此想，我很谢你。'于是我们又谈了一番学校中的事情，她也望我毕业之后可以求学海外。她又说道：'吾时常在报章上读你的著作，非常佩服。但是雕虫小技，壮夫不为，这等悼红愁绿、弄月吟风的文字，无聊的人借此消遣，未为不可。像我哥哥年少志高，前程万里，正需求些有实用的学问，方才可以富国利民。'她的说话很是肫挚，我十分佩服，便答应了她。携着她手同在这草地上散步赏月，享那尘世的清福，真是不可多得。哪里晓得现在人去楼空，昙花泡影，我又从何处再能见她面呢？"

少年叹到这里，把足顿了两顿，扑地倒向地上，只是低低地哀哭。他向着天空的明月说道：

"月啊！月啊！你的月光绝能照到我的意中人处，她的泪眼，此时也必然对着你，你都知道在心里。你可能将我们苦思，传达一二吗？"

他说完了，干着眼泪，看着月儿，好似静候它的回答。那时，草际的秋虫，掩掩抑抑地叫得更是悲惨。

他的脑海，这时把前尘影事一件一件地好似在那里映演影片，使他想起他起初遇见意中人的时候。这一天正是放春假，姹紫嫣红，莺歌蝶舞。明媚的春光，触动了他的游兴，他便约两个同学去游山。不料到时，他两个同学都有事不来，他好不扫兴，气愤愤地偏自一个人携着手杖出去，到得山上，一处一处地探访古迹，领略胜景，直游到一抹斜阳，明灭山林的时候。他采了些花枝，寻路下山。走到山腰里，忽见旁边树林内，急忙忙地跑出一个妙年女郎来，提着裙子，神色仓皇。他见了，十分稀奇，正要前问，林子里随后窜出一只疯狗来，目光睒睒，气势汹汹，扑向女郎身上。女郎一面避让，一面呼救。此时，他义侠之心勃然而动，丢去了花枝，抡起手杖，奔过去就把那狗痛打。那狗兀自不肯退让，东蹿西跳地向他狂噬，幸亏他在学校中学过拳术，便将手杖一阵乱舞，把手杖也打断了。那疯狗吃了几记辣手，知道那人是不好惹的，也退去了。此时，他回过身来，气喘吁吁，见女郎立在后面，还不曾走。他便堆着笑脸，柔声问道：

"女士吃惊吗？"

女郎也走上来，向他道谢道：

"这疯狗果然厉害，我被它追得急了，若没有足下拔刀相助，此时不堪设想了。足下真是侠丈夫的一流，令人感谢无已。"

他被这女郎一赞，不由心花怒放，便同她席地坐了，女郎又向他谢了几句，告别去了。他很高兴回到家中，自此以后，他和女郎结识了朋友。她的母亲，也很感谢他的救助。女郎很是聪敏，学问也高强，常和他切磋学术，十分投己，彼此情根日深，结了未婚的夫妻。不料后来，女郎举家北徙，因为她的父亲在京有了要职了。他们两地暌隔，终日系念，虽有书信往来，然而哪里抵得过促膝而谈呢？后来，他接到他意中人一封悲惨的书，乃是她父亲已将她许配别人了。他自此悲伤过度，万念都灰。此时，他对着明月，细思这过去的事迹，历历在目，越想越悲伤，一颗心早已碎久了。他想：

144

我难道与她无缘吗？然而游山遇会，得缔知交，也可算得奇缘了。那老天既然使我们成功在先头，怎么后来给我们这一出悲剧呢？唉！可恨可恨。他想到无可奈何时，眼泪又来了。可叹人家在那时都是开心作乐，步月的步月，饮酒的饮酒，闲谈的闲谈，听戏的听戏，哪里会想到这小园中有一个情场失意的少年，方在尽情痛哭呢？

他于是又起了幻想，他想：倘然他意中人不到北京去，或者她的父亲不把她配给人家，那么我们或可以达到目的。此时，形影厮守，唱酬和歌，享那画眉的幸福，岂不好吗？唉！莫不是我在梦中吗？我的意中人可是仍在北京不曾被他人强占去吗？这封信莫不是子虚乌有吗？到底是梦不是梦，现在我是在梦中吗？我但愿是梦便好。然而今天是中秋夜，我从医生处回到此地，这皎洁的月光，照在我头上，凄切的虫声，送到我耳里，萧爽的金风，吹到我身上，岑寂的园景，呈在我眼前，哪里是幻梦呢？唉！我同她是今生无望了。他便取出他意中人的小影，月光下，见她眼波眉黛，樱唇杏靥，没一处不是可人意的，盈盈含笑地向着他。他看呆了，和这小影接了一个吻，低低说道：

"我爱，我和你的爱情不是浓厚到极点吗？为什么半路上你抛了吾到北京去，弄出这终身之祸呢？我晓得你是处身专制式的家庭，没有自由的能力，一些也不来怪你。我想你此时也决然悲痛得什么似的，玉容也消瘦了好半。但是我爱你，虽然受着这极大的打击，你却不可为着我毁伤玉体，使我的罪加多，我望你所配的是不致使你失望的人，将来仍可以快乐度日。那时，我虽死了，在地下也是快活的。我爱啊！我的话你听见了吗？为何只是对我笑呢？我此时想念你的心，差不多在寒暑表沸点以上。若是不见你时，我的周身血管要一齐爆裂了。我想爆裂了也好，强如活着受无限的痛苦。我还有一句话告你，我自接到你的信后，便一直吐血，医生说我已犯

145

痨病，难望痊愈。我想我也不久人世了。别的不打紧，只恨不能见你一面，把吾这颗心献给你看，博你的眼泪。然而我也不忍见你哭泣，你若哭泣，我更悲痛了。我望我死后化作蝴蝶，或是飞鸟，飞到你的所在便好。"

他喃喃自语，说个不停。此时，那明月忽然也给浮云遮掩了，大地顿变黑暗，一阵萧飒的风，吹得树叶籁籁飘落。

一会儿，浮云推过，月光又出来了。他叹道：

"今宵的月，岂不是圆满吗？然而到了明天，它也渐渐减缺了。人世间事也是如此，老天的心何等严酷？哪里能使有情人都成眷属呢？我既失败于情，看到一切万物，尽能使我失望，什么声色啊、诗酒啊，都是引愁牵恨的媒介，不如一死倒也干净。"

继而自思，我是一个青年，国家需赖正多，怎么不做一事便自杀吗？然而国中一切强盗、军阀、买卖、官僚，一天不铲除，我国休想有挽救的希望。现在弄得兵祸遍地，灾荒满目，想那些执政的没有一个不争夺不休，中华民国不亡，他们也不肯歇手。我这般将要病死的身躯，留在世上更有何用？他想到这里，把照片藏在怀中，一步一步地走出园门，走向荒僻的地方去。不多一刻，前面有一条小溪，水声淙淙，被风吹动，生了许多皱纹的小浪花，月光映彻溪底，很是澄清。他走到溪边，叹道：

"我的结局，便在眼前了。我爱，你可知道吗？愿你将来幸福无量。"

说罢，撩起衣裳，奋身一跳，只听扑通一声，他已到了河心了。那皎皎明月仍是展着它的笑脸，照到溪中，还有溪边的秋虫，也是唧唧悲鸣，比较那园中的虫声，更觉凄惨，溪中的水声，仍是淙淙的流着。唉！可怜……中秋之夜。

一束断肠的香笺

　　我有一个朋友，他在上海做事，前天寄了一卷东西来，是从邮局挂号的，拆开一看，原来是一束墨迹琳琅的信笺。笺上是小字，有用钢笔写的，有用毛笔写的，很是娟秀清丽，一望而知是女子手笔。内中夹着一封信，是朋友写给我的，大略说："一天我自苏至沪，最后下车，在车上见有一束字纸，拿来拆开一看，方知道是人家的情书。我想大概是坐在我对面的少年遗下的。我看他垂头丧气，神经错乱，心中终有重大的忧愁，不然哪里会丢下这种贵重物件？我晓得那些书信对于少年是贵重的，我便代他收藏下来。知道你正在搜罗哀情资料，故特地寄上。"

　　我忙把许多书函，一封一封地展读，不禁心中起了许多客观的悲感，于是选了十分之三，略为修饰一过，把来刊在《啼鹃录》中，做个纪念。不知道那两个主人翁见了，要怪我多事吗？

一

　　□□哥哥：

　　　　昨天我同你在公园中分手后，到得家中，挨至夜深人静的时候，我也不顾羞惭，将我心事一齐奉告我的母亲。

147

她起初听了，很是不赞成，后来稍为醒悟。她说一个人不能做主，还要看我父亲心中如何？唉！哥哥，你晓得我的父亲是何等严厉，何等守旧？此事断然不能有圆满的希望了。因为我不应该说我的父亲虚荣心太大，他哪里顾及他女儿将来的幸福呢？他终是爱我，然而我反不敢受他这般狭义的爱，现在我已抱定主见，我宁死不能舍己从人。哥哥爱我的，想也晓得我的苦心。

校中后天有音乐跳舞会，明天我仍要到校，你的信仍可寄到校中。奉上两张入座券，你如有兴，可来参观。但是我们重要事情还未解决，所以我心中很是不乐，然而你也不要忧虑，等几天我再写信给你。祝你身体康健，精神愉快！

妹□□上言

十年九月十三日

二

我至爱的□哥，My Sweet Heart：

今天的明月很好，照到阳台上来。晚饭后，我立在寝室门前，看着明月，心中便想起了你，还想着古人有句话道："花好月圆"。我想这话不过说说罢了，哪里有四季常好的花？哪里有每天圆满的月？世界上事体，不如意事倒占其八九，真可痛恨。现在我的父亲还没有归家，此事只好暂搁。但不知道父亲方面可在进行？我心中很是忧急，可怜去告诉谁人呢？吾亲爱可告的，便是哥哥了。

前天音乐会，不见你来，我的信可收到吗？为何这几天不见哥哥的回音呢？你身体好吗？我记念得很。每逢邮差到来，我心中便是一动，以为终有哥哥的信来了，谁知道多是别人的，我心中好不难过，恨不得生了双翼，飞到你的所在来看看你。往常哥哥终是立有回信的，怎么此番雁沉鱼杳，眼睛望穿了，也没有呢？我想哥哥决然有事阻挡，不知道料想得对吗？请你快快写信前来，免得我朝夕盼望，寝食难安。

你的绒线衫，我已做好，下星期日我可以出校，请你约个时候可以当面给你。我托你买的 *Key to English Letter Writting* 和《雪鸿泪史》《侠凤奇缘》等，已办到吗？校中近在小考，我英文一课，考了八十五分，侥幸列入上等。明天还要考形学呢，但是我很没有心路，觉得读书也没有十分趣味。一个人有了学问，反要多愁多恨，生出不知足的心来，还不如无知无识的人，反而糊里糊涂，过他快乐的光阴好了。

其余下次再告吧，望你速即来信。

你心爱的□白
十年九月十九日

三

我亲爱的□哥：

我的笨笔，形容不出我心中的快活，因为今天接到爸爸的来信，和许多物件了，蒙你又送给我许多名贵的书稿，非常感谢。但是我读完了信，晓得你前几天生病，生得很是厉害，十分悬念。你说现在好了，可是真的吗？我亲爱的□□，我也晓得你的病根，我真恨自己没有能力来说两句安慰你的话。然而我敢说我心里的爱情，完全献给哥哥了。

此星期日，我准到□□处和你见面，吐泄我心中的痛苦，请你带了照相机器来，我要和你拍一张照，表明我们誓相亲爱的意思。我晓得你也赞成的。

你的来信末一段，何其说得沉痛！我背人读了又读，不禁哭将起来。我的罪孽很大，使吾哥哥受了许多痛苦，但我誓死要达到此目的"不自由毋宁死"。我对我的父母，只有这六个字。

同学石行权女士和我是好友，你也见过一面的，前星期六她同密斯脱魏自由订了婚约。他们的父母都是开通，所以允许他们的子女，你想他俩岂不是有幸福吗？我在旁看了，很艳羡他们的自由。不晓得我们两人能够打破我们的环境，如我心中的愿吗？

□□手上

十年九月二十三日

四

□□我哥：

我写这封信时，泪眼干了，肠也断了，我很不情愿将这失败的恨史来告诉你，但我不能隐瞒。哥哥见了我信，必然有失望加在你身上，痛苦临到你心中。虽然，万望哥哥不可为我忧急，以致生起病来。我所望的，在本月初四日和你再见一面。

现在我要告诉你，昨天星期六回家，见父亲返里了，问了我几句校中的事情。他说，现在本埠妇女解放，自由恋爱的说头，很是风行一时。然而他很不赞成，以为是邪说诐辞，诱人堕落，要我交友谨慎，守他旧训。我听了，心中一跳，又见家中人都来恭贺我，说我已配了一头好亲了。此时，我好如顶上浇了一桶冷水，连我母亲，她笑着安慰说：

"这是你父亲做的主，听说那人家世品貌都好，你也将就些吧，不要做出越轨不端的举动来引人訾笑。"

又说了许多安慰的话。我想我的希望完了，奔到我房里，一个人哭泣了一番，想我们在过渡时代的人，真有许多痛苦。假如天早生我十年，我也木已成舟，无可奈何了。又若迟生我十年，父母自然明白儿女的心理，也没有压制的道理了。唉！□哥，我难道罢了吗？我宁做不孝的女儿，不愿盲从这社会的恶习。

我的母亲又到我房里，捧了我些贵重首饰，放在我箱子里。我真恨一个女子出嫁的目的，在金钱吗？珠宝吗？这些死物，哪能买人的爱情呢？她见我睡在床上，知道我不快活，又将一件东西塞在我的枕下。后来我拿出来一看，原来是一张那人的照片。我把来撕作两半，抛在抽斗里。深夜自思，本欲寻个自尽，后来一想，我若死了，你将如何？是我对不起你。故此忍着痛苦，待到见面之后，再作道理。

我现在只望你快快前来，同想挽救的方法了。

你的□□和泪上言

十年十一月

以上四信是记者选出，因为意思好像连贯些，诸君看了，也能明白他们两人的苦衷。照末一封信看来，那位□□女士语气是非常坚决，想此后的结果，总无和平的希望，一入情场，不能摆脱，真是可怜虫呢！

　　　　　　　　　　　　　　　　　　记者附识
　　　　　　　　　　　　　　　十年十一月二十七日

西子湖边

西湖的胜景，久已名闻全国，什么南屏晚钟啦，雷峰夕照啦，柳浪闻莺啦，花港观鱼啦，真是说不尽的许多山色湖光，花明柳暗。便是不曾游过的人，一说起"西湖"两字，已好像有一幅绝妙山水图画在他的脑海里面，所以苏轼有诗说："却把西湖比西子，淡妆浓抹总相宜。"把西湖去比美人，自然是千秋佳话。然而二小香冢、秋瑾孤坟、西泠桥畔，未免做那文人学士凭吊流连所在。美人从古如名将，不许人间见白头，哪里及得西湖佳景，历久不变呢？

闲话少表，却说我前年因为身体时常不适，医生劝我到西湖去住几个月，疏散疏散。我本不曾到过西湖，也要借此去游玩一番，不负此生。却巧有一个朋友，他住在杭垣西泠桥畔。他是个富家子弟，他和他的夫人，同住在别墅内，常年饱看那湖中的景色，享受清福。我便寄给他一封信，将我的意思告知他。不多几时，他写回信到来，劝我马上动身，非常欢迎，并言已打扫客房，下榻以待。那时，我十分高兴，收拾行箧，便辞了家人，坐车赴杭。他们夫妇二人早在车站等候，见面时寒暄几句，一同到他们别墅里。自此以后，我时常请他们引导，拣那名胜之处，尽情游玩，觉得山水秀奇，花木明瑟，说不尽的许多清丽，风雨晦明，气象万千，无怪昔人以

153

为西湖风景，四时咸宜了。

　　有一天夜里，他们伉俪赴人家去宴会。我一个人在别墅中，闲着没事做，蓦见那多情的明月，映到庭院中，花影斑驳，珊珊可爱。暗想：这般月色，我一人何不去湖边散步，领略夜景？强如坐在这室里无可消遣。便叮嘱仆人，谨守门户，缓步出得门来。走得十数步，明月悬天，人影在地，轻风拂树，瑟瑟作响。那湖中的水波浸着明月，只觉得流光泛滟，澄澈非常。远远地又见那众山环绕，好像千百个美人临镜梳头。还有一二处渔火，掩映湖旁，真觉别有一种幽趣。信步走去，见前面一带柳树中，有些灯光闪出。又走了十多步，耳中忽听得一阵靡曼的琴声，悠扬动听。月夜闻琴，自有一种不可思议的感触，又听那琴声中，似乎又夹着些歌声，我一时好奇，循声而往。渐渐走到柳树所在处，见有数间精美的洋房，临湖而居。那灯光、琴声都是从那里发出来的。我走到竹篱边，不能前进，便在此处偷看进去，十分切近，见一间华美的书室，里面电灯开得很是明亮。幸喜外面是一排玻璃长窗，没有窗纱遮着，所以室中的景象，看得清清楚楚，一切摆设尽仿西式。我也一时来不及细看，但见临窗有一架钢琴，一个妙龄的女郎正在捺着。那女郎穿着一色浅碧的法国衣裙，露出那雪白菜蜷蟒，胸前插着金色的徽章，头上戴着一顶帕拿马帽，风姿清秀，态度婀娜，颊上隐着两个笑窝儿，更觉妩媚可爱。她的纤手抚琴时，敏捷异常。那琴声忽高忽低，忽疾忽徐，真是好听。她唱的是《蛱蝶恋花》曲，是英国诗人拜伦所作的。我想这位女郎决然深通西文，而又嗜好音乐者，便细听她的歌声。到末尾时，忽见那室里又来了一个西装少年，长身玉立，气宇俊爽，呼着女郎。那时，女郎回头见了少年，也立起身来，走到他身边，两人互相抱住行了一个甜蜜的接吻礼。只见他们两人并肩坐在沙发上，喁喁情话，好不亲密。我虽壁上旁观，也不觉生了一种羡慕之心，暗想：这一对有情眷属，不知是什么人物，看他们你怜我爱，情投意合，真是幸福不浅。比较那些形式上夫妇，大有天渊之隔了。我正想着，忽听篱边犬吠之声，那室内两人也闻声起立。我想我一人在此偷看，虽然没有坏意，然而瓜田李下，总要避些嫌疑。此时，犬声愈近，我便踉跄奔回。到得墅中，那娟娟明月还放泻它的银光，照到我的房里。友人夫妇仍未归来，我便先自安睡去了。

到得明朝，我想起昨夜看见的事情，便告诉我的友人听，问他可晓得那里住的是什么人？友人笑道：

"原来你昨夜步月到这人家去了。他家的小洋狗很是厉害，你倒不曾被咬吗？运气运气！"

我想，那篱边吠声必然是了，幸喜走得快，还算便宜。友人道：

"你见的那个少年，姓管名日新，不知道在哪一大学毕业的，现在此地某中学内充教务长。他很喜欢研究美术学，这里杭州的新法画家，算他第一。他画的一张《苏堤春晓图》，放在美术展览会中，人人称赞，被西人出四百两银子买去。你见的女郎，便是他的夫人周国权女士，也是女界中的杰出人物，听说曾在美国美术专门学校里毕业过的，也在本地美术学校里做音乐主任。他们两人是自由结婚的，夫妇两人成了一个新家庭，来住在西子湖边。那天然的风景，便做了他们美术的资料。此地学界中，都晓得这两位维新人物的名声的。便是日新，我也遇见过两次。他的言论，很是动听，你要去见他们吗？"

我摇手道：

"这倒不必，我不过问问罢了。"

友人又道：

"他的夫人口才也着实来得，常到各处去演说，她办的妇女演讲团，声誉很高。在外交际也落落大方，毫无羞涩。日新常常有宴会，夫妇两人一齐出陪，嘉宾满座，酒酣兴至时，那位国权女士常要抚着钢琴奏一曲西洋有名的歌曲，真是一位交际名花。我记得有一次，我同内子泛舟到小万柳堂去，在湖中遇见他们夫妇，操着小舟在里湖游玩。他夫人弄着梵婀玲，日新唱着歌，很是活泼有趣。可惜我们两人都是废物，只好望洋兴叹，自愧不如了。"

友人说到此间，他夫人在旁边拍着他肩笑道：

"你现在可懊悔吗？你倒不曾早些也去自由选择一个。可惜像那位自由名花，也未必看得中你。"

友人笑道：

"我得了你，已是满足，哪里敢学癞蛤蟆想吃天鹅肉？"

说到这里，大家都笑了。我听了他一番话，又想那昨夜所见的景象，也就晓得这个美满家庭，令人生羡。自思：我生平常见那花残月缺，惨绿愁红的恨事，却不料也有此享尽艳福的多情伉俪，可算得西子湖边一段佳话了。后来，我在这里住了一个多月，身体也十分强壮，便向友人夫妇握手谢别，束装返苏，和那秀丽清漪的西子湖别离，也觉得有些恋恋不舍呢。

光阴荏苒，忽忽地又过了二三年，我到杭州聚夏令会去，便道再游西湖。胜地重来，非常欢喜。此次我因为同伴很多，便住在湖滨旅馆，友人处也只去拜访了一次。从他家回来时，经过一处地方，我脑中好似起了一种感触，四面一看，原来就是我几年前头步月闻琴，到此处偷看那一对神仙眷属的瑶居。但是，竹篱也有些破坏了，那洋房门前停着马车，出出进进的人很是不少。我又近前一看，门上却挂着一块漆亮的铜牌，上写大律师许士英。咦！难道他们乔迁到别处去吗？青青的杨柳，依旧翠浪翻空似的飘拂着，然而时移景迁，人面已非。那几间洋房已换了新主人，却未免有些俗气了。我想回转去问问友人，恐怕人家说我好管闲事，只索罢休。

过了几天，会已聚毕，我便同一个知己乘着小艇荡桨到杏花村去小酌。正在兴高时候，忽听外面起了一阵喧笑之声，有人嚷道：

"疯子来了！疯子来了！"

只见有一个少年，跟跟跄跄地走进来，后面跟了不少看客。那少年穿的一身破旧西装，两膝盖上已有了两个破洞，一条硬领满渍着污秽，一个胸结却也不成样子，蓬着头发，睁圆了一对眼睛，只是骨碌碌地对人看，面上发出一种惨笑，见了众人，便道：

"众位同胞，可是来助我去寻她吗？"

那时，我细细一看，不觉心中大吃一惊，这个疯子，岂不是我月下窥见的多情少年管日新吗？怎的发了疯了？他的夫人又到哪里去了？我正在呆想，只听他唱道：

　　此地岂不是个杏花村？众家弟兄要把我美酒饮三樽。
可怜我一个人凄凄楚楚真没趣，上天下地要寻我心上人儿
的魂。

唱完了，忽然喊道：

"来啊！来啊！你们认得临印道士吗？谁人救得他转？我肯出一万元的代价。快些答应吧，我先出赏钱。"

说罢，从身边摸出几个铜圆，哗啷一声，抛向人丛中去。那些看客，都是哄然大笑。有的说道：

"什么临印道士，城里火神庙里的王道士，听说倒会画灵符呢！"

我和友人听了，暗暗发笑。只见他又大喊一声道：

"你们走开，我要去寻临印道士，取那返魂香了。"

拔步便往外走，众人又跟着他去了。于是，酒肆中有人就讲起

疯子历史来了。我方才知道，这位国权女士，在前年生育时故世，月缺难圆，美人不寿，这也很可悲伤的事情。所以，日新朝夕痛哭，万事灰心，悼亡诗也作了百余首。后来，悲思过度，神经便一天一天地错乱，歌哭无常，逢人便说要寻他妻子去，可怜竟成了疯子了。那时，我十分感慨，便将他们的逸史告诉了我的朋友，他也跌足叹惜。我又向人探问，现在日新住于何处，他妻子的坟墓又在何处。旁人有知道的，说日新已不做教员了，他住的一所洋房，本是自己的，后因卜葬，用费浩大，已卖给本城的许律师，作为办事处。日新便住在涌金门外一间小屋内，他妻子的坟墓也在那块。他的家长都在北京，要把他带回去，他因为伴他妻子的坟墓，故此誓死不去。家中人也没法想，只好命一个仆人看他。我听了，便对朋友说道：

"现在时光还早，我们何不到那边去一访美人香冢呢？"

友人笑道：

"不过添些凭吊资料罢了，要去便去。"

我们遂还了酒钞，一路走向涌金门来，问了几个信，方才到了目的地。见那坟墓恰巧面对着西湖，两旁种着入场多花木，景色清幽。中间有一条石砌的墓道，坟的前面立着一块十字式的墓碑，上刻周国权女士之墓。旁边又立着几块小碑，乃是各团体立作纪念的。紫玉成烟，黄土埋魂，一抹的夕阳，从那疏枝稀叶间，射到墓上来，也觉得默然可怜。还有那树上的蝉声，聒噪不住，好似来伴芳魂寂寥的，但是，一到秋天，也要寒蝉无声了。我们两人正在深深感想，忽听后面有脚步声音，我那朋友眼快，便说道：

"那个疯子来了。"

我忙和朋友隐入林中，偷看他来做什么？只见他手里捧着一束鲜花，一步一步地走到坟上，四面看看，痴笑了一声，把鲜花一齐堆在碑前，说道：

"我爱，我采了许多鲜花来了，谅你必然欢喜。你要戴些在头上吗？待我来代你插。"

他便拣两朵鲜艳的过去，插在坟上。又喊道：

"我爱，你怎么不能同我出去游玩谈心呢？我昨夜梦见同你驾了扁舟到孤山去，彼时何等快活？不晓得醒来却不见了。你一个人冷清清地卧在此间，有些胆小吗？我记得我同你到此度蜜月的时候，一天，你遇见一只獒犬，吓得躲在我怀中了。可怜你现在却离开了我，然而你不要怕，要知道你心爱的常在你处伴守呢。唉！国权啊，我天天几次来此问你，为何你不肯出来见我，答应我一声呢？我的心碎了，肠断了，你的魂灵究竟在什么地方？我可有一天同你见面之时吗？"

他说到这里，忽然跺着脚，仰天长叹道：

"天啊！并非我来怪你，你的心肠为什么这般残忍？把我的心爱人儿生生地夺去吗？你苦苦地同我作对，真是不应该。要晓得她是我灵魂所寄托的人，她已死了，我的灵魂飘荡无着了，你何不索性一齐收了去？倒好让我们仍是聚在一块儿。"

他怨恨到极点，不由大哭起来，对着坟墓道：

"我爱，你可晓得我的痛苦吗？"

说罢，晕倒在草地上。我同那位朋友看到此时，也滴去不少伤心之泪，不忍再看下去，便徐徐地回到湖边来。见那湖中来来往往的画舫，不少佳偶鸳侣，都是手执扇，荡阑桨，领略暮景，怎晓得这里有一个可怜虫呢？我又感想，假使那位国权女士尚在人间，说不定他们二人当此残暑稍退、清风徐来之时，也要坐着小舟来此湖中徘徊。便是人家见了，也要艳羡他们呢。然而湖山无恙，美人已亡，只博得天下多情人同声一哭罢了。

看似无情却有情

俞子瑾是个翩翩美少年，他同一个朋友坐在客室中谈话。看他的神气，似乎没精打采的，只是一味敷衍。他朋友是一个戏迷，什么刘鸿升的《斩黄袍》啦，梅兰芳的《嫦娥奔月》啦，杨小楼的《长坂坡》啦，余叔岩的《定军山》啦，一个一个地信口批评，兴高采烈。子瑾听得厌烦了，他朋友还是同他说道：

"今夜天蟾舞台是演新排的《七擒孟获》，时慧宝起孔明，盖叫天起孟获，小翠花起杨夫人，常春恒起马岱，刘汉臣起赵云，角色整齐，真是好戏，你有兴一同去看好吗？"

子瑾答道：

"多谢宠邀，恕我无暇。"

说罢，立起来，伸个懒腰说道：

"天已晚了。"

他朋友也只得起身道：

"老兄可是有些事情吗？我要去了。"

子瑾笑道：

"不敢不敢，改日奉陪。"

遂送到门前，他朋友说了一声 Goodbye，出弄去了。子瑾回到里面，方才喜洋洋地说道：

"好了，他去了，我被他扰去不少时光，现在不知道她可在家吗？"

随即匆匆地走到房中，换了一身西装，将一件包裹好的东西塞在袋里，又将博士式的头发略刷整齐，在着衣镜前照了一照，便戴上礼帽，提着一根白银包头的司的克，履声囊囊地到得外面，喊车夫阿顺将包车推出弄口。这时，天色已黑，马路上电灯照耀，车马拥挤。子瑾坐上包车，命阿顺推到昆山路去。不多一刻，到得一家门前，子瑾喊住车子，跳下车来，将门上电铃一按，便听有人出来开门，乃是一个使女，见了子瑾，笑眯眯地说道：

"俞少爷来得不巧，我家小姐同老夫人都出去了。俞少爷可有事体吗？"

子瑾听说，呆了一呆，便说道：

"不要紧，没有什么事，我明天来吧！"

那使女便闭门进去了。子瑾一场扫兴，自思现在到哪里去？不如到我的同学姚半笑处去，他是一个诙谐家，和他谈谈倒也解闷。想定主意，便再跨上车，命阿顺推到宝山路去。阿顺答应一声，两手握紧车杠，提起两腿，如飞地向前奔跑。一转瞬间，又到了姚半笑门前。姚半笑是个富家子弟，他是住的新式洋房。他也在本地教会大学中读书，学问很为高深，容貌也清秀，和子瑾比较起来，真个是一个半斤，一个八两。

闲话少说，且表子瑾下车，走到门旁，恰巧有一个仆人，抱着小孩儿，立在阶上，便问道：

"少爷在里面吗？"

那仆人点点头。子瑾吩咐车夫等着，他是来惯的，用不着有人通报，便一直闯到里面走。到书室前面，静悄悄的，四下无人，正要踏上阶沿，只听里面有女子咳嗽的声音，很是耳熟。他便凝住了脚，回到窗下，从百叶窗里偷窥进去。电灯底下，将室内情景看得清楚。他看半笑坐在一张软椅上，对面还坐着一个女郎，绛唇含笑，横波动人，低着头正在弄衣襟。千巧万巧，不是他拜访不遇的意中人陈佩芬，还是哪个？子瑾一阵狐疑，暗想：难道佩芬也和半笑认识的吗？他们两人在里面做什么事？我却不先进去，要在此听些秘密。子瑾掩在窗侧，冷眼偷瞧。只听半笑低声说道：

"姊姊到底能够答应吗？"

佩芬仍旧低头不响。半笑又说道：

"我想我同姊姊本来是中表至亲，自幼也在一块儿，青梅竹马，嬉戏无忌。我还记得有一天，在你家里，我同你坐在一凳上猜哑谜。你母亲曾对我笑着说道：'你爱姊姊吗？'我答道：'自然爱的。'你母亲又道：'那么我把她配给你，要吗？'此时，你亦觉害羞，一溜烟地出去了。后来，我背着人问你，你亦点头应允。以后我和你各自长大，到了学校，可是我爱你的心，自小到大，一直不曾改变。去年又在你家里表明过，你也深表同情。怎么隔了一年，你对我渐渐疏远起来了，故此我发着急，在此最后的五分钟内要请你正式应承。姊姊，你若哀怜我的，请你早些答应吧！"

那时，窗外的子瑾听了，不禁倒抽一口冷气，心中难过得很，暗想：倘然她今天答允了他，这便完了。我倒不晓得内中有此一段情节。佩芬这一年来和我的感情也可算好了，我今晚到她家里，也是为着这个问题。只可惜被我的朋友讲什么戏剧，耽误了我许多黄金的光阴。到现在将要被人捷足先得了。子瑾一面思想，一面见佩芬听了半笑的话，沉吟了一歇，忽然咬紧牙齿，对半笑说道：

"表弟，恕吾年轻的时，也做不得准。只是恋爱是绝对神圣的，自由的，love with freedom，西哲所说的这句话，谅你也决不反对。

我也并非是不爱你，可惜我有不能告诉你的苦衷，请你原谅。"

半笑听了她话，不觉面色惨白，倒在椅中。子瑾心中好不快活，暗道：好个佩芬，不愧我对她一番的爱情，够了，我也不能进去见他们面，还是走吧！他缩出大门，坐上包车，一路回家。暗想那事，止不住叹道：

"可怜半笑费尽心思，到底还被我战胜了。"

却说佩芬女士本和半笑雅有情愫，她的母亲也很愿把佩芬嫁给半笑，因为一来是旧戚变新亲，二则半笑的为人很好，家资也很富饶。不料后来佩芬在学生联合会中，认识了俞子瑾。子瑾是半笑校中的代表，言论丰采很露头角。有一次他和佩芬因为某某问题，在会中反复辩论个不休，散会以后，他们余勇可贾，仍奋用函牍往来争执。到后来，会长出来调停，彼此遂认作畏友，渐渐来往亲密，佩芬的芳心便生了爱情，以为将来婚姻非此人莫属，故同半笑稍觉疏离。

这天，她到半笑家中，不防半笑向她直接求婚，她也晓得半笑十分爱她，但她的胸中已被子瑾打好了坚垒，只好无情拒绝了。她回家后想想，也觉得有些对不住半笑。早有使女告诉她，俞少爷曾来拜访过的。她很可惜自己出去了，不曾见面。这夜，她睡在床上，很觉神经十分冲动，不能安眠，好容易挨到下半夜，方才入梦。

到得明朝，睡梦中觉得有人唤她，睁眼一看，乃是她母亲，说道：

"怎的睡到此时还不曾起来？大伯处也要早些前去。现在外面有俞子瑾来看你，你要见他吗？"

佩芬听见子瑾前来，推开锦被，一骨碌起身下床，笑道：

"要的，要的。"

忙唤使女将面汤水来，她母亲也回身出房。此时，使女已将洗

163

面水倒好，佩芬洗面漱口，忙了一番，又把头发略刷一刷，披上一件家常布衣，跑下扶梯来，见子瑾在书房里，反剪着手，踱来踱去。见佩芬前来，便道：

"Good morning！我等候你多时了。"

佩芬笑道：

"对不起，请坐吧！昨天你出来看过我吗？恕我出外，有失迎迓！"

子瑾拿起茶杯，喝了一口，道：

"不要客气，足下昨天到哪里去的？"

佩芬答道：

"我到外婆家去的，便是我的表弟姚半笑，也是你同学。"

子瑾假意道：

"呀！足下和他是亲戚吗？我倒不知。"

佩芬有些不悦道：

"俞先生，今天你倒很客气。'足下、足下'地不绝于口，这从哪里学来的？"

子瑾也笑道：

"请你不要见怪，我同你好久不见面了，自然应该客气些。你今天要到校中去吗？"

佩芬道：

"不瞒你说，今天大伯五十寿辰，我母亲一定要我同去。我已向校中请好假了，但是这些无谓的酬酢，我很不惯。我昨晚听吾表弟说你们校中已放春假了，可不是吗？"

子瑾道：

"是的，所以我有暇来拜访。"

说罢，从身边摸出两件东西，乃是一条珠链，粒粒都是晶光莹洁，还有一只小银盒子，盒面嵌着宝石，盖的反面有一方框，中插子瑾的半身小照，双手送给佩芬道：

"我们意同情合，前月妹妹应允吾的话，深深刻在我的心中。现在敬赠这些区区物件，倘然允许吾的，便请收下了。"

此时，佩芬也有些含羞，伸手接将过来。子瑾见室外没有人过，便抱住佩芬纤腰，和她接了一个吻，他们又说了些情话。她母亲也出来了，和子瑾敷衍了几句，便对佩芬说道：

"幸亏俞先生不客气的，你蓬着头也出来见客。你要吃什么点心？少刻好到大伯处去了。"

佩芬道：

"牛奶送来了吗？"

他母亲道：

"送来了。"

佩芬道：

"那么代我煮几个鸡子也好。"

子瑾见佩芬乱头粗服，愈形妖媚，并且吐语隽爽，毫无饰伪。想起她回绝半笑的事，十分得意。此时见他们有事，也不便多坐，便约好佩芬后天到半淞园游玩，告辞去了。

彼此以后，子瑾是非常快活，然而觉得半笑形容憔悴，时常缺课，连笑话都不肯说了，别人猜不出他的缘故，子瑾是暗中明白的。有一天，子瑾见半笑有一星期不曾到校。他们两人本来是要好的，所以子瑾放学后便一直跑到姚家去，一问仆人，方知道半笑卧病在床。子瑾便由仆人引到房内，见半笑仰卧床上，面无血色，口里不住地叹气，一见子瑾进来，勉强点点头。子瑾走到床前，和他握手，说道：

"半笑兄，你有些不适吗？校中人都很忆念，现在可好些？怎的假也不请？"

半笑道：

"多谢吾兄殷殷垂念，我的病一时也不能好。你且请坐。"

子瑾便坐在他床沿上。半笑倚在枕上同他讲话，家人们早奉上茶来。子瑾又问道：

"我近来见足下郁郁不乐，修业也缺少精神，好像有隐忧在心。我劝你凡事也要抛开些，前程远大，终要善自保护身体。一个人虽然有了高深的学问，优美的道德，若没有强固的体魄，也是无裨实用。我辈处世，无论得失，总要达观随寓，不要像那世俗儿女。囵囵拘拘，看个不透。足下以为如何？"

半笑听了子瑾的话，忙答道：

"吾兄所论固是，但我心中的痛苦，实是逼我走入死路。好在我同你是知己朋友，老实来告诉你，你能替我想些法儿吗？"

子瑾听说，心里陡地一顿。只听半笑道：

"我所恋恋不舍、念念在心的，便是我的表姊陈佩芬。她是某女校的代表，想你在学生会中也见过面的。她的学问很有可观，并且喜欢研究美术学。她和我是自幼的同伴，到大后也时常见面，我同她的感情也不算薄。我爱她和未婚妻一般。哪知道近来几月，我用诚恳的言语去求她，她只是唯唯否否，毫没有切实的回答。有一晚上，她到我家来，我便在书室中和她谈了好久。最后之回答，她竟拒绝了我。你想，我数年来朝夕苦思，为着谁来？受了这般的打击，我好如无枝可栖的小鸟，无乳可哺的婴孩，活在世上，生趣毫无了。"

说到这里，哇的一声，吐出一口鲜血。子瑾起初见他好如情敌，今天见这情形，又是可怜，暗想：半笑本来是活泼少年，诙谐百出，不料为着一个女子，便病到如此田地，情之祸人一至于此（天下男

166

女听了）。半笑又说道：

"我这病虽不十分厉害，然而相思入骨，痨病之原，我不得佩芬为妻，情愿不要活在世上，所以我现在要想请我姑母过来，亲自求她。现在我母亲过去了，这一着倘然失败，不消说得我是抱恨九泉了。子瑾兄，你是我的知己朋友，可能为我想些妙法吗？"

子瑾心中十分难过，不能告诉他，你所誓死力求的佩芬，便是我的意中人。也不觉长吁短叹道：

"半笑兄，我望你最后成功，倘或万一不谐，还望保重身体为要。我如有能力，总代你助成。你讲了好久话，请安睡一刻吧，我去了。"

便告别出来。到得家中，心里很是不快，夜饭也不要吃，一个人坐在室里，呆呆思想道：

"半笑本是我的知己好友，在理他有这心愿，我应该助他成功。但是，我和他的目的，都注在一个人的身上。他得了便没有我，我得了便没有他，中间必有一个牺牲。现在他向佩芬的母亲要求，吾想佩芬的母亲必然应允，然而佩芬必仍恋着我，不能听从。除非没有了我，这件事方有解决。我只怪老天惯弄狡狯，如何使我做代表？又如何使我遇见他？又如何使我们两人爱情结合起来，到后来弄出这个难问题？假如佩芬不遇见我，这时他们两人的婚姻早已定当了。想起来还是我害了半笑，现在要救半笑，非我牺牲不可。我和佩芬有此一层波折，前途茫茫，不可预测。我爱佩芬的，何忍使她受苦呢？还不如早些与她断绝。况且半笑容貌才学都不错，他的家私又较我富厚，只要我的心上人能够长享幸福，我虽然受了痛苦，也是情愿。"

想到这里，见有仆人进来，送上一函，知是佩芬唤使女送来的，忙拆开一看，上写道：

瑾哥鉴:

　　事急矣! 可奈何? 表弟半笑求婚不遂, 呕血成病。今日家母被邀前往, 妹心如即杌陧不安。盖半笑素倾心于妹, 一再请求, 而为妹所拒绝者也。家母本有以妹相许之意, 今果回家强迫, 然妹心无他, 焉能由人做主? 明日午后, 妹当亲至哥家, 共商对付良法, 望为稍待。学生会中多称哥为良平第二, 必能拯妹于苦风骇浪中也。万一不成, 妹唯有以死继之耳。

　　　　　　　　　　　　　芬白

　　子瑾看了, 在室中走马般绕走, 暗暗叫苦道: 她这般爱我, 倘我和她断绝, 岂不要伤心到极点吗? 但是我只有两条路可走, 第一条便是从今以后和她斩断情丝, 好让他们两人的婚姻渐渐可以挽转, 总算我救了半笑一命。第二条便是明天同佩芬见面后, 誓死对付, 不管半笑的生死, 也不顾我们前途的祸福利害。然而想来想去, 总没有最好的法子, 还是决计牺牲自己的幸福, 不要弄出什么事来。打定主意, 提起笔来, 写那回信道:

佩芬女士雅鉴:

　　来函收到, 蒙垂爱感感, 唯此事前途棘手, 难有圆满之解决。瑾知难而退, 辜负深情, 望勿见罪。前此瑾与女士之事, 视之如幻梦可也。

　　半笑系瑾至友, 多情多才, 为女士计, 自宜勉从高堂之命, 早结百年之缘。唯女士好自为之耳。

明日之约，瑾有他事，恕不能待矣。负心之罪，瑾不敢辞。唯祝君前途多福耳。瑾复。

这封信去后，隔了几天，忽见佩芬的使女又送来一包物件，子瑾解开一看，乃是一束函札，都是自己寄她的，还有一张小照和一条珠链、一个银盒子，也是前日送她的礼物。此外又有一封信，大略说："曩者误认君为有情人，及今而知殆非也。盖临难而避，见危即弃，我辈巾帼所不忍为，而谓多情人忍为之耶？虽然，君与芬亦已历年余，观君又一往深情，又似非薄幸负心者流。今所以毅然决绝者，亦非全为朋友计，殆君他有所属，而为是举欤？若果尔，则君爱情之变迁，抑可速耶？所赠各物谨以奉璧。至芬书留君者，亦乞付回为幸。芬受此伤心之事，夫复何言勉矣！俞君前途慎旃。"云云。子瑾看了，又看看这些物件，不觉落下泪来，悲伤过度，卧病了几天。后来，他到校时，见半笑的病也好了，子瑾也不去问他这事。

约莫又过了两个月，听说半笑已定了亲，不久就要完婚了。半笑又告诉子瑾他和佩芬的事，幸亏他姑母之力，已得转圜，总算达到目的了。子瑾听了，心里暗想：你真睡在梦中呢，若非有我的牺牲，恐怕你现在已是不在人世了。然而如此的牺牲，一片苦心，难为人道，自己精神上的苦痛，也很大了。他想到恨时，拍着头叹道：

"唉！子瑾，子瑾，你在当初情与刚浓的时，哪里想到有今日呢？"

电灯大亮，人声喧哗，台上的锣鼓敲得震天价响，门外男男女女，许多看客，有案目领着一个一个地挤进来。这正是丹桂第一台在礼拜六那里初次新演的八本好戏《铡判官》。这时，人丛中走进一对少年男女，男的穿一身精致西装，鼻架金丝边眼镜，左腕上戴着时式手表，神采奕奕。女的穿着浅色衣裙，头上挽着 S 式的云髻，额发斜覆，风吹微蓬，右手指上戴一只金刚钻的指环，晶光四射，容貌姣好，态度英爽。那些看客的眼光都注意到这两个人的身上去。早有茶房报道：

"连庆在哪里？姚少爷来了。"

随后就有一个案目匆匆地挤进来，撮着笑脸，引二人到前排坐去。他们走到座位边，后排上有一个少年看客，立起招呼说道：

"半笑，你也来看吗？"

那少年回头一看，忙笑道：

"正是，子瑾兄，你先来几时了？"

原来，这两人正是半笑夫妇。这夜闲着没事做，听见丹桂表演新排好戏，故此他们俩同来一看，不料凑巧遇见俞子瑾。因为子瑾这日没精打采地在家中闲坐，他那戏迷的朋友又来了，约他去看戏解闷。子瑾勉强答应，和他在此。那时，子瑾一见佩芬，也向她点头招呼，只见佩芬只叫了一声密斯脱俞，又看了子瑾一眼，那一对剪水双瞳中好似含着无数怨恨，正是往时无限伤心处，尽在横波一盼中，掉着头不顾了。子瑾回首当日，触目多感，一个人闷沉沉地坐在那里，难过得很。他的朋友也只顾看戏，不来理他。半笑又伴着佩芬讲话，无暇反顾。那时，台上正做到探阴山刘永奎的包公，麒麟童的油流鬼，一个唱，一个说，很是卖力。到《柳金婵阴云出场》一段，声调凄扬，电灯都熄了，使人毛骨悚然。子瑾哪里有心玩看，唯见他们夫妇两人有说有笑，好不亲爱，忍不住微微地叹了一口气。那口气也是子瑾发出的悲声，要问那佩芬女士曾否听见？作者也无从知道了。

飞机恨丝

我记得在一九一八年的春间，敌人兴登堡将军下了一道总攻击的命令，那些德兵，个个好似搏人的魔鬼，恨不得把我们军队，一齐吞将下去，日夜地向我军攻打。我的耳朵也几乎被那炮声震聋，真是厉害。

有一天清晨，德军炮火的声音稍觉稀了，我们的总司令福煦上将下令反攻。英、法、美三国联军都是分头出击。我是法军飞机队士官，自然也要前去努力。我同了手下三名军士，坐了飞机到天空。那时，烟尘弥漫，下面两军已在开战。我便会同着英国飞艇队，到得德军阵线，抛下炸弹，却不料迎面来了四五架齐柏林飞艇，向我们开枪射击。我们此时也同他们激战。不多一刻，这边风势不顺，加着德军枪炮厉害，我们的飞机队已毁坏了两架，我坐的飞机右翼上也受了些微伤，只得望后退飞。早有两艇向我机紧紧追赶。我急了，将速率加快，疾风也似的飞了数十里。其时，我手下的兵士都已中枪死了，我把他们抛下机，减轻了重力，飞机更觉行得稳快，方才脱了敌人攻击。但是，我的肩上已中了一弹，血流如注，一阵剧痛，我也不知不觉晕倒在机上。那飞机没有人去驾驶，自然落到不知哪里去了。"好了！他醒了！"我的耳朵中好像听着这般娇脆的声音，知觉渐渐回复。睁开眼来一看，咦！这真奇了！我却并不在飞机里头，却卧在人家的床上。旁边还坐着一个女郎。那时，已是天晚，灯光底下，看见那女郎很是美丽，两个眸子好像秋水般地映在我脸上，并且她的粉颊上也露着笑容，对我说道：

"先生醒了，现在觉得痛苦吗？"

我此时将手一摸我头，知道用绷带扎着，便笑道：

"多谢女士，我的伤痛还好，只是此地是什么地方？我本在飞机上晕去的，如何会到此地来？请女士告诉我。"

那女郎答道：

"先生何人？莫非是从前敌来吗？"

我道：

"正是，我名海加列，为飞机队士官，我很惭愧，被敌人击败。"

女郎道：

"此地是惠斯脱村，离开巴黎不到四五十里远。吾同祖母住在这里，昨天午后，吾方在园中种花，只听见空中轧轧之声，抬头一看，见是飞机。我想大概是战场上来的，不料见那飞机忽地一侧，翻将下来，我忙退避时，那飞机正跌到我园里。吾便喊了祖母和女仆一齐来看时，见先生横在机中，头已跌开，血流如注，已是不省人事了。吾忙同她们将先生扶入里面，请了村中的医生前来，将先生伤处一齐包好。但是先生还不曾醒，他给了我些药，说这是不妨的，他伤势过重，少刻便会醒转。他说完这话便去了。吾便守在先生的旁边，费了一昼夜仍是不醒。吾急了，正要去请医生前来，幸亏先生醒了。这是天幸。"

那时我听了，感谢万分，便道：

"败军之将，多蒙女士等极大救护，此生何以图报？"

女郎笑道：

"先生为国出力，我们女子也是法兰西的百姓，这是应尽的义务，何足挂齿？但愿早晚将德人打败，一则可以雪吾国之耻，二则促成世界和平，便好了。"

我道：

"正是，还不曾请教女士芳名？"

女郎道：

"吾名蕾霞，出居于此，还有别的事情，明天奉告吧。恐怕先生精神疲乏，对于伤处有碍，现在可要用些什么？"

我道：

"有水吗？我口很渴。"

她便走到外面，取了一杯清水，送到我唇边，我便咕嘟咕嘟地一饮而尽。她将杯放下，又道：

"先生如要呼唤什么，这床外有个电铃，先生可以使用。时候不早，请先生晚安。"

说完话，将门掩上，轻轻地去了。

到了明朝，蕾霞和她祖母一齐过来探望。蕾霞对我诸事温存，她祖母也是非凡慈祥，絮絮地询我家世，及前敌战事，我也一一实告。此时，我稍为要进些牛奶和饼干了。蕾霞自幼父母双亡，和她的哥哥都靠她祖母抚养成人。她是信仰基督教的人，在教会学校里毕业后，便在巴黎城内妇女青年会做事。只因有了咳嗽病，告假回家，休养一月，现在身体也渐渐恢复了。他哥哥名叫瓦特，也是军官出身，今在战场效力。我知道她是有学问的女子，十分敬重，更加她这般殷勤服侍，非常感激。她芳龄今年正满二十，真是一个好女子，不料我有此奇缘，偏遇着了她。

过了一星期，我的伤处渐渐平复，可以在室中自由行动了。闲时常同蕾霞谈心，很是契合。不知不觉，又过了些时日，身体十分

173

强壮了，我费去好些工夫，将飞机的叶子修理完备，准备再到战场。因为近来几天战事仍是剧烈，我是军人，岂可偷安了不起在此消磨壮志？我将意思告知蕾霞，她也很愿我到前敌去立功，只是神情上有些久聚惜别的样子。当夜，她便备了些酒肴，替我饯行。她说了许多盼望我的话，又托我将一封信寄给她哥哥，并望我凯旋归来，再到此地会面。我道：

"女士深情厚恩，鄙人终生不忘，将来一定再来请安。好在依鄙人眼光看来，德国虽然强悍，国内经济恐慌也到极点，不久将要爆裂了。"

蕾霞听了，梨窝儿含笑，一再劝酒。我是未有室家之人，自从见了蕾霞，心中的情苗已经蓬勃发动，并且她和我十分投合，那时，情不能已，便跽在她的面前，向她乞婚。我此番举动，本是冒昧的，倘然她反颜拒绝，我岂不要惭愧无地吗？幸她听了我的话，嫣然一笑，似乎有见允之意。我喜极了，便和她拥抱住，接了一个吻。直到此时，回想从前那一番温馨甜蜜的光景，永远不会忘记呢。

飞机停在田场上，所用燃料也预备了。那时有许多乡人都来参观。我准备好了，便辞别蕾霞和她的祖母，走出门来。蕾霞又和我说了许多离别的话，赠我一张小影，然后送我到场上。我又同她接了一个吻，跨入机中，复和众乡人脱帽为别。我便将机开动，在场上回旋一转，只见蕾霞将她的素巾向空招扬，众乡人也是欢呼不绝。我在机上喊了一声："法兰西万岁！惠斯脱村万岁！"下面众乡人拍手相和。此时，飞机已到天空，我便向南开驶，机声轧轧，凌风而行，回头一看，惠斯脱村只有些小黑影了。那蕾霞的声容笑貌却依稀还在我的眼前呢。

飞了一刻，早到阵线，将飞机渐渐降下，早有哨兵接着。进得司令部，见了主将，略述一番，将飞机收拾好，回到队里。同伴见我重来，都是不胜欢迎，问我当时情形，我便一一告诉，唯将我和蕾霞女士的事情秘而不扬。再去打听了瓦特的所在，他是在第一军第七联队内的，正要把信送去，却有同袍告诉我说，瓦特早已为国战死了。我不禁深为叹息，写了一封回信给蕾霞。但是，我辈军人强敌在前，既不忍坐看祖国的灭亡，来到战场上，将血肉去拼枪弹，自然死生之数也说不定了。

我又在战场上血战好几次，幸亏我们联军连次得胜，德国到底力屈请和了，各派代表集会，战事略告结束。我日夜思念蕾霞，难得有此机会，便向司令请了一个月的假，骑着马再到惠斯脱村来。到得村中，花木明媚，景物依然。我兴致勃勃地，一路暗想：我的意中人此刻见了我面，不知道有多少快活？想她也晓得停战已久，望我到此了。我见了她后，选个日期，便好和她正式结婚。此后，战场归来，欢度蜜月，正可算得极人生之乐。想到那时，我把马加上二鞭，早到蕾霞门前，霍地跳下马来，将门铃按动。隔了良久，方才有一个使女出来开门，我等得急了，便道：

"你们小姐在家吗？"

那使女也认得我的，却不答应，奔向里面喊道：

"老夫人，海先生来了。"

此时，我心中好不稀奇，她为何不去通知蕾霞，反先去告诉老夫人呢？我不管好歹，便向客室内坐定。不多一刻，蕾霞祖母扶着使女出来了，病容满面，见了我，便颤声说道：

"先生战胜回来吗？"

我答道：

"正是，特来问候起居，并且拜望蕾霞女士，不知道女士在家吗？"

她听了我话，不觉倒向椅上，扑簌簌地双泪流下。我知道不妙，便追问其故。她道：

"先生，说也可怜，我的孙女在前月亡故了。"

我不由跳将起来，说道：

"怎的？怎的？"

她又道：

"蕾霞本有肺疾，当先生来的时候，略觉好些。后来，先生去了，她再到会中去做事，忽然接到先生的信，知道她的哥哥死了，她十分悲伤，回来哭了一场，加着她事务繁忙，她的病又发了。从此一天一天地沉重，没有医治。临终的时候，她还对我说道，倘然海先生来时，你可劝他不要悲痛。能到她的坟墓上一看，算是不忘记她，现在也不必写信去通知他了。唉！先生，你想我膝下只有这两个孙男女，眼前一个也没有了，怎的不叫人伤心？我也不久在人世了。先生，你可要到蕾霞坟上去吗？我可叫使女领导。"

那时，我听了她一番话，心中说不出的难过，满怀的失望和悲悼，便点点首，别了她，跟着使女出了大门，牵着马，一路走去。行了不多路，前面一道小溪，左边正是我意中人的坟墓在那里。只见坟墓才干，蒿草已长，两旁栽着数株冬青，墓前立着一块十字形的小碑，上镌着几行小字，乃是妇女青年会代她立的。这些凄凉的景状，映到我眼帘中，触动以前我同她的一番爱情。此来本想和她成婚，却不料彼美已弃我而逝，回天乏术，遗恨终生，一阵心酸，掉下许多眼泪。便跽在墓前代她祷告了一番。此时，那个使女也在旁拭泪。我又向墓上痴视了良久，恨不得掘开这坟墓，和我意中人再见一面，然后一齐同归天国，真是无限伤心。没奈何，便向使女道：

"你回去时，托你代辞老夫人，请她善自保重，我也就此去了。"

我说罢，长叹一声，便跳上马背，和惠斯脱村长别了。只是我本胸襟廓然，没有爱情的系恋，却因为那一次飞机堕落以后，遇了蕾霞女士，渐渐由感生爱，自以为有情眷属，幸福无量，万万不料受此悲惨的打击。蕾霞虽然死了，她的爱情叫我终生难忘，便是现在老了，娶了妻子，生了儿女，那一缕恨丝，仍旧时常牵绕着，哪里能够消灭呢？唉！

啼鹃感言

男子在少年时代，死了妻子，十个倒有九个要续弦。

男子初交友，便成非非想，太不应该。

世上婚姻，一大半都是由金钱结合的。

爱情过分热烈的时候，反动力的发生亦大。

凡事有利必有弊，全在乎人能善用，即如自由结婚的论谈，误人也不少。

男女交友，用纯洁的爱情，很不多得。

奈之何哉

有一天，那天上的阴云层层布满，把那一轮金乌糊里糊涂地遮住，好似那老天堆着一脸的愁容。其时，正是暮秋时候，风雨潇潇，滴在那庭中芭蕉树上，淅沥个不停。

那三间院落中间，静悄悄的，没个人声。唯有东壁厢内是一排的玻璃长窗，看得见里面是个书房，沿窗摆着一张写字台，上面放着几本皮面金装、又厚又大的洋书。又有两个墨水瓶，一个洋式的笔架，搁着一管铅笔，一支自来水笔。告壁放着一架钢琴，一座收橱，壁上挂着些西洋油画。东面一张安乐椅上，坐着一个女子，时装打扮，容貌妍丽，执着一本书，在那里细瞧。看了一刻，将书抛在椅上，打个呵欠，立起身来，走到玻璃窗边看着那雨，一丝一丝的，正是下得起劲（神情如画），不觉叹口气道：

"可恨天公这般不作美，漱姊谅不来的了。"

正说着，忽听外面门上丁零零的铃响，那女子喊道：

"阿梅，快些出去开门。"

便见一个十四五岁的雏婢，从里面跑出来，答应了一声，便出去开门。一会儿笑容满面，跑进来说道：

"小姐，不要心焦吧，王小姐来了。"

随后，便见一个妙龄女郎，梳着两个辫子，一头漆黑的乌云发覆在额上，被风吹得有些蓬松的样子。身上穿一件浅灰色华丝葛夹袄，系一条黑色罗裙，足上穿着革履，手中提一柄雨伞（确是个时髦女学生），三脚两步地走进院子。那厢房内的女子见了，连忙走出来和女郎握手，笑着说道：

"漱玉姊姊，今天我猜你不来了，谁知道你冒雨而来，好一个不失信的人。"

那女郎听了，将雨伞交给阿梅，和这女子厮并着走进厢房，便向那安乐椅上坐下，答着话道：

"我最不喜失信，上星期既然答应你来到此间，休说今天不过是下些小雨，便是下雪下铁，也要来的。琴妹，你如何一个人在这里？伯母何处去了？"

女子答道：

"我母亲吗？昨天即到我舅舅处去了。我一个人在此，好不寂寞。取了这部《石头记》在此解闷。"

女郎道：

"这种书去看它有什么益处（多情多恨，儿女子易惹情丝，还是少看为妙）？我借给你的《新潮》和《新青年》这几本书，你看过吗？"

女子笑道：

"已看过了几篇，但是有些讲到哲学上的，不瞒姊姊说，我还有些雾里看花，不能完全领悟（倒是老实）。"

女郎道：

"是啊！便是我，虽看了许多哲学丛书，也大都不肯去细想。只是世界流潮日新，吾辈既然自号是文明女学生，也不可不学时髦，懂些在肚里，好和人家谈话时有些资料，也给人家不敢小觑（原来如此）。即如妇女解放这事，我想是刻不容缓的。数千年来，我国妇女，可怜都在男人掌握之中，仰他们的鼻息，他们便把我们妇女当作奴隶，当作玩具，爱则加膝，恶则坠渊，何尝有些男女平等的思想（是极是极）？咳！难道女子的智识学问不及男子吗？这都是我国人轻视妇女的一个大错处（探源立论）。现在是世界文明，一日千里，英国妇女多要求有参政的权利，男女平权之声，响遍了太平洋两岸。我们都是二十世纪的新女子，须要设法脱去男人的旧时束缚，立在对等的地位。凡男子所享的权利，女子也该有份，男子所做的事业，女也可以做。我前次开了一个茶话会，请你来做个会员，要发挥我们女子的自立本能，不去受那男人的节制和他人的管束（其志不小），这便叫作解放之妇女。琴妹，你要做个东方罗兰吗？"

女子答道：

"我的思想也是如此，只是最讨厌的是我母亲。她见我说起这些话时，便说你们到了新法学堂，别的不曾学着，却反相信了这些异端邪说。我们妇女只晓得三从四德，像《礼记》上说的外言不入于阃，内言不出于阃，总不能做得和男子一般。倘然你们要如此做法，男女还有分别吗？"

我便答道：

"男女是一样的人，从父母生出来的，大家都有耳目口鼻、四肢手足、心肝肺脏，又没有什么不同（快人快语，但是男女究竟有分别的）。"

那女郎听了，也道：

"琴姊，可笑我的母亲，也是这般地赞成的。她们这些脑子，是又旧又古，凭你怎样讲法，她们仍不会改变的。我们也只好行我们的事，不去管她们便了。"

两人正说着话，听得门上又是丁零丁零地乱响，阿梅听见，便走出去说道：

"又是谁人来了？"

开了门，便看见两个少年，都披着雨衣，说着话，走将进来。女子一看见，便喊道：

"玉书哥哥，你今天怎么有空到此？"

一个长身玉立的少年答道：

"我是来看舅母的（此语真否），并且还有些微物要送给妹妹。"

说着话，两人已走入厢房。那来的女郎也立起身来。当时，女子便对少年说道：

"哥哥，我母亲昨天已出去了，不在家。"

玉书道：

"不在家便罢。"

说着话，从身边掏出一只外国金的爱耳近表，双手递给女子，说道：

"琴妹，我前天听说你一只手表坏了，尚未去买（何等关心）。昨天我在大马路闲逛，凑巧看见某公司拍卖物件，这只表在内，值银也很便宜，故而买来送给妹妹（多蒙雅爱）。"

女子接了，笑道：

"多谢哥哥的美意，待母亲回来时，我告诉她，好让她老人家还你的钱。"

玉书说道：

"妹妹又来了，我讲出送给妹妹，岂有取值之理？这些话不要提起。"

女子谢了一声，便指着那个女郎说道：

"我来介绍，这位是我的同学王漱玉女士。她的新文学是很好的。"

玉书便侧着身道：

"久仰，久仰。"

女子又指着玉书对漱玉说道：

"漱姊，这位便是我的表兄谢玉书，现在某大学读书。"

漱玉也鞠了躬。玉书便引着那一个同来的穿西装的少年，通了姓名，方才知道这是玉书的同学杨麟，现在某公司任事。那女子的闺名是叫袁琴仪。那时，阿梅又送上茶来，四个人各个坐下。玉书说道：

"琴妹同这位王女士在此，讲些什么？"

琴仪便把适间所发的议论，逐一告诉。玉书和杨麟极端赞成，说道：

"难得两位抱有这种高尚思想，不愧是女界先进（为何如此恭维）。现在我们有一个新文学研究会，会员不论男女，只要是在学校中读书，赞成这种主义的，都可入会。不知你们二位愿意做个会员，互相讨论吗？"

琴仪说道：

"蒙二位不弃，我们是愿意做会员的。只恐我等没有这资格呢！"

漱玉也点点头。杨麟道：

"袁女士太谦了，改日当将章程送上。"

四人又闲谈了一番，琴仪忽地立起身来，走到钢琴边，对玉书笑道：

"待我来奏一曲给二位遣闷，好不好（明明是卖弄本事，然书中亦不可少此一番热闹）？"

又对漱玉说道：

"姊姊，我素来佩服你的唱歌，你今天可肯唱吗？"

漱玉笑笑，把头点了一点（也是深表同情）。琴仪大喜，便把钥匙将琴开了，徐徐地弹起来，漱玉便倚琴而唱（风韵雅绝）。琴声悠扬，加着那漱玉呖呖莺声，清脆无比，真是令人听了，有些悠然神往的态度。这阕歌是说美国的南北战争，初起时有些金戈铁马之声，好似两边的战士都是奋勇杀敌，后来一边的兵丁打败了，那美兵便大炮火枪、排山倒海价地拥上，追奔逐北，长驱而前。到了夜里，那惨淡的月光，照得战场上，唯见尸横遍野，血流成河。还有些受伤的士卒，忍痛呻吟，奄奄待毙（战争的牺牲可怕，可怕）。此时，较那出塞的胡笳，赤壁的洞箫，浔阳的琵琶，还要凄惨百倍（形容尽致）。末后渐变到平和欢乐之声，因为两边讲和，战争告终了（我也望中国有此一日）。漱玉唱到这里，将珠喉渐渐地唱得和缓，琴仪的手也是轻拢慢捻地嘎的一声停了。那两人听得呆呆出神（绝倒），觉得余音袅袅，不绝于耳，说了许多恭维的话。玉书便掏出表来一看，道：

"时候已有四点钟了，我们还要到黄博士那边去，后天再会吧！"

遂同杨麟立起身来，告别而去。漱玉和琴仪又谈了些校中事情，电灯也亮了，漱玉道：

"伯母快来了，时候不早，我也要回去了，明天校中再见吧！"

说罢，走出厢房，便喊阿梅："拿我的伞来！"阿梅连忙走过来，把伞递给漱玉。琴仪送到门外，漱玉便道声再会，走出弄口去了。

袁琴仪是一个聪明活泼的女郎，她是上海人，在沪南某女校里读书，和王漱玉是同级，明年便要毕业了。她家中只有个母亲和一个婢女阿梅。因为她有一个哥哥，正在北京读书。那漱玉的家庭，是很为复杂，也有父母，也有哥嫂，也有弟妹，家资也很富饶。两家的父母都是非常爱护女儿，故而她们两人，很为自由。有时候漱玉和琴仪反而怪厌她们母亲说的话，都是不合时务，要设法改良家庭的组织（家庭革命将来难免）。有时候有媒妁来说亲，她们母亲要想把她们许配，但是她们坚执不允，说道：

"婚姻是一生的大事，天赋人有自由的权利，父母不可专制（呜呼！聚九州铁，铸成大错，我国女子受不自由婚姻之荼毒者多矣），须要自己遇得着合适的人，方才可嫁。"

故而认识她们的都称呼她们为自由女（名字新颖）。她们二人可以称得维新女子了，所以讲到妇女解放，她们两人是第一赞成的。然而看官请看她们到底能够成功不成功？

讲到谢玉书，是富有爱情的人，天性也很聪敏，很爱研究哲学。他家中只有一个母亲，便是琴仪的姑母，他和琴仪是表兄妹，小时候便在一块儿玩耍。他心中着实爱慕琴仪，只是还不晓得琴仪心里如何？不敢轻于启齿。

这天，他同着杨麟来看琴仪的母亲，实在是要送给琴仪一只表，博她的欢心（老实揭穿了）。琴仪是个玲珑剔透的女儿，如何不悟得？但是，她抱着解放的意志，以为我辈女子，须要有了自立的能为，方始可以嫁了人，不受男人的节制，所以，虽然对于玉书，也有爱情，却因为时机未到，故而没有切实的表示。还有那杨麟，自从见了王漱玉，也是非常爱慕，便时时和玉书到琴仪那边去候会，高谈阔论，兴致极高。琴仪和漱玉也做了他们会中的会员，每星期六是要去聚会一次。

不知不觉，过了二年，那四人的爱情已结得深了（省笔），他们都自以为神圣恋爱，是合着他们自由的意志。其时，琴仪已卒了业，竟在那西国人开的某厂里任了职务，漱玉是在一个女校里教书，玉书也在本地执了教鞭，他们各人都已有了自立的本事了，所以谢玉书和袁琴仪，杨麟和王漱玉，他们两对儿，先行交换戒指，订了婚约，然后禀明了四家家长。好在他们的家长都是深爱子女，言听计从的，便拣了吉日，预备青庐，替他们成婚（说来好不省事）。

列位，照他们四人的结婚，自然是美满无比，将来享那自由的幸福，正是没有尽日（欲抑先扬）。但是，小子却要细细写出他们结婚后的历史，给诸位一看。前面是小子粗漏，不会写出杨麟一家的历史，我如今先要讲到杨麟和王漱玉女士，不得不把杨麟的家庭用极简括的言语来说一说。

杨麟是个世家子弟，他父亲是在外边做官的。家中有个母亲是汪氏，年纪已有五十开外，吃素念经，非常相信神佛，而且喜欢老法，规矩很大，备有家法。杨麟有两个哥哥，都已娶了妻子，又有一个小妹妹，自从漱玉进了门，又添了个新人。初起时汪氏很爱漱玉，凡有关于漱玉的事，她总留心，便是有些食物，也都暗里送给她吃（厌旧喜新，人之恒情）。夫妇之间，更是不消说得，他们俩的爱情，真是和蜜也似的一般浓厚。归宁了十数天，便依然要到校中去教书，每天早出晚归，似乎甚为忙碌。汪氏看见了，便对杨麟说道：

"三媳出去任事赚钱，我也不好怪她。但是我们杨家的境况，粗有薄田，你父亲同你等三个弟兄，又都在外有事，可以说得无冻馁之虞（此等口吻，闻之熟矣）。她是个妇女，我们不靠她赚钱过日子，她何必要去受这辛苦？"

杨麟答道：

"母亲的话不错，只是她素来喜爱自由……"

汪氏听了，正色道：

"咳！你们单讲自由，就是自由也有一定的限制，总不成违背家长的好言，任心去做什么事，这便叫作自由（说话亦未尝无理）。我是爱儿女的，不肯看冷破，你去叫她不要去教书吧。倘要用银，我这里也肯给她（汪氏的是心爱漱玉，无奈爱之不以其道，适足以生恶感）。不看你两位嫂嫂，也何尝出去做过什么事吗？谅她终没有不答应的。"

杨麟无奈，便走到她房中，见漱玉正伏在案上修改学生的卷子。杨麟走过去，拍着她肩笑道：

"好热心呀！劝你不要费这些心思，落得辞了职，过过安闲的日子，倒不好？难道你怕铜钱没有用吗？"

漱玉听了杨麟的话，回过身来，面上带着三分薄嗔（何来此不入耳之言），将手中铅笔一丢，说道：

"你说的是什么话啊？亏你是个新学界的人，怎的说出这些话来（并剪哀梨，其快无比）。"

杨麟带着笑道：

"你不要怪我，这是我母亲叫我来说的（不打就招）。"

便把汪氏说的话一齐告诉。漱玉叹道：

"婆婆虽是爱我，无如我有我的自由权，我喜欢出去做事，辅助社会发达，尽我一分子的责任，谁也不能来管我。我当初归你的时候，我怎样说法，你也怎样说法（责备得是）？到了今朝，我倒要受人束缚吗？"

杨麟见她如此说法，也是无可奈何，深恐漱玉不欢，反而用些话来支开了（足见杨麟苦心）。

隔了几天，汪氏见漱玉仍然到校，毫不遵从，遂喊杨麟前来问道：

"你同她讲过吗？"

杨麟答道：

"她一定不肯，说要服务社会，并不是贪着银钱。她这话也有道理，所以儿子没有话说了。"

汪氏道：

"好啊！你们夫妻都是爱着新法，我来叫你劝她，哪里会成功（如梦初醒）？待我自己来劝她，看她听不听？"

186

那杨麟听了母亲的话，便暗中谆嘱漱玉，叫她在汪氏面前说话，须要婉转，不可触犯她的怒气。她可不和你讲自由不自由，恐怕不对时，要用家法处治的。漱玉听了，十分不快。后来，汪氏便当面劝她不要出去做事，漱玉便说：

"天如何给每人的自由，人在世界上所享的便是自由之权。现在媳妇做的事，也是为振兴教育起见，并非他种无益之事。况且现今世界文明，女子也有许多在外任事的，即如我同学袁琴仪尚且在厂中任事，没有人去说她不是。请婆婆仍是让媳妇出去的好。"

漱玉这番言语，因为有杨麟知照在先，所以说得柔里带刚。汪氏只得说道：

"我也没有别种心肠，只为爱你起见，你倘然能不做，更是使我欢喜了。"

无奈漱玉坚执不允，汪氏面子上不好说什么话，心里很不快活。漱玉虽然仍旧每天到校上课，然而心中也好像有了一层障碍，有时遇见琴仪，把这事告诉她。琴仪也是叹气，因为她心中也有说不出的话呢（伏笔）。

大凡人和人倘是心里有了障碍，便觉得样样不对，两个人的意见便变作南辕北辙、背道而驰。这障碍越弄越牢，愈久愈深，好像坚固的城池炮台，虽有千军万马，也是破不得它（说得好不可怕，然语语是实）。而且世间的婆媳要好的少，不要好的多。有些人面子上尚能含忍，然而心里总是不相容的。这是什么缘故呢（你倒说说看）？小子想来，无非是因为媳妇是外人，初进门时，大家的性情都不知道，如唐诗上所说的："三日入厨下，洗手做羹汤。未谙姑食性，先遣小姑尝。"往往不容易得婆婆欢心。那做婆的偏不肯原谅一些，因为世间做婆婆的人，自以为今后讨了媳妇，可以安然不动，受媳妇的孝顺了（深明心理学），所以只稍一言不合，心里便是不适

187

意。那媳妇受着她婆婆稍有怒言，也是一个不忘记。从此，那障碍便种在她们心里了。久而久之，便要发生口角，家庭之间，变为战场，崩肉之亲，化为仇敌，都因为大家性子隔膜，没有爱情，以致易起误会的缘故（说得极是）。否则，人家有女儿的不少，她们母女之间，何等亲爱，做女儿的得罪了母亲，她母亲有时虽然成怒，但是说过便忘。做母亲的责罚女儿，也不曾听见女儿把她记在心中，报以恶声。为何做女儿的一做了媳妇，便和她婆婆不对？做母亲的一做了婆婆，便说她媳妇不好（反证甚明）？这可见证我以上的话，不是胡说了。所以，汪氏和漱玉一有了障碍，过了多日，那障碍愈深，姑媳两人全觉得不亲睦起来了。加着那妯娌两个，本是嫉妒漱玉，现在见汪氏有些不爱漱玉的样子，便殷勤逢迎，乘机说些漱玉的坏话（此等妇人屡见不鲜）。漱玉又不肯去烧香拜佛，一新一旧，本是容易起冲突。漱玉心里很看不起汪氏，说她是佞神拜佛，在二十世纪上，这种人算得天演淘汰，用不着的了（此言甚是）。汪氏也常在杨麟耳边絮絮叨叨，讲漱玉如何和她不合。只苦得杨麟一面恐怕他母亲生怒，一面忧愁他妻子不欢，没奈何，两边用些好话来安慰。但是，汪氏和漱玉，此时已有积不相容之势了。

作书的作到这里，且把漱玉的事暂时搁起（故弄狡狯，人要你搁起），要说说琴仪和玉书的事了。好在看官们也很惦念这二人，怪小子没有本事，双管齐下，将他们四人的事情一同写出来。可是小子作的时候，也是恨不得赶快些一股脑儿写完了，只是小子没有这种能为，只好一头一头地慢慢说起来。

话说琴仪和玉书结褵之后，便到西湖去度蜜月，水云乡里，终朝欢娱，花月楼前，尽情玩赏（艳福无穷，令人眼羡），什么比翼之鸟，比目之鱼，也比不上他们的爱情呢。还有那玉书的母亲，更是和善非凡，所以琴仪的身子是很自由的。过了蜜月，玉书是每天到学校授课，琴仪也仍供职在那厂里。每逢星期日，他们俩时常并肩联臂，到游戏场中闲逛，或是到花园里去游玩，非常快乐（极意描写，为后文地步）。但是，隔了许多时日，忽然有一层黑雾罩在他们身上来了。

原来，有一天，玉书校中放假，琴仪却仍要照常到厂里去。玉书在饭后没事做，要想到厂里去望琴仪，和她一同出去到黄浦滩边吸些新鲜空气，便一个人走到厂里，瞧见琴仪正在办公室里做事，旁边有一个女书记陪着。琴仪见玉书来了，便对他说道：

"你来做什么？我现在很是忙碌，请你且在待客室里等一刻吧！"

玉书没法，便在对面那个客室中坐下，等了些时，琴仪的办公时点还未完毕，一个人孤清清的，好不寂寞。眼看着琴仪在对面，不好过去说话。那玉书方在沉闷的时候，忽见一个少年，风姿俊美，穿着西装，手里执着一张外国纸，走到琴仪处，好像商量什么事。那少年俯在桌子上，把身子只管挨近，两个人头并头地耳鬓厮磨，不知道的正要当他们是个夫妇呢（知道的见了，心里好不难过）。后来，琴仪将铅笔在纸上不知画了些什么，那少年连说道：

"Very good! How wish you are! I think you are an angle sent down from the heaven."

笑了一笑，走到里面去了。此时，玉书看得妒火中烧，心里想：这个人是什么东西？他敢同我（我字最为着重，好笑）妻子这般亲密，并且打着英语，极口称扬。他心里怀的是什么念头（由妒生疑）？真是个不要脸的东西。我停会儿倒要问问琴仪呢。玉书又没精打采（何苦）地等了多时，看着那一轮红日渐渐地往西边沉下去了。公司里壁上的大自鸣钟铛铛地响了五下，那厂里的人都陆陆续续地出去了。琴仪也收拾一切，徐徐地走到待客室里，对玉书笑道：

"你等得心焦吗？"

玉书答道：

"只要你快活便了，我倒随便（冷淡）。"

琴仪见他所问非所答，便道：

"我有什么快活？难道你不快活吗？一同走吧！"

玉书便快快地立起身来，也不想到黄浦滩去了，便雇了两辆人力车，同琴仪坐着回家。到得家中，天已近晚，琴仪和她婆婆讲了些话，玉书一个人躺在榻上看书。直到吃了晚饭，回到房中，将近安睡的时候，琴仪见玉书不则一声，忍不住开口问道：

"（我也要问）你今天到底为着什么这般不乐？你适间到厂里来，我见你面上还带着笑容，怎样我出来时，你便有些不快活？难道我有得罪你处吗？请你告诉我。"

玉书道：

"别的不问，单问你那厂中的西装少年是个什么人？和你如此亲近？"

琴仪道：

"那人姓江，是个副经理，因为要我画个图样，来请教我，但是我也和他客客气气，没有什么道理（表明在先）。敢是你疑心我吗（岂敢岂敢）？"

玉书道：

"我也不来疑心你，我只觉得这人不应和你如此亲密。我看见了就要生气（什么道理）。"

琴仪道：

"好啊！你也没有知道我的心肠吗（其语沉痛）？我为我的职业，不能不同他谈话，何况解放的妇女，也不消避什么男女的嫌疑。你这般狭心，前天还要鼓吹什么解放（责问得好）。"

玉书道：

"无论如何，解放不解放，这驴子不应该同你如此模样（竟是蛮理）。他说的英语是什么话？轻蔑你就是轻蔑我，以后这种人切不要去理会他吧！"

　　当下两人争了几句，都觉得心里有些不快活，但是也将就过去。

　　有一天，厂里宴客，许多职员大家聚会。琴仪是其中的一分子，自然也要前去。临镜装束，打扮得真个风流温雅，艳绝人寰。玉书见了，问道：

　　"你要到什么地方去？"

　　琴仪道：

　　"厂主人今天大宴宾客，大小人员没有不到的，我也要去赴会。"

　　玉书听了，怔了一怔，然后说道：

　　"你能不去吗（总是不放心，有娇妻者都有此种心理，然照人道而论，大不应该）？我一人在家中等你，好不寂寞。"

　　琴仪笑道：

　　"这却不能，我必要去赴会的，我有我的自主权，劝你不要管我。好在你也常常晚归，我总是一个人守着的。"

　　说罢，翩然出门去了（此时玉书尤为难堪）。玉书心里大大地不乐，也是无可如何。叹道：

　　"你有你的自由，我也有我的自由。"

　　他便同着老母吃了晚饭，便向床上睡去了。看看到了十二点钟时候，不见琴仪回来（望眼欲穿矣）。玉书又是寂寞，又是怨恨，心中暗想：此时琴仪在那席上，不知如何高兴，总要唱两支歌出出风头了（猜得正着）！好好，她也不避羞惭，这席上有许多陌生的男人，她是个青春少妇，如何参与其中？加之那驴子不怀好心，真正危险（不外一个妒字）。想到这里，唉声叹气的，哪里睡得着？听那壁上钟声已敲了两下（真苦恼），方才听得打门声响。用人起来开了

191

门，琴仪走到房里，桃花颜色映着灯光，越显得娇红欲滴，带着三分酒意，对玉书说道：

"你早睡了吗？"

玉书道：

"冷清清的，我来等你什么，你倒颠倒做起来了（竟是气愤语）。"

琴仪道：

"什么颠倒不颠倒，男女是一样的人，应该享同等的权利。"

玉书道：

"又来了（已厌闻之矣），我问你，一个人回家，不害怕吗？"

琴仪道：

"哪里会害怕？况且有密斯脱江送我回家的。"

玉书听了，说道：

"咳！那驴子送你来的吗（正是情敌）？我很讨厌他，你倒同他十分要好……"

此时，琴仪有些怒气，答道：

"他好意要来送我（请问女士，如何知道），我也不能拒绝他。这是外国常有的事，到了中国，却要疑三疑四，你枉空是个新学界人，连我在外面酬酢都不放心，要好……要好……难道我同他要好，不同你要好吗（我闻其语，如见其人）？你如此疑心，真的逼着要我不出去做事，镇日价匍匐在深闺之中，做那寄生动物（骂尽不少人），看你倒是愿意的啊（也是气愤语）。"

玉书见琴仪醉后发怒，深恐小不忍反乱大谋，便闭口不说话了，琴仪也就卸妆而睡。

过了许多时日，琴仪腹内已是结了珠胎，觉得吃也吃得少了，身体十分疲倦，只要想吃酸的食物。厂里去做事，也是懒洋洋的

（这是妇女的天生魔障）。她有时到漱玉处去谈谈话，着实懊悔自己早嫁了人，那许多束缚渐渐地临到身上来了。

又过了几个月，琴仪分娩的时期已到，厂里也告了假，临盆时，生下一个男孩儿，啼声雄壮，相貌端正（好一个新国民）。夫妇二人甚是快乐，取了一个乳名，叫作小玉。那玉书的母亲更是十分欢喜。琴仪便同玉书商量要雇用乳媪，玉书也应允，便去雇了一个年轻乳母。满了月，琴仪精神已是恢复，便要到厂里去销假任事。出门之时，总是嘱咐乳母要当心护养，又请她婆婆留意监视。但她心里很念小玉，在厂里做事也觉得有些分心，不比从前了。一到五点钟，便不肯逗留片刻，便如飞地跑回家中来了（母子天性，为人子者，乌可不孝其亲乎）。

有一天，乳母不当心，把小玉额上撞了一个块，琴仪不舍得，把乳母大大埋怨，那乳母便气愤愤地还了工钱不做了（偏生倔强）。琴仪没法，只得另去雇了一个，总是不称她的心。有时对玉书说道：

"你现在是做了父亲了，如何不肯当心小玉（说得是）？"

玉书笑道：

"我是男子，常要在外的，这抚养一事，本要问着你的。你既出外任事，自然不能不托他人了。"

琴仪不情愿辞去厂里的职务，不听玉书的话。玉书见她不肯听，心里仍是怀恨。

看官，大凡人在平日身子健康的时候，觉得要如何便如何，只要任了他的心去做，好像没有难事。若然一被病魔缠绕，就要觉得满身不自由，怨恨懊悔的心都要因此生出来了。那时候，倘然自己亲爱的人不来殷勤服侍，心里更是悲伤。

那一天，琴仪感冒风寒，生起病来了。恰巧这时候乳母告假回乡，那小孩子只有玉书的母亲当心。小孩子见母亲生了病，也会不安起来，时时啼哭，不肯脱人的手。她婆婆又要煎药，十分忙碌。一个仆妇，只好做些粗事，不能帮忙。琴仪见了，心中十分焦急，那病也一时不肯好，朝上寒热退了，晚间又上来。玉书背地问那医生，知道这病很为厌气，却无大碍。其时，适值玉书的朋友结婚，玉书也要去吃喜酒，两天不曾住在家中（抑何忍心乃尔）。琴仪甚是怨恨，自伤命薄，为何做了女子，有这些障碍，反而不能自由（无限悲感）？待到玉书回家，便说道：

"好啊！我生了病，你却不曾来服侍过我，小玉又闹得厉害，家里无人看管，你也不来抱抱，却反宿在外边。你的爱情变了吗？"

玉书笑道：

"不敢，不敢，这是我的自主权，你也不能来管我（以子之矛，攻子之盾）。"

琴仪知道玉书有意来报复他，又道：

"既然如此，你在外边倒快活吗？"

玉书道：

"昨天我们叫了几个局，都是海上的名花，轻颦浅笑，风流绰约，很是温存，如何不快活（有意说得如此，不然，玉书真是个负心郎了）？"

琴仪听到这里，面色惨白，几乎发晕（玉书如此作玩，大非惜玉怜香之意），叹口气道：

"你这个负心人，薄幸郎，还要来家中做什么（悲痛之语）？"

玉书道：

"你这话说得稀奇，难道我们男子在外面的酬酢，你也要疑三疑四，我同你的要好，不及同那娼妓的要好吗（畴昔之事子为政，今日之事我为政）？你讲女子解放的，怎么束缚男子起来了？"

琴仪知道话中有因，恨得无话可答，不觉心中一酸，落下泪来，低低地哭道：

"狠心的玉书，你们男子的心肠，都是硬的狭的，只要人家不自由，你们自由（何其说得痛切也）。我生了这个孽障，便是我心头之肉。可怜我在厂里做事，都没有心路，你却轻描淡写地和从前一样。我也知道你的心思，只不要我在厂里做事罢了（一语破的），所以我今天生了病，你不肯来温存看顾，反而有意住在外边，只要问问你的良心能够对得起我吗（至诚之语）？我现在已转定了念头，不能不将厂里的事务辞了，省得受这般苦恼（境遇四逼，不得不然，可怜），但是要望你做一番出人头地的事呢！"

玉书听了，心花怒放（目的达到），从椅上跳起来，走到琴仪床边，将身俯下，两手把琴仪的手握紧了，连连接吻，说道：

"琴仪，你能如此，我很感激你的，望你恕吾以前的罪过。要知道我谢玉书的爱情，是很纯洁的，没有别人能够羼在我的心里呢。琴仪，琴仪，你能原谅我吗？"

自此以后，琴仪的病渐渐痊好，厂里的职务果然也告退了，只在家中抚养小孩儿，奶妈也不用了，闲来看看书，消遣消遣。那玉书放了学，便回到家中，两个人说说新闻，讲讲故事，抱抱小孩儿，很觉得融融泄泄，快乐无比，不似琴仪在那厂里做事时的光景了（读之有无穷感触）。

一天，风斜雨细，秋景憔悴，琴仪正在抱着小玉逗他玩笑，忽接到一封信，一瞧封面上乃是漱玉寄于她的。琴仪道：

"多时未去见她了，她有什么事写信来（衔接得势）？"
随即拆开一看，其辞道：

琴姊如握：

妹闻之不自由，毋宁死。妹与姊幼时同学，即主张平权自由主义，谓今日中国妇女尚在黑暗之中，层层压迫，事事束缚，仰人鼻息，为人奴隶，非有伟见卓识之妇女，毅然以先觉自任，提倡解放，则吾中华妇女无以自脱于苦海。故当仁不让，以身作则，以冀唤醒国民，改造山河。愚公移山，精卫填海，事之成否，非可知也。无如年来愿与心违，懊丧欲绝，此身已加束缚，复何言乎自由？虽然，吾身尚存，一息不懈，总冀打破挫折，驱除障碍，而今日者横被羞辱，动遭非议，有志未成，徒呼负负，是以妹已无意偷息人间，愿一死以警国人矣。所幸山涛犹在，嵇绍不孤，夙仰贤伉俪倡自由之论，抱解放之志，倘能积极进行，登高一呼，则天下之广，当不乏志同道合者，共起而实行之也。若果尔，妹在九泉，亦当含笑无恨矣……

读者诸君，看了这封信，决然也要惊疑，说道："王漱玉这样一个人，怎么会死？"原来，漱玉和汪氏新旧冲突已非一遭（回到上文）。

有一天，漱玉校中请漱玉和一位女教师到北京去参与国语研究会，顺便参观北京教育的状况，漱玉甚是高兴，和杨麟说了，束装待发。那汪氏知道这事，便不放漱玉出外，漱玉和杨麟说了许多话（省笔），气愤愤地偏携着行李不别而行。这一去，把汪氏气得了不得，拍案怒道：

"我从来不曾见过这种新法妇女，竟敢目无尊长，不别而行，这还了得！回来时绝不轻恕（这样家长多得很）！"

杨麟苦苦哀求，汪氏怒气未息，回房睡去。

约莫过了十数天，漱玉从北京回来了，带了许多土货，走进门来，见汪氏正同二位姒娣讲话，便上前叫应了。汪氏淡淡地说道：

196

"少刻你可到我房里来。"

漱玉便到她自己房中，把物件安置好了，便到汪氏房里。见汪氏面上很是不乐的样子，对漱玉说道：

"媳妇到北京是谁叫去的？"

漱玉答道：

"校中派着的，是去聚会，借此参观各校。"

汪氏道：

"家长不叫小辈去，小辈能去的吗（一句紧一句）？"

漱玉道：

"只要正当的，不必得有允许，因为各人有自由权。家长要管小辈，是恐怕小辈做坏事，若然这事是正当的，是有许多益处的，家长要干涉不放人做，这是叫作专制（天下家长听着），束缚他人的自由。做小辈的因时达权，也未必稳要得着允许。"

汪氏道：

"如此说来，此次你往北京，我叫你不去，是错的了（岂敢）？你目无尊长，不别而行，已经错了，还道是正当的，这也太不知进退啊（屡以尊长之势相压，令人读之，亦为不平）！难道刑于之责，还要有烦老身吗？"

漱玉也答道：

"婆婆，不是这般讲……"

汪氏喝道：

"算我讲错了，现在朝代已换，民国世界，竟有你等倔强的女子，大非国家之福（说得好笑）！你学新法，总不能弃去家长。你既然做了杨家的媳妇，是要照着杨家的法度做事（专制之极）。你这般不受管束，我到此不能不照家法处治！"

说罢，命婢女取过戒尺来，命漱玉跪下。漱玉道：

"媳妇没有什么错，婆婆为什么这般深责？"

汪氏不由分说，扯住漱玉的手掌，重重地打了二三十下（冤哉枉也）。那妯娌两个，此时只得一齐跪下，请汪氏息怒。汪氏方才罢手，说道：

"以后要望你速自改过才好。"

漱玉从来不曾受着夏楚，今天汪氏待她如此严厉，竟是硬要禁止人家的自由，不觉非常悲伤，回到房中，哭泣不已。看看杨麟还不回来，心里暗自怨恨，嫁了这种古旧人家。那汪氏倚着长辈势力，定要束缚他人，天下竟有这种姑嫜。我王漱玉是个解放女子，热心自由的人，如何遇着了这个对头？她要束缚我，我却不能甘心委弃向来的主义，去做她的奴隶（好志气）。然而照她的势头看来，此后风波真恶，自己绝没有出头的日子（转入悲观）。想想要和杨麟离婚吧，杨麟并不曾错待我，我何忍同他说这些话？想来想去，打定主意，不如去寻个死路。我死了，看她还能管我吗？西哲说的，不自由，毋宁死。我还是撒手人寰的好，强如在此受她的束缚（读至此，当为堕泪，改良家庭一事，诚为今日急务）。死志已定，遂从案上取了一匣磷寸，把头剪了，和茶吞下，便向床上去卧。忽然想起琴仪，叹道：

"她是铁一个知己朋友，不可不给她一个信，使她知道。好待我死了，还有她来凭吊一哭呢。"

遂起来磨墨擘笺，草草地写了一封信，命仆妇送往邮局，长叹了数声，向床上倒头便睡。仆妇来请她用晚饭，她也不要吃。少刻，杨麟回来了，见漱玉横卧牙床，泪痕界面，不觉大吃一惊，问道：

"你今天方从北京回来，为何如此模样？你有什么冤屈，请告诉我。"

说罢，将手巾去揩漱玉的眼泪（偏要缠绵，漱玉此时九曲回肠，

198

寸寸断矣），不料漱玉见了杨麟，更加伤心，那眼泪愈揩愈多。此时，漱玉服的磷寸，毒性已是发作，咬着牙齿，握住杨麟的手答道：

"你只要问你的母亲，便晓得了。至于我呢，已为争那自由，情愿抛弃我的性命，宁死不受这种无价值的管束。你也不必为我悲伤，人孰无死？只争着早晚了（语似达观，实是悲伤过度）。"

杨麟知道漱玉业已服毒，吓得魂魄出窍，手足冰冷，连忙跑出去，喊家人去请医生。一面早有他妹妹把适间冲突的事情告知杨麟，杨麟顿足叹息。此时，汪氏晓得了，也非常着急，一迭连声地催请医生（盖汪氏初不料漱玉之自尽也，哀哉）。无如毒性快发，等到医生到时，漱玉已是香消玉殒了（哀哉漱玉，如此结果）。杨麟见他爱妻活活地惨死，倒地大哭，定要以身相殉，经众家人劝定。那时，漱玉的母家得了信，连忙一齐飞奔过来，和汪氏闹个不了。幸亏两家都是名门望族，自有那排难解纷的鲁仲连出来，好好地说开了。等到漱玉一抔黄土深深埋香的时候，杨麟在墓前哭拜一番，自去削发为僧，遁迹青山去了（伤心末路，古今同慨），这是后话，我却不要多提。

却说当日袁琴仪看了漱玉的信，又是惊疑，又是悲痛，那眼泪好似断线的珍珠，扑簌簌地从眼眶里落下来，滴得衣襟尽湿（兔死狐悲，物伤其类，而况知好如二人，一旦忽接噩耗，其伤心为何如）。那时，听那窗外雨声渐沥，夹着那阶下秋虫唧唧之声，陡忽想起昔日和漱玉在她自己家里，如何遇见谢、杨二人生了爱情，到今朝便添了一层魔障（映照前文）。知交如漱玉，今以所志不成，殉身黄泉，麟亡星落，月死珠伤，胸中的感触，一时丛集，呆呆地抱着小玉，仰天长叹道：

"天实为之，奈之何哉（余韵悠然）？"

列位看了小子这篇小说，好像我含有不赞成解放的意思，故而说来有些挫折人家的锐气。虽然，诸君要晓得，自古至今，要做成一件事体，通行天下，是何等烦难？那漱玉和琴仪抱的宗旨，行的事体，本是不错。但是所处的时候，是还在萌芽时代，而且束缚过多，操之过急，反而不能达到她们的心愿（道着语），故而她们二人，可算得是解放中之牺牲罢了。犹如辛亥革命，当那清廷未倒，民国未建的时候，许多烈士仁人，都是事败而死，也可以说他们做的个不好吗？所以妇女解放，并非不可办到的事，断然不见得像那书中琴仪说的奈之何哉一句话，就此完结。所要认定的妇女解放，是要被人平等看待，享那自由的幸福，并非说是男子做的事，女子都可以做，一定要做得和男人无异。天生男女自然有分别，各有本性的可能，有些男子做的事，女子自不能做，况且女子又有抚养新国民的责任，社会上的事，有种绝不能做。譬如男子有的推黄包车，女子也去推黄包车吗（语颇滑稽）？不过解放的女子，有了高尚的思想和学术，自然能够自由选择她能做的职业，定她终身的趋向了。

近来国中妇女解放声浪，一天高一天，讲到应当如何算是解放，有不少名人都已说过，勿容多赘。所望的国中许多名贤硕士，要辅助她们妇女先走教育的路，一面振兴妇女的职业，使人人可以自立，还望那妇女之中，能有出类拔萃的人，热心提倡，做那先河之导，遵着那平坦的大路走去，完全达到妇女解放的目的。这是小子著书的用意了。否则，出于此而入于彼，有何益处？而且歧路亡羊，舍本求末，恐怕非但没得益处，反而有害了。又有不可解说的，如近日海上某游戏场，借口解放妇女，竟用了一班荡妇少女，招待游客。他是什么用心？我也不必说出来。但是照这样的解放做去，恐怕在那精神上与真正解放的前途，大有妨碍呢（独具深心，世风浇漓，有心人所同悲也），列位以为如何？

啼鹃赘语

余作《啼鹃录》十八篇，既觉心中尚有不尽之感，欲一吐为快，顾不能成篇，因拉杂书之，以为赘语。

人皆喜读欢娱之词，而不喜阅悲苦之作，而吾所以为此哀情丛刊者，非无病而呻，故作哀音。盖有鉴于青年之颠倒情网，作茧自缚，而自误其生者，比比皆是，欲借此以唤醒之也。

小说有客观、主观之别，是书悉为客观。

近日妇女解放而后，青年女子遂力破昔日之束缚，以达其自立之目的。然于恋爱自由一端，不乏误解者流，以致一朝失足，遗恨终生。所谓矫枉过直，诚可痛惜者也。

结婚以爱情为要素，固也。然不可出于一时感情之沸热，草率行之。每见有女子初时恋爱某人，及出嫁后，忽有悔心，人谓其爱情不坚。而吾以谓嫁后有种种所遇之事发生，遂致有不慊耳。故结婚之始，必先一预测已婚之后来，庶免有脱辐之凶矣。

爱情之结合，必互有一诚字，积之岁月，待其自然浓厚。若从借金钱、地位、才能等以相结者，必不能久。

同学李君，近将与某女士订婚。先是相识之始，尝就商于余，余劝其先以互输胸臆，察其志同道合与否，然后徐徐图之，非好迟滞。盖与期限贻悔于将来，盍若慎察于当初？俾此爱情，共入正轨，久而后成坚不可破乎？李君从余言。

余尝谓人能跳出情海，则终身少烦难事。然人非木石，孰能无情？自古英雄豪杰，莫不多情，况今何时，岂有鲁男子耶？既不能忘情，则宁毋滥用其情。

每见有才貌出众、性情幽娴之女子，或所适非偶，抱恨一生。或天不永寿，遽尔珠殒。反不如肥硕蠢陋者流，逍遥度日，享其幸福。此真不解者也。

美人从古如名将，不许人间见白头。此诚恨事。某君以为此真天之所以造就美人。盖年华易逝，美人绝不能常驻其芳颜，终必龋齿驼背，鸡皮鹤发。一至此时，尚有何人赞赏其美哉？早辞尘世，则人皆悼惜，留得艳名矣。

学生时代，最易用情，然当加以谨慎，以阻其前途之发展，修业之专一也。但常见有青年学子，每当学校课毕，夕阳西沉之时，辄徜徉于里巷间，而小家碧玉亦多有立于户前，含情送盼者。此等用情，吾不能无间然也。

家庭专制固属可恨，然太放任，则子女易入邪途。且青年不知世路险巇，人心鬼蜮，每易堕入彀中。故为家长者，必先以情字之利害晓谕之，俾知情之真谛。同学蔡君章儒，游学美国，近有一函致余谓："子为小说，对于当世青年亦有责任，愿多作乐观之类，以引起青年之兴味。以美国最近出版之小说，凡关于爱情之作，十之九皆成眷属，鹣鹣鲽鲽，令人艳羡，绝不似吾国小说家，故意捣乱，描写悲剧，直使读者废书三叹，万念皆灰，如《长恨歌》《离骚》等类，声调凄楚，不忍卒读。终至悲观性成，奄奄无生气，当使人民有希望的、快乐的、活泼的精神。"云云。斯言也，吾甚佩之，且愿从之。然吾方著《啼鹃录》，不啻于吾以当头棒喝矣。老子曰：

"以数算之寿，忧天下之乱，犹忧河水之涸而泣之也。"吾亦知一人之忧无济于事，然有快乐而不能自寻快乐，甘陷于悲惨之境者，比比然也。乐观之文，使人奋兴，悲观之文，使人警惕，亦各有其效有耳。

花无常好，月无常圆，此理参透，则悼亡、长恨之作，为多事矣。

我国女子，在昔时代，大都锢居深闺，足不出户，故一遇不乐之事，辄终日忧郁，泪痕洗面，而年寿因之以促。故曰多愁多病。《石头记》描写黛玉，即为一班有才有情而不旷达之女子写照。"侬今葬花人笑痴，他年葬侬知是谁?"此二语虽属有情人口吻，然悲感之意，情见乎辞，凡为女子者切忌之。若一观潇湘妃子之结果，便能憬悟矣。

"蓬门未识绮罗香，拟托良媒益自伤"，此唐人咏小家女诗也。凡为小家碧玉，多思仰攀好亲，以补缺憾。然即因之而失败者非鲜。尝闻某家女略有姿色，且甚勤劳，其父母相悠久之，卒许一商人子。婚后，夫妇间不睦，盖其家人轻视女之无妆奁也，因媒孽其短而离间之。姑性甚悍，家中下人虽多，常使工作，不得当，则报以恶声，且言女无妆奁，致彼家受莫大之辱。而女不啻在地狱中度日矣。每归母家，辄与其母相向泛澜，悔己之误适也。此亦误于一时之虚荣心。

女校学隆每喜观《礼拜六》，及各种小说，如《石头记》《西厢记》《花月痕》《迦茵小传》《情网》《红礁画桨录》《泪珠缘》等，而情之一字，遂深入心坎。然经验尚浅，情之真相尚属模糊，遽行恋爱自由之说，希望得一心中幻想之人，此最危险。真有爱情者显露于肫挚之情态中，不为粉饰甜蜜之言，彼海誓山盟者流，多易为薄幸郎、负心女也。

余著《孤燕痛语》一篇，所以痛诋桎梏的婚姻。然以为近日人民智识渐开，内地各省虽仍守旧，此间当不致再有犯此。不意尚有某这生患病甚剧，屡治不效，其家族异想天开，竟将其聘妻涓吉亲迎。昨夕为新郎，而明日陈尸厅上矣。死者已逝，然何以为新娘计乎？痛矣哀哉！

情之义大矣哉，忠臣之殉国，孝子之爱亲，烈士之死友，圣贤之殉道，父母之于子女以及弟兄姊妹之间，无不有至情在焉。而男女相悦之情，其魔力正复相等。故孟子曰"知好色，则慕少艾"，有妻子则慕妻子。彼暗呜叱咤之项王，威震全欧之拿破仑，破坚城，败劲敌，不可一世，而独拜倒石榴裙下，柔媚无异常人，而其钟情处尤有过之。故曰英雄气短，儿女情长。凡人陷身于情海之中，万丈情丝缠缚其身，更无力以自摆脱。旁观者亦唯有咨嗟叹息，爱莫能助耳。然贾宝玉爱女儿之情，以之移作爱国，则吾国之岳武穆、张睢阳、文天祥、史可法，意国之玛志尼，日本之伊藤博文也。以之爱世人，则孔子、释迦牟尼、使徒保罗也。以之爱自由，则美之华盛顿，法之罗兰贞德也。以之爱社会，则英之罗素，俄之托尔斯泰、克罗泡金也。以之爱哲学，则希腊之柏拉图、苏格拉底、亚里士多德，吾国之庄周也。亦在善用其情而已矣。

情之真谛，断非逾墙、穴隙、桑中、濮上之流所可梦想，盖爱情神圣、纯洁、高尚，亦自由，亦尊重，且诚挚，且恒久，断非可以邪荡、浮躁、矫揉、虚夸者。若有一于此，则谓之欲而非情矣。否则，唐明皇之于玉环，陈后主之于丽华，误用其情，斯害也已。

读哀情小说者，往往喜睹其描写爱情处，而无清醒头脑、自由思想，一为权衡书中主人翁之得失是非，而有所鉴戒。例如，读《红楼梦》，男则欲为怡红，女则自命潇湘，痴然幽思，不能自已。而于二人之结果，则忽焉不之留意，此至可惜者。而作者亦大都于爱情处描写不嫌其烦，唯恐其不动人，而于紧要处则落笔反疏，不能注重全力。盖彼以为不如是，不足以引人爱观了。

根底不深，情魔一动，往往流于非礼，是以情欲关头，不可不严加防范也。

吾人用情当辨别利害，亦应为人着想，慎毋至摆布不脱之境。明知前途无益者，则宁毋妄用。尝读《碧萝痕》小说，梦书既已使君有妇，床头人亦复温丽多情，则何必痴恋于一邻女，春蚕作茧，致自陷于悲伤不欢之境乎？此青年人不可不辨之也。全书写情颇极细腻，是模仿《红楼》者。不过情则情矣，结果如何？唯二十二回中，沁霞为梦书解说一段有可取处。先说忘情当从无忆、无妄入手，次言急挥慧剑，以除孽根，脱离苦海，跳出愁城，须用斩根截树之法。第三段言胭脂幻影，开来优昙之花，歌舞空欢，徒结相思之树，所以表情场即是梦境。第四段则言风流薮中，无非粉骷髅，温柔乡里，大抵蜜砒霜，当避之如虎，则写情之变相，可惊可怕也。第五层则言佳人无情，情场难久。第六、第七则言情书为催命符，手帕为夺魂巾，宜斩截情魔，不着一丝。其理虽大阐透，然说得情之一字太可怕矣，太空洞矣。吾以为正当之情，可以用之而不疑。

世间情之所钟，不能自已，亦有为情分所牵制，遂致不能摆脱者，可胜浩叹。

情之至曰痴，盖明知其不可为而犹欲为之，如《雪鸿泪史》中之何梦霞与梨姑是也。然相爱矣，何必定成夫妇，不涉于欲，方是至情。如吾书《还珠泪》中之吴生，其爱可云，一往不易，精卫衔石，誓填恨海，杜宇啼魂，断肠午夜。可贵者，一无狎亵之思，满存怜爱之心，自尊尊人，情之痴，亦情之圣也。

夫妇之间，当相谅相解，否则如《奈之何哉》中之琴仪与玉书，各行其是，易起误会，情爱上多一重云雾矣，岂有益哉？

用情之始，处处要瞻顾前途，否则今日多一层情爱，即为后来多一重苦痛。

率尔操觚之流，每喜为哀情小说，郎耶妾耶之字，充满篇幅，所述者大抵为自己写真，或以贾宝玉、张生自拟。写闺闼私事，自炫风流。然以俗语言之，无非"吊膀子不成功，便发牢骚耳"，有何哀哉？且署名大都为"天涯伤人心""可怜生""啼红客""泣红生""失意人"等等，可笑之至。作者虽亦为哀情小说，然尚无此等经验，自问非其伦也。

沈君禹钟所著《寋字记》（见《半月》）中，有云："天下万事，皆有其境，独情场妄耳。少年男女心醉于衣香鬓影间，目招眉语，进而相悦，初不自问其已婚与未婚，及个人环境之何苦。及至使君娶时，罗敷嫁日，势无瓦全之望，于是怨恨横生，悲叹万状，顾稍久则又淡然忘之矣。"（然亦有竟以此送命者）云云，可为青年当头棒喝。

妇女之心易感，故易受男子之引诱，然亦有男人受女子之蛊惑者。但此女子必非贞洁自爱者流，男人受之尚易摆脱，比较上，觉女子为尤可怜耳。

吾友某君，喜读言情小说，弱冠时钟情某女郎，彼美亦深许之。然某君自幼已缔婚某氏，家教綦严，不能如愿。因其心病难医，徒呼负负，几成咯红之症。余亦尝数四慰解之，某君终不能自已。今某君虽已成婚有年，而女郎亦已所事得人。然每过其处，谈及当日情事，辄不禁低回唏嘘，故剑难忘，尝著《沧海巫山》小说，以寄意。盖某君多情，虽历久而不能忘之也。自然界之物与美人最有关系者为花与月，楼头望月，园中葬花，儿女痴思，可入诗料。

婚姻往往以黄金作祟，而不能成就者，故情敌即为黄金。然以黄金买来之美人，于爱情上一无价值。

《礼拜六》周刊一百十五期为爱情号，余最喜阅其中之《情天忏孽》一篇，以小说家为爱情小说，大都半真半假。余凭理思，终有隔靴之处。此篇为本人自写其过来之情史，故不假词采，言之自亲切有味。然从此可知，自女子社交公开之说盛行后，少年男女热心恋爱，堕身情网，受尽苦恼者，固大有人在矣。

女子误适匪人，终生苦痛。男子所娶非人，亦毕生受累。

新婚夫妇，密爱深怜，彼此意见融洽，学问相等，宜若可以无憾矣。而造物多忌，棒打鸳鸯，此天下可痛之事，无可所何者也。

欧美男子抱独身主义者，良以一黏情丝，足为前途学问事业之累。且外国妇女除教会外，大都奢华成习，倘所入不丰，何以填其欲壑？离婚案之日多，大半坐是故耳。

古人形容女子"秾如桃李，凛如冰霜"之语，此好女子之自爱其身者，非漠然无情也。且此等女子，爱情不发则已，发则一意贯注，之死靡他。否则其容已美，而其心又轻浮，吾恐难保其白璧之贞也。

少年女子处身过渡时代，最为痛苦。盖一方面既受学说之鼓吹，而知昔日之谬误，一方面仍为环境所束缚，而痛今后之困难。《礼拜六》上所载《侬之恨史》一篇，署名为素纯女史。友人言确系本地某校女学生所作者。素纯之名，尚是雁鼎，痛言婚姻不自由，语多悲痛。嗟乎！天下如素纯者，不乏其人也。故为父母者，当予其子女正当之自由，而济之以良善之学识，徒知专制与徒任自由，则各有其弊在。

凡未婚之男女，其一缕情丝，犹如春日之杨絮，飘荡太虚中，不知将黏着何物。

女子出阁后，初次归宁，妆饰务穷华丽。人有问之者，则答曰："金条有若干副也，贵重之衣有若干件也，姑嫜曾予我珠玉金银甚多也。"

若彼婚姻之目的只此数物而已，而邻戚闻之，亦多歆羡之者，此真可笑。

凡人深入情场时，辄不顾利害是非，径直行之。旁人有劝之者，亦掉首不顾。盖非其人之见解不到，以其为情欲所蔽而迷乱矣。

余作小说，过后翻阅，每觉无有是处，故此书实不止十八篇，尚有《埋香井惨史》《歌场恨》《新年忆语》等，皆以不惬于心而去之。然所刊者亦情节平庸，未见出色，颇有自愧，且以知著作之难。盖小说贵有用意，而布局行文次之，若余则均未能至也。欧阳子曰："文章之盛衰，犹草木荣华之飘零，鸟兽好音之过耳。"

吾念此语，心为之灰。窃慕颜色子居陋巷，箪食瓢饮，终日默然如愚者，未尝有所著作，而名垂后世，学冠孔门，是岂吾侪雕虫小技，妄自撰述之流所可得而望哉？

嗟乎！吾深悔《啼鹃录》之多作矣。

啼鹃续录

弁　言

民国十一年冬，余以所著《啼鹃录》梓行问世，而自序之曰：愿得千万人中有一人焉，怜而读之，则余亦可以无憾也已。

盖复瓿文字，自知徒祸梨枣，不足供大雅之一哂也。然此年来，因之得识文字新交甚多，各处屡有来函，不以不祥文字见弃，要求出《啼鹃续录》，固知人间恨事正多，而天下不乏同情人也。

嗟乎！吾苟欲重握三寸不律，为记血泪之碑，写断肠之词，窃恐一领青衫禁不起几番泪湿，而不欢之啼，亦何时始已乎？然冷观社会间，风俗淫靡，学说支离，青年男女为情所误者，时有闻见。譬彼舟流，莫知所届，岂不大可哀乎？每一念及，怅触殊多。且爱读者之雅意，亦难辜负，余虽未为缚茧春蚕，而《续录》之作，亦有不能自已也。

当此饧箫风暖，绿杨春好，窗外花香鸟语，逗人绮思，而余独绞脑汁，呕心血，为此哀音，非别有怀抱者，乃做此无益之事乎？余其无以自解矣。

丁卯三月上巳节

明道识于正谊斋

211

埋 香 记

外史氏曰：天下事，变幻不可测也。人生所处各种境遇，有如蓬飘太空，云浮碧天，杳杳渺渺，莫知所届，而萍踪偶合，即留痕迹，其为欢为悲，个中人初时亦未易知，而情场中尤觉旋涡诡深，暗礁隐伏，稍一不慎，即遭灭顶之虞。苟能深戒勿入，固大佳事。然吾不云乎？人之一生如飘蓬，如浮云，有不自知者。故人苟为情丝所笼罩，虽有大智慧，亦弗克力挥慧剑，断情网而出之，以情丝黏着，如蚕缚茧，百炼钢且将化为绕指柔，亦唯有甘心瞑目，食其结果，浮槎情海，听其所至，旋涡之中乃有幸与不幸。

呜呼！孰生宰是？孰操纵是？兰因絮果，解人安在？悲欢离合，亦如银幕上一刹那间事耳！然而悼绿愁红，啼珠泣玉，大千情冢，不知有无量数薄命女儿埋其一生之幽恨于其中也。故吾当握笔时，亦觉恨缕情丝，一一紧绕吾笔端。迨落笔于纸，则又回肠荡气，不能自已矣。

红霞村者，而海背山，风景绝佳，山上多桃柳、梅桂、松柏等树，佳木葱茏而可悦，人民依山而居，绿瓦参差，高起于万绿丛中。俯瞰碧海，时有海天帆影出没其前，涛声惊梦，波光映窗。每当日出之初，一轮红日浴海，而出云霞蔚起，发为绮光四射。山上炊烟缕缕，袅入晴空，远望山顶乃成紫色。其景至幽茜清丽。居民多业渔，或荷锄耕田，风俗颇醇厚。地与衢州远离，当兹战云弥漫，中原扰攘之秋，则此村不啻世外桃源矣。春暮三月，杂花生树，紫燕穿柳，教其小雏学飞，或呢喃梁间，如少年夫妻情话依依者然。

老人罗桂山，手持一缄，缓步而入书室。室当户东，明窗外启，正对山畔桃花林。时绛桃开遍，绚霞烂漫，远望如绛衣仙子，加以远山青翠，农人叱牛耕田，野景在望，至可娱目。

室中写字台前，乃坐一女郎，年可十八九，明眸皓齿，秀媚无伦。头梳横爱丝鬐，身衣淡绿软绸夹衫，方据案作书。其姿态乃艳绝，两窝儿微有红霞，不知花色与美人之色孰美也？老人向其微笑曰：

"珊儿，汝表兄有函至矣！"

女郎闻言，掷笔而起，奔至老人之前曰：

"信乎？"

老人乃授以函，与女郎共读曰：

桂山姨父尊鉴：

日前接赐函，拜诵之下，敬悉一切。今年甥因病自东瀛返国后，家居殊觉无聊，日唯借琴书以消忧。

红霞村山明水秀，海景绝佳，昔年一游，至今常萦胸怀。承姨丈及珊妹宠召，至感至幸。已与家大人商妥，得其同意，即日摒挡行箧，南下矣。一别三年，渴尘万斛，会当借东海水一洗之也。余容面罄，先此上闻。

珊妹处即此致念，恕不另函。

甥　志超谨上

213

女郎读竟，嫣然笑曰：

"志哥能来吾家，当又热闹矣！"

老人不语，昂首似有所思。女郎又曰：

"楼东一室，空气与阳光俱足，忆志哥三年前曾居于是，今儿当为之洒扫清洁，预备一切可乎？"

老人曰：

"珊，汝以为然则然耳，特汝年渐长，当勿复作小妮子态，为汝志哥笑也。"

女郎闻言，玉颜乃愈绛赤，向老人睨目而视，似薄嗔也者。老人微笑出室去。女郎取函，重又展读一过，乃纳之屉中，貌若甚喜。又行至一巨大之地镜前，自顾其姿，觉丰神便娟，较昔丰腴矣。复返至桌前，钢笔蘸紫墨水作书，时忽闻革履声，一西装少年走入。少年身颀长，似孔武有力者，面微黑，架黑边眼镜，双瞳较小，见女郎即曰：

"密司罗珊，今日星期，何不出游？鄙人待之久矣！"

珊曰：

"我尚有文稿未完，不欲出也。"

少年曰：

"密司冰雪聪明，而又用功乃尔，诚堪令人钦佩。"

珊止其笔曰：

"健君，我素不喜面谀，世间之智识无限，沧海一勺，安可自满？我侪正在少年之时，正宜及时努力，专心学问。古人云，少年求学，如日出之阳；壮而好学，如日中之光；老而好学，如炳烛之明。如珊者，正日出之阳之时也。"

彼西装少年闻珊言，低首不语，徐徐自理其领结，带为紫色，

214

颇鲜明。珊复曰：

"玉如姊数日不见矣，在家做么生？"

少年答曰：

"彼方亦滋滋作画，预备下月展览会之成绩也。"

珊曰：

"我表兄聂志超不日将来此矣！"

少年闻言，色似不豫曰：

"然则汝等表兄妹朝夕聚首，其乐何如？罗氏室中又见春气矣，不识能容余厕身一席地为入幕之宾否？"

珊闻言微笑，少年见珊神气不属，亦兴尽而别。

珊赋性聪颖，貌尤姣好。其父桂山，行年六旬，只有此明珠一颗，承欢膝下。珊生三岁而丧母，老人亦不欲重续鸳弦，唯教养珊成人。老人文学淹博，故珊自幼即通翰墨，吟诗琅琅上口。年十四五，即能诗词，乡人皆为扫眉才子。村中有美人设立之教会学校，珊入中学科肄业，此学期将卒业矣。

所谓志哥者，即老人之姨甥，居京师。三年前暑假时，曾来红霞村避暑。志超少年英俊，喜操舟逐浪中以为乐，又雅喜音乐，弹琵琶，琤琮悦耳。留学东京，常与珊通函，盖彼颇倾倒珊之文艺也。以珊之兰心蕙质，琼姿玉貌，在红霞村中可谓翘楚。

有汪行健者，在村中为律师，老人昔有小屋为乡民所占，赖汪之力，讼之公庭得直，以此汪常造老人家，老人亦优遇之。老人拥良田甚多，一年收入颇丰，汪既慕其产，又羡珊色，心中遂存非分想。然而珊颇鄙夷汪之为人，以为汪阴险而多计，非可与为友者。但汪有堂妹曰玉如，工丹青，与珊交好。村中女郎当以此二人为一时瑜亮矣。

华灯初明时，罗氏客室中，父女二人外，又多一美少年，坐藤椅中，相与谈笑。少年丰神隽拔，如珠辉玉润，谈吐风生，即志超也。志超乘小舟抵村，老人已同珊在村外欢迎，携得京货礼物甚多。既至，珊即导志超上楼，指视卧室，已铺设一新。志超称谢不置。晚来，与老人及珊闲谈别后情状，弥饶乐趣。自后志超即居于此，闲览群书，修养身心。老人好佛学，常独居一室，焚香参禅，间与志超谈论国事，不胜其兴亡之感。然志超则年少气盛，慨然有澄清天下之志。珊日间到校，放学归来，则与志超研讨文艺。志超善属文，喜摹欧阳修，而珊工诗词，填白香山词谱，清秀得宋人气息。

星期日，二人时或登山闲眺，时或海滨画桨，少年男女，其投合有不自觉者。而志超性温文，珊则娇憨，志超绝爱怜之，曲意求欢。此时爱神已盘旋于二人顶上，张弓待发，然不知情波之中尚有极大曲折在也。

志超这来红霞村，珊固欢迎之，而不知有人焉，方惴惴忧虑，以为情场之中树一劲敌也。彼少年律师，在三年前，与志超亦有一面之缘。今知志超之来，与己大有不利，娟娟此豸，必将与其表兄亲昵，而发生情爱。况志超一潇洒贵公子，尤为妇女所醉心者，必能奏凯情场，而我坐视此禁脔为他人独享，是可忍，孰不可忍？计唯有别出奇兵以胜之。思索良久，曰：

"得之矣，情场逐鹿，犹战场用兵，斗智耳。我以此人诱之，亦珊之劲敌也。"

思至此，脑海中恍惚，觉珊已翩然来归，拥而与之接吻，忽焉已杳，则幻象也。明日，汪遇志超于罗氏之家，颇献殷勤。志超性坦直，尤有柳下惠之和，以谓人与我好，我亦当报之。汪约志超后日至其家午餐，同往河滨捕鱼，以为乐。志超允焉。

至期，志超径造汪处。汪所居亦颇精雅，尔人饮酒于小轩中。轩前蔷薇盛开，有粉蝶一双，翩翩跹跹，飞舞蔷薇花下，似情侣然。

俄顷，又有一蝶飞至，相与参差盘旋，两蝶力避之，乃飞过墙西去，此蝶亦紧随不舍，一霎时，三蝶皆杳。酒半，二人谈及画学，汪曰：

"族妹玉如，善画山水人物，再越两期，将假此间兰墅开作品展览会。伊绘《浔阳江头夜送客》一图，枫叶荻花，明月碧波，笔笔神似。君欲一见否？"

志超颇嗜美术癖，遂喜曰：

"固所愿也。"

汪乃导志超至玉如画室，见窗明几净，四壁图画，画桌上彩笔丹粉，照片画册，罗列有序。临窗画架上一图，方成而未题，趋视之，见小溪旁绘有红桃一枝，飞花数片，一赤鲤荡轻波，吹落英，深得诗人之意。志超亟啧啧称赏。汪又指壁间一画，上绘江边红枫数株，白荻随风拂水，江中一画舫，灯火掩映。其旁另有一小舟，舟中坐一妇，抱琵琶而弹。月色倒映江心，清光粼粼然，境至清幽，曰：

"即此是也。"

志超细细观赏。时忽闻室外革履之声橐橐，二人回首视，则视一女子，年可二十三四，纤眉皓齿，长身玉立，作女学生装，淡雅可人，足漆皮高跟履，婀娜中英英露爽，两目尤顾盼流利，摄人心魂。方向室中步入，忽见二人，即止步却立。汪立为介绍，志超知来者即为汪玉如女画家，亦极道仰慕之忱，遂坐而细谈。玉如始知此即罗珊之表兄，又睹志超相貌俊秀，谈吐风雅，亦颇敬礼。谈良久，志超始与汪及玉如告别，同往海滨捕鱼。汪又盛称玉如才貌如何优美，现尚待字闺中，非得如意郎不嫁，而村中多鄙夫，安得有潇洒出尘之标之佳公子耶？又曰：

"如兄者，殆亦佳公子也。"

志超闻言，微笑。是日，志超得鱼甚多，携之归家，做鱼羹，

217

与珊共食，然珊尚不知有此事也。

红霞村风景，春间以桃花者名，山下有桃花林，长二三里许，艳丽锦绣，恍入武陵仙境。罗家所居已近山麓，故在窗中即可望见。星期日之晨，志超携短笛，偕珊同游其间，芳草鲜美，落英缤纷。林中有小池，落英漂浮水面，水亦作浅红色，几成桃花池矣。池旁有石，可坐数人，彼两人乃并肩而坐，喁喁谈话。时珊衣淡红春衫，人面桃花相映红，益增妩媚。珊仰观天际浮云，徐徐言曰：

"今者我等常相聚首，朝夕共影，妹得与哥研究文艺，闲谈逸事。然世事无常，如彼天上之云，聚散不可自知，异日者送君南浦，伤如之何？反留一令人可忆之心痕耳！"

志超闻言，亦曰：

"是固然。当三年前，余至此间，虽与妹日共游戏。然觉无今日之有味，别后重逢，此中亦有天焉。我愿天佑我等两人永勿离别。"

珊闻志超言，则憨笑。志超乃吹笛，其声清以和，珊则引吭而歌。此时林外乃有一女子挟书而过，闻笛声嘹亮，入林窥之，见志超与珊亲昵状，即呼曰：

"珊汝乐耶？"

二人回首视，则女画家汪玉如也。珊面微赧，即起立相迎。志超亦笑曰：

"玉如女士何处来？我侪在此看桃花也。"

珊方欲为志超及玉如介绍，而见彼两人似已识者，不胜骇异。志超遂以汪介绍观画详情告珊，珊闻言，色微变，即笑曰：

"然则，汝等亦老友矣！"

玉如笑曰：

"余与志超君只有一面之缘，而姊以老友称之，不当。"

珊沉吟曰：

218

"不当耶？我侪且共游。"

玉如曰：

"妹尚有事他往，恕不能追随游屐，异日当踵门道歉，可乎？"

乃别二人而去。珊问志超曰：

"兄亦识彼少年律师耶？"

志超颔首曰：

"然。"

珊曰：

"玉如为人颇磊落光明，而其堂兄则非易与者，愿兄少与亲近。"

志超曰：

"然则彼亦常来妹处何耶？"

珊以足尖踢地泥而答曰：

"此与吾父有关系者，若妹则不欢迎也，兄后当知之。"

一日，玉如至珊处，志超亦在，三人共坐楼面阳台上，瀹茗闲谈，凭眺山景，至足乐也。玉如沉默不多言，而语皆机警。珊以年幼，任意发言，间有不当处，然天真烂漫，无一矫饰。志超与二美周旋，应对有节，左右逢源。

嗟乎！天下妇女固喜与倜傥风流之少年晋接，而其隽雅之言词，与夫温文之礼貌，即爱神之金箭，假以射入美人芳心者也。如吾书中之志超，其情场中美人之俘虏乎？玉如谓志超曰：

"后日余假兰墅开余个人作品展览会，请君为招待员，助余留意会中秩序，不识君能慨诺乎？"

志超曰：

"辱蒙不弃，何幸如之，安敢辞乎？"

玉如又请珊亦来参观，珊笑诺之。遂谈及画史，玉如讲画学掌故，历历如数家珍。正纵谈间，珊忽以手遥指门外曰：

219

"噫！彼来矣！"

志超与玉如顾而视之，则见汪驾自由车从东疾驰而走，已及门外，片刻即闻汪入老人室。三人遂下楼，汪见玉如亦在此，甚喜，即加入此少年伴侣，笑谈村中新闻。玉如又与珊合奏风琴一阕，泗泗悦耳，志超亦弹琵琶为《王嫱出塞》曲，凄怨动听，汪则时时为诙谐之语以博众笑。直至天晚，汪始偕玉如别去。

玉如幼失怙恃，薄有遗产，依其伯父而居。少小即好画，从老画师钟奇峰学艺，日益进。后又至海上学画于某名家，逾二年而还。家居习画，作品多名贵，应兰墅主人之请，设展览会于兰墅。开会之日，阖村士女咸来参观，琳琅满壁，令人目不暇接，众口交誉，咸谓玉如青出于蓝，诚天才也。有《秋江泛舟》及《孤崖老松》两画为人出二百金求去。志超亦在会中，为招待员。展览会期为一旬。此十日中，志超常在兰墅，墅多花木亭榭，志超暇时则与玉如闲谈。玉如意态幽逸，使男子不觉易生爱好之心。但志超心中已横亘珊之情影，时时抑制其情。然而玉如则殆将坠入情网矣。玉如亦多情女子，第以茕茕孤女，幽怀谁告？每当灯前月下，思及身世，觉前途茫茫，莫知归宿之地，而落落难合，知己乏人，一腔柔情，无寄托之点，女儿心事殆非外人可知也。一旦与志超萍水相逢，彼君子兮实获我心，情丝一缕，不觉袅袅欲动，明知志超为珊意中之人，非己所可亲者，而芳心中殊不欲绝其人，非但不欲绝也，又从而增燃料。燃料者何？情也。

呜呼！男子犹火炉也，女子犹燃料也。纳燃料于炉中而热之，则炉亦未有不热者，故志超之对于玉如，虽无何种妄念，而亦觉伊人可爱，时与晤谈，如挚友焉。

一日，玉如至珊处，罗伴之共往山上，作榼游，榼游者，即西人之辟克匿克（picnic）也，各携食物至山顶涧旁，席地而坐，分列酒食，欢饮尽乐。涧上瀑布飞坠，如天空素练，其声如雷。志超即击杯高歌，空谷回音，玉如与珊遥指山景，共相笑语。志超举杯狂吸，意兴甚豪，及乎酒馨食尽，遂复起立，曲折寻山中胜处。苍藤翠壁，奇花异卉，曲折抵一处，石磴高敧，殊难行。三人尚欲鼓勇而登，玉如忽不慎，失足几仆，志超急前扶之，问其受惊否？玉如已面红心跳，坐于石上稍憩。志超立于其前俟之。时珊已奋勇而上，俯视二人正絮絮语，珊不欲观，以手中杖独自披草寻花而去。顷之，止于石壁之下，痴立似有所思。而见二人徐徐并肩而来，玉如曰：

"珊妹，汝诚勇哉！我几倾跌也。"

珊微笑，指志超曰：

"有此勇士将护，何忧跌耶？"

志超见珊称其勇士，疾步至珊前，笑曰：

"妹谓我勇士，妹殆为以利沙伯欤？"

珊曰：

"妹乌足以当之？"

言毕，睨玉如而笑。玉如粉颊立现红晕，志超乃乱以他语。

少顷，夕阳西下，寒风振林，暝云四合，凛乎其不可久留，遂寻道下山。一日清游，都有倦意矣。

黄昏时，玉如独坐室中，以手支颐，悠然遐思。忽见汪步入己室，问曰：

"妹今日何往？"

玉如曰：

"与罗珊及志超君游山耳。"

汪遂坐向东边沙发中，就怀中取雪茄出燃之而吸，又曰：

"妹观志超何如人也？"

玉如不知其意，即答曰：

"年少英俊，一有希望之青年也。"

汪叹曰：

"然此子的是可儿，我早为妹相攸久矣，妹若欲为北宫婴儿子则亦已耳，若欲择人而事，享情场艳福者，志超诚佳偶矣。"

玉如不觉面微赪，俯首不语。汪吹其烟灰以齿咬唇而言曰：

"虽然，彼阿珊小妮子，方吐其万千情丝以罩之，志超之身若不早图，志超终为珊所得矣。尤可恨者，我常以爱情浇灌于珊，而珊始终遇我淡薄，如水沃石，绝无影响，令人每每为之气沮。且我于老人殊交好，而珊如此藐视我，今珊又得志超为伴，与我益见冰炭。我思至可恨时，几欲手刃珊。然珊诚美女子，每一见其芳容，使人不禁倾倒，孰敢手刃之哉？嗟乎！使志超与我妹为匹，而我能得珊为佳妇，岂非天下美满事哉？惜乎……"

言至此，以雪茄投之唾盂中，起立环行室中，状若寻思。玉如闻汪言，忆及游山之事，珊所言似不满于我，不愿志超与我亲者，由此观之，则珊之与志超已相圆结，谁复有此大力以裂开彼两人之情爱耶？汪之所言殆妄想也，因答曰：

"珊若与兄成为伉俪，自是大佳事。然事有不可强致者，妹观彼二人已入爱情之途径，而发生恋爱，不容第三者羼入矣。我侪亦何必妄思为无益之举哉？"

汪冷笑曰：

"虽然，我终当运用我之手腕，务使此小羊入我怀抱，人定亦能胜天耳。"

言毕，出室去，若不胜其愤愤者。

星期六之下午，志超方在阳台之东隅，坐摇椅中读报。旁有紫罗兰数盆，鲜艳可爱，香气芬芳。忽闻革履声，见珊手携着书册，放学归来。志超忙弃其报纸，起立笑迎。但珊除"志超哥晚安"一语外，并无他言，即入室去，久久未出。志超退坐椅中，仍取报而读。然所读者不知为何事也。心中颇杌陧不安，自思：珊岂怒我乎？然我并无开罪之处，此何故耶？乃惘惘下楼。见老人正坐室中吸烟，志超入室，老人颇喜，即与之闲谈一切。志超本健谈，至是，顿觉舌底艰涩，不复能澜翻矣。既而老人言曰：

"我所生唯有珊一女耳。爱之如我第二生命，珊性亦聪颖，能通文学，弥觉可贵。但珊恃宠任性，不得其意，则终日不欢。珊不欢时，常不言，亦不笑。顷珊自校归，我见其容，闻其声，知其故态复发矣。未知果为何事？问之亦不言。甥见之否？"

志超曰：

"然，但甥未知其不欢也。"

老人曰：

"此女亦可怜，早丧其母，从我居是，家庭中亦无良伴，使彼欢乐，故我凡事务博珊欢耳。自甥之来，吾观珊已较前活泼多矣！"

志超即顺老人之意，虚与敷衍，实则心在珊身也。晚餐时，珊下楼，共进膳，觉珊多与其父谈，而与志超则反觉冷落然。志超殊不悦。又问珊：

"明日可往海边划桨乎？"

珊亦以他故谢辞，不知其意何居。如是者数日，虽有时亦与志超谈笑，而故力避亲昵。志超自思：此何故耶，乃峻拒如是？窃谓得侍美人乃人生之乐趣，今乐趣一变而为沉闷，使人如坠五里雾中，其何以堪？而汪又时时来其处，言其表妹欲聆君奏乐，邀志超往。志超意兴阑珊，婉言谢绝。欢乐之情场顿起阴霾之云雾，然此一重云雾过者，光明亦即立见。

一日下午，珊微步门前，志超趋前，以手指屋旁丛林曰：

"妹亦欲与我一往散步林中乎？"

珊沉吟不语。志超又曰：

"我尚有言奉告，愿妹许之。"

即挽珊臂而行。珊从之。既入林，志超曰：

"余观妹近日常若抑郁不欢，何也？"

珊微叹曰：

"妹亦无所忧，亦无所乐。即妹有心事，又岂能告兄者？"

志超曰：

"是固然，但近日兄则常有所忧，妹知之耶？"

珊佯答曰：

"妹意兄当大乐，而今乃言忧，妹且将奇之，乌得而知之？"

志超曰：

"我所忧者，虑失欢于妹耳。前者妹常与我相亲，使我中心恬宁。而日来妹忽与我疏淡，似有不慊于我者。我百思不得其故，岂有所开罪于妹耶？亦望妹明以告我，俾令悔改。须知我日来心中似有无限抑塞，芒刺在背，痛苦万分。妹若怜我者，当有以见慰也。"

言至此，眼中隐隐有泪痕。珊即止步，低首不语。其侧有石栏，下临小溪，志超遂挽珊同坐其上，紧视珊面，俟其还答。珊亦凄然曰：

"兄言信乎？兄不知妹亦有难言之痛也。"

志超曰：

"何哉？乞速告。"

珊以纤指撩其云发而言曰：

"日前汪行健来，吾兄适出外，彼与妹刺刺语不休。彼之为人包藏祸心，颇有大欲于妹。前在我父前曾微露隐衷，我父不欲干涉妹之自由，故未得同情。彼辄乘间向妹献其殷勤，妹虽不以好面目相对，而彼实不自知丑，一再取厌于人。彼谓有一好消息可告，妹问

224

之，则曰：'志超曾时至我表妹玉如处盘桓谈心，今二人已订婚约矣。我向以志超、女士若二人本为亲戚，必能……'"

珊言至此，两颊微红。志超已愤然曰：

"彼尚何言？"

珊曰：

"言我二人必能永好耳。然此事悉在兄之心意，所谓兄欲如何则如何。妹素钦玉如姊之才艺，且姣好如玉如姊，诚兄之良偶也。唯不堪者，汪乃向妹有所渎求耳。嗟乎！兄试思浊如彼人，妹虽不才，亦岂甘从之耶？"

志超闻言，额汗涔涔下，以掌抵膝曰：

"是何言欤？兄与玉如虽曾晤见数次，然并无何等之爱情，订婚之说何由而来？且余今日敢郑重告于吾妹，盖余所爱者，唯妹一人而已。此爱之芽在前年即已隐埋，今者方茁长滋发，孰意骤来风雨，欲使之憔悴而死耶？妹如爱余者，请勿信此謷言。"

珊曰：

"信乎！则妹固乐闻兄言也。"

志超又曰：

"噫！此彼伧造为蜚语，欲离间我二人之情爱耳，妹奈何不悟？妹见余与玉如交友，因之生疑，疑心生则谗言入矣。微今日剖心相告，我二人之情爱殆将为彼伧破坏尽矣。我苟见彼伧，当不齿之为人。"

珊见志超作此状，乃恍然明白，心中沉郁如冰涣释，即曰：

"兄言诚然，彼伧故设疑阵以欺妹耳。特彼伧在村中殊有势力，不可侮，兄既知其阴贼，阳好而阴远之可也。蜂趸有毒，而况人乎？"

志超频点其首，心乃大乐。盖云雾去而重辟光明之境矣。珊曰：

"此数日以暑假在迩，校中大考，课程繁重，急于预备，故未克多与吾哥做伴，幸恕之。"

志超曰：

"是固然，我安敢以此责妹者？"

时珊衣碧色方领罗衫，蜷蛴外露，冰肌玉肤，隐约可睹，剪瞳秋水，其中乃含无数情量，可以吸彼青年人之恋爱者。双眸凝视志超，微笑不语。志超为眼波所吸，中心摇摇，莫克自主，遂跽一膝，向珊乞婚曰：

"妹果怜余者，愿从我所请，以结永年之好。余之爱情，愿常灌注于妹身而无已时。天荒地老，此情不变。妹亦如之，共结情爱之垒，不为外人攻破也。"

珊以一手挽志超起，泪乃夺眶而出，曰：

"蒙哥相爱，妹之愿也。"

志超遂拥珊于怀，俯首与珊接吻。

嗟乎！彼二人方沉醉于情海之中，外间景物乃若无睹，而不知此时林中相距数十步外，尚有一人匿身树后，窥见志超就珊樱唇上接热吻，心中乃由妒生恨，由恨生怒，几欲出而逐之也。伊何人？即汪耳。盖汪来此视珊，老人答言：

"珊方与其表兄散步林中。"

汪踪之，得见此恋爱之一幕，失望之余，易为嫉恨，不欲再睹，恐血管且将爆裂矣。悻悻而返，至玉如室。玉如方闲坐观书，汪大怒曰：

"天下事乃有如此者，伧夫可杀！"

玉如急问其故，汪以实告。玉如初亦未免失望，然一念志超与珊之恋爱本已成熟，非外人所可夺之，伊堂兄一意妄想，自取愤怒，果何为耶？遂以言解劝。汪终恨恨曰：

"志超今为我敌人，我誓必扑杀之，安忍使彼独享此禁脔耶？罗珊小妮子，亦殊狡狯，特我仍爱之，不敢损伊一发。我所欲去者，志超一人耳。若非爱志超者，孰知志超之虚与委蛇耶？不去志超，非夫也！"

玉如闻汪所言，知汪之习性，能言必能为，遂亦佯怒曰：

"志超殊可恶，兄如有对付之策，妹亦乐闻。"

汪曰：

"稍缓数日，当告妹也。"

噫！情场争爱，亦犹两军逐鹿耳，胜者固喜，而败者则处心积虑，尚欲为最后之一战，出种种手段以求侥幸之一得，至可哀也。

去红霞村五六里，有小岛焉。岛之面积只四五里，上有飞鸟树木，而绝少居人。下有广洞，其中雕刻特精妙，多古异迹，又可听海波击石之声，窾坎镗鞳，不啻石钟，以故名曰钟岛，洞名曰钟洞。村人胆巨者每喜棹舟往游。其中潮退时如平地，然潮至时，海水怒涌，游者不及出则葬身鱼鳖，非常游者不敢入也。志超亦素闻钟洞之名，颇欲一游为快，顾无良伴。

一日，熏风熇人，鸣蝉在树，珊适他出，独志超坐绿荫下绳床上读小说。忽见汪跳跃而来，谓志超曰：

"今日我将棹舟往游钟岛，苦无良友，子欲偕往乎？我舟已备海滨，可速去也。"

志超不觉曰：

"诺。"

即不假思索，弃书于床第，谓下人曰：

"少须主人或珊小姐归来，问及，则可云我游钟岛去矣！"

遂欣然随汪至海滨，果有一小舟泊焉。汪即挽志超入舟，两手握两桨，击水而行。日光耀海水，作粼粼之金色。是日，风平浪静，小舟循岛而行，至为迅疾。及至钟岛，汪即倡言先游钟洞，后玩岛景，乃舣舟洞口。洞杳冥不可测，海水冲荡洞边，水沫四溅，洞中青藓满壁，而地上皆光滑之大石，有级可登。两人入洞，虽在夏日，而洞底阴寒侵人，如在三秋。四壁石刻，或人或兽，极尽鱼龙曼衍之致。耳中闻海水颒洞之音，声清如钟，愈入内，则声愈大。志超曰：

"佳哉！此洞诚秘观也。"

贾勇而进，顷之，忽不见汪，而闻水声忽有异，如千军万马奔腾而至，不觉心悸，急返出，足下已有海水，盖潮至矣。狂奔至洞口，急呼汪，则人舟俱杳，海波涌至，洞中皆水。志超亦卷入波心，自知中汪之计。幸曾略习游泳，浮水而前。但波涛汹涌，潮正盛涨，志超何力与潮抗？力竭欲沉，忽睹一舟破浪而前，中有一女子身衣蓝色花纱衫裙，风吹云发微蓬，皓腕如玉，露出两肩，双手划桨，冲波前至，则汪玉如也。志超大呼女士救我，玉如推舟至志超许，则志超已没而复上，濒于危矣。玉如施臂援之，志超力扳船舷，以手拊玉如臂，玉如力拽。志超乃得入舟中，谢曰：

"女士安得来此援余？"

玉如嫣然笑曰：

"此非谈话时也，潮且大至，我侪速谋出险。"

遂分一桨与志超曰：

"共君努力。"

二人乃以桨棹舟，向陆地而行。顾潮来益急，无法自脱漩涡，行不及一箭之远，玉如已无力，一浪打来，舟几倾翻。玉如失色呼曰：

"我等危矣！"

志超亦惊惶失色。未几，舟已入漩涡中，疾向后退，玉如尚欲以桨挽舟，而势已不能，回顾后有大礁石，势突出如欲噬人然。舟直向石而奔，怒浪涌之。玉如狂呼一声，直扑入志超怀中，曰：

"死矣！死矣！"

志超亦心慌意乱，展两手合抱玉如，忽听訇然一声，舟已破裂，二人被撞，皆晕去。志超先醒，则见己身正卧玉如身上。玉如两手紧抱志超之腰，面色如死，云发披散，尚未苏醒。志超以手抚其胸，尚有微温，稍喜，急擘开其手，使玉如得平卧沙上。盖二人舟碎时，为浪打至岩旁小沙滩上，得以无死。然海水尚有余波，激荡至沙上，二人之身尽湿，仍如在水中也。志超忽见玉如蓝色之纱裙上满渍血迹，大惊，察之，则玉如右膝为石所撞，血溢出不止，失血甚多，故志超醒而玉如尚迷惘也。志超乃撕其身上衣，为玉如包扎伤处，又用人工呼吸法施救。玉如乃嘤然而醒，张目见志超，即曰：

"我侪死乎？"

志超答曰：

"否，乃在沙滩上。"

玉如大失望曰：

"嗟乎！我愿与君偕死耳，奈何生耶？虽然，我非救君而来者？君生亦大佳事，我死不恨。"

偶伸其足，痛彻心肺。志超曰：

"女士勿动，女士之膝伤矣！"

玉如曰：

"伤乎？不如死也。"

言已，大哭。时天色垂暮，志超返顾滩后为峭壁，即钟洞之顶，高不可攀，前为大海，呼援无人，亦泣下曰：

"我蒙女士舍身相救，今目睹女士痛苦，恨不能以身代。奈此处四无人迹，须俟明日可有舟来否？"

229

玉如曰：

"此不必谈，我今至此，不望生还，但君亦知我来此之故乎？我表兄行健，以君夺其所爱……噫！君非与罗珊订婚耶？"

志超点首曰：

"然。"

玉如乃曰：

"即此之故，彼处心欲谋害君者非一日矣。昨夜彼谓我曰，明日余将诱聂志超至死地，请妹同守秘密，乃告我以此处。我本欲径诉于君，反恐君疑，乃先荡舟至此处。见君觏险，乃来救援，不意为潮所困也。嗟乎！聂君，君知我之爱君否耶？"

志超感极，拭泪言曰：

"女士爱心，铭感勿忘。"

玉如曰：

"休矣，今日者君虽欲爱我而不可矣。"言至此，又晕去。志超抚其膝则骨已碎，故血尚沁出。自念："若血不止，恐不及天明，玉如将殆矣。"

然辗转无计。天色已黑，明星点点，现于天空，海波轰腾有声，似不因天晚而止者。良久，玉如醒，则发大热，谵语不绝。志超既恐且怜，念无以对玉如，盖不意玉如之爱已如此其深也。忽闻玉如凄然言曰：

"我今得救君出险，不可谓非幸事，亦我之初志也。然当舟入急流，将触礁石时，我又甚愿与君偕死，岂我之痴思耶？盖君死则珊又将何如者？我失血过多，脑节紊乱，心中又跳荡不已，自知必死。我甚愿死，但乞君于我未死之前，一与我吻，以表示君亦爱我之心，则死亦无憾矣！"

志超闻语，悲不自胜，乃抱玉如而接吻。玉如亦以两手钩志超

230

之颈，疾声呼曰：

"志超爱我。"

志超不觉和之曰：

"玉如爱我。"

于是，玉如又晕去，志超仍抱之勿释。未几，而玉如竟体冰冷，双眸紧闭，僵矣。志超哀哭达旦，乃置玉如遗骸于沙上，欲谋出险之计。见有一舟自东来，时潮水已落，海作恬静状。志超去长衣，扬空挥舞，示求援。小舟乃望沙滩驶，至则见舟中坐者珊也。后有二渔夫，打桨而前。珊已见志超，即起立呼曰：

"天乎！哥乃在此耶？"

志超亦狂喜而呼曰：

"珊妹！"

珊遂命舟傍滩，一跃而登，不顾履之沾湿矣。至志超前，疾握其手曰：

"昨日我归家，知哥同汪往游钟洞。妹念汪之为人诡计多端，此去兄或将受其阴算，故急……"

言至此，以手指志超身后曰：

"噫！此何人耶？非玉如姊乎？天乎！胡为而在此？"

志超下泪曰：

"死矣！"

珊惊曰：

"安得死？"

志超遂告以援救遇险诸事。珊不觉大哭，趋前抚其尸曰：

"玉如姊姊，竟以救人故而牺牲其生命耶？哀哉！妹将何以报姊？"

志超恨恨曰：

"此皆汪贼之过也，我归村必与彼伧拼命，誓不与之共生！"

珊曰：

"止，且听妹言。妹知君去，前途可危，乃请于老父偕二渔夫操舟来钟岛。时潮已大涨，洞口已没，无君踪迹。二渔夫不敢冒险轻进，不得已折回。而村人忽发现有尸身随潮而流，妹闻之，以为必哥矣，心如刀刺，急命人捞取，则汪也。盖汪驾舟不慎，自覆于海，身乃先死，此其中亦有天焉。妹见汪既死，逆料哥必不活，痛哭不已。老父再三劝解，言未得尸身，或可不死。今晨妹又棹舟出寻，冀获哥之踪迹。又闻玉如亦失踪，不图伊竟惨死于此，不亦悲哉！"

遂相与舁玉如遗尸入舟返。至村中，老人惊喜交集，村人奔询。志超悉告于众，汪之阴谋乃为村人所悉。汪之家人亦来收尸。志超与珊愿为玉如筑新墓，乃先棺殓，然后度地于山侧，筑一三角式之新坟，葬玉如于地下。二人痛哭之余，又亲植一碑于墓前，大书"情天侠女汪玉如之墓"，志超亲为文记其事，勒之碑阴。墓以白石筑就，精美无伦。墓顶琢一司爱之神，张翼凌风而立，栩栩如生。凡三阅月而竣工，所以报玉如也。又数月，志超与珊至海上结婚，共往西湖度蜜月，细尝温柔艳福。蜜月归来，又至玉如墓前凭吊，不胜慨叹。嗟乎！一抔黄土，深深埋香，玉如芳魂不知何去？徒留此可悲之情痕已耳。

空门情死

红日攒云而出，阳光射桐枝上，绿叶披离。院中乃暗淡而幽静，小鸟啄于庭阶。晨钟一声，随清风送入众生耳鼓，顿令意境一清。惜熙熙攘攘者奔走埃壒之内，迷途不返也。殿上供观音大士像，香案蒲团，布置清静。炉内燃檀香，烟气缕缕。一十五六之雏尼，披蓝色海青，手击木鱼，坐桌旁唪经，面目姣美，声如鸣莺。娟娟此豸，乃入空门，青灯黄卷以遣此人生，难得之妙年华，春花秋月，得毋自悲身世耶？唪罢，又至佛座前膜拜，以慈悲之观音大士见之，不知作何感想？此时殿后步履声，忽有一少年僧人奔入。读者至此，当疑此庵为藏垢纳污之地，不然寂寂清晨，何来浮屠？但吾敢言，此庵素守清戒，并非如稗官小说中之法华庵一流。盖其中有一段情场哀史，可供热心社会问题者研讨也。

少年僧人为谁？即剃发医张某之子也。张某宁人，妻某氏，皈依佛法，遁入空门。张某于工作之余，亦以诵经为事，虔诚事佛，故强令其子入邑之净慈寺为佛门弟子，取名法正。时法正年方弱冠，颇有志读书，不欲为释氏子，所谓尘心未净，道心未长，与佛法无缘，而父也不谅，强人所不欲，故以后恶果即种于是矣。寺中住持亦以甘言相饵，许他日如有机会，仍可还俗，今可在庵修养，勉慰父母。法正年幼不能自立，不得已暂时从命，做一日和尚撞一日钟。

寺之东邻有某尼庵，庵中老尼与净慈寺熟识，遇有佛事，时相往还，因是法正得时时往庵中。庵有幼尼名妙玉，年才十五，芳姿秀丽，彼此以研究习字为名，颇相友善，朝夕往来，老僧尼不之禁也。是晨，法正来，妙玉许见。法正正膜拜，遂问曰：

"功课毕否？"

法正微笑答曰：

"毕矣。"

二人乃携手至后园私话。法正年少，美风姿，虽已入空门，晨钟暮鼓，色相当空。然而男女之情，莫可遏抑，故两小无猜，渐生恋爱，情根既种，爱芽斯苗，惜老僧尼昏聩不知耳。

一日薄暮，法正至，妙玉许。妙玉在庭后浇花，老尼适有事赴苏州未还，庵中仅一聋尼及一老妪。法正即偕妙玉坐庭槛上，娓娓谈话。法正曰：

"我之为僧，不得已也，师曾许我有机会，仍可还俗。我思我方青年，若长处寺中，诵经拜佛，老死何益？丈夫在世，当立功名，有裨于世，汝意云何？"

妙玉频点其首，若颇赞成其言。法正甚喜，又曰：

"即如汝者，在青春妙龄，不幸而为尼姑，世间幸福无机可享，辜负青春，不亦惜乎？"

妙玉闻言，芳心怅触，唏嘘而言曰：

"红颜薄命，不幸而沦落为尼，岂我本愿？但望今生修行，忏悔罪孽，来生可有出头之日也。"

法正曰：

"汝言固然，但来生之事已属渺茫，当努力以图今生，汝不能还俗乎？"

妙玉凝眸视法正，默然无语。法正情不自禁，握其纤手曰：

"使我二人皆得还俗，岂非大快事？我当求汝同意为我妻，成一良好家庭，因我实爱汝也。"

妙玉不觉红云满面，以身紧依法正之身。此时，二人爱情如电流相通，不顾破坏清规，春风一度，种下祸胎。

读者至是，当曰罪过罪过。呜呼！诚罪过也。法正与妙玉皆在青年，人非草木，孰能无情？且法正尤自许为有用之才，而偏驱之以入空门，此心不死，适增罪孽，而又使多情男女朝夕聚首，不加防闲，此岂二人之罪过耶？未几，妙玉已妊娠，大腹便便，丑态难掩。老尼见而生疑，询之妙玉，不得已，以膨胀对。老尼不信，细加盘问，妙玉唯泣涕无言。老尼知中有暧昧，施以鞭挞，妙玉遂吐实。老尼怒曰：

"佛门干净地，为汝小妮子玷污矣！我一生虔修，不意为汝所累，且我庵名誉亦将为汝败坏矣。"

即日逐其出庵，同时往净慈寺交涉，斥责法正引诱之罪。住持得知其事，怒不可遏，亦立下逐客之令，于是二人之死期至矣。

夕阳照林梢，风吹水波，粼粼生皱痕。此一对无家可归之僧尼鸳鸯遇于林中，泪眼相对，自知此身已为社会所不容矣。彷徨歧途，踌躇无计。妙玉谓：

"吾辈不知作孽几许，致有今日。今愿同死，弃去世间烦恼，我佛慈悲，同登乐土。"

法正亦觉除去死之一途，别无善策，且亦无颜归见其父，进退狼狈，不容不死。心志既定，二人遂他去。

法正之父得老僧通报，勃然大怒，四出寻子，不见踪迹，而不数日，接得法正来书。其辞曰：

父亲大人尊前：

儿读圣贤之书，已经八载，间尝以丈夫自许，欲成一番事业，以垂不朽。乃大人不察下情，强儿为僧。儿堂堂男子，原不肯为此无聊事业，泯灭大志。只以师父曾许儿以还俗机会，谓暂在庵内修养，如不合意，即可归家。何期盟血未干，初衷递变？竟迫儿离庵，追缴三年饭资。我欲与彼讲理，则强弱悬殊，欲允其请，而妙手空空。欲回家，则反累及大人。是儿今日已处于进退维谷之际，当即以此苦衷与妙玉商量，彼则因吾之故，决寻短见。儿因此许彼与之俱死，了却一切烦恼，但求来生有缘，重相遇也。唯念大人养育之恩，丝毫未报，中心恨恨。但事已至此，欲罢不能，唯望大人恕之而已。专此禀闻。敬请万福！

男　法正绝笔

张某虽恶其子有犯清规，但父子骨肉，一旦接此绝命之书，能不悲痛？

翌日，有人来言，江上有浮尸二，一僧一尼，皆在少年，相抱死水中。张某奔往视之，果法正与妙玉也，则大哭。宁人视为奇闻，报纸上遂竞载其事。

呜呼！谁谓空门无情哉？

236

美 人 魂

　　白云生，浙人，年少翩翩，博学多能，佳士也。肄业京师某大学，与同学李生有刎颈之好。李生世代簪缨，家资巨富，已得艳妻曰唐月如女士，北京交际场中负盛名。白云生常戏谓李曰：

　　"人间艳福，被君独享矣！"

　　李亦笑答曰：

　　"君多情种子，美人香草，寄托远深，未来之安琪儿，当必有垂青于君者，愿好自为之。"

　　盖白云生尚无寄情之恋人也。二人暇时过从甚密，皆掬肺腑相示，无事隐蔽者。暑假中，白云生不思南归，因李生之请，寄居李生邸中，另辟一精雅之小轩居之。轩前假山玲珑，花木明瑟，幽静绝尘嚣，诚夏日之读书佳地也。白云生与李又合资办一文艺周刊，风行一时，白云生特撰长篇小说名"理想中之美人"刊其上，颇得读者欢迎，不愧惬心贵当之作，虽大名鼎鼎之小说家亦无以过之，白云生亦足自豪矣。

　　一日傍晚，夕阳西下，有黑云自北来，遮及半天，凉风陡起，暑气顿杀。李生方偕其夫人出外，白云生读书轩中，觉稍倦，乃披纱衫，散步园中，仰着视黑云涌起如山，云中有金光丝丝射出，则电也，雷声隐然在远处，将有阵雨。白云生徐徐循荔枝小径而行，至一荷池畔，凭石栏而视，池中翠盖田田，红蕊白萼，朵朵相映，清香扑鼻，有二三蜻蜓点水，忽又飞逝，不可捉摸。白云生自念大好园林，清旷如斯，乃登假山至最高处，披襟当风，心殊畅快。时乌云如怒马奔腾而来，狂风挟有雨声，白云生亟下。忽见一女子衣白纱衫裤，风姿美好，明艳惊人，手中握有花枝，自假山石旁翩然掠过，见生略一顾视，低头疾行，不意足踏莓苔而踬。白云生急前扶起，而女子足受创，丝袜尽污，两颊又红晕，乃如玫瑰，不胜羞惭，轻启樱唇致谢。时霹雳一声，大雨倾盆而下，二人无处可避。白云生道：

"我侪盍至假山洞中暂避乎？"

女子颔首，乃相将入洞。洞中有一小石台，白云生遂请女坐其上，问：

"受创乎？"

女含羞答曰：

"唯足趾稍痛耳。"

乃以纤手抚其趾。白云生立其侧，良久无语，见洞外雨势方盛，空中如飞瀑跳珠，树木随风东西摇曳，雨声震耳。白云生细视女颜，蛾眉曼睩，桃脸生春，以手支颐，含情无语，私念彼美人兮何许人也？因不揣冒昧，问曰：

"愿闻女士与李兄作何称呼？"

女沉吟不答，顷之，言曰：

"公子为白云生乎？余太夫人房中一侍婢也。"

白云生闻言，惊奇曰：

"婢乎？美丽温文若此，谁信之哉？虽然，汝何以知余为白云生？"

女笑曰：

"余当读尊辑之小报，钦佩殊深，且知公子居此，故揣度而得。"

白云生曰：

"汝读报乎？"

曰：

"然，婢子幼随四小姐同读，故得略识之无。"

白云生曰：

"佳哉，汝何名耶？"

曰：

"余名双成，本姓蒋，自幼被鬻至此。"

白云生曰：

"昔有董双成，今有蒋双成，可谓辉映今古矣。余不以汝为婢妾而轻视也。"

曰：

"谢公子。"

白云生遂与之畅谈文艺，女皆能领略，时雨势渐止，双成遂别白云生翩然而逝。

白云生自遇双成后，常惘惘如有所失，不自知其故也。美人芳躅不可再遇，如隔蓬山一万重，银床冰簟，梦想徒劳。无何而驹光若驶，已是新秋。白云生亦不再迁入校，即久居李生处，暇时辄思及双成，又不能直告李生，不觉恹恹成疾，茂陵秋雨病相如矣。李生察白云生情状，知有隐事，乘间询之。白云生乃尽吐实曰：

"交好如君，当勿笑余之痴也。"

李生鼓掌曰：

"双成殊美丽，人皆称之，无怪君一见钟情。且此婢伶慧尤甚，能博人欢，通文字，常于我妹前亟称君之文艺，我妹尝戏谓之曰：

239

'痴婢，何倾倒白云生乃尔？令汝为执箕帚愿乎？'双成面赤，俯首无语。余今思之，彼亦殊有情于君也。余当禀之堂上，即令双成侍疾，则君不药而愈矣。"

白云生谢曰：

"兄能如此，诚情海中之慈航也，铭感终身，不忘大德。"

李生一笑而去。

至晚，竟偕双成来，两颊微赧，含情却立。李生曰：

"余既为曹邱生，亦当作解事人。"

关扉即出。白云生顾视双成立灯前，影窈窕可人，即曰：

"双成，汝念吾耶？吾为汝病矣！"

双成低首，至其榻旁。白云生伸手握其柔荑。又曰：

"微汝主人雅量，我侪何能得见？汝亦怜余否？"

双成目中莹然有泪，柔声答曰：

"蒲柳之姿，蒙君不以葑菲见弃，妾之幸也。"

遂为白云生服侍汤药，而白云生得亲香泽，其病若失。此后，李生遂命双成居轩中，为白云生抱衾裯。梁间双燕，栖息新巢，愿做鸳鸯不羡仙矣。

明年，白云生与李生同时卒业，家中乃有书来，促其南返，并言海上某中学亦欲聘其为国文主任。白云生虽恋恋于双成，而南下又不可缓，遂商之李生，以此事尚未经家人通过，势难携双成而南，欲仍令双成居此，俟禀白后再来迎归。李生曰：

"双成本我家人，今又为使君妇，居此不妨。但君归后，宜及早为之图，毋使双成有秋扇之怨也。"

白云生曰：

"双成为余之第二生命，安敢为薄幸郎耶？"

双成闻白云生将归乡，蛾眉频蹙，不胜凄然。白云生欲觅语以慰而不可得，但曰：

"长毋相忘而已。"

临别之夜，双成不禁泣下，倚于生怀，呜咽曰：

"妾近日心搏跳不已，如有所失，夜梦亦不祥，愿君南下后，速为妾谋，使妾早得与君重聚，不然者将……"

言至此，泣不成声。白云生以舌舐其泪，慰之曰：

"幸勿悲伤，余心碎矣。南下后第一事即当迎汝回家，我侪厮守一年，两心相合，汝试思之，我宁能离汝而居耶？"

遂吻其颊。嗟夫！劳燕分飞，情何以堪？黯然销魂者，唯别而已矣。

天下事固十九不如人意者，白云生既返故乡，其父母不胜喜慰，即促白云生至沪，与某校长接洽教务事。白云生乃至沪，逗留数日，成约而回。心中时忆念双成不置，得间告于父母，冀得堂上一诺，云辂即可南下矣。孰知其父素持门第之见，以为白云生为世家子，岂可以婢为妇，受人讪笑？即不欲弃其人，俟将来娶得正室后置为小星可耳。且知生在读书之时，拈花惹草，未免荒唐，谆嘱后当严守道德，不宜以女色为重。白云生受此当头一棒，怏怏不乐，不得已，致书双成，详告缘由，劝其暂忍数月，终当妥思良策，重圆故镜，誓勿忘也。并嘱李生善为顾视云云。不知一纸飞去，顿令玉人肠断天涯，未见君子，忧心忡忡，姬姜憔悴，无日不在奈何天中也。

白云生既至沪执教鞭，常与教育界名流周旋，才气洋溢，倾倒四座，声誉乃大振。有周淑之女士者，卒业于女子大学，不栉进士也，明眸皓齿，妩媚动人，与白云生同事，常相往来。周女士知白云生尚未婚，含情脉脉，颇有意相属。但白云生心中不忘双成，不敢生妄想。得间又向堂上重请，卒不得允诺，嗒然废然如病焉。适周女士来访，清言娓娓，白云生稍软化。其友见两人相亲状，欲以蹇修自任，俾有情人早成眷属。不知白云生耿耿于胸者，尚有一双成小影，不能解决也。无何，白云生作书致李生，详述所苦，欲屈双成做侧室，则南下可以有期。双成闻信，凄然哭曰：

"既有今日，何必当初？此生已矣，尚何望为？"

遂卧病。李生亦愤白云生之负约，作书责问。白云生颇负疚，然亦无可如何。且与周女士相处渐久，情爱已如春草之怒苗，有箭在弦上，不得不发之势。盖双成之情丝已浸失其效力，而今日之白云生已在周女士情丝笼罩之下。而周女士者又施其爱情之魔力，使白云生俯首甘心为情场之俘虏，于是二人婚约订矣。

订婚后一月，白云生忽梦双成向其涕泣曰：

"君虽忘情，而妾心已完全归君，矢志无他，所恨君家庭为祟，使我二人分离，而君又无定志，顿忘前情，君难免为薄情郎矣！妾自怨命薄，一病不起，今已含恨而逝，魂归地下，君如犹能哀妾，请葬妾于君祖茔。盖生为君家人，死为君家鬼也。"

言讫而没。白云生亦惊醒，不觉泫然泪下，曰：

"哀哉！双成，真耶？幻耶？吾负双成矣！"

明日，乃得李生快函，知双成已病死。白云生乃请假北上，迎双成灵柩南下。既见李生，不禁泛澜，李生出一小影及一金约指曰：

"此双成临死前，嘱留与君为纪念者，双成殊不负君，我不知君是何心肝也？多情种子而有此负心事，则昔日我以双成许君，诚不能令人无憾。悠然苍天，谓之何哉？"

白云生亦叹曰：

"此我之过也，虽有百喙，亦难自辩。唯君怜之。"

并告以双成托梦事，李生太息不置，怆然曰：

"君何以慰此美人魂耶……"

春光明媚中，白云生与周女士结婚矣。

幸 欤

　　春暮矣，庭中绛桃数株，落英片片飞堕下，二三蛱蝶犹在粉垢墙畔，翩跹飞舞，向花丛中探芳讯，不知绿暗红稀，春归去也。庭之东有书室，陈设精美，倚窗有写字台。有美一人，方据案握管疾书，则即密昔司李也。密昔司李为海上大慈善家李育之之夫人，为东方女子两级中学校长，兼任女子参政会评议员，妇女慈善会干事，及世界妇女联合会书记。能者多劳，是以春光虽好，而独坐书室中，摘录议案也。写有间，搁笔稍息，仰首见窗外红桃，有二三花瓣随风徐向下堕，不觉心有所触。自思："我侪女子，方当青春之时，亦犹枝上好花。然东皇难驻，花开花落，残红如雨，随风飘荡，或则堕溷，或则沾泥，天下能有几辈得登衽席而庆有归宿哉？红颜命薄，一任环境之利诱，势缚而已。安得慧心人一一告而醒之乎？"忽闻足声起于外，有指叩门作声：

　　"密昔司。"

　　李转其圆椅，应声曰：

　　"请入可也。"

　　门开，有一年近四旬之妇女，鼻架眼镜，手挟一白色之囊，衣服朴素，类教会中人。后随一少女，年可十七八许，姿态婉媚，唯容似清癯，而衣饰亦敝旧，一望而知为忧患中人。二人见密昔司李，皆磬折为礼。密昔司李亦起立答礼曰：

"王师母，今日何有暇到此？"

且速之坐，王师母遂与少女并坐案旁，含笑问：

"密昔司李，校务忙否？会务扩张否？"

杂以谀词，絮絮不休。密昔司李则伸皓腕，按其桌上之电铃。顷之，即有女仆近门一瞥即去，继乃送茗至，并饷糖果。盖密昔司素来好客而多礼也。既密昔司李指少女而问曰：

"伊为谁？"

王师母笑曰：

"今日即为此女子而来者。伊姓马，素莲其名也。幼本皖产，五岁时随父母来沪，后父母相继病殁，剩此孤雏，茕茕无依。幸有一姨，军人妇也，往依之。姨初令其入学，曾毕业于女子高小。平居勤于女红，且佐姨治家。前年姨夫从军岭南，姨从之去，留一女仆与女守家。孰知一去如黄鹤之杳，不复返。且青鸾音沉，殊无消息。女与仆待之期年，初赖女红自给，然不足。后又有病，遂负债焉。积至今年，约计有百数十金。债主人即女仆之故主。兹因债主及女仆，觑女有姿色，初诱其堕落，欲倚为钱树子。女誓不失身，坚拒勿从。觑觎者野心未戢，朝夕往索债，不得，则扬言欲诉于官，以谓弱女子可欺也。女既为债主苦逼，又度日维艰，陷阱綦多。云天南望，迄无影踪，殆已为人摒弃矣。来日方长，何以为活？灯下苦思，背人弹泪。邻人又以不入耳之言来相絮聒，俞令人悲增切怛耳！余与之比邻而居，素识其人，窃哀怜，欲拯之，以出四面楚歌之境，奈心有余而力不赡。素仰夫人宅心仁慈，常拯人之急，助人之危，故踵门欲有求于夫人。夫人倘能援手，当感德无涯矣！"

言至此，少女低垂蝤首，盈盈欲泪。密昔司李聆语，微笑转向

244

少女。女一一谨答如王师母言，且言海上无亲，唯有闸北周姓家，为其姨女友，有时至彼处焉。密昔司李又问其已许人未？则固小姑居处尚无郎也。密昔司李乃谓王师母曰：

"个女郎亦大可怜，处淤泥而不染，尚足见其贞节。今有师母为之先容，请即居余家，余当不使流离失所。"

又谓女曰：

"若欲读书，他日余可相助，或欲谋生，余亦可效力。暂居此，第能好自为之，必无冻馁之忧。所负债，容余徐思法以偿之。余既允汝，勿虑也。"

少女闻言，感极至涕下，起立欲拜谢。密昔司李急止之曰：

"勿尔此，我侪应尽之义务也。"

王师母亦笑容满面而言曰：

"李夫人慷爽好义，有声于社会，实今世妇女界中之明星。此行果不负也。愿上帝福汝。"

遂又与女叮咛数语，然后鞠躬而别。是日之晚，密昔司李即导女至妇女慈善会，姑命女宿会中，助理院事，盖欲试其能也。

朝暾映窗，钟声大鸣，东方女子中学诸女生皆挟书籍入教室。斯时，教员室中至为静寂，唯窗前写字台旁坐一少年，状貌清秀，鼻御金镜，身衣哔叽夹袍。方握钢笔构为表格，忽闻门外鸣鸣声，有一青色摩托卡疾驶而至，止于门前。一少妇跃下，头梳爱丝髻，鼻架罗克眼镜，身御浅色软缎夹衫及裙，革履囊囊，翩然而入。有见者曰：

"校长来矣！"

盖来者即密昔司李也。密昔司李步入校长室，片刻即出，至教员室，少年举首见密昔司李，乃起立曰：

"校长晨安。"

245

密昔司李微笑：

"陶君早安。"

遂即坐于写字台前之藤椅中。少年骤觉局促不自安，退坐椅内，见校长之妙目，方流其微波于己身，又不觉红晕两颊，嗫嚅而言曰：

"校长有何赐教？"

密昔司李曰：

"君年几何矣？"

少年闻言，更觉茫然，敬谨答曰：

"校长，不才年二十有四。"

密昔司李曰：

"男子生而愿为之有室，君年非幼稚，亦有求凤之愿乎？"

少年颜愈赧，自思往日校长与我语类皆校务，今日何忽言及婚姻问题？令人不解。密昔司李见少年踌躇不答，即笑曰：

"我之所以直言相问者，以君年少诚实，在校办事热心，殊深钦敬。君母又唯君一人是依，望媳心切，即君亦岂欲以鳏鱼老？今欲予君以一机会。盖我处有一女子，伶仃弱质，幼失怙恃，急欲得一归宿地。只须代偿其债务百数十金足矣。鄙意与君匹偶，诚相称。如有意者，鄙人力能玉成之。此女子容貌颇美，且曾毕业于女子高小学校，非没字碑可比。余观其性情尚佳，故思及君，愿为蹇修。盖君母亦尝托我也。且此女子许偶之后，亦可再行求学，俾有造就，余无不力助。"

少年曰：

"唯，谢校长垂顾，容不才细思之，然后报命。"

时课钟又噌吰作声，诸女生皆自教室散出，操场及阳台之上人声沸腾，男女教员亦各挟册归教员室。密昔司李乃起去，曰：

"甚佳，君明日答我可也。"

少年陶秀士，卒业于某中学，英才积学，颇有文名，道德亦高尚，不肯随俗浮沉，常有众醉独醒之概。父早丧，母守节抚孤，有二子，秀士其季也。长曰吉士，曾读书某大学。当密昔司李为处女时代时，与陶家毗邻而居，常相过从。吉士尤与密昔司李研究学术，结为契友，二人颇有情好，不幸吉士忽患病数月而卒，陶母人财两失，悲痛弥甚。时秀士方肄业于高小学校也，密昔司李以言解劝，且出资助之。后密昔司李结婚后，暇时辄至其母处。及秀士卒业中学，适东方女子中学创办伊始，密昔司李为校长，乃聘秀士任英文教职。盖秀士于蟹行文字，曾三折肱焉。秀士感知遇之恩，勤于教务，颇有建议，得校长青眼。今日密昔司李忽与之商婚姻问题，既惊且喜，返家告于其母，其母喜曰：

"黄小姐果不负人托也。"

黄小姐者，密昔司李之本姓，秀士母常以此称呼焉。母子二人所商之结果，为允从密昔司李之言，而先见其人。

次日，秀士见密昔司李，以己意告之。密昔司李立应曰：

"可。"

遂约星期六至妇女慈善会中，俾双方见面，以订婚约。然而密昔司李早已得彼女之同意，盖女亦天涯沦落，可怜身世，苟能得人而事，则后顾亦可无虑矣。

星期六之下午，天气晴朗，蔚蓝之天空不染片云，春风拂面，好鸟如歌。秀士略事修饰，即坐车至慈善会，及入门，则中心怦然动，不知见彼女郎当作何语？步入应接室，有一妇人见之，入内通报。少须，密昔司李走出，略谈数语，乃返身至后室，导一少女缓步而进。秀士急起立，少女向之鞠躬。秀士亦答如礼，三人分坐于圆台之旁。密昔司李先为介绍姓名，然后授机，使二人交谈。秀士初颇讷然，觉难言也。继乃鼓其勇气，谈吐风生。少女虽稍羞涩，顾亦应对如流。密昔司李又出游戏问题，使二人对答，以增兴味。良久，密昔司李以他处有事，将先去，秀士亦不欲留，遂别女而归。

越日，密昔司李见秀士，即告以彼女颇为满意，君意何如？秀士亦点首曰：

"可。"

密昔司李曰：

"彼女负人之债为一百六十金，君可于此数日内筹款，俾早清偿。设有短缺，余处可挪移。今慈善会中司账员少一助理，余可令其试任。他日君若欲令其求学者，可入此校也。"

秀士频点其首，表示谢意。盖此事皆密昔司李一人玉成之功也。

天下事固有奇变不测者，一日，秀士在校，忽密昔司李有电话至，请其速往李家，有要事面告。秀士奉命唯谨，即乘车去。既至，入见密昔司李于书室。密昔司李顿足而言曰：

"事不谐矣！"

秀士惊问何故。密昔司李曰：

"前日之晚，忽有一妇女至慈善会，求见马姓女。当时经人导之，入见女于客室，谈久而去。翌日，复来做密谈，司院者询之，女云：'亲戚人。'亦不知其底蕴，亦不便干预。我又事冗未往，未知之也。昨日女向司院者告假至闸北一行，司院者允之。讵知一去不返，迨晚始通知余。余不能无疑，遂以急足召王师母至。盖王师母与女为邻，当较余明悉，且女之投我处，亦由其介绍者也。王师母闻信至，亦大惊疑，以谓此妇人必为其姨之友，女或受其蛊惑，有他变矣。今晨我即与王师母至闸北探访，得遇此妇人，问之。彼妇人即言：'在我家，因受其姨之托，故令居我处，谢汝等垂顾，可勿虑也。'我曰：'所负之债如何？'妇笑曰：'我自能理之。'我与王师母即欲请一见女，而妇言方同其女出外，毋庸见矣！余睹此情形，知中有他故，女为此妇所挟矣！然余又非女之亲戚，君与订婚，尚属片面的，无如何也，不得已，又与王师母至女故居处探问，则屋已退租，女佣亦惝恍其辞，无从得实。此事殊出人意外，故今日请君至，君有他意否？"

秀士闻言，惘然若失，即曰：

"余不欲勉强人，听其自然可耳。特人心鬼蜮，世道崎岖，彼妇宁足恃者？女亦受人之愚，为人利用而不自觉，虽曰不学无术，要亦社会之罪恶也。但望余言不中，则女之幸矣！"

密昔司李闻言，亦喟然长叹。顷之，曰：

"此我轻忽之过也，前日所为，儿戏视之可耳，我终当为君别觅佳妇，以补我咎。"

秀士闻言，不觉相视一笑。

光阴如矢，曾不数年，秀士果由密昔司李之介绍，与曾姓女学生结俪矣。新婚宴尔，在爱情中度日，前尘影事，已淡然忘之。

一日，秀士伴友人至虎林，便道游西子湖。友人有陈姓戚，居湖畔，同往谒之，则一皤然老叟也。陈翁好客，邀二人小宴，放谈政事不倦，盖一宦海归槎客也。不觉至黄昏，陈翁乃留二人下榻其家。友既允，秀士亦无异言。

明日在起，友人尚酣睡，秀士不欲醒之，盥漱竟，见室后有户，通一小园，亭台曲榭，隐约可睹，遂信步而入，呼吸新鲜空气。树上鸟声绵蛮，似欢迎客者。池之南有华屋数楹，曲折通内室，柳绿*丝丝*，飘拂粉墙，百叶之窗紧闭。秀士方踯躅其旁，忽闻窗开声，反身视之，则见一丽人，披睡衣，云发蓬松，酥胸微露，双手握瓷盆向外倾水。瞥睹秀士，忽露惊异之色，再一窥视，即疾闭其窗。秀士亦恍惚有异，欲避瓜李之嫌，疾步退出。良久，始悟所见者即密昔司李前数年与己介绍之女也，不识何以至此。适友人亦起，秀士以此诘之。友云：

"翁精神矍铄，后房姬妾甚多，子所见者，或为其海上所娶之第五小星耳！"

秀士闻言不语，若有所思，盖彼深有感也。

密昔司李遇秀士于操场东畔，秀士止之曰：

"校长，余有一事奉告。"

密昔司李止步问曰：

"何事？"

秀士曰：

"数年前，校长为余介绍未成之女子，余日前赴杭，于某富人家忽见之。"

密昔司李曰：

"彼女作何状？"

秀士曰：

"彼已为富翁之妾矣，设前者半途无变故发生，则彼亦不过嫁一穷措大，无金屋以贮娇。兹非其幸欤？"

密昔司李亦微笑曰：

"幸欤……幸欤……"

春 之 恨

《春之恨》有继续性之小说也，读者请参观《啼鹃录》
中之《春之恨》，著者志。

子规声里，绿杨荫中，有一少年偕丽人自大堤上徐徐行至。少
年衣西装，戴呢帽，手握司的克，丰神隽拔。丽人梳横爱丝髻，鬓
旁插一鲜花，衣闪绿色之花绸旗袍，足踏革履，践芳草上，殊轻软。
容貌美好，且御金镜，顾盼多姿，以手挽少年之臂，相依而前。塘
水清涟，可以照见双影。二人俯视水中，亦笑颜靦然。此地乃郊外，
距离市廛甚远，景物清旷，一无尘嚣，唯鸟鸣风响，多自然界之美
景耳。

丽人行至一处，见有蛎墙一带，女萝绿之，翠竹数丛，朱门当
前忽立，止其步低首若有所思。少年仰首，视门上横书"闲闲别墅"
四字，为何绍基手笔，劲逸而别有风致，染以蓝色，经风雨剥蚀，
色渐褪矣。少年问曰：

"韵妹若何深思耶？"

丽人方欲置答，而别墅门启，一苍然老仆，伛偻而出。丽人忽
呼曰：

251

"若非老张耶?"

老张摩挲老眼,熟视丽人之面,嗫嚅而言曰:

"姑娘为谁?老张年老荒唐,几不识矣!"

丽人点首曰:

"老张,汝益老矣,此六年前事,人物已非,恐汝亦不能忆也,余盖为汝已亡之少主人之友。汝家少主人死后,余尚来此一拜新冢,汝今知之乎?"

曰:

"然则来者为田小姐也?不忘死友,深感盛情。但我家少主人之墓木已拱矣,宁不可叹?"

丽人回首前尘,不觉嗒然。少年不解此中事,频频询问。丽人曰:

"少安毋躁,我当详告。"

老张又曰:

"忆昔年来者,尚有一年轻姑娘,今不识无恙否?"

丽人叹曰:

"噫!余为田韵琴,此则秋雯妹也,可怜已香消玉殒矣!"

老张跌足曰:

"惜哉!惜哉!彼苍苍者,胡多摧折青年耶?老朽如我,愿归泉下久矣,恨不能以身相代也。田小姐盍请入稍憩乎?"

墅中殊清静无人,少年亦欲入内一游。老张遂引二人步入,闭其门。

二人穿回廊以行,披花拂柳,进至内院。唯闻风筱作响,幽阒无人,绿树阴里,粉蝶飞绕,鸟声杂碎,景致恬静。过鱼池,进一月圆式之门,见精舍数椽,皆下键紧闭。韵琴指谓少年曰:

"此水阁也,大有纪念。"

因呼老张，欲开阁门。老张乃匆匆还取出匙至，门启而入，则见室中积尘满桌，久矣无人至者。阁中主人今何在？槛外小溪空自流。韵琴睹物思人，唏嘘不已。老张乃拂拭桌椅，延二人坐，又命小童烹茗以献。韵琴推窗遥望，绿杨飘曳，堤上风景，豁然呈于眼帘。少年急欲询其事，韵琴乃曰：

"数年之前，余与从妹秋雯春日郊游，偶至此，闻水阁箫声，动人哀思。继遇顽童，乃识墅中少主许君。其人卒业于大学，举止温文，谈吐风雅，但形容清瘦，抑郁有病，常抱悲观。我侪姊妹勖以积极主义，遂订交焉。后余意欲为秋雯妹做冰上人，订此良缘……"

少年笑曰：

"韵琴，彼时汝何不自谋耶？"

韵琴玉容微赧，急曰：

"若毋调侃人。彼时我侪正新订交，我侪爱情方在进行中，若不尝以甜蜜之词媚我耶？即此可以证我之无他心矣！"

少年笑曰：

"唯唯，前言戏之耳！"

时老张亦侍立一旁，向二人微笑。韵琴又曰：

"余曾数次致函许君，微露端倪，而许君吞吐其词，似有难言之隐。余不耐，又以函直告，而青鸾音沉，绝不见片纸飞来，益深惶惑。后以扫墓之便，与秋雯妹重来，则桃花依旧，人面已非，许君已长眠地下矣！"

韵琴言至是，凄然下泪，老张亦以手拭面微咳，少年沉思不语。韵琴又曰：

"彼时老张处藏有许君留存余等之遗函，我侪读之，一字一泪，心头沉痛，始知许君已早年授室，受专制婚姻之毒，鸦凤非偶，抱憾一生，而身有疾病，更无以自脱于愁城，竟致药石无效，含恨而没。大好青年，如此结果，岂不惜哉？今兹我等返里扫墓，无意中偶来此间，回想当年，能无怅触？且令我益悲念秋雯妹矣！"

少年曰：

"前得秋雯死耗，语焉不详，其中兰因絮果，妹当知之，能乘此时，一明告乎？"

韵琴以手帕拭泪，言曰：

"可一言以蔽之，秋雯为彼伧害死耳。秋雯妹天性真诚，不知人心叵测，一意以真爱情待人，而人则别具肺肝，饰伪相欺，麟鸾其貌，鬼蜮其心，言之可痛。初秋雯经友人之介绍，得识鲁氏子，彼伧在某大学卒业，服务某某会中，擅交际，以外貌视之，俨然俊杰之士也。相交不及半年，即订婚。秋雯只有一母，而其母终日唪经，不问他事，以故秋雯对于婚姻有自主之权。我父亦崇尚新式婚制，故不加干涉。秋雯曾一度商于余，余与鲁氏子仅见一面，无可无不可，而秋雯乃毅然允之矣。次年，即结婚于海上，又次年，鲁氏子随某公使出洋，秋雯亦北上，与母同居。孰知以貌取人，失之子羽，鲁氏子竟在外识一华侨之女，羡其奁资之富，贸然在新大陆重婚矣。其手段之残酷，乃一之为甚，而再之。托某律师提议与秋雯离婚，秋雯迭闻恶消息，呕血成疾。余父亦延律师抗议，责其重婚之罪。然彼等吸自由空气于新大陆，法律亦无如之何，而秋雯妹则受此创痛，抑郁而死矣。蕙折兰摧，世之伤心事，孰有甚于此者？"

韵琴言至此，以巾掩面，泪湿鲛绡。少年握拳抵几，詈曰：

"夫己氏得新忘旧，徒害人家好女儿，诚狗彘不若矣！"

韵琴乃起立曰：

"我侪盍一谒许君之墓？"

老张曰：

"自少主人死后，老主人亦不胜悲怆，以每一到此，触目伤心，

254

而堪舆家又言墅后不宜造墓，故已于去年迁葬祖茔矣。今日闻四小姐将到此，亦欲一晤见乎？"

韵琴摇首，即谓少年曰：

"人寿几何？真如电光石火，一刹那间事耳！世固悲多乐少也，彼许君与秋雯妹皆安往耶？毋怪苏东坡讥评曹孟德曰，固一世之雄也，而今安在哉？奈今日自谓一世之雄者之不悟何？"

少年亦嗟叹不已，韵琴乃自怀出其皮夹，取袁头一枚，赐老张。老张接之，称谢不止。

二人遂联臂同出，老张躬送至门外。二人与老张辞别，徐徐走向堤上去。老张倚门而望，彼年虽老迈龙钟，而颔下白须，随风微飘，似傲人以寿臻耄耋，非一班少年早夭者能与较胜也。

恋爱之价值

茫茫宇宙，充满其间者，情也，无情则不成世界。男女之情，与有生以俱来，制之不可，壅之则决，是故圣人导之以正《关雎》为国风之始，窈窕淑女，君子好逑，有以哉。闲尝与友人谈恋爱问题，一友作色而言曰：

"处今之世，欲求真爱情，实渺焉不可多得。昔余年少时，自命多情，涉足欢场，所遇迹伙矣。回首前尘，自悔多事，而结果则余敢言恋爱其表，而金钱其里，妇女之心大都可以金钱购买者也。恋爱云何哉？恋爱之后盾，亦金钱而已。换言之，无金钱则亦无恋爱，即夫妇同居之生活，恋爱之力亦不敌黄金之力，床头金尽，丈夫无颜，离婚即因此而起，即不离婚，亦貌合神离，强合以过苦光阴耳。欲求如梁鸿、孟光之齐眉偕老，不可得矣。"

一友闻其言，摇首曰：

"激哉！子之言也。然世界之大，人类之众，岂无真情之人？情之所钟，至死不渝。我心匪石，不可卷也。子不闻日本女子与吾国留学生因恋爱不遂而自杀一事乎？此一段情场哀史，轰传东京，我国报纸上亦竞载其事。余犹能忆及之，不可不告子也。"

人种有国境之分，而恋爱无国境。天涯游子，作客异域，尤觉孤寂难堪。而静女其姝，温存可念，恋爱之心有生于不自觉者。以故我国学子留学三岛者，辄有秘密之情史。詹汝嘉者，闽人也，慕异国之学，负笈东瀛，读于庆应大学，寄寓喜久家旅馆。馆主有女，名君代子，年及笄，貌秀丽可爱，肄业于青山学院。其母颇优视中国留学生。詹尤为斯文中人，无猿薄习气，故其母常为其缝纫浣濯，琐屑之事，皆代其劳。詹亦深感之，因此常得与君代子晤面，课余之暇，相与商讨学问，未尝涉私也。会詹忽患发热症，颇重，延医诊视。君代子偕其母昕夕为詹看护，亲侍汤药，亲密若家人。詹病中无聊，君代子常坐榻前温存慰藉，作隽语，以博詹解颐。詹曰：

"异国之人，谁与为欢？不幸二竖为祟，呻吟病榻，乃蒙女士等殷勤视护，亲如家人，云天高谊，铭感五中。但回望家乡，关山遥隔，设厥疾不瘳，不将令老父伤心耶？"

君代子曰：

"君病究非沉疴，不日即将痊愈。病中多思，作客海外，自难免家山之念。然人在病时，当寻快乐，不宜抑郁以重病也。君在我家，我侪不啻家人，且人类贵能互助，理宜尽看护之责，有何感情之足云？各视其心之所安耳。"

詹闻言，益感之，后詹果霍然而愈。盖病里光阴，有此玉人朝夕伴视，万种温存，弥觉可乐，而使病魔早祛矣。因此二人之情感更进一步，每当休沐之日，携手出游，流连于山陬水涘之间，赏美景以悦目，坐芳茵而谈心，耳鬓厮磨，胸臆互诉，爱神之金箭早已射中二人心坎。

越年，君代子因家庭种种关系，将辍其学。詹见君代子芳容戚然，若重有忧者，再三询之。君代子乃以实告。詹颇为惋惜。以君代子天性聪颖，成绩甚佳，正宜进之深造之境，胡可半途而废？遂商于其母，谓君代子愿继续求学，不幸而发生阻碍，自愿略助学资，

257

以竟其志。女母许诺。遂送君代子归其本土广岛县某高等女校肄业，彼此因相感而相爱，因相爱而相恋，此其中殆有天焉。

君代子既至广岛女校，而芳心脉脉，已萦绕于詹一人，灯前月下，相思之念，无时或释。时与詹邮牍往还，互通情绪。不意好事多磨，为学监所知，以为有玷校风，罚其停学一年。君代子归家，其母本有意相攸，漫不为意，而其伯父则严加谯诃，君代子忍受家人之嘲笑，仍与詹昵。盖心志已定，不恤人言矣。

阅年，继续求学，遂得毕业，遣返东京。知詹亦已学成，行将荣归，以为双成之日不远矣。然詹自毕业后，其容蹙然，若有心事，日常书空咄咄，悄然神伤。君代子自念与詹交友数年，感情融洽，詹亦对其爱情甚深，宜若可以早成佳偶矣。顾何以詹迟滞不归，神情大异，若有难言之隐？既愿以身委之矣。成败利钝，匪所愿顾。观詹之言行，非薄幸负心者也。但久之，詹不言归，亦不问其提及婚姻问题，心窃疑之，乃瞰詹外出时，私检其书安之抽斗，得詹父催归书一纸，急阅之：

……汝去国已七年矣，汝妇空守孤闺，何日不念汝？闻汝毕业，即盼早归。况余以风烛残年，倚闾情切，亦望汝之学成返里，归依膝下。吾儿其毋流连彼都，而不思蜀也……

君代子固稍解汉文者，遂知詹之迟迟不归，抑郁寡欢，非无因也，则大悲伤，取函而去。

及晚，詹自外归，君代子至其室，凄然言曰：

"君何深藏隐衷，强自掩饰耶？"

言时，泪落如雨，詹亦拭泪曰：

"乞恕余。"

君代子出函示詹曰：

"读此函，知使君已有妇矣！然我侪爱情已固结不解，余非君不欢，君若弃余，不如死。然君之家庭又如此，悠悠苍天，奈之何哉？"

詹亦愀然曰：

"天乎！使余果能实告者，何必讨率长期之苦恼生活耶？今日既为汝窥破，余亦不能再隐。盖余之婚姻为专制式下之牺牲者，非余所愿也。故婚后余即来贵国留学，为消极的避地计。既而我侪以友朋之关系，进而为爱情上之恋人，其遇合有不期然而然者。余固爱汝，颇望能与汝正式结婚，同返故国。但又怵于环境，不可为，不能为，不忍为，是以甘愿受精神上莫大之苦痛，而不敢相告。爱我者当能谅之。"

君代子闻言默然，已而叹曰：

"不可为，不能为，不忍为，若果尔，我侪婚姻犹如镜里之花，水中之月，不能求其真实。前途茫茫，何堪设想？余实不知世界到处皆黑暗无光也。已而已而。"

是夕，詹辗转床褥，未能合眼，中心忧虑，怒焉如捣。天已曙矣，微有倦意，蒙眬合眼，似见君代子立床前，呜咽而言曰：

"我心匪石，不可转也。希望不成，唯有死耳。"

突自怀中出利剪自刺其喉，詹大惊，疾跃而起，欲夺其剪，已无及，血花四溅，仰后而仆。詹抚尸大哭，遽然而醒，始知梦也。思之不祥，急披衣起，闻叩门声，启视，乃君代子母也，哭向詹曰：

"噫！我儿服毒死矣！"

詹闻语，如一勺凉水自顶浇下，失望之心与悔恨之念同时激刺于脑，急奔至女室，则见君代子卧床上，面色如生，手中尚持一手织未成之毛织背心，乃预拟以赠詹者，别无遗言。詹见状，五中摧裂，一恸几绝。

呜呼！君代子以身殉情矣，其事乃编载于各报纸，研究君代子致死之真因，并批评其死之合理与否，众说纷纭，各执一是。然非君代子所欲知也。君代子因恋爱不遂，即自杀，其情专，其志烈，其心决，故死且不辞，遑恤其他。岂世之借自由恋爱之名，行朝秦暮楚之狡狯手段者所可同日而语哉？君代子之死，诚神圣也。

友言至此，又曰，某报上亦有某君撰文代詹辩护，其辩意甚反复详细，以为关于此事当注意者有二点：

一、詹君既已使君有妇，何以与君代子发生恋爱？

二、既与君代子有爱情，何以不与结婚？

关于第一点，吾人已知，一因詹君国内之婚，便完全受父母之支配而不能满意者。二因不满意旧式婚姻而东渡留学，以为逃避之计。三则离家七年，未尝一归，乃詹之深恶其妻而不欲见之之意，此一方面也。再一方面，君代子乃逆旅主人之女，而詹君乃寄居于彼馆者。詹君曾一次病热，而主人母女极力为调护。君代子学业濒废，而詹君曾资助之使毕其业。两人因相感而相爱。两人恋爱之原委，既已知其概要，吾人乃进而研究第二点。詹君何以不与结婚？关于此点，吾为詹君易地而想，得有以下理由。詹君以为恋爱固可自由，而婚姻不能不经法律手续，詹君未与已婚妻解除婚约之前，如与君代子结婚，非但其故妻将出而干涉，君代子亦必责其欺侮之罪。但詹君何以不与其妻离耶？此其故詹君自言为环境所逼，不能行，不可行，不忍行。吾国旧家庭制度积重难返，社会视离婚为不祥之物，而福建尤甚。詹君虽有离婚之意，而以不忍贻父母忧愤之故，卒未敢发。其为家长设想，情有可原者，此詹君不能与君代子结婚之最大原因也。至詹君之是否负情？当视其心理上对君代子之态度如何以为断。詹君三月毕业，至五月而犹恋恋彼都，是其依依不舍之状，未尝不见其一往情深也。厥后乃父促妇再三，凡慈父之可以动游子之心者，无所不用其极，人非枭獍，孰能忘亲？于是乎，难为詹君矣！然其四面受敌，进退失据之苦况，于家书未被发觉之前，始终不忍告知君代子，以伤其心。迨隐情既露，犹谋所以宽慰其情人，詹君之不敢负义，于此可知矣。君代子既察其隐，而深谅其处境之难，其自裁也，或多为詹君谋，而自甘牺牲其性命也，此诚难能可贵。若责詹君以薄幸之罪，论者主之，余以为非君代子本意云云。所论颇为透彻，可知君代子为真情之女儿，其对于詹之恋爱专一而纯洁，此种爱情，非金钱可买者也。

君代子一聪明女郎，色艺俱佳，何往而不得美丈夫，而恋恋于一异国之男子，锲而不舍，以至于死？余闻友人之言，深有感叹，因撇拾之，以实《啼鹃续录》。

西哲有言曰："恋爱之价值较死尤神圣。"

枕 上 记

天下最痛苦之事，莫如失恋，战败情场较之战败沙场，其痛苦凄酸殆难身受。河间生，翩翩美少年也。初昵一女郎，曰纪小霞，方当十七八妙年华，明眸皓齿，纤腰秀项，河间生以为今之阴丽华也，爱之如第二生命。小霞毕业于某女校，擅跳舞，遂入某女学教授歌舞。每当休沐之暇，河间生辄造其居，娓娓谈情话，间或棹舟出游，同车过市，见者以为有情眷属也。然不知尚有情敌在，其人为谁？即小霞之新交楚狂生。

楚狂生者，貌姣好如美妇人，善献媚，性佻侻，家资巨富，一掷千金无难色，故妇女无不爱之者。小霞既遇楚狂生，一缕柔情，向之萦绕于河间生者，今乃灌注于楚狂生矣。河间生见小霞爱情别有所属，渐与己疏，颇戚戚不悦。初尚思有以挽回之，乃遗书小霞，婉言陈述苦衷，愿与小霞常保以前之爱情，永永不变，以求前途幸福。不意适触小霞之怒，答函措辞甚严厉，谓恋爱绝对自由，况己与河间生关系尚未密切，何得妄预人事？如此性情，即交友亦无好果，况思更进一层耶？与其贻悔将来，不如决绝今日。遂以河间生寄之书函及赠物均遣专足送还。

河间生受此打击，万念俱灰，初欲一死，以解去此苦痛。继以

262

自杀乃懦夫行为，空惹人疑，遂思遁迹空门，以忏情孽。盖失恋之人觉此世界为不仁不情之世界，无足留恋矣。闻鸡爪山菩提寺中有智真长老，高僧也，乃往求剃度，指示迷津。既见，长老于殿上端坐蒲团，容貌和蔼，微清癯，而双目有神，一望知为道高德重及有慧根之释子。长老微笑曰：

"睹子容貌戚然，今来此，殆有伤心事乎？"

河间生方欲启齿，长老曰：

"止，我知之矣。子不必再告，色即是空，空即是色。居士尚未勘透尘念，心中未能释然，岂吾道中人耶？盍随我来？后当明白也。"

言讫起立。河间生奇其言，即随之曲折走入一室，陈设精雅，正中禅榻上置一枕，较常枕高大倍之，雕镂殊精，上有龙虎风云之形，盖木枕也。长老指谓河间生曰：

"请子枕此而睡，当有奇境。"

时菩提寺饭钟声响，日方正午，河间生知必有异，如其言，长老即出室去。河间生既倚枕，蒙眬间，仿佛接到一书，绯红色之信封，配以薛涛之笺，蝇头小楷，仿卫夫人簪花格，固小霞之手笔也。书中情意悱恻，解释以前种种之误会，愿言归于好，互释前嫌。并言前为受人诱惑，今已觉悟，望河间生念昔日之爱而谅之。河间生展读数四，心大感动，不觉死灰复燃，尽去前憾，曰：

"吾性躁急，错怪小霞矣，小霞固非负心人也。"

欻起身下床，出菩提寺，下鸡爪山，不别而行。径诣小霞处，小霞靓妆而待，见河间生来，相与握手一笑，顿忘前隙。嗣后，时时聚晤，爱好之情，较前益笃。

某日，河间生与小霞买棹游山，春光明媚，胸襟舒爽，娓娓情话于绿荫之下，河间生乃忠而乞婚，小霞颔首应。河间生则大喜，盖惨淡经营，已非一日，竟得于情场中奏凯旋歌，则觉此时之乐，乐且无央。与小霞并肩而立，振衣千忍处，望群山之苍翠，五湖之渺茫，风飘衣袂，怡然自得，如凌虚而登仙矣。归后急备青庐，阅月余，涓吉成婚，花烛之夜，嘉宾咸集，酒酌合欢之杯，琴庚同调之歌，喜可知已。婚后晓起画眉，夜深伴读，卿卿我我，鹣鹣鲽鲽，不愧人间佳偶矣。不料罡风忽起，连理枝折，一年后，小霞以难产逝世，美人黄土，不仁哉造物！河间生既遭鼓盆之痛，朝夕思念，萧郎独宿，落花夜，谢女不归明月春。此意此情，如何忘却？诵"宝瑟僵兮弦柱绝，瑶台倾兮镜奁空"之句，凄然神伤，作悼亡诗数十首，以纪其事，传诵一时。

会里有郑家女企昭者，卒业于美术专门学校，性耽文学，慕河间生多才多情，因与交友。河间生新赋离鸾，偶向腻友，暂遣牢愁，曲为周旋，久之，竟成胶续。但企昭性流动如水，其爱河间生也，一时之感动耳，久乃生厌，私狎一某少年。河间生微闻其事，心滋不悦，婉言劝解，而企昭夙有阃威，视河间生如奴隶，如俘虏。至是怒曰：

"际此妇女解放时代，女权特重，女子出外交友绝对自由，断不容丈夫干涉，汝岂疑我耶？我侪爱情上有裂纹矣。然须知我非易与者。"

河间生见企昭不知悔改，反口出妄言，愤恨甚，离家他出。企昭遂乘机提出离婚，向河间生索赡养金。河间生讼之法庭，不得直，不得已鬻其屋，得一千金以了之。自后，河间生视社会间新妇女畏若蛇蝎矣。

有友人洪君请其北上，在某师幕下司笔墨之役，借此散其郁结。河间生乃与燕赵豪俊交游，狂歌楼头，痛饮花间，一浇胸中块垒，唯有时念及小霞，辄一痛哭。久之，有某友为言其戚王姓有掌珠，德容齐备，待字闺中，已花信年华矣。因择婿綦苛，故迟迟至今，愿为曹邱生，玉成其事。河间生以创后之身，初意勿欲再与人家论婚姻，强而后可。凤下既谐，乃成婚，河间生已三度为新郎。却扇之夕，惊为绝艳。王氏女善治家，并臼躬操，有条不紊，家中事绝不烦河间生顾问。河间生幸得贤妇，稍杀前悲。如是者三年，河间生随某师出发，有江南之行，因挈妇归谒祖茔。既归，不思重出，遂上书告退，息影里门。居无何，以事有粤南之游，客中思乡，苦念其妇不置。一夕梦王氏向之啼哭，醒而恶其不祥，急治装归，则王氏已卧病旬余，病势沉重，将不起矣。为延医诊视，卒无效，王氏自知濒危，与河间生痛诀一语一泪，含恨而亡。河间生抚床大恸曰：

"温淑如卿，乃弃我而逝耶？不祥之身，复有何意生于斯世。卿稍待，愿相随地下也。"

疾取桌上剪刀自刺入喉，一痛而晕。

醒则方倚木枕而睡，张目回顾，夕阳一角，照墙隅，菩提寺晚钟敲矣。智真长老徐步入，笑谓河间生曰：

"情场滋味，如何？"

河间生矍然曰：

"我岂梦耶？何所遇之奇也，愿大师有以语我来。"

长老微笑曰：

"大千世界，芸芸众生，都为情颠倒，苦不克自拔耳。子本多情人，猝遇打击，不能自已。但枕上一梦，已是一生影事，为苦为乐，已自尝遍，子亦不免爽然自失矣！"

河间生合掌曰：

"善哉！善哉！大师殆借此枕以觉迷耶？余小子憬然悟矣。"

乃随长老出。

天外飞鸿

　　庭中的梧桐树渐渐绿叶成荫了，一株铁梗海棠前几天开得锦霞烂漫，到我家来的人没有一个不对着这琼葩仙姿啧啧爱慕。但是，曾几何时，鲜艳的红色渐渐成了淡白，几阵风雨，满地落花，现在却已香消迹灭了。但旁边的一棵石榴树却开出红的小花来，似乎欣欣向荣。

　　一天，星期六，我正在庭中散步，看了花开花落，不觉微有感慨。忽然绿衣人送来一信，上写名内具，笔迹很欹斜不正，拆开一看，见上面写道：

　　　　明道先生，我和你是不相识的，突地写信给你，自知冒昧，望你能原谅我。

　　　　先生，你知我是一个什么样的人吗？唉！我是一个负疚深重的情场里的罪人，我也是天涯伤心人。我已往的一段情史，提起了，觉得脆弱的心弦几乎要震断了。我本来愿把这事藏在心坎里，永永埋没，直到我这将死的躯壳脱离尘世。后来，得读了先生的《啼鹃录》，实在是悱恻缠绵，打入人家心坎。尤其是使我脑海中深深地大受感动。

266

先生，你对于我们情场中的可怜虫，很能表同情于我们，很能醒悟我们，我觉得前尘影事，恍如一梦，深悔当初误入情场，以致今日既对不起我心中恋爱的她，又对不起我们自己七尺昂藏的身体。唉！我的苦痛实在深了。但人非草木，孰能无情？我的入情网，我的真心，谅你先生总能原谅我的。不过我的罪孽，却自己知道没有可以饶赦的余地。读了你的《啼鹃赘语》，更使我心痛无已。

近日，又在报上听说先生将出《啼鹃续集》，想先生必然要搜集爱情的资料，我很愿先生能把我的事情编写小说，使天下同情人读了，放声一哭。我若不死时，大著出版，我当和泪而读，借此忏悔我的罪孽。如蒙先生允许我的，我缓日当把我的事略和一些书信寄奉，请先生一挥生花妙笔，把我们编入《续集》中，那是我唯一的希望了。专此，不尽欲言，敬请著安。

　　　　　　　　　　　　　　　　恨人谨上
　　　　　　　　　　　　　　　　四月二十五日

我把这信读完，心弦上也不觉激荡起来，知道其中又有一段哀感顽艳的故事，痴男怨女都是为情颠倒，自古以来也不知几许，其中默默无闻的又不知几许。社会上自外表看来，花花絮絮，热闹得很，其实揭开内幕，蕴藏着无量数的眼泪。尤其是现在的青年，都觉得沉闷，为了"爱情"两字，不知牺牲了许多有用的青年男女，所以，这是一个社会上最重要的问题啊！我又把信封上邮局的戳印一看，知是从北京寄来的，但一没有地址，二没有姓名，那个恨人究竟是个什么人呢？但他既要我代他作小说，他自然再有信来的。

我遂把信搁在抽斗中。但隔了一个多月，再也没有信来。

有一天，我从校中归家，见书桌上放着一堆信，其中有一封笔迹欹斜的，使我特别注意。那信很厚，是挂号的，共粘了一角四分邮票。我不知不觉地很急地把信封剪开，里面折叠着很多的信笺，我坐了细细展读如下：

……我在上海某公司做事时，一人离乡背井，独处凄凉，对着这个繁华的上海，愈使我百感丛生。常在银灯初明时，邀着二三酒友，到酒肆中去狂饮，非喝得大醉不休。醉后痛哭流涕，一发胸中不平的气。一介书生，既无路请缨，为国家建不世之功勋，又不能衣锦归乡，一洗寒酸故态，扬眉吐气，真要像桓子野的徒唤奈何，贾长沙的痛哭流涕了。我的真心朋友很少，只有两三个酒友，可以算得他乡知己。其中尤以黄君是儿时同学，知己中的知己，他住在二马路一个里内，至于姓名和里名，恕我不能奉告。他住的两楼两底，和一家姓吴的同居，我也时时到他家里去盘桓。密昔司黄待人接物十分和气，和我尤其是不客气的，不拘形迹。姓吴的家里人数很少，吴老太太有一位儿子，却和媳妇一同住在香港经商。家中只有一位杏秀小姐，是吴老太太晚年养的，曾在女子中学里毕业，学问很好了，因为身躯柔弱，所以没出去做事，和我也见过面，谈过话，因伊也不避男女嫌疑的。

这一天，我和黄君，还有几个朋友在言茂源喝酒，谈起各人的环境，我觉得早丧父母，形单影只，一直过我凄凉的生涯。前在求学时代，年纪尚轻，不知忧愁为何物，一些薄产都变卖了，做我个人的生活费和求学费。毕业后，离开家乡，到外边来，倏忽几年，自愧薄负才名，无所成就，把逝水的年华虚度过了。思前想后，不禁悲从中来，斟着酒，只顾狂饮，一浇胸中的块垒。他们也知道我的心事，一齐把话来安慰我。我一连喝了数斤酒，耳边又听得一片哀丝豪竹，不觉提高了嗓子唱起一出《鱼藏剑》来，唱到"一事无成两鬓斑，叹光阴一去不回还……"不由哭将起来，把酒杯向地下一砸，哗啷啷一声响，他们都说我醉了。我道：

"我很愿醉，且愿醉死。"

但我何尝醉呢？唯其不醉，所以痛哭流涕长太息了。他们仍旧说我醉，但他们都是酒国英雄，都有一饮三百杯的豪气，为什么今天都说我醉了呢？难道我真的醉吗？黄君带笑挽着我的手腕道：

"我看你今天一人不便回公司里去，不如睡到我家中去吧！途中有我做伴，好在明天星期日，不必早起。"

我道：

"也好，我们索性多饮几杯。"

遂喊酒保添酒，我们又喝了许多酒。

这时，肆中酒客都走了，我们几个人付了账，踉踉跄跄地出得门来。黄君便扶着我到他家去，众人也都分别归去。黄君的家相距不远，这时，已有十一点钟了。

秋天的夜里，景物幽静，经过新世界门前，电灯燃得雪亮，里面有锣鼓的声音，游客还未散去，跑马厅里静悄悄的，只有二三点电灯的光，一钩凉月，照着行人，觉得金风飒飒，肌肤微凉。我跟着黄君走到他家里，叩门进去，见客堂左首一间应接室里，电灯正点亮着，从粉红的窗帘里透出光来。黄君把玻璃的洋门一开，和我走进去，却见吴老太太正和伊同居的杏秀小姐坐在沙发上，嗑着瓜子谈话。杏秀头发已剪去，但是前刘海儿却打得很齐整，身上穿着一件印度绸夹衫。两道妙曼的目光，我每次见了伊，心弦上不觉一动。她们见我们进来，忙立起招呼。我已醉了，和她们夹七夹八地乱讲一番，后来我也不知道了，依稀觉得黄君扶着我到边厢里去睡。我又呕吐了一阵，才倒头便睡的。睡到明朝醒来，已是十点多钟，黄君已有一位朋友约出去了。密昔司黄吩咐下人端整面汤水和点心等，十分周到，再请我守在这里。因为黄君知照我在他家用午饭，饭后和我一同出去。

我没事坐在客室里，摘了壁上的箫吹一番，却见杏秀翩然入室，手里拿着一本英文书，我不由放了箫，立起招呼。伊带笑说道：

"在这书里，我有几句不懂意思，要想请教了。"

我道：

"不敢，不敢，什么书？"

伊把书放在圆台上，我一看是华盛顿·欧文的《见闻杂记》（*The Sketch Book*），这本书很有难解的地方，心里不由一跳。伊舒展纤纤玉手，翻到一页，指给我读。幸我还懂得，遂告诉伊听。伊很快活，遂放了书坐下，和我闲谈。伊道：

"我喜直说的，饮酒是败德丧身的工具，所以我们节制会里痛绝烟酒。我昨天见你喝得酩酊大醉，实在觉得……"

伊说到这里，却不直说下去，反变换伊的口气而说道：

"我说话是信口而发的，□先生，请你原谅……"

听了伊的话，不由叹道：

"吴女士，你的说话固是不错，但我的环境实在很可怜的，满肚皮不合时宜，揶揄有鬼，慰藉无人，只好把酒来浇灌愁肠，舍此之外，无可消遣，这也是我不得已的事啊！所以每饮必醉，醉后歌哭，一本我真。现在的时世，种种都使人抱悲观，还是醉的好。"

伊听了，把头微摇着，似乎不以为然，便又说道：

"青年的人不宜抱悲观，你正在发轫的时候，岂可自堕壮志？一切不良的环境，只要你尽力去改进，自然会得变好。你若把酒来做消遣的物，非但不能解愁，反能添愁。而且身体因为喝酒过多，便要损伤。信陵君耽酒妇人，万万不是少年人可效法的事。即如你昨夜醉后的大哭，和种种失去常度的形态，实在令人可惊的。"

伊正说到这里，密昔司黄忽然走进来，听得我两人讲话，便笑道：

"昨夜□先生真的醉了，呕到杏秀妹妹的鞋子上去。伊是爱洁的人，害伊要大洗而特洗了。"

我听了这话，不觉十分抱歉，遂向伊告罪。伊却微微一笑，并不含有一些愠怒。

这天，我回到寓中，静时想想，觉得伊能对我说这些话，足见伊对我的真恳，并且语语勖励我，似乎非泛泛的朋友能够说那些话，很是使人感激。遂即写了一封信给伊，感谢伊的美意，并接受伊的良训。

隔了一天，伊有回信前来，很多温慰的话。从此，信札来往，我们成了文字交。我每有著作，常要写给伊看。伊常常有准确的评语，我的生活又多了一种写信的时间，但觉得这是我最高兴做的事……

这封信写得很好，但到这里却完了，信尾写着"待续"两字，这倒像作长篇小说呢。虽然他的恋爱的一幕，还没有明白披露，但我想这位吴女士大概也是这一出悲剧中的主人翁了。隔了一星期，我又接到了寄来的一封信，是用文言写的：

……一日下午，适放假，友人均至江湾看跑马，若曹皆有发财迷梦，深中跑马毒。余虽亦穷措大，但不敢妄冀非福，遂独至半淞园，思一畅胸襟。见假山石畔，一女郎衣浅色旗袍，背余而立，娇躯婀娜，绝似杏秀。恐误认也，不敢呼之，徐徐趋近身畔。女郎忽返身向余颔首微笑，非杏秀耶？余大喜，问其何以一人莅此？杏秀曰：

"有同学密司蒋约至此间一游，然遍寻园中，不见其人，想或失约矣！"

余曰：

"然则我侪盍至湖心亭烹茗以俟？"

伊曰：

"可。"

乃至亭旁，觅得一席地坐焉。余见杏秀似有无数语欲吐，顾见其人则又不知作何言，相对默然。所可喜者，杏秀落落大方，与我闲谈学界及报界之事。至四时，夕阳将西下，游人渐渐去，伊遂向余告别。余不觉黯然，望其去远，深悔适间何以不倾谈胸臆？然余固能时时至黄君处者，特自矜重，欲避瓜李之嫌耳。

尝忆某日，杏秀忽以书来，约余出游。余即雇汽车一辆，与之共坐，薄游各处。晚间饭于倚虹楼，同往夏令配克观电影而归。是日之游，我侪促膝谈心，可谓快事。余于世事本怀消极态度，今遇杏秀，乃觉余之精神焕然以生，不如前此之无聊矣。后此我侪之踪迹日密，感情日深，余不见杏秀，辄惘惘然如有所思，觉天壤间可恋者唯杏秀一人而已。杏秀亦然。

黄君觇知余隐，得间与余剖谈，渠言君鳏居无偶，形影相吊，朋侪本不以为然，常以君郁郁多愁为虑。今见君与杏秀交友，精神活泼多矣。杏秀才貌俱佳，性情幽娴，诚浊世之好女儿，苟能与君成为伉俪，则君可得一佳妇矣。且见君与杏秀往来，似已深有爱情。余愿为冰上人，商之其母，何如？余闻是言，一喜一忧。喜者，喜余友能为我侪作撮合山。忧者，忧窭人之子，恐未能中崔屏之选也。果也数日后，杏秀先有书至，谓辱爱甚感，但家母拘执性甚，未能容人自由，此真最大之憾事。然望君切勿以此灰心，我侪尚需努力奋斗，求最后之光明云云。余大为懊丧，知事不谐矣。

明日，黄君来，告余云，余与杏秀之婚姻，以有唯一之阻碍，故一时不得要领。所谓阻碍者何？嗟夫！即金钱也。余不信金钱有至高至上之权力，足以左右人群之婚姻，而余即以金钱之故，致战败于情场，至可羞，亦至可怜。虽然爱我者真挚不变，即此一点为余末路上之安慰。余唯有从杏秀之言，坚忍以待之耳。

越日，余与杏秀晤于法国公园，时已黄昏，明月如水，花影人影，清晰可辨。与杏秀坐亭外铁椅上，喁喁细谈。杏秀虽慰余，然察其语气，观其神色，彼意亦至不怿。恐余气沮，故强自掩饰，虚拟种种希望，以鼓励余。嗟夫！杏秀之心苦矣。余几欲对之泣下，然一念及一击不中，胡遽气馁至是？将为杏秀笑无丈夫气矣。遂亦佯为欢笑，若无其事。杏秀不知也，误以余乐，则亦破颜莞尔余思，余与杏秀虽仍为友朋，而经此打击后，心中各存一破釜沉舟之志，大有不达目的誓不休之概。因之我侪之爱情，愈益坚固，遂至有今日之结果。往事重提，心痛如割，余泪几欲尽矣。余亦无此勇气，以握笔，请先生恕余，稍缓数日，当再奉告，何如？嗟乎！天长地久有时尽，此恨绵绵无绝期。殆余之谓矣……

不多几天，第三封信来了。

……宝贵的光阴一天一天地过去，我虽一意忍耐，但恐这种忍耐，便是耐到头发白也是无益的。因此我对杏秀不免说了好些觖望的话，伊也蛾眉紧蹙，忧形于色，好似对于我很觉抱歉。我总是不快活，顿然忘了伊的教训，把曲蘖来浇我新愁。伊知道我又饮酒了，仍把话来劝我，并说：

"你若不听我再言，再要喝酒，便要和你绝交。"

我说：

"你若和我绝交，我只有跳到黄浦江里去一死，不愿再活了。"

伊道：

"你要死吗？我先死可好？"

我对伊冷笑，伊怫然而去，三天不曾和我见面。我心

274

中虽是思念伊，但我却懒懒的不肯到黄君家去。

第四天，伊有函来了，责备我何以不写信给伊。又告诉我说，伊的母亲要把伊许配某人家，伊已毅然对伊的母亲提出抗议了，不知道可能得胜，很是忧虑。我听得这个消息，真是闷上加闷，愁上加愁。虽喜伊能不顺服外成的压力，但我不愿伊为了我一人的缘故而牺牲伊一生的幸福，遂勉强写给伊一封信。对于伊的抗议婚事，不过说了几句囫囵的话，也因我很难着笔。明天，黄君来，把伊拒绝婚事的经过，详细告诉我。他说：

"杏秀的立志很是坚固，伊对于你的爱情，可以算得一片真诚。但望你也要奋勉，不负杏秀。"

我听了，心中非常感激杏秀。

又接到伊一封来函，说：

"我把真心来待你，期望你，甘心极力和爱我的母亲决裂，无非是为了你。哪知你却袖手旁观，冷淡地说几句一些没有鼓励我的话，使我心里不由悲伤。不知你究竟存何意思？"

我忙又写了一封告罪的信给伊，向伊陈说我的苦衷，请伊宽恕。过了一个星期，我和伊相见，我很向伊感谢。伊道：

"你现在究竟知道我的心吗？"

说罢，盈盈欲泪。我此时只好尽力安慰伊，伊临去时对我说，伊已决定牺牲一切了，叫我早早打算吧！唉！伊不知道我的心里不知怎样难过。又惭愧，又悲伤，瞻望前途，不知结果是怎样。于是我寻思了好久，决计写信给我的亲戚，托他代我在北京谋一个较优的位置，因他现在在京里很红了。我虽然舍不得离开伊，但为我的前途计，为永久计，我不得不走到别地方去，和我的环境奋斗。我知道我与杏秀婚姻的阻碍便是万恶的金钱，我若要借重万恶的金钱，势非困心衡虑，含辛茹苦不可。

约莫过了半个月，北京有回信来，嘱我稍待，不久当有好消息。我心上得了一半安慰，但是好久没有和杏秀见面了，伊来书也很稀，并且书中没有像前次那般充满着快乐的空气了。

一天，我正要写信给伊，伊忽然寄给我一封信，说要同我到苏州游天平山去，别的话却不提起，字迹写得很潦草，可知伊必然心绪不宁。因伊平日写信常写小楷，写得很是娟秀的。我遂回信去约伊在本星期六下午五点钟到火车站遇见。到了那天，我带着一些食物和照相机，坐了车，赶到火车站，不过四点三刻左右。等了一歇，见伊也坐着车前来，修饰得很秀丽，两边的刘海儿梳得绝齐，身穿一件蜜色的夹衫，下扎黑色印度绸裙，踏着新式革履，手里提着一个小皮包，但是面庞却清减得多。我忙过去，握住伊的手道：

"怎的你这样消瘦呢？"

伊强笑道：

"消瘦吗？我们有话，停会儿到苏州去说吧，恐怕火车要快开了。"

我点点头，遂去买了两张二等票，和伊坐到车上，汽笛一声，车已开驶。到得晚上，已到苏州，觉得另有一番风景，那夜，我们便住在铁路饭店，伊把伊的母亲怎样要代伊和人家订婚，伊怎样拒绝的事，详细告诉我，眼角里隐隐含有泪痕。我很感激伊，便把我如何托京中亲戚谋事的情形告诉伊，并说：

"此后只好和你暂别，我情愿含辛茹苦去和环境奋斗，天若见怜，我能有得意的一天，便是我和你胜利的日子。不过有屈你为我耐守三年，我很觉对不起你。"

伊摇摇头道：

"恐怕我等不到你啊！"

我怀疑着沉吟说道：

"咦！这句话我不明白。"

伊道：

"是的，恐怕我等不到你。你不是说我面容消瘦吗？近来我揽镜自照，自己觉得较前清癯得多，每天好似有着心事，不能解决一般。精神一天一天地委顿，万事都不高兴。前天睡了两日，似乎害病。若是你去后，我更要寂寞，心中的话可向谁说？我必要被病魔困死，所以我说等不到你……"

伊说到这里，把头低下，哭起来了。我也长叹一声，眼泪扑簌簌地滴下，勉强说道：

"你以前不是用话来安慰我，说少年人不宜抱悲观吗？又勖勉我要我打破环境。我和你的婚姻，既有金钱作祟，所以我愿忍着苦痛出去，预备达到将来的目的。你总要鉴谅我的苦心，千万保重玉体为要。"

伊颤声道：

"这叫作说别人容易，犯到自家身上便摆不开了，春蚕缚茧，一例可怜，我……"

伊又逬住，不说下去。我把手帕代伊拭泪，说道：

"都是我的罪过，望你不要悲伤才好。"

伊道：

"我已横了心了，在我心里只有一个死字，死了什么事都完了，与其忍着苦痛而生，还不如死的痛快。我本来不该瞒了家中的尊长，私自和人出游，同住旅馆，社会上人知道了这事，必要看轻我。但我也顾不得了，实在心里闷得很，非这样出外一游，我的神经永不得安宁，立刻要发疯了。"

我听伊如此说法，我顿觉神经瞀乱，不知如何，一阵心烦意乱，只见四面墙壁旋转如飞，耳边金声乱鸣，渐渐失了知觉。等到醒来，电灯光下，见自己卧在床上，伊却伏在我身边饮泣，呼我的名字。伊见我醒了，便问我怎样？我道：

"不要紧，你不要吓，我们别谈伤心话吧，明天还要游山去。"

伊点点头。这夜，我的神经好似中了麻醉，糊里糊涂地过去。明天早晨，我们起来，梳洗用早点，已托旅馆账房定下一只快船，便在南新桥堍下。我等伊妆饰好了，然后一同走到船上，一声欸乃，向前摇去。两岸风景很是悦目，远望青山如画，风帆上下，心里顿觉爽快了不少。伊也颇觉活泼。后来，到了山下，我们坐着山轿上山，在钵盂泉烹茗休坐，我又扶着伊走到一线天上面去，下来又周游范坟各处，看万笏朝天。伊走得娇喘吁吁，香汗淋漓了。伊要我多代伊拍几张照，伊说以后好给你做纪念。我听了这话，以为不祥，因想先前我算个是易抱悲观的人了，不料女子更容易抱悲观，而且悲而不开，缠绵到底。唉！这不是情孽吗？我本想坐夜快车回上海的。伊很觉疲乏，却要明晨坐早车返沪。我自然依伊的话。明天，伊又要想游石湖，但我因为有事，不欲多留，遂同伊坐车返沪。唉！先生，我早知道有今天，我悔不在那时再依伊一游石湖啊！现在我要和伊游石湖，但伊不知在哪里了。伤心啊！伤心，我写到这里，又要哭了。

我硬着头皮离开了伊，到北京交通部里得了一个位置，月薪一百元。但我在北京住了几月，又知道我已失着了。原来，我的费用也较以前增加，那些政界中的朋友实在不易结交，我虽然极力撙节，仍没有钱储蓄起来。静中自思，要凭我赤手挣起一些黄金来，不知何年月日达到我的黄金幻梦。那么我和伊的婚姻，岂非也是镜里看花，水中捞月吗？愈想愈加忧闷，知道春申江边还有一个痴心的女子，眼巴巴地守候我呢。唉！我辜负伊了，我害了伊了。那时，我和伊只好借着管城子的力，各诉相思苦衷。伊信上说的大都是消极的话，不知怎样伊的性情变了，大约一个人处境拂逆，最易变换性子，我虽勉强安慰，伊实在也没有良法，自己心中难过得很呢。有时约略告诉给知友黄君知道，他虽对于我们很表同情，但也爱莫能助。他曾答应我乘机向伊的母亲疏通，然而没有灿灿的黄金，也是无效。我真把黄金恨得和仇雠一般。然一看世人，哪一个不屈服在金钱势力之下？可叹极了。后来，我接到伊的来信，知道伊已犯了肺病，正在第一期，我不胜忧急，恨不能腹生双翅，飞回南方去，一视伊人的疾。写了一封极长的信，劝伊放开愁怀，速求医治。

一天，我和友人到一个寺中去，听一位从西蜀来的高僧讲经，大受感触。回来仔细思量了一夜，觉得我既然没有黄金去满足伊家人的热望，而达到和伊结婚的目的，何必苦苦地攀住人家不放，使伊宝贵的青春徒然消耗，虚望将来不可知的成功呢？况又陷伊受疾病的痛苦。若是肺病转剧，那么不是虚负伊的一生吗？都是我害了伊了。我本是个贫穷子弟，虽然爱伊，也该知道齐大非偶，凡事不可幸致。我自己是个命苦福薄的人，岂可坑害他人？我这一片爱情，还是永久埋没在心冢里好。遂写了一封极长的信给伊，劝伊不要思念我。我是世界上一个绝望的人，现在觉悟爱情不可妄施，稍一不慎，陷人陷己，故自认是个罪人，最好伊能收转伊的恋爱。这是我一时打定了主意写的，等到寄出后，也觉得我和伊的恋爱到了这个时期，要想剖分，恐怕太晚了，伊或者要生别的嫌疑吧。果然不多几天，伊来了一封快信，把我话一齐辟去，最使我难过的，是说："你算是爱我而有这些说话，竟大胆地向我直陈吗？唉！你须知道，我们的恋爱到了这个地步，还有可以剖分的可能吗？你想错了，我们既然发生了真爱，不能把事实的成功来定当我们的爱情，所谓海可枯而情不可枯，石可烂而情不可烂。我已为了你决意牺牲，所以我也不怕死。请你不要这样地顾怜我，这是比把刃刺我的心胸还要难受。我们何不继续耐下去？难道你有了别的意思而向我说这些话吗？"我读了，又悔又恨，连忙又恳切地写了一封信去安慰伊。我们到了这个地步，只好听天由命了。

这样又过了几个月，我的地位比较以前稍况优胜些，但是知道伊已入肺痨第二期，我非常着急，充满着失望，然而还望伊可以告愈。伊有信来，都是说些伤心的话，不忍卒读。后来知道医生劝伊到莫干山去空气治疗，伊写信来告诉我，伊已同伊母一起住到山上去，叫仍旧通函。可是我一连去了三四封信，如石投大海，杳无声响。我不知为了什么缘故，不觉废寝忘食，一意思念着伊。

　　过了一个月，我再也耐不住了，预备请假南下，一探究竟。忽然接到黄君一封快信，说杏秀女士于前日下午在莫干山故世，殊堪痛惜。劝我千万别要悲伤，把这事看作一梦罢了。唉！我和伊的事情，回想起来，真像是梦。可怜伊竟为了我而牺牲了。先生你想，我对得住伊吗？杏秀，你若地下有灵，怎不抱怨我呢？我的罪过真是大极了，我怎样做才好呢？以后的事，我也不忍再说。总之，我现在徘徊歧途，要想个怎样对伊的法儿，我或是自杀，或是披发入山，遁迹空门，还不能说定。我在世一日，有一日的苦痛，永永不能除掉。先生，你是个多情者，你作的小说都和失意人表同情，也是给青年人的教训。情场即是恨场，多情自古空余恨，说得不错，可是一个好女子，已为我而死了，这不是天下至可痛的事吗？愿先生把我信中的事实编为小说，刊入大著《啼鹃录》中，给天下许多青年一个教训。怜我骂我，我都不管。因为哀莫大于心死，自伊一死，我的躯壳虽仍留在世，我的心却像槁木死灰，久已死了……

　　我收到三封信后，灯下展读，不觉泪湿青衫。因思茫茫情海，溺足其中的，四海之大，不可胜数。孽哉！孽哉！况今日社会的情形，足使青年男女陷到困苦悲哀不可自拔之境。指导社会者，切须详陈利害，诚实地指示，而不可防禁，以致在暗中操无形的刀，把一个个大好青年杀掉。他来信中说："我既然没有黄金去满足伊家人的热望，而达到和伊结婚的目的，何必苦苦明攀住人家不放……"又说："凡事不可幸致，我自己是个命苦福薄的人，岂可坑害他人?"又说："现在觉悟爱情不可妄施，稍一不慎，陷人陷己。"这些真是醒悟的话，可惜他自己也明白时候已晚了。唉！青年的男女，请你们记好这几句话，不要陷人陷己，两败俱伤啊！以后，他也没有信来，我便把这三封信修饰一遍，编成了小说，也不必另行布局了，只不知写信的人现在何处？我望他不必自杀，不必参禅，你就做了一个薄幸的人，做了一个情场懦夫，但请你在社会上多做些补过的事情，借此忏悔吧！

哀哉未亡人

春眠不觉晓，处处闻啼鸟。

夜来风雨声，花落知多少。

和煦的阳光从玻璃窗里射入，映到白纱帐子上。那时，伊正盖着一条轻棉被，一手弯在枕头上，一手拖在被外，露出雪白的粉臂来，两眼惺忪，恰才睡醒。瞧见了那可爱的阳光，映到伊的粉颊上，忙伸手把一面的帐门钩起，一看妆台上的小金钟短针已指着九时。窗外鸟声琐碎，正自忙着它们的生活。伊把耳边云发掠了一掠，懒洋洋的，好似上了心事。看到妆台上面挂着的一个放大照，照上一个英俊少年，风姿楚楚，如临风玉树，两道眼光好似紧瞧着伊。

伊对着这个小像，一阵心酸，珠泪早夺眶而出。暗想：现在我在这里瞧着他的遗容，宛如真的有他在我面前，可是他的灵魂不知到哪里去了，他的身体早已烂完了。从今以后，世上再也没有他一个人，上穷碧落下黄泉，到何处去找着他呢？他平日喜欢早起，自己却贪睡迟起。他每天醒了，必要在枕上和我温存一番，或是偷偷地在我唇上接几个吻，或是推我醒了，和伊猜数。有时他先起来了，将被头代我轻轻盖好，他便去洗脸漱口，等到要出去时，才来枕边

283

低下头来轻轻呼伊的芳名，和伊告别。但现在他不能再来拥抱我了，再不能来和伊偷吻了。每天早晨，再没有人来呼醒伊了，向伊告别了。想起前尘，真令伊柔肠寸断，悲恨无穷，拥着孤衾啜泣一番。看看时候已是不早，勉强穿衣起来，开了房门，有侍婢进来，端整面汤水等早事。伊洗了面，在镜中照见自己的影子，比较以前清瘦了不少，实在因为遭逢了伤心的事，常日抑郁寡欢，所以容颜也憔悴可怜了。伊把窗开了，望望窗外的景色，果然日丽风和，碧天无云。因忆昨宵檐前淅沥声，不是下过一阵春雨吗？今天却这样晴好，已有几个蜜蜂嗡嗡嗡地在窗前飞舞了。远望对面，一株玉兰树开得烂漫，玉蕊千朵，别有艳丽，宛如藐姑仙子，素衣缟素，玉立人间。一阵阵的春风吹到脸上，伊不觉叹了一口气，把窗关上，还到妆台边。早有侍婢来代伊梳头，把一头云发分开，披散肩上。伊对着菱花镜，默默想道：他生在时不是常要坐在旁边看我梳头吗？我不喜欢梳横爱丝头，他定要我梳，我不肯，仍要梳我的直包头。有一次，因为这个小问题，我恼恨起来，几乎要把我的头发剪去。早知他便要离我而去，我就多梳几天横爱丝头，使他心里欢喜好了。唉！女为悦己者容，他今死了，世上没有第二个人来爱我，还有什么心思去装饰呢？梳好头，伊便下楼去，勉强和家人酬对。其实，伊心灰意懒，什么事都不高兴，伊是一个世间最可怜的未亡人。

下午，伊独自在房中看一本书《人的一生》，使伊脑中想起人在世间，犹如在舞台上做戏，笑是怎么一回事？哭是怎么一回事？不论父子、兄弟、姊妹、夫妇、朋友，下了台，便完了。并且人到世界上来，他的命运真是短而不可恃的，遇得境况稍好的，便觉得他的生活很可乐，然而花无常好，月无常圆，世上有几个人能保得一世快乐呢？尧舜亦死，桀纣亦死，无论智愚贤不肖，悲喜哀乐，总逃不了土馒头中的生活。可怜的人们，你们忙着什么呢？他当初和我恋爱的时候，不是彼此抱着极热烈的希望吗？花前月下，时相过从，名胜之地，携手共游，何等的恩爱。但那些事在今日想来，犹如电光泡影，是梦是幻，连我也不能解说了。

伊正在深深沉思，忽见侍婢匆匆跑进来道：

"少奶，王小姐、廉小姐等来了。"

接着一阵扶梯声，笑语喧哗地走进三个女子来。一个穿墨绿色旗袍，围着丝围巾，踏着镂花皮鞋的是王亚男女士。一个云发作圈，覆到两耳，穿着一身蓝地银花的衣裙，是廉智珠女士。一个穿着蜜色锦纹缎的衬绒袄，下系巴黎缎裙，正是何珊珊女士。都是伊前在校中的同学。亚男道：

"璇姊，我们好久不见你了，今天是星期日，特来探望你。"

伊立起迎接，请他们坐下。侍婢端上茶盘和香茗来，四个人一同叙谈，珊珊道：

"璇姊，你近来大为消瘦了，望你善自解譬，不要牢系在心上，人死不能复活，忧能伤人，望你保重玉体为要。"

伊手里还握着那本书，此时不觉抛在椅上，低头哭将起来。珊珊道：

"我们本来慰劝你的，不料反触起你的伤心了。"

伊道：

"你们试想，我们几个人年龄相若，你们还都没有出嫁，前途希望很多，而我的一生却就此这样了。可怜我今年只有二十一岁呢，以后的岁月都在凄风苦雨中了。"

三人听伊的话，也不觉一洒同情之泪。智珠说道：

"这也难怪你悲伤，但谁能知道以后的事呢？我们此一邀你同去游半淞园的，坐了亚男姊家中的汽车赶来，现在汽车候在面前，请你快些换衣裳，同我们去散散心吧！"

伊揩着眼泪说道：

"多谢你们的盛意，使我感激得很。但我自从他死后，游玩之地一概谢绝，没有兴致了。所以我想不去。"

珊珊道：

"我们和你好久不叙了，今天也是难得的，天气又这样美好，请你不要扫我们的兴吧，出去疏散疏散。不然，你独自守在闺中，孤寂无聊，更要想不完了。"

亚男过来，拉着伊道：

"一定要去的，去去去。"

侍婢带笑道：

"少奶去去吧，我去倒面汤来。"

遂去厨下，端上一盆热水来。伊执拗不过，只得洗起脸来，并不敷粉，只把前刘海整理一番。智珠见旁边有一架留声机，遂去开着唱片听。侍婢道：

"好久没有开了，本来少爷因为喜欢听，所以特地到百代公司去买来的，不料不到三四个月，我家少爷便故世了，少奶从此不高兴……"

伊听着，叹了一口气，眼泪又在眼眶中了。亚男向侍婢看了一眼，侍婢不敢说了。伊才去衣橱里取出一件淡绿色白花的洋布衬绒旗袍，镶着乌绒滚边，伊说道：

"这是我母亲特地做给我的，我一直搁在橱里，今天还是第一次着上身呢！"

伊把旗袍换在身上，又着上一双漆皮革履，围着一条白丝巾，在镜橱里一照，觉得自己风姿虽然清瘦，还不失美的一字。伊又想到以前和他一同出去时，必要和他商量妆饰，自己打扮好了，他笑嘻嘻地对伊细瞧，常说道：

"你的身段好，不论什么样妆饰都好。"

现在他可能来看看我吗？伊立着沉思。珊珊笑道：

"想什么？走吧！"

伊遂吩咐侍婢把门关上，和三人走下楼来，到伊婆婆房中去禀明一声。伊的婆婆对伊上下瞧了一番，冷冷地答道：

"早些回来。"

伊答应是，早被亚男等催着出门坐上汽车去了。

一个人心境不快，随便到什么地方去，总不会发生快乐的思想，却反容易受反响。因为临时下的兴奋剂，一时便要降落，降落后依然是不乐，或者要更甚些。所以这天，伊被几个同学邀到半凇园里去，游了一番，回到家里，很觉疲倦，觉得以前和她丈夫在园中划着小舟，何等快活，现在又有什么趣味呢？却不料伊的婆婆对伊说道：

"你是未亡人，夫婿死了没有几个月，游戏的地方，理宜少到。今天是第一次，有你同学前来，碍难拒绝，以后却宜少出为妙。并且丝巾虽然白色，究是丝质，也不宜用，免得人家议论。明天有个亲戚来家要来拜灵座，你也要多哭哭。"

伊听了这些唠里唠叨的话，心中又气又悲，一句话也说不出。伊想：我是未亡人，不错，一个女子死了丈夫，便不是人了？我还要生活在这个世上做什么？伊伏在桌上深深地饮泣。

伊的母亲见伊可怜的形景，非常疼惜，只苦没有法儿来安慰伊，便接伊回母家去住几天。伊在母家见许多家人待伊很好，并且十分热闹，比较上可以淡忘些。伊有一位阿姊还没有嫁人，伊对阿姊说，伊的嫁人却不如阿姊未嫁的好，寡妇的身世十分可怜。伊的姊姊见妹子不快活，常用方法来劝慰伊。

一天，他们的亲戚洪女士又在家中开个音乐会，请了许多音乐家、美术家聚餐，加入奏乐和跳舞。伊的姊姊是个娴于交际的新妇女，和洪女士十分相契，定要和伊同去。伊勉强跟了去，在灯红酒绿、琴韵歌声的当儿，伊触起了心事，想起伊的丈夫也不是美术家吗？若是今天还在，自然也是这会中的一分子了。又听伊姊姊弄钢琴，及洪女士的清歌，伊背人偷弹珠泪，不知的人都很奇讶，知情的人也代她叹惜。伊不及终席，先托言头痛，坐车回去了。到得家中，止不住一场痛哭。伊的母亲劝了几次，才把伊劝住。

有一天，伊的姨表妹出阁，伊去吃喜酒，见了新婚时的情形，又触动了伊的心事。但是人家正有喜事，只好忍住眼泪。夜里，还到家中，满腔辛酸，再也抑制不住，便到伊丈夫的灵座前哭了一场。伊的婆婆却道：

"又是有什么不称心？叫伊哭时反不哭，不要伊哭时却哭了？"

伊在先有个男友，姓陈的，文学很好，他们俩是道义之交。后来，伊出嫁了人，两下要避嫌疑，从此不通书信。陈君也到他方去，另和一个卫女士结婚。今年回来，听得伊做了寡妇，非常痛惜，便写了一封信去安慰伊。伊接了信，触动前情，无限悲感，也写回信道谢。伊回到母家，陈君特地赶去见伊，谈了半天，才告别而去。不料被伊的婆婆知道了，叽叽咕咕地说什么女子当坚守贞操，在此新寡时候，岂可和男子交接？背后议论一番，侍婢一句一句地报告伊听。伊听了，气得连饭都吃不下，告诉伊的阿姊道：

"一个女子做了寡妇，什么都不好动，简直不是人，到处有束缚，受讥评，好不难啊！"

饧箫风暖，绿杨春好，已是清明节。这时，家家忙着扫墓，冷静的田野间，陡然热闹起来，纸灰随风飞，化作白蝴蝶，松林黑寒间，时时有哭声传出，或是有三三两两的人迹。伊丈夫的墓地在南翔附近，遂和一个女仆、一个侍婢，带着纸锭麦饭等许多东西，坐着火车去上坟。到南翔已是午时了，车站上见有一队童子军，张着校旗出外旅行。又见有一对一对的青年男女，携手并肩，说说笑笑地特地到乡下来踏青，许多人都是兴高采烈地欢迎春光，郊外芳草鲜美，落英缤纷，晴碧的天空里有一二点纸鸢影子，摇曳有致。伊走在田岸上，只觉春色恼人，无奈何可。早来到他的墓前，抔土未干，而已小草离离了。伊吩咐女仆，把酒肴一样一样地放在石台上，然后深深拜倒。伊拜下去时，眼泪已扑簌簌地落下来了。又把纸锭焚化，立在墓前。低头痴思，暗想：一个人死了，魂魄不知何归？什么都虚了，他现在还能吃吗？化些纸锭也不过尽尽人事罢了。他总是不知道的，他若知道，他心里一定要悲伤得不得了。所以，伊也不望他知道，愿把幽恨长埋在心中，不知自己在哪一天也到这个土馒头里去。土馒头啊，你便是一切人们的归宿地。伊立了良久，侍婢道：

"少奶，我们回去吧，不要脱车。"

伊对着墓叹一口气，才把手帕揩干眼泪，回到车站去。

这夜，伊归到家中，很觉疲倦，垂头丧气地早到床上去睡了。梦中忽见他走到房里来，自己也忘记他已死了，好像从他处回家的。伊告诉他许多话，他微微地笑着，温语安慰，搂着伊。忽听得哗啦啦一声，早把伊突然惊醒，张开眼来，知是一梦。原来是屋上猫奔，把伊的好梦惊散。又觉得无限悲伤，细细想起前时的情状，辗转反侧，再也睡不着了。十字布的洋枕上，沾染着一大片的泪痕。唉！伊的悲痛还有谁来安慰伊呢？母亲能安慰伊吗？不是。姊姊能安慰伊吗？不是。因为伊的唯一安慰者已故世了，世上竟没有再能安慰伊的人。

泪花血果

　　打倒帝国主义，要有恒久的心，愿大家勿忘五月三十日。

　　这天不是五月三十日星期六的下午吗？杨茝芬女士从学校里授了课回来，坐在摇椅上，告诉伊的母亲道：

　　"前天纱厂工人顾正洪，为日人枪杀，用武力压迫工人，实在违反人道主义，而显出帝国主义的骨子来了。可怜我们华人梦梦不醒，人家方为刀砧，我方为鱼肉，现在尤其彰明较著，肆无忌惮了。昨天某大学学生在公共租界演讲，援助罢工工人，不料被捕房里捉去。今天听说学生会再接再厉，要出外大演讲。爱华哥在某大学里是仁字演讲队队长，当然也要出去的。不过近来列强对我的态度更加一天不及一天，一切都用武力干涉，钳制言论自由，简直当我们做亡国奴隶。恐怕今天又要出什么乱子，首先牺牲的当然是学生。我很代爱华哥忧虑。"

　　茝芬的母亲道：

　　"我不懂中国人在中国地方讲，何用他们外人来干涉？并且打死了人，不怕抵命的吗？他们也太强暴。你为何不劝爱华不要出

290

去呢？"

茝芬叹道：

"母亲，要晓得世界上只有强权，没有公理。平常时候，他们套着假面具来结欢中国，欺骗中国，宛如大人对待小孩子一般，若是小孩子始终俯首听命，一无抵抗，甘心受大人的哄骗，自然没得什么话。若然小孩子倔强起来，大人便要板起面孔，用武力来征服了。我国虽然土地广大，人口众多，然在国势地位上论起来，简直是小孩子。现在那些列强尽顾一步一步地侵略，但是小孩子的智识渐渐增广，识破他们的虚伪，明白自己的利害，大声疾呼起来反抗。他们知道不能再哄骗了，自然也揭去他们的假面具，老实不客气，索性用武力来压服。租界虽是我们中国的土地，因为早已租去，住在租界上的华人，要受外人的法权，巡捕房尤其是对华人神圣不可侵犯的机关，用着非法的手段来欺侮华人。虽然华人也有可被欺侮的弱点，实在他们的行为，没有华人在他眼里了。学生都是爱国的青年，他们深感着一切不平等的痛苦，遂努力去唤醒国人。这种纯粹爱国的举动，人家却诬说他们有别种作用，一意用武力来压服。假使果就这样甘心被压了，大家都做噤口寒蝉，那么中国还有翻身的日子吗？"

茝芬正在讲得起劲，忽见伊的弟弟哲君急忙忙地从外面跑进来，满头是汗，大声喊道：

"不好了！不好了！"

两人都吃一吓，茝芬从椅子上立起来问道：

"什么不好了？"

哲君一面把手巾拭他额上的汗，一面气喘吁吁地说道：

"我适坐电车到先施公司，却见南京路巡捕房门前拥着许多人，学生工人都有，巡捕正在驱逐。我走去一看，见有一个学生满面是

291

血，一群人正围着他问话，我知道事情不妙，回身走到水门汀上去。这时，人声喧杂，前面许多人像潮水般地退下来，忽听放枪声音，走路人都纷纷逃避。我忙向浙江路狂奔，背后排枪轰发，亲眼看见一个人中弹倒地。幸我不曾中着，忙坐人力车回来。这件事情不知怎么样了？"

茝芬顿足道：

"糟了，巡捕房居然开枪了，明明把他们当作盗匪看待。可怜学生和听演讲的行路人，都没有武器的，巡捕房难道不好用别的方法来对待，倒反大放排枪吗？岂有此理！"

哲君也愤愤道：

"可恶！可恶！我的性命也拾得来的了。听说爱华兄今天是到大马路去演讲的，不知道他是怎么样？"

茝芬对着兄弟紧视，却不发一语。茝芬的母亲只顾外国人长中国人短地乱问。这时，弄堂口已有许多人聚着谈论，哲君出去一听，知道有几个学生击死了，还有许多受伤的都送到医院里。南京路已在特别戒严，进来报告给茝芬听。茝芬很忧愁地在楼下走来走去，忽听电话里电铃响，忙进去接电话，听得几句，茝芬早已玉容变色，眼泪一滴一滴地落下来，放了听筒走出来，扑在母亲怀里，哭道：

"爱华哥在医院里，他的兄弟打电话叫我去，不知他性命如何？这事怎样办呢？"

茝芬的母亲一时急得手足无所措，还是哲君道：

"那么姊姊快到医院里去吧！"

茝芬忙用手帕揩干眼泪，只束上一条裙子，走出去，喊了一轮人力车，坐着赶到医院，有爱华的兄弟强华招接进去。走进十七号病房，见王爱华正躺在床上，用白布包着头，面色和白纸一般，腿上也有白布条扎缚着，两眼微闭。茝芬一见，珠泪早已簌簌下落，走近榻前，呜咽问道：

"爱华哥，怎么样了？"

爱华睁开眼来，见是茞芬，勉强伸出手来握住伊的纤手，微笑说道：

"茞妹，你哭什么？我虽受伤，我的良心却安宁得多。只恨我不曾死于枪弹之下，杀身成仁，为祖国牺牲，还偷生在此醒龊土地。唉！破碎的河山，软弱的国民，问谁来补救？问谁来抵抗？亡国不远了，我等还不出来，更待何时？怕死吗？唉！强权，强权，什么强权？只有流血和他们努力地抵抗。"

爱华说到这时，面上升起火来，咬牙切齿，声色俱厉。旁有一个女看护，连忙阻止道：

"王先生，请你不要谈话，伤处要出血了，省省精神吧！"

茞芬闻言，放开了手，走到强华面前，揩着眼泪，问爱华受伤的情形。强华一一告诉她听，并说：

"爱华有一个同学，已饮弹身殉了。"

茞芬将樱唇咬着纤指，恨恨的，也无多言。这夜，伊便睡在院里，随同服侍。可怜伊还是爱华的未婚妻，他们俩要在这个暑中结婚的呢！爱华的伤势还轻，过了几天，已渐渐告痊。

可是，这时上海已激成绝大风潮，罢市罢工，一致反抗英日两国的高压举动，南京路二次流血，各国的海军陆战队已上陆，占领新世界，封闭上海大学、南方大学等各学校，许多武装外舰纷纷鼓浪而来，口头上自然是说保护外侨，其实是向华人示威。可怜无枪的示威，怎及有枪的示威呢？我们华人的性命连狗都不如了，还要说什么人道、公理等美名称呢？政府虽已三次提出抗议，依然没有解决，一些不肯让步，真是要灭亡我了。各省各县都有罢市游行演讲，一致反对，但是和平之神还不敢出来，公理之神也掩在后边，只有那强权之神挟着武器，很得意地狞笑着。

　　爱华悲愤填胸，热血潮涌，不顾什么，径向医院里告退出院，立刻去会聚了几个同学，出去演讲，并想法如何去救济罢工的工人。一到晚地奔走着，弄得形容憔悴，面目黧黑。有人劝他，受伤之后，还是养息身体，不要出去。他却愤愤地说道：

　　"国家也要亡了，留着这身体做亡国奴吗？大好头颅，掷向何处？这时还不起来，剑及屦及，尽国民一分子的天职，恐怕要像朝鲜人一样，来不及了！"

　　不顾而去。

　　有一天，他在马路上演说，说到悲痛时，竟掩面哭泣起来。有一个人在半边说道：

　　"哭有何用？谅这些学生子也做不出什么大事。现在事体弄僵，倒要求救？"

　　爱华听见，便大声说道：

　　"不错，我们学生是没有什么大能干的。但是我们眼见得国势衰弱，受强国的宰割，被强国的凌辱，我们是觉得实在危险，实在不平。譬如一个病人不知道自己的危险，倒也懵懂度日。假如被他晓得自己的病，是怎样危险，不速医治是要死的，那时，当要怎样做呢？诸位都是同胞，休戚相关，中国亡了，难道只有我们做亡国奴吗？一样都要受亡国的苦痛的，所以我们起来积极运动，向你们警告，向你们求救！你们为了自己的缘故，哪有不想救吗？你们帮助我们一同爱国，还是救的自己。至于哭泣，本没有用，但是我心里的悲愤，使我不得不哭。今天哭哭，还是自由的，不要等亡国后，连哭都没有地方。"

　　爱华说到那时，竟号啕大哭，如丧考妣，一群听的人纷纷下泪，也有失声痛哭。爱华再要演讲时，不觉心中一阵难过，哇地喷出一

294

口血来，鲜红灼灼地落在地上。唉！这便是爱华的热血。

罢工愈形扩大了，汉口、九江等处又起了冲突了。工部局连这些道歉惩凶赔偿解严等条件，还不肯答应，难道中国人五分钟热度一过，就此不干涉吗？那么强国也太藐视我们了。爱华见工商学会提出条件，不能达到目的，情势依然严厉，愤恨已达极点，又听有人投海而死。他也恨不得一死，以报祖国。连日奔走在烈日之中，一天到晚没有多时休息，心里又恨又急又悲。苣芬又出去募捐，救济工人，一对未婚鸳鸯，热心爱国，不辞劳瘁，真是可歌可泣。但爱华的身体够不到了，有一次，竟大吐血，昏倒在马路上，被同学们抬进医院里去救治。苣芬得信，又赶到院里，相抱而泣。这夜，爱华昏愦之中，忽觉得自己走在南京路上，两旁商店都已开得绝齐，心里暗想：怎么交涉没有解决，他们已开市了，不要被外人讥笑为虎头蛇尾吗？又见马路旁立着站岗的，不是印度阿三，却换了华捕，他又奇疑起来，自言自语道："难道租界已收回了吗？没有这样快的啊！"忽见苣芬从对面走来，忙上去握住了手问讯。苣芬带笑告诉他道：

"现在好了，交涉早已得胜，租界也收回，不独上海一处，各地的租界都已交还。总之，所提的十三条条件都得胜利了，我国民爱国的心已达于沸点，一切都能实行，野心的军阀已被打倒，不再做帝国主义的走狗。国民革命，已告成功，从此同舟共济，永弭阋墙之乱，一心对外了。现在市上某某两国的货物完全绝迹，列强也知道中国到底不可轻侮，大大表示让步，以前种种不平等的条件，一概都已取消。我国军心民心同仇敌忾，外交有了后援，步步胜利，可算不负这一次的流血。"

爱华听罢，十分快活，和苣芬抱着接吻。不防斜刺里跑出一个外国巡捕，举起刺刀，照准他的心窝戳来，爱华忙喊"哎哟！"醒转来，乃是一梦，觉得心中奇痛。苣芬也已惊醒起视，见爱华又吐出血来，昏晕过去。苣芬大哭，忙请医生进来施救。医生一把脉息，摇摇头道：

"没有救了，忙打电话去报告爱华家属。"

苣芬早哭得和泪人儿一般。良久，爱华醒来，见苣芬在旁哭泣，便把梦中的事情告诉伊听，并说：

"我很希望这梦果能一旦实现，那么我们为了祖国的缘故，虽然死于九泉，也当含笑不恨。"

又叹口气道：

"我自己不救了，我很对不起你，你能原谅我吗?"

苣芬点点头。爱华又道：

"我昏过去的时候，似乎见有一颗血泪般很红色的花结的果子很好，我望此次流血的结果也好……"

说到那时，爱华面色已变，喘着道：

"我至爱的苣芬，现在我要和你永诀了，愿你和我接个最后的吻。"

苣芬俯身下去，和爱华接吻。忽然，爱华口中喷出血来，喷得苣芬脸上、衣上都是血迹，和伊的泪痕沾染成一片，血耶泪耶，分辨不清。就在这个时候，一位爱国男儿已捐躯长逝。苣芬抱住遗尸大哭，也昏晕在爱华的身上。唉! 他们所洒的泪，所流的血，不知后来所得的结果到底是怎样，这却要看我们的能力了。愿同胞勿忘五月三十日，勿忘此泪，勿忘此血。

隐　痛

　　夜来的狂风斜雨过去了，灿烂的日光下射大地，但是春的景色，已渐渐凋谢了，庭院中一株绛桃，前几天闻得锦霞烂漫，鲜艳夺目，却经着一夜的风雨摧残，变得落英满地，残红狼藉，都作可怜之色。春去花落，赢得伤心人唏嘘凭吊，平添不少感慨。

　　这时，衣服朴雅、风姿清丽的梁挹清，慢慢从室中走到天井里，玉容惨淡，蛾眉深锁，好似有很重的忧愁，蕴在心头。立停娇躯，呼吸了几口清鲜空气，托着香腮，看到地下的花瓣和树上受着风吹后一阵阵的落英，又不觉叹一口气。这时室中又跑出一个梳辫子的年轻女郎，是伊的妹妹挹英，也生得美好的面貌，娇声喊道：

　　"阿姊，粥已好了，你快吃吧！"

　　挹清回转身来，和伊并肩走进，问道：

　　"母亲醒着吗？"

　　年轻的答道：

　　"不曾。"

　　这时，室中还有一个八九龄的男小儿正在料理书包，是伊的弱弟子玉。挹清道：

　　"玉弟吃粥了。"

于是二人跑到后面厨房里，端出粥来，和一些粥菜。三人一同坐了吃着，挹清道：

"玉弟，你要乖些，这几天母亲有病，没有精神来和你纠缠，你好好地读书，不要使母亲不快活。"

子玉点点头道：

"我不闹的，这几天我见母亲病了，也十分难过，但望她早早痊好。"

挹清听了，眼中隐隐有泪，又对挹英说道：

"英妹，今天你只好请假了，在家服侍母亲，我也只好到公司里去向经理请假两天，过了星期日回去。我看母亲旧病复发，最好要请医生诊治一番。我只好老着脸去向经理借钱，因为下月的薪水，前天代你们缴学费已预支了。唉！此等情形叫我一个人也难支持。总是没有父亲的苦处。"

说罢，眼中掉下泪来。挹英也簌簌地落下泪来，答道：

"姊姊的苦衷，我也知道的，愿我们将来毕业后一同扶持起来，便不负母亲和姊姊的期望了。"

挹清又问道：

"克俊可来过吗？"

挹英道：

"前天他到苏州去参与画会了，大约明天可以回来。他并没有知道母亲忽然发病。"

挹清点点头。这时，三人粥已吃罢，听得房里有咳嗽的声音，挹清先奔进去，挹英却去收拾碗盏，子玉也背着书包到学校去了。挹清走进房中，把洋布床帐钩起，见伊的母亲睡在床上，带着气喘，面色非常难看，便问道：

"母亲，觉得好些吗？"

挹清的母亲答道：

"胸口总是不舒服，足上也肿，我的病是老病。昨天虽然发得厉害，却没有妨事，累你多一番奔波……"

挹清忙道：

"母亲不要说这些话，我本来要常在家中伴你，只因为了金钱的问题，不得不离开母亲，出去做事。此番母亲发病，女儿还不回来，可算得亲生女儿吗？我也知道家中没有钱了，今天我要到公司里向经理陈说苦况，向他再支取一个月薪水，请两天假，回来代母亲请医诊治，使母亲速速痊愈，我的心里才平安了。"

她不觉滴下泪来，凄然说道：

"挹清，你很苦了，我很觉得对不住你。一家过活全仗你去赚一些钱来供给，只恨你弟弟年纪太小，一时接续不上，只好让你出去单枪匹马，肩着这重大的负担。还有你的终身大事，因此也没有早决，我无日不在忧虑之中啊！"

挹清眼圈微红，低低答道：

"母亲不要多想，反而伤神，女儿没有母亲抚养，也没有今日。养育之恩未报，我情愿厮守着母亲，尽我一些绵力，把弟妹俩栽培成人。请母亲不要为我顾虑。"

这时，挹英也走进房来，叫了一声：

"母亲！"

挹清把臂上手表一看道：

"时候快到了，我要坐火车赶去。英妹，好好在此陪伴母亲吧，晚上我一定回来，再想法儿。"

说罢，遂取了裙子束上，又对镜略梳一梳头发，对着床上的病人道：

"母亲请安息，我去了。"

挹清的母亲又道：

"路上要当心啊！"

挹清道：

"母亲放心。"

挹英遂送挹清出门，挹清又叮嘱了几句，才走向车站而去。

从真如到上海，火车驶行不过十分多钟，一霎时已到北站。挹清出得车站，忙坐人力车推到外滩亚东百货公司门前，仰首见那公司三层楼上的大自鸣钟，长针已指十一点零四十分，挹清跳下车子，付了车钱，走上一层层的白石阶沿上去，再坐电梯到四层楼，早有一个公司中的人员带笑问道：

"密司梁来了吗？经理先生已到了一点多钟了。"

挹清点点头，忙走进经理室，见卜士诚经理正坐在写字台前看信，伊轻启樱唇说了一声：

"卜先生早安。"

卜士诚抬头看见挹清，便含笑说道：

"很好，你果然来了，有几封信我已写好底稿，却是急用的，请你快些在打字机上每信要打六份。"

挹清不敢怠慢，过来接了信稿，便走到打字机桌前，把盖开了，又在屉中取出信笺和蓝油纸，夹了安放在机上，然后坐下伸出纤指来按字。伊一面打字，一面心里正自盘算，停会儿，如何向经理开口借钱，如何向他请假，这些却是很为难的事情，照着公司中的规矩，碍难通融。不觉又想起一件事来了，那留着小胡须总经卜士诚似乎很喜女色，常常要和伊开谈问起家中的情形，令人难于回答的。自己本在二层楼玩具部中办事，多蒙他的好意，一定要招我到经理室中来做他的书记，今年又加了月薪三元，虽然奖励我做工的勤劳，但是他并不轻易优待人的，恐怕他没有什么好意。并且听得人说前

300

次公司里也有一个女职员，被他诱上了，娶回家去做小老婆。现在那些时髦人物，口里说得很好，提倡女子职业，其实心里都有野心，实在靠不住的。不记得有一次他要约我上安乐宫去吗？我婉言谢绝他，我看他的心终没有死啊！这时回过脸来，正要向经理偷看，却见卜士诚坐在椅中吸着淡芭菰，双目眈眈注视在自己身上，向伊微微一笑，吓得挹清连忙别过脸去，两颊红晕，只顾打字，心里却跳得很急，暗想：我为了面包问题，不得不和那魔鬼式的经理周旋，真是我不得已的苦况。我若向他多方要求，他若误会意思，使他野心生长起来，于我将有不利。不如莫向他开口吧。但是想起家中患病的生母，以及一弟一妹，逼得她不得不去冒险。不多时，信已打好，遂送到卜士诚台上。卜士诚一面看信签字，一面问道：

"你昨天回家去，你的母亲病得怎样了？"

挹清乘机答道：

"卜先生，我正为着此事要向你恳求，可否允许我请假两天？今天是星期四，晚上我回家去到星期一早上赶来，好不好？因为我的母亲旧疾复发，家中实在没有人服侍，我不得已再要请假。"

卜先生听了伊的话，把烟斗放下，慢慢吐了一口烟气。面上现出尴尬的形状来。挹清又道：

"卜先生，请你允许我吧，我很感激你的，你总要看在弱女子面上。"

卜士诚听了这话，微微笑道：

"你知道公司里事务忙吗？我的室中没有人也是不便的，公司里人员轻易不得请假。但我看你可怜，念你一片孝思，只好破格应许你了。挹清，你该知道我卜先生，不容易轻许人的啊！"

挹清点点头道：

"感谢之至。"

卜先生又道：

"你去了，我也只好去叫楼下的扬韵琴来暂代。但伊生得丑陋，我实在不高兴去见伊的面，只觉得你助我做事，很为合意。"

挹清转过身去，默然无语。可是伊还有金钱问题，不得不再向他要求，于是伊又回过身来，鼓励着勇气，对经理说道：

"卜先生，我还有一桩事情要和你商量，不知你可能答应？"

卜士诚立起身来，笑嘻嘻地走到伊身前说道：

"什么事？"

挹清涨红了脸说道：

"本月的薪水我已预支过了，明知不好再借，但我急于要代母亲诊治，只有再求卜先生把下月份的薪水借给我，我感恩不浅。"

卜士诚搔搔头道：

"你又要借薪水吗？唉！我索性好人做到底，也允许你了。"

挹清大喜，卜士诚遂去开了抽屉，取出五张五元的交通银行纸币来，授给挹清。挹清伸手来接，卜士诚乘机握住伊的纤手说道：

"你该知道我这样待你，可算情重了，愿你不要忘记啊！"

挹清粉颊微红，挣脱了手，还说道：

"多谢你。"

但伊心中也知道卜士诚这样允许伊，却包含着别种野心。然而饮鸩止渴，明知故犯，世上像挹清这种人也很多，岂不可叹。

这天下午五点钟后，公司里人员都三三两两地出去了，挹清告别了经理先生，走出公司门，有几个男同事却和伊挤眉弄眼。伊满怀心事，连正眼也不觑他们，便急急地坐了人力车赶到火车站去，买了票，坐着火车回到真如车站，下去走到家里，天已黑暗。见弟弟子玉在天井里看天上暮鸦归巢，一见挹清走进，很快活地跑过来道：

"我正在守候姊姊，为什么还不回来？天上的乌鸦都回窠了。"

挹清携着他一同跨进房门，见房里已点着灯火，伊的妹妹挹英坐在床边，代母亲在胸前抚摩，一见挹清便立起道：

"姊姊回来了。"

床上的母亲也道：

"挹清你来了吗？很好，经理先生可准你请假？"

挹清走到床前说道：

"母亲，他都应许我了，现在母亲觉得怎样？"

挹英答道：

"母亲的气急，仍是没有好，所以我代伊推摩。"

挹清皱着眉头说道：

"可惜天已晚了，可来得及请医生吗？"

挹英道：

"我还不曾告诉姊姊知道，克俊今天已回来了。他到过我家，知道母亲发病，姊姊也要请假回来，他说近七点钟时他去请了医生同来。"

挹清道：

"他请的什么医生？"

挹英答道：

"本镇的内外科医生姓叶的，因为克俊和他是朋友。"

挹清喜道：

"叶先生的医术是很好的，但他的诊金非四元不办。"

挹英道：

"他既然和克俊哥哥认识，或者可以减少些。现在已敲七点钟，怎么还不来呢？"

这时，忽听叩门声，挹英忙奔出去开门，子玉也跟出房去。果

303

然克俊同一位老医生踱将进来，先问道：

"挹清可曾回家吗？"

挹清走到房门边，叫了一声：

"俊哥。"

又向老医生鞠躬为礼，然后让二人走进房来。克俊伴着叶先生到得床前说道：

"伯母，医生来了，你觉得好些吗？"

挹清的母亲答道：

"谢谢你，我胸口总是不舒服，头里也不适意。"

叶先生遂坐在床边，先诊脉，问了几句，再看看舌苔，然后坐到沿窗桌子前开方子。子玉早把墨磨好，挹英也倒上茶来。克俊道：

"不要忙，你我们都不客气的。"

叶先生道：

"请放心，这病现在没有妨碍，吃了药总可平下去，但是病根却一时难除。"

遂凝神一志地开方子。克俊拉着挹清的手，在床侧唧唧地谈话。挹清问他医资要出多少？克俊低声道：

"他是我的朋友，总好商量，请你不要顾问，我去谢他便了。"

挹清点点头。不多时，叶先生已开好方案，放下笔，立起身来，关照了几句话，遂要告辞。克俊便送叶先生出门，把门关好，回进房来，见挹清正和挹英一齐读方案。克俊接过去说道：

"待我快去买了药来，好早些煎给老人家服下。"

转身走出房去。挹清奔上去拉住他的左臂说道：

"你带了钱去。"

克俊道：

"我身边也有。"

挹清道：

"没有你出钱的道理的，你一定要拿去。"

遂从身边摸出两块洋钱来，强放在克俊手中，克俊只好拿了走出去。挹清去关了门，回到伊母亲身边讲话，挹英却去厨下端整夜饭。因为挹清的父亲早已故世，家道贫困，并不用什么下人，一切家政都是挹清的母亲自己动手做的。挹清早到上海教会学校里读书，平日不常在家，挹英却跟着伊的母亲操作，所以都会做。但平日也不多做的，伊要到镇上女子高小里去读书，今夏便要毕业。伊母亲很爱伊，现在病倒了，自然只有伊去做夜饭。好时，克俊已回来了，把药放在桌上，又把找出的钱给挹清。挹清道：

"有劳了。"

克俊笑道：

"说哪里话来？挹清妹妹，我们好如自家人一般，你的母亲生病，宛如我的母亲生病，但可惜我早没有母亲了。"

挹清笑笑，便道：

"夜饭好了，我们快些吃吧，还要煎药呢！俊哥，你们家里大概已吃过夜饭，你不嫌菜不好，便在这里吃了可好？"

克俊点点头道：

"很好，我也不会客气的。"

便走到房里，见挹清的母亲已睡着，忙轻轻退出。挹清、挹英姊妹俩把饭菜端出来，连小弟弟一共四个人团坐着，把夜饭吃毕，挹英把碗收进去，克俊相帮挹清煎药。两人谈起苏州的画会，又谈起上海的新闻，以及北方的战事，挹英和子玉也坐在旁边静听。不多时，药已煎好，挹清去把茶杯倒了，端进房去，见伊的母亲才醒，便低低说道：

"母亲吃药。"

挹英扶起她来，接过去喝了，重又睡下。挹清道：

"母亲可以再安睡一刻，好使药性早达。"

又问：

"腹里饿吗？洋风炉上烧的粥汤也早好了。"

挹清的母亲摇摇头道：

"不要吃。"

挹英遂坐在床边陪伴伊的母亲。挹清和克俊、子玉一齐走出房来，再煎二次药。克俊一看表上已是九点钟了，便从身边取出一张五元的纸币送给挹清道：

"这一些些送给伯母买些东西吃的。"

挹清忙推辞道：

"这算什么？我不要的，谢谢你，请你自己用吧，我已借得一月薪水回家，若母亲病不加重，也可够了。我知道你也没有多钱的，不情愿时常取你的钱，请你原谅，你不要骂我不受人抬举。"

克俊听了挹清的话，面上一红，期期艾艾地说道：

"我知道妹妹不肯无故受人的钱的，我虽是个穷人，但这一些钱也算是我聊表心意。妹妹一个人支持这一家门户，煞非容易，现在伯母病了，又要多费不少钱，恨我没有力量来帮你，心里很觉难过。妹妹若再拒绝，明明是……"

挹清摇摇手道：

"好了，你又要发牢骚了，我一准接受，谢谢你的厚惠。"

遂把纸币藏在怀里，克俊方才大喜，又道：

"明天上午，我要到校中授课，下午三时我再请了叶先生来看病。但望伯母快快痊愈，大家安心。现在时候不早，你们也早些安置吧，我要回家去了。"

挹清道：

"明天望你来。"

遂送他到大门前，克俊又和挹清握手，说了一声"晚安"而去。

克俊是一个清贫少年，他的母亲早已不在人间，他父亲在南京教育厅里充当书记，也没有多钱可赚，家中还有伯伯和婶母，但很瞧不起他父子俩的。克俊从中学毕了业，没有力量再进大学，便在本地一个高小学校里充当英文教员，每月薪水只有二十多番。他又喜研究绘事，很得其中三昧，所以他的丹青在艺术界上渐渐有名，这也是他好学的功夫。他和挹清家是世交，常相往来，自幼青梅竹马，一同嬉戏，和挹清曾在一个私塾里读书。后来，两人年纪渐渐大了，虽是各人出去读书，不多见面，可是假期之中仍常聚在一起，直到如今，两人的感情很好。克俊对于挹清，爱慕到二十分，屡次要向伊求婚，但因自己地位不高，恐怕挹清不肯嫁他，没有那种勇气去开口。至于挹清的芳心，虽然对于克俊一方面很表同情，但另有说不出的苦衷。第一因为伊现在家庭的义务不能不极力负担，断不能就此出嫁。第二若然伊允许和克俊结婚，那么克俊势必要兼负伊的责任，克俊所入不丰，只好养活一家，哪里有这能力？岂不是加重他的轭头吗？所以伊对着克俊，在亲爱里还带些矜持，不肯表示深切的恋爱。克俊却捉摸不出伊的心肠，只用着十分恳挚的诚意，来待伊。满望有一朝可以得着意中人的一诺。挹清的母亲很看得起克俊的人格和学问，但女儿的婚姻，他们都要自主的，她虽为伊打算，也没有用，只觉得两人有结婚的可能性罢了。

过了几天，挹清的母亲已完全告痊，不过精神还没有十分复原，可是借来的薪水已去其一半了。伊在这数天内，时时和克俊晤谈，又见母亲病好，所以还觉得快慰。但是星期一的早晨，伊又要到公司里去了。伊不情愿去，但为了金钱的缘故，不得不别离了亲爱的母亲，亲爱的弟妹，亲爱的朋友，硬着头皮回到上海去。当伊踏进经理室时，好像活泼的小鸟，关到笼子里去，顿感着不自由的痛苦。

卜士诚见伊回来销假，很觉快活，拈着小髭絮絮地问伊，挹清不能不回答。卜士诚又对伊说道：

"此后你不能再请假了，我虽愿允许你，旁人也要说话，疑心我们两人或有什么密切的关系。并且你的月薪也借空得多了，是不是？"

挹清不觉面上一红，答道：

"此次家母发病，我之请假，也是不得已而请的。卜先生答应我，也是体恤公司人员的苦处，别人能说什么话呢？"

便一声儿不响坐到伊的台子前去了。

明天下午，卜士诚忽然走到伊的身边，低低说道：

"今夜我很想和你出去看影戏，爱普庐有新到的外国影片开映，你去吗？"

挹清心里暗想：他的手段来了，但我这鱼儿不上他的钩。便答道：

"谢经理美意，但我今天觉得有些不舒服，不能出去。"

卜士诚见伊回绝，有些不悦道：

"你不去也罢，你说你有些不舒服，可是真的吗？"

挹清道：

"哪敢欺骗？拂逆美意，请经理原谅。"

卜士诚点点头。

这夜，挹清一个人在寝室中，想想伊所处的地位很危险，一朝失足，千古遗恨。现在那些提倡女子职业的人，尽有些败类在内，女子要在社会上任事，实在不容易。究竟男子程度不及格呢，还是女子没有程度？我不如辞职吧，辞职以后他也没奈何我了。但又想到家中经济困难，自己辞职后，一家四人怎样过活？克俊若是有能力的，也不妨，但克俊也是爱莫能助，可怜得很。想到这里，辞职的勇气渐渐消沉。又想起自己不能和克俊订婚的苦衷，恐怕克俊也茫然不知，还是痴恋着我呢。唉！痴心的克俊，我只得辜负你了，告诉了你，恐你更要伤心啊！伊不觉掩着面嘤嘤地啜泣。

卜士诚屡次要约挹清出去，挹清总是托故拒绝，卜士诚的心终是不死。一天，正是星期六的下午，卜士诚正色对挹清说道：

"你今天不要回家吧，我在晚上八时还要到这里来治事，你可帮助我，要清查一些账目。"

挹清只好允诺。

到了晚饭后，卜士诚果然前来，挹清帮他计数，直弄到十点钟敲过，才算完毕。卜士诚笑笑道：

"辛苦你了，前天你请假，本要扣去薪水，现在可以免掉。"

挹清暗想：

"我的薪水已借空了，随你怎样，扣也好，不扣也好。"

伊没精打采地不能便走。卜士诚却去火酒炉子上烧了两杯咖啡，一杯授给挹清喝，挹清谢了，喝完。卜士诚道：

"我还有一些事要干去，你可上楼去吧！"

伊好似罪人遇赦一般，道了一声晚安，径自回到房中，开亮了电灯，把门关上锁了。坐在窗边，想起了家人和克俊，满拟今天要回去一行，却被事务羁身，不能如愿。

月光皎洁，照进窗来，灯光虽明，不及月光的清白。因为一是尘世的，不免带些混浊的色彩，一是天上的，完全真美，皭然而不滓。伊心里深深地感想，忽然觉得有些头晕，想是工作时间过多了，遂脱衣服安睡。此时，许多女同事在今天晚上回家的也有，住到朋友家里去的也有，只剩伊一人，冷静非凡。马路上的汽车喇叭声，从沉寂的空气中一声一声地传来。伊睡到床上，觉得又不像头晕，四肢却酥软起来，心里跳得很急。伊想：莫不是吃了一杯咖啡的缘故吗？但也不见得会这样的。很觉难过，面红耳热，平常日子自己很能镇静的，今夜却陡然心乱如麻，失却自主力了，要想起来用冷水清醒伊的头脑，但一些力气都没有。渐渐似梦非梦的，精神恍惚起来。猛觉得房门响，一个男子走进来，对伊微微一笑，似乎像经理先生，伊口里又喊不出，以下的事却糊糊涂涂的了。

礼拜堂的晨钟铛铛地响，挹清从梦里醒转，觉得四肢仍有些微倦。想起昨宵的事，仿佛若梦。再想了一想，不由掩着面哭将起来，哭得枕边湿透了，都是眼泪。停了一会儿，懒懒地穿衣起来，对着镜子，瞧见自己云鬓蓬乱，两颊烘着红霞，双目哭得肿起来，不觉一阵伤心，又哭起来，遂推病睡在床上，芳心婉转，只是思想，恨不得立时自杀。但终是想起家中情形，舍不得丢下他们而死。最后决计牺牲一己的幸福去和污浊的社会奋斗。

到了下午，洗面梳头，走下楼来，连午饭也没有吃，走到经理室中。卜士诚对伊笑笑，挹清几乎要哭出来，一声不响地坐下。卜士诚又道：

"此后我很愿和你做个亲爱的朋友，谅你也不再拒绝了，此处月薪，下月再可加给你五元，望你体贴我的爱心。"

挹清听到"爱心"两字。眼泪又像断线珍珠般落下，微微叹一口气。这一声叹气里面，却含着不少的幽怨隐痛。

以后，挹清的经济问题，似乎觉得宽裕些。可是伊精神上的苦痛，却有增无减。每次回到家中，总觉得愧见家人，尤觉对不住爱伊的克俊。但这也是无可奈何的事。伊很愿好好栽培伊的妹妹挹英，更愿他日挹英和克俊能成婚姻，然而克俊哪里知道伊的隐痛，仍是深深地恋爱着伊。并且挹英一心读书，绝不理会什么恋爱不恋爱。这件事完全不能明明白白地告诉他们，所以伊只好一人独受着这痛苦，迁延下去。但每次见了克俊，总觉芒刺在背，没有妙法来安慰他，克俊却再也忍不住了。

一天，星期六，挹清回家，克俊约伊明天到苏州去一游。挹清不高兴去，克俊再三再四地求伊同意，挹清才答应了。

明天，两人遂坐了上海开来的头班车到苏州去，天气很好，田野间正忙着农事，山光明秀，畅人胸襟。九点钟后，早已到苏州车站。两人下车出站，便雇了两辆包车，到虎丘去游玩。挹清第一次坐着苏州的包车，见车夫把喇叭捏着啵叽啵叽地奔走，又听克俊把警铃踏得叮当声响，一路过去，行人回避，比上海的汽车格外威风，但是颠簸得也很厉害呢。二人在虎丘游了一番，觉得山野景色又清旷又秀丽，足以荡涤尘氛，上海哪里有这种好地方？

看看日已近午，两人遂回到阊门，吃了午饭，又到留园去遨游，在荷花池旁烹茗。克俊看看旁边没有游人，遂对挹清很恳诚地说道：

"妹妹，今天我有几句心话要老实向你一说，如有说得不对的地方，请你原谅。"

挹清知道已在最后的五分钟了，心里止不住别别地跳动，勉强说道：

"什么话？"

克俊道：

"这几年来，我对于妹妹的爱情，一天热一天，一天深一天，觉得我的前途，全赖妹妹帮我的忙，给我精神上的安慰。承蒙妹妹不弃，也待我如同自家人一样，使我非常感激。只是我们两人总须有一个切实的表示，妹妹以为如何？"

挹清听了，面上微微起了一阵红霞，沉吟不语。克俊又道：

"我们如没有别的问题，请妹妹接受我的爱情吧！"

挹清蛾眉频蹙，颤声答道：

"俊哥，请你原谅，我实在有别的苦衷，不能允许你的请求。你一片爱我的赤心，我也明白，知道天壤间唯有你一人地爱我，可算纯洁真诚。我却也为着爱你的缘故，不能接受你的爱情。"

克俊不觉怔住，良久又道：

"你的话，我不懂了。既然你也爱我，为什么不能接受我的爱呢？"

挹清道：

"这却不能告诉你，请你饶恕我，也不要因我的拒绝而触动你的伤心。不然，我……"

说到这里，挹清却低头哭起来了，弄得克俊惶恐莫名，遂把伊劝住，不敢再说什么。这一次出游，完全没有结果，使他失望之至了。

挹清回到上海后的第二天，克俊接到伊一封来信。克俊本来受了这个打击，心神不定，几次想写封信给挹清，问问伊的究竟，难道伊另有了意中人，嫌自己贫穷，不愿和他订婚吗？恰好挹清先有信来，忙拆开展读。信笺很多，尽沾着泪痕。上写道：

俊哥：

　　我请你原谅，在留园的谈话，我这样坚固地拒绝你，好像无情无义。实在我有大不得已的苦衷，请你千万不要因此而伤心，因此而失望，加重我的罪孽才好。俊哥，你总要听我的话，原谅我的苦衷。

　　你对我的一往情深，几年以来，始终如一，虽是蠢如鹿豕的，也要感动。我自问尚不致像草木像铁石一些不觉得你的爱情的。但我便因为你这样地爱我，却不忍使爱我者将来有莫大的痛苦，使你光明的前途变成黑暗，所以我

312

决然拒绝你。请你要明白我拒绝你，便是爱你的表示。

你问我："既然你也爱我，为什么不能接受我的爱呢？"这句话，我很难回答，即使回答，恐你也未必能深知。唉！我恨不得挖颗心给你看看，你便知道我的心热血淋漓，心版上只镌着你的小影了。俊哥，我岂有不爱你呢？我实在爱你，实在情愿接受你的爱，我很情愿被你拥抱着，和我热烈地接吻。但是到底我的爱心不能明白表示出来，这是何等的痛苦啊！我精神上的痛苦，实在厉害得很，一夜没有安睡，写这封信来向你请罪。我的眼泪涸了，我的心碎了，你如可怜我的，请你不要念我，便是爱我了。

唉！你也许要猜我别有恋人，所以不愿意许诺，这却使我更受洗不清的冤枉了。我可发誓说，没有第二个人。我完全爱你，将来你总会明白。你或者又要疑我嫌你贫穷的缘故，这也是冤枉的。我若嫌你穷时，早不和你做朋友了，并且纯洁的恋爱绝不连带金钱问题的。我实在有莫大的隐痛，现在不能告诉你，或者终我生没有可以告诉你的机会。我至爱的俊哥，你总可原谅我了。

我想我的妹妹抱英，才貌俱佳，性情更比我温淑得多。此时我尽力使伊受良好的教育，将来我可把伊介绍给你，务使你们成为美满的姻缘。我尽力扶助你们，你和伊结婚，如和我结婚一般。愿你奋发前途，把你纯洁的爱情暂时宝藏着，而致力于事业。将来伊自能接受你的爱的，我却和你绝不能成为事实了。劝你不要迷恋着我，徒增我们两人的痛苦。因我愿单独受此痛苦，这就是我最后的安慰你了。

我是玫瑰的刺，生恐否则伤了你。但愿你和我做个永久的良友。我已言尽于此，望你原谅我的隐痛。哀怜我是一个世间最苦恼的女子，而不要逼我倒死。我虽不怕死而极愿死，但我此时舍不下我的老母，我的妹妹，我的弟弟，还有我亲爱的俊哥。你若是骂我打我，我都愿接受，只不能接受你的爱。唉！我此时的痛苦，比死都厉害了，你知道吗？祝你前途幸福。

挹清

一九二六年五月六日

克俊读完了这信，觉得一阵心酸，落下许多泪来，从此他也不再向挹清提起婚姻问题了。但是，挹清的隐痛他始终没有明白，挹清的隐痛，便是社会的罪恶。

可怜的歌女

一、风雪之夜

彤云布满天空的晚上，竟下起雪来了，寒风虎虎，吹得雪花旋转飞舞，战退玉龙三百万，败鳞残甲满天飞，在围炉暖酒、琼阁赏雪的人，当然赞一声好大雪啊，又有诗料加添了。但是那时天是黑下来了，天气更觉冷了，街头巷口疏疏的电灯发着惨淡的光，街上的雪渐渐堆积起来，正是只见雪花飞，不见行人走。在那个时候，一条街上，忽听得有一种凄切的歌声，和着琵琶叮咚的声音，自远而近。如泣如诉，如怨如慕，唱着道：

> 杨柳绿了，
> 春光大好。
> 多情的燕子归来了。
> 归来了，归来了，
> 我的心上人儿在哪里呢？
> 恻恻中心悲，
> 只不见夫妇，

　　　　莫非你已遗弃我了。

　　唱到这里，声调更觉凄咽，顿了一顿，接着再唱道：

　　　　　哀歌一曲，

　　　　　沦落天涯，

　　　　　人比黄花瘦了，人比黄花瘦了。

　　　　　莫不是，

　　　　　在梦中，

　　　　　我和情郎相见了？

　　　　　妾心不死，

　　　　　有言为君道，

　　　　　岁岁清明，

　　　　　请郎一祭扫。

　　　　　我的心上人儿啊，

　　　　　你可知道吗？

　　　　　我的心儿碎了，肠儿断了，魂儿去了。

　　寒风吹送着歌声，何等的凄厉？一个十八九岁的少女，弹着琵琶，踯躅街头，唱着这悲哀的歌曲。背后一个老妇，代伊撑起一柄半破的雨伞，一块儿走着。伞上积雪已满，好似一柄白伞。那老妇的背上也飞满了雪花。少女穿着一件半新半旧的薄棉袄，下面还穿的夹裤，冻得只是发抖。呼呼呼的西北风吹到伊的粉脸上，好似刀刺一般，伊忍着寒冷，一路弹着琵琶曼声而歌。伊的歌喉虽然清脆，无奈在那个时候，街上只有风声，谁人能领伊的歌声呢？伊为着职业关系，不得不提高嗓子苦唱，努力和残酷的西北风奋斗，很盼望找到主顾，多少有些钱可以预备明朝的过活。但是在这风雪之夜，家家早闭着大门，谁有人来领略伊的歌声呢？即使有党太尉一流人物，也在销金帐中浅斟低酌，拥着美妾艳姬，谁高兴来听街上走的歌女呢？所以伊走了许多巷，竟没有一个人来睬她们，肚里又饥，身上又冷，看看那雪下得更大了，料想如此光景，便是走到半夜也是白碌碌的，今晚大概没有生意了。伊向老妇央告道：

"娘啊！可怜我走得足酸了，喉咙里也有些痛，又没有热茶喝一口，只有冷气直钻进去，实在难以熬了，我们回去吧。停刻雪满了街道，怎样走呢？"

老妇颤声答道：

"儿啊！你再忍耐一些，再走过了二三条巷，没有主顾时，我们只好回去。但是明天要付房饭钱了，儿啊！你只好吃苦些吧！我也冷得很。"

于是伊皱皱眉头，把琵琶的弦紧一紧，重又唱着哀歌，走向前去。

这时，前面却有一辆包车推来，车上光亮的电石灯照到伊的脸上去，伊急忙避让，不意包车中的人，忽然喝令将车停住，探出头来问道：

"前面唱的可是歌女吗？"

这时，他们听了，好似有了希望，老妇忙答道：

"是的，老爷可要听两阕？"

车中人道：

"好的，你们跟我车子走吧，我家离此不远了。"

遂命车夫慢慢拖老妇和伊跟着车便走。伊把琵琶挟在胁下，暂时不唱了。

二、为君歌一曲

不多时，早走到一家很大的宅子门前。门外两株槐树上已堆满了雪，包车停了，大门上的电灯光照耀得很是光明。车中走出一个狐裘貂帽的少年，戴着罗克眼镜，拿着司的克，神采奕奕，气宇不凡，回头对着歌女说道：

"你们跟我进来。"

那时，大门早开，有一个苍头垂手侍立，包车夫拖着车一同入内，里面电灯开得和白昼一般明亮，从大厅转弯进去，绕过花厅，来到一座小阁中。里面生着围炉，火光熊熊，地上铺着很厚的地毯，窗上都遮着花幔，四壁陈设得很是华丽。粉红色的珠罩电灯，映到琴台上放的钟鼎彝器，古色古香，令人心意恬静。炉旁有一只大沙发，套着美丽的垫套，沙发前面铺着一块白狐皮。少年脱下狐裘，一侧身坐在沙发上面，早有下人托着杯盘献上香茗。这时，伊和老妇一旦走到这种地方来，自惭形秽，不知所可。只觉周身和暖，绝不像外面正在下大雪。少年在灯光下瞧那歌女，虽然饱受风雪，形容憔悴，而眼波眉黛，别自有一种秀丽之气，纤腰秀项，体态亦娉婷可爱，抱着琵琶，低俯蟓首，立在一边，含羞不语。少年遂指着一张绣花垫套的圆凳，吩咐坐下。伊谢了一声，半坐着向着火炉，凝神注视。少年道：

"我适才饮酒归来，听得你的歌声很是有味，你的喉咙也不错。远胜教坊歌伎，所以唤你前来。现在你且把唱过的那支歌曲，重唱一遍。"

伊答应一声是，遂按轸和韵地唱起来，唱到"岁岁清明，请郎一祭扫。我的心上人儿啊，你可知道吗？"掩掩抑抑，凄凄恻恻，宛如子规啼月，凉蚕鸣秋。少年听了，不胜感动，立起来在室中绕行。下人们伺候在外边，不敢进来。少年再命伊唱一阕，伊又唱一曲《春江花月夜》，如流莺百啭，清圆流利，使人听了，如坐春城中饮葡萄美酒，对名花领略色香。少年不觉击节叹赏，一看台上翠石钟已敲过十一点，遂即从裤袋里掏出一张五元的纸币，授给伊道：

"明晚七时后，你可再来，我还要听你奏歌。"

伊从来没有得着这许多赏金，感谢不尽。老妇见了，面上也露出笑容。少年遂按着电铃，走进一个下人来。少年道：

"你送他们出去吧！"

伊低低向少年道个谢字，同老妇走出去了。但是门外白雪皑皑，呼呼呼的西北风又钻到人们的皮肤里来，她们踏着雪，一步一步地回去。

三、情话依依

少年是本地的富家子弟，姓陶名娱初。席丰履厚，天生骄子。人品生得潇洒出尘，爱慕风雅，仗义疏财，挥金如土。但他心中尚没有恋爱的人，说媒的虽然纷至沓来，他却一概谢绝。

这天，在友人处饮酒，凑巧有一个电影明星在座，谑浪笑傲，轻歌曼舞。那位明星天生狐媚，真所谓骚在骨子里，一意和座中一个汾阳公子打情骂俏，肉麻得很。娱初看得不耐，遂先托言归家，途中听得歌声，一时高兴，遂喊到宅里听了两阕，觉得那歌女妩媚可爱，于是约伊明晚再来。

到了明天的晚上，雪已霁了，庭院间粉妆玉砌，堆满着积雪，阁中的电灯光亮着。娱初仍坐在火炉旁，看一本《桃花扇》传奇。自思当世要求像李香君一流人物不可多得，当求之牝牡骊黄之外。

昨晚所见的歌娘，娇小玲珑，别有风致，惜乎埋没风尘，未遇知音。若加以修饰，容光焕发，非群雌可及。我约今晚重来，大概不致失约。

这时，阁外履声杂沓，下人早引了伊和老妇进来，上前叫应了。娱初大喜，便吩咐下人到厨房里端整酒肴，要与歌女对饮，又命老妇退到外面用饭去，于是阁中只有娱初和歌女二人了。伊起初照例奏了一曲歌，酒肴早已摆上，娱初请伊入席。伊受宠若惊，再三推辞。娱初一定要伊陪饮，不得已允了，坐在横头侑酒。娱初喝着酒，细细问伊来历。伊见娱初很能温存，不比寻常的狎客粗犷可厌，况又见娱初丰神俊拔，确是王孙公子，怜香惜玉的人。伊遂老实把伊的身世略述一遍。原来那同来的老妇，并不是伊生身的亲娘，乃是假母。伊本不姓廉，名纤柳，祖上也是书香后裔。只因伊的父亲爱吃大烟，又喜赌钱，把一家人家败得精光。

其时，伊正十三四岁，伊的母亲气得生了一场病，撇下她的娇女，一瞑不视了。伊的父亲索性把伊卖去，遂被这个老妇出了一百二十块钱买下，改姓廉。老妇本是勾栏出身，现在年老了，又瞎了一只眼睛，要想靠伊做钱树子，所以请了乌师来教伊歌唱。伊天生歌喉，连乌师也啧啧称赞。起先到北京去，在教坊中，"廉纤柳"三个字的芳名很得时誉。后来，伊渐渐长大，正在十七八妙年华，有一个军官见了，硬要娶伊去做第七姨太太。伊抵死不愿，遂和假母逃到江南来。不幸遇着火灾，把老妇所有的积蓄都烧去了，一时无以为生，只好耽搁在客寓里，逼着伊出去街坊鬻歌。可是做了半个月，没有什么好主顾，所以没奈何，在大雪天也只好出来。恰巧遇了娱初，一见倾心，重赏之下，再约良晤。"知音者芳心自同"，情愿前来为君歌一曲。但是萍飘絮泊，沦为歌女，为了金钱的缘故，腼颜媚人，做人家的玩物，前途茫茫，自伤身世，不禁泪下沾襟。

娱初听了伊的哀诉，十分怜惜，便用好话来安慰伊。并知道伊自幼也读过书，颇能领悟，至今也能握笔写字。娱初劝伊喝酒，叫伊要抱乐观，如有要他相助的地方，都肯出力。伊很是感激。

灯红酒绿，吴侬软语，两人都沉浸在情爱之中。娱初是因怜生爱，纤柳是因感生爱，四目相视，脉脉无语。娱初约伊以后每天来此一走，不管唱不唱，无不出钱，叫伊不要再出去吃这苦了。伊感极了，又滴下泪来。娱初过去抱住伊接了一个很甜蜜的吻。

四、渔阳鼙鼓动地来

拥着十万貔貅坐镇丫城的徐大将军，和邻近 X 城的路总司令，为了地盘关系，利害冲突，竟各自扣车运兵，通电宣战。大家宣布大家的罪状。其实那些军阀都是一丘之貉，争城以战，杀人盈城，罪不容于死的，鸡虫得失，宁补大局，但地方上的老百姓，却受他们的苦了。战事既起，徐大将军分兵三路，径攻路总司令的 X 城，炮声隆隆，连日激战。

其时，娱初和纤柳每晚聚谈，渐渐有了爱情。纤柳修饰了，益发艳如天仙。娱初又同伊的假母说明，要赎纤柳的身，肯出八千块钱。纤柳的假母知道娱初是富家子弟，又肯出重价，自然十分满意。娱初正和纤柳爱情浓挚的时候，战事消息传来，他们所住的地方。正当两军之冲，路总司令派着两团人马前来掘壕备战，做第三道防线。风声鹤唳，十分紧急。有些富绅都纷纷逃避。娱初先把重价之物运去，自己还不肯走，静观风势。纤柳母女也住到娱初家中来。

一天晚上，两人正在室中谈心，忽然警报叠至，知道路司令的军队，近敌中伏有一师精兵全军覆没，敌军乘势分两路掩袭，路军溃退下来。敌军离城不过数里，此地恐有不保。这时，两人也不及逃避，娱初遂命家人严闭大门，勿得轻出。一霎时已听得噼噼啪啪的枪声，夹着大炮声响，门窗都震动，渐攻渐近，四下里人声嘈杂，顿形乱象，轰的一声，有一个炮弹落在邻屋，顿时坍倒。纤柳唬得玉容失色，伏在娱初身上，连喊："怎么好？怎么好？我们走吧。"娱初安慰道：

"此刻要走也没有地方，四面都是危险，我们还是躲在这里，万事总有天命，有我在此，你千万不要过于惊慌。"

两人对坐在室中，静听枪声，好似除夕夜里燃放爆竹一般，连珠不绝。少时，枪声渐稀，忽然火光冲天，城内有几处起火了。娱初料知那辈八太爷动手，心里很急，面上却装着镇静，不动声色。纤柳指着东南角上道：

"哎哟！不好了，哪里起的火啊！"

娱初正要还答，又听门外枪声数响，跟着打门叫喊声音，唬得纤柳浑身发抖，话都说不出了。娱初不顾什么，忙挟着纤柳，向后门便逃。这时，大门早打破了，一众丘八蜂拥而入，动手抢劫，家人们各自逃散。娱初和纤柳出得后门，叫得一声苦。原来街上三三两两的都是土匪和溃兵，只好拣僻静处奔逃。跑过一条巷，娱初知道前面有一座庙宇，现有红十字会收容所在内，不如逃以那里，较为稳妥。不料刚走到半路，前面闯出五六个丘八来，拦住二人不放过去。一个兵朝天放了一声空枪，一个兵过来把娱初身上抄搜，把娱初的金表、皮夹子等一齐拿去。又有两个兵却拖住纤柳，向伊身上乱摸，纤柳娇声乞哀。娱初大怒，想和他们交涉，早被一个丘八把刺刀向他身上猛力戳去，喝一声：

"好小子！送你归阴去吧！"

娱初急让，刺中肩窝儿，鲜血直流，倒在地上。他们不管他是死是活，却把纤柳拥去。

五、美人帐下犹歌舞

徐大将军击败了敌兵，乘胜追杀上去。第一路司令徐立功是大将军的胞弟，徐大将军于好杀之外，更兼好色，后房姬妾不下数十人，自以为风流倜傥，享尽艳福。兵到之处，一班良家妇女有姿色的，被他糟蹋得不少。徐立功知他哥哥的脾气，所以每得一城，便令部下留意，看有没有出色的花姑娘。此次打退了路军，他跨着战马，擎着指挥刀，带着手下儿郎，首先冲进城来，恰见前面有五六个败兵挟着一个女子望东逃去。徐立功喝声快快追捕，众军追上去。那些丘八丢了女子逃散，徐立功一看那女子千娇百媚，宛如带雨梨花，不觉喝一声彩道：

"好一个姑娘，你姓甚名谁？"

女子道：

"我名廉纤柳，被溃兵劫掳，望将军放我回去。"

徐立功哈哈笑道：

"你想回去吗？我送你到一个好地方去，包你乐不思蜀。"

吩咐手下将女子廉纤柳好好带到司令部里去，不得有误。纤柳方以为绝处重生，却不料以暴易暴，仍不能脱身，自己性命不知如何着落？又想到娱初被那万恶的丘八，刺了一刀，不知有无性命之忧？万一有了危险，他竟为我牺牲，便是我死了，也对不住他的。伊心上万种悲哀，放声痛哭，早有一兵把枪柄在伊肩上轻轻击了一下，喝道：

"女子别哭，你要活命吗？快跟我们前走。"

纤柳无奈，被两个小兵押送到司令部，幽闭在一间室里，且有人看着，不放伊寻死。

到了明天晚上，有人来催伊梳妆，带伊出去。伊已拼一死，大着胆，跟了便走。门外早有车候着，纤柳坐了，推到一座洋房门前停住。来人引着纤柳进去，来到跳舞厅上，电灯通明，正中坐着那位徐大将军，捻着八字胡须，洋洋自得，旁边坐着几个军官，有说有笑。那人引纤柳拜见将军，徐大将军赞道：

"好一个雏儿，你且安心在此，伴我快乐，如敢违命，立刻要枪决的，你须知道。"

纤柳含泪不语，站在一旁。此时徐大将军吩咐摆酒，命纤柳陪坐，又命人唤进七八个妇女来，都是徐大将军的随营姬妾，各穿着鲜明的舞衣，拿着乐器，侍立两旁，妖冶动人。将军一声令下，遂奏着细乐，有两个美妇人捉对儿跳舞，翩翩跹跹，各尽其技。将军喝了几杯酒，酒酣耳热，把纤柳抱在膝上亲了一个吻，带笑问道：

"你也能歌吗？"

纤柳忍受着，心中却凄惶到万分，打算如何死法，见将军问伊能不能歌唱，陡地想起以前曾学过一支歌曲，是骂军阀的，我左右总是一死，何不借此一歌吐我胸中不平之气。主意打定，便答道：

"能的，请取琵琶来，当奏歌一曲。"

将军大喜，忙喊人取琵琶过来，纤柳接了，坐在一旁，转轴拨弦，玎玎玦玦地弹起来。于是伊发出凄怨的声调，唱道：

　　击鼓其镗兮，
　　　　踊跃用兵。
　　兄弟阋墙兮，
　　　　何事纷争？
　　血战乎城之南兮，
　　　　魂飞心惊。

324

哀斯民之涂炭兮，

　　万死一生。

帝心于是震怒兮，

　　摧陷廓清。

军阀之末日将终兮，

　　其肉足烹。

唱到这里，戛然而止，纤柳的眼泪像断线珍珠般滴下来。众人出不意，都面面觑着。将军听了，知道纤柳有意识讽，勃然大怒，正要发作，忽见参谋长形色仓皇地奔进来，在将军耳边说了几句话。将军顿然现出惊惶的形状，吩咐撤去筵席，又命一个军官导护着众姬妾自去，自己却和一众军官狼仓地奔将出去。原来路司令因前敌失利，另遣两旅精兵间道抄袭，努力反攻前锋。离城不过数里，而徐大将军部下有一旅有通敌嫌疑，正谋哗变。徐大将军正在轻歌曼舞，寻乐开心，不料变生肘腋，身入重围，所以急忙退走，一切都不顾了。纤柳乘这混乱当儿，竟被伊一溜烟地逃了出来，也是伊不幸中的大幸。

六、沦落天涯

其时凑巧有一群逃难的人，伊跟着便跑，知道这地方是很危险的了，然而形单影只，流落他方。在难民收容所里住了几天，实在觉得不惯。又听得那地方已被败兵放火焚劫，烧成一片白地了。想起娱初生死莫卜，万种凄凉，向谁去告诉呢？不得已，重理故业，再抱琵琶到街坊上去歌唱。此时，那假母也不知到哪里去了，只伊一人胡乱在街上走。但是战事没有平定，人民何心寻乐，所以伊的

325

生涯也不见好。伊一心想回到老地方去，探问娱初的消息。几个月后，战事告终，逃难的百姓一起一起地回乡。伊趁此机会，跟随一个难民，大家称呼他王先生的回去。王先生允诺代伊探听消息，细细一打听，才知娱初并没有死，但举家迁移到天津去了，详细地址无从探询。纤柳听得娱初没有死，转悲为喜，一心要到天津去探访，但没有盘缠。王先生安慰伊，并且留伊在家中耽搁，许代伊刺探娱初的确实地址，然后情愿送伊到天津去。茫茫尘寰，不想有王先生这般侠义的人物，所以纤柳安心住在那里了。王先生是个四十左右的人，留着小胡子，其貌不扬，家中有一妻一子，很是简单。他的职业是代人家收租米，当账房，做中保，人家都说他很能干的。约莫过了十多天，有一天晚上，王先生回家时，带笑对纤柳说道：

"好了，陶娱初有了消息了。今天我遇见一个乡人，是娱初的亲戚，向他问起娱初，始知住在天津义租界五德里。我想后天送你到上海，买船票坐轮船到天津，可使你们两人破镜重圆。我也全始全终了，却一重心愿，你道好不好？"

纤柳听了，芳心喜悦，向王先生道谢不迭，极愿王先生送伊前去，此恩此德终生不忘。因伊很信任王先生古道热肠，是伊的救星。

一到后天，王先生早端整好行李，送纤柳到上海。纤柳别了王先生的妻子，喜滋滋地去了。到了上海以后，在栈房里住下。王先生去买了船票，带纤柳下船。纤柳从来没有坐过海船的，见舱房狭小，闷气得很。等到轮船一出口，颠簸上下，纤柳头晕目眩，大吐大呕，卧倒了不能起来，饭也不能吃，昏昏沉沉。一连几天，船到码头停住。王先生说天津到了，同伊上岸，又住下一间栈房。纤柳没有到过天津，东南西北都不晓得，只催王先生伴伊去见娱初。王先生道：

"且慢，此地歹人很多，你只守在房里，不要轻出，待我先去探

326

访确实，然后送你前去。"

纤柳只好答应。

这天晚上，王先生吃得醉醺醺回来，又带了一个大汉进来，说是他的朋友。那大汉只把两只铜铃般的大眼向纤柳上下滴溜溜地转着。王先生向他耳朵上说了几句话，然后送他出外。隔了一刻归房，因为醉了，便倒在床上先睡。纤柳坐对孤灯，一心只挂念着娱初，默想：我若见了娱初，应说什么话，不知道他见了我面，欢喜到怎样，他也时常思念我吗？还是以为我已死了吗？假如他误会我已死于溃兵之手，必然非常伤心，一旦见我前来，更要惊奇了。伊想了一刻，也有些慵惰，便上床安寝。

明朝起来，临镜装饰，照见自己容貌，略有些清减。但是眉目娟好，顾影自怜。王先生吃了早点，又出去了，将近午时，匆匆走回，说道：

"我已寻到那里，见了娱初，告知前情，他很快乐，已打发轿子前来迎接，你快快跟我去吧！"

纤柳心中暗暗快活，整一整容，换上一身衣服，跟王先生出去，早见有一肩小轿在那里守候。王先生一挥手，轿夫把轿提过，纤柳坐了，飞也似的穿过几条马路，到得一家石库门前停下。纤柳走出轿来，不见王先生，以为他便要来的，自己先走进去，有一个十三四岁的女子引伊进去。里面乃是一间客堂，有几个妇女，打扮得妖妖娆娆的，坐在那里。内中有一个中年妇人穿着一身元色衣裤，立起身来招呼。纤柳不见娱初，又见这种情形，伊早知道不妙，心里别卜别卜地跳荡，还强自抑制，问道：

"陶家少爷在哪里？王先生可来吗？"

妇人打着京话说道：

"什么陶家少爷？我不知道，我姓周，王先生把你卖在此处，现在你是我的女儿了，不要假痴假呆。"

纤柳又问道：

"此地可是天津？"

一众妇人听了，都笑起来。纤柳又听不出她们的话。妇人笑道：

"你可是做梦？这里是大连，离开天津远呢！"

纤柳听了，哎哟一声，立刻晕去。

七、难觅返魂香

纤柳是一个弱女子，初遇王先生，认为可靠，把王先生当作有义气的君子。不料人心鬼蜮，世路崎岖，反把伊甜言蜜语地哄骗，带到大连，卖在妓院里。娱初的消息仍是镜花水月，没有下落。加着恶鸨种种虐待，逼伊接客，觉得荆天棘地，死门即在眼前。本拟一死了之，无如心中总丢不下娱初一人，说不尽的千酸万辛，忍辱偷生，背着人常常偷弹珠泪，自怨薄命，因此渐渐成病，病中还勉强款待来客。

一天，有一个北京来的贵客，在伊院子里摆酒，见伊虽带病而楚楚可怜，十分可爱。酒后闲坐，问起伊的身世来。伊见那客人诚挚可亲，便把前事细告，问他可知道陶娱初这个人。那客人听了，跳起来道：

"你是廉纤柳吗？怎样在此地？"

伊忙问客人莫非认识娱初的，可知他在什么地方？客人道：

"我姓曹名太清，在北京交通部里当秘书。娱初是我的表弟，现在农商部任职，常常和自己讲起歌女廉纤柳的一段可怜的历史。"

原来，娱初被兵刺倒之后，有红十字会救护队救去。等到伤口好了，他见本乡难住，便迁到京中去，自己又在农商部里做事。以为纤柳被败兵掳去，万无生理，十分悲惜，曾作《悼柳词》二十首，咏叹其事。曹太清深知其事，也很扼腕太息。这次有事到东首来，乘便在大连盘桓几天，访访朋友。太清很喜欢走马章台，饮酒花间，不料遇到纤柳，天下事真是不可思议。

当下太清知道纤柳没有死，被人诱卖进了平康，情愿还去报告给娱初知道，使他来接。纤柳泣道：

"陶公子天幸未死，我的罪孽幸可减轻。但我自遭此劫后，郁郁不乐，苟活人世，已有了病，自知死花败柳，没有什么希望。但愿在生前能见陶公子一面，死也瞑目，愿大人回去，将我的意思转告，望他速来。"

太清慨然允诺，便出五十金送给鸨儿，叮嘱她好好看待纤柳，不久有人来赎身了。隔了几天，便动身返京，卸妆后，忙奔到娱初府上，一一奉告。娱初听了，又喜又悲，即日摒挡行李，和太清赶到大连。

其时，纤柳因自伤哭泣，病倒在床。一见娱初，平日蕴蓄的酸辛，立刻奔赴心头，抱住大哭，哀哀道：

"我以为今生再没有遇见你的一天了，天可怜的，逢见曹大人，方才知道你的下落。薄命的纤柳虽死无憾了。"

娱初亦下泪说道：

"以前伤心的事，不要提起吧，你的身体怎么样？我想把你赎身，带回京都。"

纤柳道：

"我弄到这个样子，很惭愧见你的面。你爱我的，总能原谅我的。蒙你垂爱，感切肺腑，但今生没有希望，情愿来世得侍巾栉。我死后求你好好葬我在一个地方……"

说到这里，哭得和泪人儿一般，立刻晕了过去。娱初将伊救醒。

这夜，便宿在院中，和鸨母商量赎身的手续。不料明天纤柳的病转变得厉害了，吐血几大碗，面色灰白如死，呻吟不绝。娱初发急，请医生来打针救治，医生却说伊的心脏已坏，无可救药，注射了一针而去。

又过了一夜，纤柳知道即将不起，见娱初守着一旁，万种凄恻，便对娱初说道：

"久不歌唱了，我自知去死不远，愿为你再歌一曲。"

娱初不忍拂伊的意，命人取过琵琶。纤柳强自支起，坐在床上，揽镜自照，长叹不已，把琵琶弹着，凄凄切切地唱着前次风雪之夜所唱的"将死之前"一歌，直唱到"莫不是在梦中？我和情郎相见了"，琵琶上的弦线，忽然迸断。伊把琵琶抛去，惨叫一声，仰后便倒。娱初大惊，奔过去见纤柳口中鲜血直流，两目紧闭，一摸心头，渐渐冰冷，呼吸已停止了。不觉抱住死尸，痛哭一场。经太清劝住。随即将纤柳安殓，出了一千块钱赎回纤柳死后的身体，鸨儿自然答应。娱初等遂扶柩回京。卜地安葬，墓前勒碑上书"可怜的歌女廉纤柳之墓"。娱初时时去祭扫，凭吊唏嘘，不禁泪下，并著《纤柳传》，一时传诵京师。唉！纤柳真是一个可怜的歌女了。

跳舞场中

一丸凉月正照在马路中，从那边飞也似的驶来了一辆轿式马车，马蹄嘚嘚，超尘疾驰。车中坐着一个风姿美好的少年，头发望后梳得光光的，鼻架罗克金镜，身上穿着新制的哔叽西装，雪白的硬领下垂一条玫瑰紫领结，结上插着个宝石别针。两手插在腰袋里，正在出神，一眼瞧见那娟娟明月泻出她的灿灿银光来，映到车里。默想：今夜的月儿这样多情，好像用她的秋波顾盼着我，一路送我到那华锦跳舞场去和我的情人会面似的。又想：伊此时或者比我先到了，伊不见我，岂不要盼望吗？想到这里，便恨那马车跑得太慢，吩咐车夫快快地赶路。车夫笑着答道：

"快到了。"

说着，就把手里的鞭子在马背上拼命地抽了两下，可怜那马做了人们的奴隶，何尝有一刻偷懒？偏偏还要受那无情的鞭策，负着痛，只顾狂奔。那少年又预想到跳舞时候的快乐，以及和他情人在情场中周旋的趣味，心中自有一种说不出来的甜适温馨，却不料情海茫茫，竟有绝大的风潮在这后面。

不多时，马车停在华锦跳舞场门口，那时，门前十分热闹，电光四照，有许多的汽车一字儿排着，车夫忙将车门开了。那少年跳下车来，踏上白石阶级，只听得里面军乐锵镗的声音，知道会已开了，连忙三步作两步跑到里面，一看只见跳舞会将要开幕，跳舞厅上坐着不少的男女来宾，钗光鬓影，锦簇花团，只看不见他的情人在哪里，少年心里很是心急，只好耐着心拣在后面的一个精雅座位坐下。侍者端上糖果和咖啡来，少年喝着咖啡，一对眼睛尽向四下里打转，有认识的，便朝他点头。

停会儿，军乐声止，跳舞台电灯大明，台周环供着鲜艳盆花，中铺锦屦。先有两个时装的少女翩然上台，一踏钢琴，一奏梵婀玲，飒飒的声音使人靡然心醉，一曲才罢，便有几个穿晚礼服的男子和几个美丽女郎上台一对一对地跳舞起来，很是好看。忽然，台后走上一个天仙化人的好女子来，众人只觉得眼前一亮，不约而同地说道：

"维多利亚来了。"

原来，那女子梳着欧式新髻，鬓边云发一齐弯弯卷起，修态娇容，纤眉皓齿，两颊绯红，好像苹果一般，颊边隐隐藏着两个酒窝儿，眼波流盼，笑容可掬。身上穿着巴黎最流行的蝴蝶式跳舞衣裙，通身是浅绿色，缀上白色绣花，四边钉着一些小镜子，在那灯光下映着，绿滟滟、亮晶晶的，非常华丽。伊张开了玉臂，好像一只穿花的粉蝶，脚踏高跟皮鞋，叽咯叽咯地走到台边。一群人的眼光都给伊吸住了，只听伊发出尖脆的声音喊道：

"密斯脱雷惜华，我可等够你了，还不快点上来跳舞吗？"

道言未了，那少年早从后面座位上挤到台前，轻轻地跨上台去，和伊握手道歉。这时，一群人的目光又移到少年身上，有的歆羡他，有的妒忌他，众议纷纭，莫衷一是。独有一个中年的男子，嘴上留着菱角式小须，用手拈着，微微地笑道：

"你们以为这小子伴着维多利亚跳舞是无上的幸福吗？须知伊虽

332

然是一朵交际之花，有很大的色相和魔力来勾引你们这一班男人，可是伊的性情很难说的，你们张开眼睛看他们的后来吧！"

一群人听了，都嗤笑着不信，那人又道：

"伊姓尹，名唤爱珠，曾在某某女校读过两年书，我曾经做过伊的教师，你们还当我的话是假的吗？"

一群人听了，更加嗤笑，以为他这般人怎配做安琪儿的先生呢？那时，维多利亚和惜华早已跳舞起来，在那琴声弥漫中，跳得进退疾徐，无不中节。而那位维多利亚，尤其翩翩趾趾，忽仰忽俯，真个手如回雪，身如旋波，好似一只花蝴蝶在花丛中，使人见了，只觉得有美一人，群芳减色。惜华偎傍着伊，也不由得放出跳舞本领来一同跳着，渐渐地，见他情人额上透出些香汗来，娇喘微微，渐觉乏力。他天生着怜香惜玉的心肠，遂低声对伊说道：

"好了，我们休息一会儿吧！"

伊笑着把头点点，两人同时停住手，携手走下台去，退到里面休息室里。只见锦幔绣屏，五光十色，一对一对的青年男女都在那里并坐着谈话。惜华和伊拣一只沙发坐下，堆着满脸笑容对伊说道：

"微臣今夜得伴陛下跳舞，非常荣幸。"

伊笑得用手帕子掩了嘴问道：

"密斯脱雷，你怎么向我用这种怪名称呢？"

惜华笑道：

"密司尹，人家不是都称呼你维多利亚吗？维多利亚是英国女皇，下走怎敢不称你陛下？并且依下走看来，密司尹还要胜过维多利亚百倍呢！"

伊道：

"我若是维多利亚，你便是我第一个宠臣。"

惜华大喜道：

"能得美人青睐，粉身碎骨，无以报答。"

遂挽住伊的纤腕，在伊手背上轻轻地吻了一下，伊横波一笑，面上起了一层薄薄的红云，越显得娇媚可爱，好似有无量柔情送到惜华心里，使那血气方盛的少年惜华佩服得五体投地，竟像温驯的绵羊依依石榴裙下，喁喁情话，无限缠绵。隔了一歇，惜华在伊耳朵边低声说了几句，伊无可无不可地跟他立了起来，并肩走出舞场，早有惜华坐来的马车候着两人一同坐将上去。惜华又对车夫说了几声，车夫笑着点点头，扬起马鞭一挥，那马便轮蹄展动，跑一处去了。

距此一个月光景，报上忽然登了一则新闻道：

> 本埠交际之花跳舞家尹爱珠女士，夙有维多利亚之艳名，一班五陵少年惊趋求交，冀得东方美人之青睐。华锦跳舞场中，常见伊人芳踪，每当灯红酒绿、琴韵歌声之时，常与美少年做交际舞，顿令观者目眙神往，其美可知。今闻尹女士将与青年跳舞家雷惜华君正式结婚，于某大旅社，届时必有一番热闹，而云英下嫁，蓝田玉暖，雷君之艳福，诚不浅也……

一些关心他俩的人们读了这段新闻，有的把雷惜华妒恨得了不得，有的也代他们庆贺，以为这种自由恋爱的结婚可谓得其所哉！这且不要讲他。

单表惜华和爱珠两人达了目的，以后心头快乐自不必说，夫妇俩常常同出同进，就同比目鱼一样，有时惜华在家中开跳舞会，总叫爱珠一同接待客人，酒阑灯灺的时候，爱珠踏着钢琴唱一阕歌词，莺声呖呖，珠圆玉润，一座莫不称美。内中有个姓贾名璧的，是惜华的旧同学，生得年少翩翩，立在人面前，好似临风玉树，出水芙蕖，拉得好一手梵婀玲，现在某某影戏公司中充当演员。有一本《荒岛艳遇》，剧中的主人翁就是他起的，因为做得十分出色，所以爱珠很佩服他，每逢奏琴时，总要他来和声。那贾璧是在风流场中出入惯的，对待妇人别有一种高明的手段，可以颠之倒之，令人入他觳中。后来，惜华觉得他和爱珠过于密切了，便不敢再把贾璧请到家里来，可是伊的性情自由惯的，哪里肯像旧式妇女们仳仳倪倪受男人的拘束？从此，他们俩的爱情上便起了一层裂纹。

一天晚上，惜华回到家里，不见了伊的踪迹，忙问仆人：

"伊到哪里去了？"

仆人都回他道：

"不晓得。"

惜华很是焦躁，一个人坐在房里，拿过一本小说来看着消遣，然而看了半天，竟不知看些什么。妆台上的小金钟当当地敲了八下，仍不见伊回来，于是没精打采地把书抛开，立起身来到外面，独自吃了晚饭，出去四处找寻，只是没有踪影，勉强回转家来，仍不见伊还家。那时候已是半夜，惜华没法，只得咬紧牙齿，把衣脱了，独自上床去拥被而卧，但是，翻来覆去老睡不着，直到时钟敲过了五点，玻璃窗上微微有些曙色，才觉精神疲倦，蒙眬睡去。忽觉自己走在马路上，那边来了一辆汽车，车中坐着一男一女，那男的乃是贾璧，女的便是爱珠，当下心中一阵愤怒，那汽车早已去得远了，正要追将上去，又觉自己站在旅馆中一个上等房间的外边，顺手把门推开，走进房去，不觉勃然大怒。原来，他的新夫人正坐在贾璧膝上，和他十分亲热，两人见他进来，都叫一声："哎呀！"立起来要逃，惜华喝一声："贱人，做的好事！"跳过去，对准爱珠一拳，忽觉背后有人把他的臂膊拖住，心里一阵发急，睁开眼来一看，乃是他夫人爱珠，自己仍旧睡在床上。

阳光照到帐里，右臂兀自给伊拉住，就才知道是梦。伊微笑道：

"你做什么？"

惜华怒道：

"我正要问你做什么呢！"

伊道：

"昨夜我在密司张处给她拖住了，硬要我陪她去看了戏，晚上就睡在她家，所以此刻急急地赶了回来，我是难得出去的，难道你便要发怒吗？"

惜华勉强忍住怒气，把臂收转，一骨碌爬起来道：

"这样你为什么不用电话通知我？累我等了一夜，你对得住我吗？"

伊笑道：

"对不起，对不起，实在她家没有电话，所以不能告诉你。"

说罢，伸过纤手，给他握了一握。惜华怒气方才渐消，但看伊云鬓微蓬，玉靥晕红的样子，又想起梦中情景，心里疑窦到底一时不能解除。

华锦跳舞场又开跳舞会了，中西士女到会的约有千人，跳舞厅中充满着脂香粉气，台上花叶披离，电炬耀明，一对一对的男女正在那里做交际舞，忽又加入两人，大家都说：

"跳舞之王维多利亚又来了。"

伊穿着白色的衣，紫色的裙，露出雪藕也似般的粉臂，钩住伊的对手，东回西旋地舞着。那对手不是伊丈夫惜华，乃是惜华的好友贾璧，他两人跳了一会儿，伊觉得娇躯无力，便倒在贾璧怀里，贾璧把伊搂着，显出很怜爱的样子来，大家都看得呆了。

此时，忽听跳舞厅中起了一声怪喝，一个少年从人丛里霍地跳到台上，两人不觉大吃一惊。原来，那少年正是伊的丈夫雷惜华，他指着两人喝道：

"好啊！我哪处不去找寻？谁料你们却在这里做出这种无耻的样子来，你们以为我今天有事不会看见的吗？"

说罢，右手高高举起，早见一支勃朗林手枪紧紧对准两人，两人唬得什么似的，正想求救，只听砰砰两响，伊和贾璧早已饮弹而倒。许多跳舞的男女早唬得四散奔逃，门外警察听见枪声，急忙赶将进来，又听枪声一响，只见跳舞台上横列着三个死尸，直僵僵地躺在血泊里。原来雷惜华也自杀了。

离婚后的一面

二十多电影明星摄演的《新人的家庭》在卡尔登大戏院开映了，这天，卡尔登门前，车水马龙，人头拥挤，男男女女都来看电影的。但是都买不着票，立在门前，无可奈何。

郑健君预先购得楼下的票，一早挤得进去坐定，见男女看客陆陆续续地抢先进来。健君正游目而观，只觉眼前一亮，有两个女郎翩然掠过，第一个穿着闪绿色软缎的旗袍，颈上围着孔雀毛皮围巾。第二个披着一件玄色斗篷，一样生得明眸皓齿，纤腰秀项，头上挽着最时式的发髻，额前云发蓬乱，像喜鹊窠一般，别有风致，脚上一样穿着新式革履，走得咯噔咯噔地响。座中许多眼线都注射到她们俩的身上去。健君细瞧，穿绿色旗袍的女郎，正是他的表妹葛湘文，连忙立起招呼。湘文眼快，也看见健君，忙向他点点头。但是，健君以前的座位都没有空隙了，两人只好退到后面去坐。当电灯暗下去，第一本映到银幕上时，大众都注意着银幕上的动作了。健君默坐瞧着。等到休息间，电灯重明，大家有说有笑，张织云啦，杨耐梅啦，七嘴八舌地批评。健君偶然回过头去，见两人也正瞧着他。湘文微微一笑，和伊同坐的女友秋波微盼，正对他的目光，成了四道直线，但伊顿时回过头去。

其时，台上正演各种游艺，健君看看电影明星的跳舞，心里不觉有些羡慕，因为他对于跳舞一门也曾练习过的。后来，续映电影，不知怎样的，心中只惦念着适间的两道秋波。等到影戏映完，电灯又亮起来了，许多看客都一哄而散。健君立起身来退出，见他表妹湘文和伊的女友还立在一排座位的边头，似乎等待他的光景。他便走过去搭讪着说道：

"你们也来看电影吗？"

湘文答道：

"多时不见你了，近日怎样忙？"

健君道：

"公司中营业很为发达，我的事务还好，今天抽暇来此一观，不料遇见了你，我们何不到五芳斋去吃些点心？"

那个女友听说要去吃点心，便要先走。湘文笑道：

"且慢，要去一同去，待我来和你们介绍。"

说罢，一手指着那女友对健君说道：

"伊是我的同学王慧珠女士，文艺很好。"

又指着健君对慧珠道：

"你也和我表兄郑健君认识认识，他在怡昌公司里做副经理，前在某大学商业科毕业的。"

三人且说且走，早走出了戏院，在水门汀边路上立定。早有黄包车夫来招生意，健君道：

"不要客气，我们去吧！"

先跳上一辆车子上坐定，湘文和慧珠随后也各坐上黄包车。健君把手一挥道：

"快到大马路望平街口。"

黄包车夫不敢迟慢，拖着车拐弯便跑。这时，大马路上电灯如点点繁星，照彻通衢。不多时，三辆车早已赶到五芳斋门前停住。健君首先下车，一齐付去了车钱，走上楼去。恰巧有一小间空着，三人进内坐定。堂倌上来问用什么，健君先点了几样菜和四两白玫瑰，一同吃喝。室中很觉暖热，慧珠脱去披肩大衣，露出里面一件蜜色物华葛的丝绵袄子来，四周钉着时式花边杂乱外见得艳丽了。湘文把她们手里拿的两个热水袋交给堂倌去换开水，健君也将大衣脱下，接了慧珠的披肩，一同挂在壁上。健君先和湘文讲了一些家中情形，然后再问慧珠住在哪里，进了学校几年了？慧珠交际功夫很好，也和健君娓娓而谈。健君听伊谈话，知道伊也是一位交际明星，跳舞啦，唱歌啦，样样都精，爱慕之心不觉油然而生，很想和伊做个朋友，只是碍着湘文在旁，不便开口。湘文也是一个倜傥不群的新女子，伊以为男女社交是一件快乐的事，并没有什么别的道理，所以伊拖着自己朋友和表兄同去吃些点心，毫不在意。不料就在此便有许多瓜葛发生，也是伊起先想不到的了。当时，三人又各吃了一碗什锦面，健君才还去了账，揩了一面，一同立起。健君把披肩大衣提着，和慧珠披上了，然后自己也穿上大衣，堂倌早将热水袋送上。三人下楼，走出店门，健君又送她们走了一段马路，然后分手告别。但是，王慧珠女士的临去秋波和在卡尔登戏院里的凝视，已足够使健君销魂了。

　　一间小楼上，四周陈设精美，纤尘不染，绿滟滟的电灯光照到妆台前，有个少妇年纪不过二十一二岁上下，姿色清丽，穿着一件半新旧的闪缎皮袄，服装朴实，坐在沙发上，低倒头正在挑一件绒线衫。室中静悄悄的，只听台上那架翠石钟的钟摆嗒嘀嗒嘀地响。那时，楼下走上一个女仆来，问道：

　　"少奶，晚饭已烧好了，可要吃吗？"

　　少妇停了手里的针答道：

"少爷还没有回来呢！"

女仆道：

"已有七点半了，平常日子少爷总在五点钟的时候回来，迟到六七点钟也要归家了。"

少妇道：

"今天他是去看影戏的，但到六点钟也该来了。此时不来，大概有朋友约他到什么地方去。但他没有电话打回家来，只好再等等吧！"

女仆遂退下楼去。少妇放了绒线衫，立起身来，走到窗边揭开窗帘一看，星斗满天，朔风撼窗，隐隐听得马路上喧阗的车声。回过身来，见沿窗桌上放着一本跳舞术和几张画报，遂翻着画报看看，很沉没趣。再走到铜床边立定，瞧着妆台上放着的意大利石刻裸体美女，玉骨冰肌，姿态曼妙，使人发生美感，可是艳若桃李，凛若冰霜，可望而不可即，终究是一个无情的石美人罢了。少妇想着：这不是他买来的吗？当他初买来的时候，差不多天天要抚摩一会儿。现在却冷搁着，熟视无睹了。他的性子样样喜活动，而没有恒性，我不甚赞成。但我既嫁了他，我完全爱他，没有异心了。上海的地方很觉危险，但愿他爱我的心也专一不变，这是我的大幸了。遂又坐到沙发里，把绒线一针一针地挑着。良久，听得敲门声音，女仆去开了门，接着楼梯上一阵皮鞋响，一个穿着西装的少年早已走进房来。少妇即笑问道：

"你不是去看影戏的吗？怎样此时才回家？"

少年道：

"是的，我看了影戏，又和一个朋友到酒馆喝酒去的，你还没有用晚饭吗？"

少妇道：

"恐怕你还没有吃，所以等了你好久了。"

少年道：

"我是吃不下了，那么你一个人去吃吧！"

少妇遂放下绒线，走下楼去了。

你道这一对少年夫妇是谁？原来那少年便是郑健君。他和湘文、慧珠分手走后，路上又遇见一个朋友，谈了一刻话，所以回家时已过八点钟了。少妇便是他的妻子胡静姝。健君本是松江人，家中还有母亲、妹妹，因他在上海做事，而他母亲又是多病，不喜住到外面，因此他便带了静姝。小夫妻俩在上海法界嵩山路租了一楼一底住着，雇着一个女仆，创设一个新家庭。静姝天性幽静，不喜奢华，不像健君喜热闹的。伊不过在高小女校毕业，略解文义。这头亲事也是自幼订下的，结婚后一年，便跟健君住到上海。伊常常在家主理家务，井井有条，对健君又十分体贴，平日深居简出，做做女红，看看小说。只有一家姓许的是伊亲戚，难得前去走走。健君每天朝出晚归，有事便打个电话回来通知，夫妇间感情还好。不过健君常喜在交际场中走着，看见人家的妻子，唱歌啦，跳舞啦，携手并肩，同出同进，又活泼，又时髦，觉得自己的妻子有些比不上了。这天，健君要和静姝一同去看《新人的家庭》，静姝因为前天刚看过《人面桃花》，不大高兴出去看，并且四点钟时要到伊亲戚家里去讲一句话，所以让健君一人独去。

健君坐在房里，开留声机，听几张外国片子，觉得心中不似往日的安宁。停刻，静姝走上楼来，健君把留声机停止，走到床边，把帐顶里一盏粉红罩的电灯开亮了，坐在床上说道：

"今天的影戏很好看，叫你去你却不去，真是没有眼福。"

静姝接着绒线衫，重行挑做，倚身在妆台边答道：

"我不要享这眼福，那些影戏都是一样的，大同小异，没有什么好看。"

健君道：

"今天影戏里有跳舞场的摄影，杨耐梅、张织云、黎明晖、宣景琳、徐素娥等许多女明星都献身银幕，还有侦探长捕盗数幕，又是紧凑，又是热闹。"

静姝撇着嘴笑道：

"好了，你不过要去看看那些女明星罢了。你近来买了跳舞的书，又听说你从王先生学跳舞，莫不是希望要和女明星跳舞吗？"

健君也笑道：

"你不要胡说，等我学会了跳舞，再来教会你，然后一同上卡尔登去试试。"

静姝道：

"我是笨伯，你教我一世也不会的，你要跳舞，另外去和漂亮的女子试试吧，我又不要出什么风头。"

健君听说，默然不响，立起来在房中踱着，看看静姝手里很忙地挑着，便道：

"这东西又不要紧的，赶什么？"

静姝道：

"我因为你的绒线衫旧了，所以打一件新的给你，已经做了两三天了，难道你不要穿吗？"

健君笑道：

"多谢你，哪有不要穿的道理？我意以为先施公司亦有现成货买的，何必忙着做呢？"

静姝听说，有些不高兴。健君又和伊讲影戏中的情节，静姝虽然不愿意，勉强敷衍着听。健君想起适间的王慧珠，又对静姝看看，觉得静姝没有慧珠漂亮了，心中暗是代静姝可惜。因为静姝性情虽

343

好，可是没有交际的才能，学问又低微，和自己大学毕业生有些配不上了。静姝哪里知道她丈夫的心事？恐怕伊的丈夫没有吃饱，便去柜里取出一匣饼干给健君吃，又拿热水瓶倒了一杯白开水，送到健君面前。两人再闲谈了一些话，然后脱衣安寝。

光阴很快，过了一个月，已是旧历新年。健君的公司中放假五天，他便叫女仆看家，自己带了静姝坐火车到松江家里去。和母亲拜年。静姝的母亲也在松江，不过只有继母了，自然伊也要多耽搁几天。但因上海只有女仆看门，不大放心，健君也不惯守在冷静的松江城里，所以年初三他就先回上海来了。

年初四的早晨，健君去拜访一个朋友，约着同到大舞台去看日戏。看到一半时候，忽听背后有人娇声喊道：

"密斯脱陈，你在这里看戏吗？"

健君回头一看正是他时刻要想起的王慧珠女士，见伊披着一件兰花绿的软缎灰鼠旗袍，头上围着狐皮，鼻架金镜，云发覆额，又是一种倩雅的打扮。健君忙立起来招呼道：

"女士，怎样一人到此？好久不见了。"

慧珠带笑说道：

"昨天有一个同学约我今天到这里看日戏，伊说伊当先到，位子是在花楼第一排。我上来寻了一刻，没有伊的影子，问案目也说没有那家定座。此时戏已做去一半，大概伊失约了。"

健君忙指着他身边一个空座道：

"不妨，不妨，我这里有一友人没来，多一个座位啦，女士坐坐可好？"

慧珠沉吟不答，健君又把手里的手帕在座上拂拭道：

"请坐。"

慧珠遂走过来坐下。健君倒了一杯茶，放在慧珠面前。慧珠称谢不迭，也从身边摸出一包支果力糖来请健君吃。健君伴着伊细细谈话，连台上的戏都没有心路看了。健君的朋友看着他们，未免暗自发笑。

等到散戏场时，健君别了友人，独自伴慧珠到小有天去吃晚饭。慧珠也不推辞，就和健君去。因为伊初时也不知健君已有妻子，伊很觉像健君那样俊雅流利的青年，很可交友，并且伊的性子也是活泼得很，所以伊和健君说说笑笑，亲昵得如同家人一般。健君也是心志不固的少年，到了此时，自己也管不住了。两人相对欢饮，席间讲起跳舞来，慧珠便告诉他说自己校里这学期请得一位跳舞教习，伊学会了各种跳舞，狐步舞啦，汤娥舞啦，前星期曾在学校中和人跳舞过，同学都为激赏，因此她就去做了一身跳舞衣裙。健君听说大喜，便约明天同到卡尔登去跳舞。慧珠竟答允了。

这夜，健君回去，睡在床上，喜得不能成寐。一眼看见妆台上面悬着的静姝小影，两道秋波对他斜盼着，自己觉得有些良心内疚。但是一转念间，王慧珠的两道柔媚的目光，又隐在眼前，只得强自制定，合拢双目，蒙眬睡去。梦见自己和王慧珠在卡尔登舞场上跳舞了，忽然静姝也奔过来，和慧珠扭住厮打。正恨静姝前来扫兴，却见静姝被慧珠一拳打倒，慧珠又和一个男子跳舞了。乱梦颠倒，等得醒来，已近十点钟了。

下午换了一身新衣服，把头发梳得光滑，倒上一些生发水，拿了司的克，出得家门，到龙飞汽车行去雇了一辆新式汽车，开到大东旅社门前停了。原来昨夜他们约好在六十七号房间相见的，健君进去一看，慧珠已在房间里等候。两人遂一同出来，坐着汽车到半淞园去遨游，坐了一会儿划子船，吃些点心，然后出来，再去兜了一个圈子。那时马路上电灯已明，遂回到大东休息。慧珠又到浴室里去洗了浴，然后换上那套新做的舞衣，果然光怪陆离，翩翩跹跹，艳丽得和安琪儿一般。两人便坐着汽车到卡尔登，在舞场中买了座券，先喝些冰水，后用大菜。

那时，哀丝豪竹一时并奏，梵婀玲和钢琴弹得叮咚叮咚地响，场上跳舞的男女一对一对地起始跳舞。健君遂和慧珠也加入跳舞，各尽平生本领，依着琴韵左右盘旋。健君搂着慧珠纤腰，悉心周旋。香泽既亲，口脂微度，不觉色授魂与，宛如春日的蜜蜂，浸在玫瑰花的甜汁里。不一刻，跳舞完毕，两人携手偎傍着，到休息室里，并坐在榻上。慧珠娇喘微微，倚在健君臂上，低着头一同谈话。健君见伊手中拿着一块紫罗兰色的绣花手帕，角上绣着英文 W. T. 两个缩写字母，遂向伊讨取。慧珠慨然赠给他，健君便和手帕亲了一个吻，藏在绒绳衫的小插袋中。这夜，健君和慧珠重又坐汽车回到大东，直至十二点钟，健君才坐着汽车送慧珠到伊家门前而别，可算健君的破天荒畅游了。

一转瞬间，已是元宵佳节，静姝也从松江返沪。但是健君自从和慧珠一舞以后，便结成了密友，每逢星期六或星期日，常在一起聚晤，因此健君的费用较前多了。幸而静姝素来不顾问丈夫身边的钱。伊自己也不多出来，所以健君在外的事，伊一些也不知道。凑巧有一天，天气大暖，静姝见健君脱下的绒绳衫放在榻上，便去拿来晒晒。忽见衣袋里有一样东西，取出一看，原来就是慧珠赠的一块紫罗兰色手帕。静姝不觉一呆，把手帕翻覆一看，见有两个英文字母，知道这是女子的用物，心里好似浇了桶凉水，很使伊疑心，健君有什么外遇了，世上的妻子谁能容忍得伊的丈夫去爱第二个人呢？所以中饭也没有吃，一个人闷沉沉地坐在房中。到天晚时，健君回家，见静姝忧愁的样子，忙问怎样。静姝背转脸答道：

"你问你自己，便知道你有什么事瞒着我啊！"

健君伸手向身上一摸，知道一时不慎，这东西落了静姝的眼了，便过去抚着静姝的香肩笑道：

"原来为这劳什子的东西，请你不要疑心，我来告诉你吧！前星期戏剧协社不是演过戏吗？我的友人凌文德在剧中扮一个女子，特地托人绣成这块手帕，W 就是文字 Wen 的缩写，T 字便是德字 Te 的缩写。我在后台和他寻开心，在辍演时把这块手帕抢来藏在怀中，不料今朝生起风波来了。你如疑心我，可请凌文德来证明，好不好？"

静姝别过身来，摇手道：

"我总有些不相信。"

健君又用许多话来解释，静姝这才将信将疑地过去了。

又一天下午，静姝正在楼下，听得电话箱上铃响，忙过去一听，闻是女子的声音，说道：

"郑健君先生在家吗？"

静姝答道：

"你是谁？"

电话中道：

"我姓王，你是健君先生的家人吗？请健君来接电话。"

静姝听了，忙道：

"我是郑家的用人，少爷没有回来，你有何事不妨对我说。"

又听电话中沉吟片刻，才道：

"没有什么要事，稍停你家少爷回来时，托你只说有姓王的打电话给他，说明日星期日，适有他事，不能践约了。"

静姝听说，气得玉容已是变色，勉强说道：

"晓得了。"

把听筒挂上，摇断了线。回到楼上，倒在沙发里，越想越气，知道她丈夫竟在外面和别的女子发生恋爱关系了，心里不知是酸是

347

辣，眼泪不由扑簌簌地像断线珍珠般滴下来。可怜静姝是个柔弱的好女子，平日对伊丈夫用着一片完全的爱心，自从发现了手帕之后，本来常有猜疑。现在又听电话中的传语，竟使伊一颗芳心顿时碎了，何等的苦痛啊！晚上，健君回来，见静姝横在床上，朝里睡着。正想前去唤伊，却见伊两肩一耸一耸地在那里啜泣。健君不知就里，一把拖伊起来问道：

"做什么？"

静姝两手掩着面哭道：

"你好……你好……"

说时，又咽住了，说不出声。健君料想又是为了慧珠的事了，强自说道：

"我好什么？"

静姝道：

"你竟忍心骗我，不曾有什么外好，现在怎样有姓王的女子来打电话呢？你明天要和伊到什么地方去呢？"

伊君听了一想，这是慧珠闯的祸了，伊怎么会知道我家的电话号码呢？不由恼羞成怒，答道：

"这是我的朋友，和你有什么相干？你却这样哭哭啼啼。难道有了你，我在外边连一个妇女都不好交友吗？"

静姝见伊丈夫不肯悔罪，反而说出这些话来，更是伤心，便立起来说道：

"不是这样讲，你怎么瞒着我和他人要好？你有没有我妻子了？恋爱不能有第二个人。你是个智识阶级的人，怎样做这违反道德的事？"

健君道：

"恋爱也是自由的，即使我爱上了他人，现在不爱你，也是我的自由。本来像你这样的人有什么稀罕？离婚也不妨。"

原来，健君自和慧珠交好以后，渐渐发生恋爱，把静姝厌视了，这种人叫作弃旧恋新，不尊重他人的恋爱，真是恋爱中的蟊贼，所以他会向着静姝说出这些话来。还有一般水性杨花、朝秦暮楚的女子，也有一时放佚自趋邪僻、甘心抛弃伊的丈夫的，只看现在报上离婚的案件和离婚的广告很多很多。然而一查他们的内容，都没有绝大的痛苦，而不得不出于离婚的一条路的，不过各遂其私愿，造成许多罪恶罢了。当时，静姝听健君忍心说出这些话来，更是十分悲伤，气得一句话都说不出，伏在桌上，只是呜咽哭泣。健君却反转身望外面一走。

夫妇间爱情上若然发生了裂纹，宛如海面上遇了飓风，波浪翻腾，不会平息，久而久之，裂纹愈深，一旦便断。健君丢了妻子住在友人处，也不回家，只顾去奉迎慧珠。慧珠是个浪漫派的女子，伊也很爱健君，不过伊从湘文处已探知健君有了妻室了，伊却不以为意，只管寻快乐。有一天，健君向伊提起婚约，伊遂说：

"你已有了妻子，怎么可以再和我结婚呢？"

健君见慧珠已知道他的秘密，也把他们夫妇不睦的事一齐告诉。慧珠道：

"那天我因为你不在公司中，所以问了公司中人，打电话到你家来的。早知你有妻子，我也不打来了。"

健君搓着手道：

"妻子可以离婚的，我和伊离婚，再和你成婚，总可以了。"

慧珠道：

"这事只好牺牲一个人，你若要向我求婚，必先和尊夫人离婚才行。"

健君道：

"很好，我必赶紧把离婚事办妥，愿不要忘记我。"

可怜的静姝，自伊丈夫不回来后，终日痴坐，抑郁无聊，哭哭啼啼，有谁人来安慰伊呢？健君又不来供给经济了。静姝设法转回松江去，告知健君的母亲。哪知健君也已有信回去，要求和静姝离婚了。健君的母亲本来不甚爱静姝的，又做不动儿子的主，听凭他们自决。静姝悲伤过度，昏晕在地，经旁人救醒。伊的继母主张，健君若要离婚，当出养老费。伴着静姝回到上海，把健君找到，静姝含泪对健君说道：

"你真要离婚吗？良心何在？"

健君心中虽也有些不忍，只是迷恋着慧珠，硬着头皮定要离婚。他们遂请了律师，三面言明，健君出洋一千元作为赔偿静姝的损失。他们遂各签了约，静姝拿了健君的一千块钱，不由滴了许多伤心之泪。伊也不愿意回松江去，想到某庵落发为尼，经伊的亲戚劝解，遂住到亲戚家里，过伊不欢的光阴。

"但见新人笑，哪闻旧人哭？"健君和静姝离婚后，便向慧珠乞婚。慧珠家中只有一个姑母，代慧珠顾理家务。慧珠自幼没有父母，剩下一些资财，不够慧珠挥霍，早已欠了一千几百块钱的债。慧珠答应了健君的求婚，遂把这事告诉他知道，健君只好承认代伊还去债务，又忙着和慧珠结婚，总算如愿以偿，享受人间艳福了。

世上的事哪里能够测度到后来呢？健君娶了慧珠，租了一座小洋房住下。慧珠性喜交际，天天要出外走走，健君伴着伊同去。可是健君日里忙着公司中的事，夜里又要陪伴慧珠游玩，哪里有这许多精神来对付呢？况且有时自有他处应酬，只得让慧珠一人独出，心里仍有些放心不下。夜深归来，尚见慧珠逗留在外，家事另外雇了两个女仆管理，一切用费比较静姝时骤增几倍，加着离婚、结婚用去许多金钱，因此健君手中渐渐拮据。供养妻子、供妻子挥霍的义务，健君担负不起了，难得劝劝伊不要出去，或是他不高兴伴伊出去时，伊便老大不高兴。若伴伊出去，又要用去许多钱，真使健君为难了，只是暗中长吁短叹，意兴渐渐阑珊。慧珠仍是不肯原谅他，只向他苦苦要钱，并且也知道健君没有能力了，时时说他既然娶不起妻子，何必要害人？不知道健君明明以前娶过妻子的，不过娶不起王慧珠女士罢了。健君也有些懊悔以前的事。

这样过了一年多，不知怎样的，夫妻俩时常反目。慧珠不比静姝柔弱，弄得健君走投无路，叫苦连天。末了，慧珠因为健君无钱供养妻子，恋爱彼此已成淡薄，遂请了律师，要和健君离婚。健君叹道：

"这是我的报应，我怎样来待别人，所以，也有人怎样来待我。这种苦恼的家庭，贵族式的妻子，我尝了一年的滋味了，离婚也好。"

于是健君又被迫着和慧珠离婚，一样地离婚，前后的情景大不同了。

健君受了这个打击以后，如负重创，亏空也很多，精神上更是说不出的苦痛，心灰意懒，几乎要自杀。一天，从公司中出来，忽然遇见静姝的女戚，对他说道：

"郑先生，静姝这个人你也想着伊吗？伊现在生病很重，但是还不忘记你。闻你又和王慧珠离婚，伊很代你们可惜，要想和你见见，不知你去不去？"

健君叹了一口气道：

"我跟你去见伊吧！"

那人便引健君到伊家里，见静姝住在一个小小的亭子间里，正卧在床上，面色憔悴，几乎不认得了。伊一见健君，不由想起前事，一阵伤心，掩住面哭泣。此时，健君也滴下泪来，跪倒在床前，凄声道：

"静姝，愿你恕我以前的罪过。"

静姝伸出一只瘦削的玉臂来，健君忙握住，向臂上吻了一下，说道：

"我很对不起你，现在真的觉悟，愿在你的面前忏悔。"

静姝勉强笑了一笑，说道：

"我自从离弃以后，心中仍是舍不下你一个人。你虽无情，我却从一而终，不愿再有什么举动。你想那时我的苦痛何等深啊？因此得了咯红的病，常日忧郁，无以排解，今日已是病入膏肓，不可救药，幸得还能见你一面。健君，健君，我为你而死了。"

健君揩着眼泪说道：

"静姝，我的罪实在不可赦免，但我也受了很深重的创痕了，愿你可怜我吧！"

静姝道：

"我情愿饶恕你，仍认你为丈夫。我死后愿你把我灵柩葬在你家祖坟上，我仍是郑家的媳妇呢！"

说罢，又呜咽哭将起来。二人对哭了一番，健君方才告辞，允许明天再来看伊，想法请医救治，叮咛而别。不料便在这夜，静姝受了剧烈的刺激，夜间不住地呕血，一缕香魂归赴瑶池了。

明朝，健君闻信赶到，抱住尸体，大哭一场，只好遵从遗嘱，即日收殓。可怜伊得到的一千元养老费，却用去得不到百元呢。

一个女友

　　这个女友并不是我的女友，乃是我的女友的女友，以下都是竞秀女士的说话，我把它记了出来。

　　一个人在少年读书的时代，最觉活泼有味，这是人们公认的，所以我常回想我求学的状况。虽属时过境迁，好像还有一种旧欢可忆。最使我脑筋里永刻不忘的，便是我的同学好友宋绮华了。

　　我起初到这校里来时，人地生疏，举目无亲，散课后，一个人寂寞无聊。眼看着她们三三两两，并肩携手，有说有笑，哪里有人来睬我呢？有同个寝室的，她们都对我有些傲视的样子，不大和我讲话。凑巧我的性情也是落落寡合的，所以并没找到一个惬意的人。

　　一天傍晚，天气很好，残余的阳光还照到草场上，两旁栽的杨柳树，丝丝柔条，被风吹得东西飘曳，许多小鸟在空中飞来飞去，唱着清脆的歌声。我背着手，立在秋千架下，正看几个同学在那里拍网球。忽见一个同学穿着一件粉红格子布的短衫，拽起黑裙，从柳树背后急忙忙地跑来，好像穿花蛱蝶般到我的面前。背后还追着一个同学，乃是我同级姓王的。那时，伊忙躲在我的身后，把我死力推向前道：

　　"好姊姊，你快快救我一下，她要捉我呢！"

我忍不住张开两臂，把姓王的拦住道：

"密司王，看我薄面，宽恕伊吧！"

那姓王的见我出来排解，只好笑着道：

"小丫头，自己惹了人家，反逃到这里来请人帮助。现在姑且饶你，明天上操时，我稳请你吃外国火腿便了。"

说罢，走向里面去了。伊还立在我身后，掩着口哧哧地笑。我见伊笑，也不觉好笑。伊便问我道：

"姊姊，是新生吗？请教芳名。"

我告诉了伊，便还问伊名姓，才知道伊姓宋，名绮华，芳龄只有十九，学级比我高深一年，来此读书已有两载，是本校自治会里的副会长。我和伊谈话时，细看伊背后还梳着一条辫子，脂粉不施，耳环不御，只插着一只水钻别针。明眸如水，细腰似柳，颊上两个浅小的酒窝儿，红喷喷的，好像苹果一般，令人越看越爱。伊见我对伊紧瞧，无意地问我道：

"姊姊看我什么？"

我一笑答道：

"请你原谅我的说话，我看见你真是使我十分心爱，恨不得把你咽下肚去。"

伊听了，耸着香肩，咋舌说道：

"好厉害，你若把我咽了肚里去，还能看见我吗？你果然爱看我的，我每天到你面前，给你看个饱可好？"

说到那时，伊又笑了。我道：

"很好，我愿和你常在一处，只是你不要看轻我的学问低吗？"

伊道：

"姊姊不要说这种话，老实说，便是有学问的人，也不好眼高于顶，藐视人家，休说我是没有什么学问的了。"

我见伊说话如此直爽，更是快慰，便和伊手携手地在场旁散步，谈些校里的事情。伊都一样一样地讲给我听，极忠心地尽伊指导的责任。讲了良久，伊忽然问我道：

"姊姊可晓得密司王为什么追我吗？"

我摇摇头，伊笑道：

"她们都要来和我玩笑的，密司王我最怕她。因为她力气很大，常常把我欺侮，我没有报复她。适才我暗地里在她背上贴起一张召租，上云内有房屋五间，井灶俱全，每月房金大洋九厘九毫九丝九忽，好给人看着笑。不料被一个同学看见了，去告诉她，所以她要来捉我，请我吃苦了，幸得遇着姊姊。我看姊姊比我长大，以后我要请姊姊时时保护我。"

我笑道：

"我很愿做你的保护人，但不怕她们恨我吗？"

正说着话，又有一个同学走来，喊伊道：

"张先生在教员室里有事，要和你讲话，你快去吧！"

伊遂和我说声再会，跟着那人去了。

这天以后，我心中常贮着一个伊。但我和伊既非同级，又非同室，会面的时候不多。幸得星期六下午和星期日，我们可以自由聚谈。伊事事都肯听我，看我像伊的亲姊姊一样，因为伊是没有姊姊的。有时我和伊辩论，伊辩不过，终是低着头不响了。伊承认我的口才好，常说伊自己说不过人家。总之，我在伊的言语举动上，察出伊是一个很幽娴、很缄默的女子，天真烂漫，完全具着一片天真性情，伊真像是一朵优雅的蕙兰了。讲到伊的家庭，只有一个继母在世，待伊不过如此，所以伊寄宿在校，除掉暑、寒二假，不想回家的。此间伊也有些亲戚，但伊自从和我认识后，每每喜欢和我聚在一块儿，出则同游，食则同桌，就是不能寝则同榻罢了。我爱伊，真是心中说不出的爱。

伊喜看小说，只是不喜看哀情。我问伊为着什么缘故，伊说每看哀情小说时，不知要赔却许多眼泪，所以怕看。我想这是因为伊富于感情所致。我遂买些杂志送给伊，伊老实收藏起来，也不谢一声。伊的国文程度很高，有几首《春日杂咏》的诗词，先生也称赞伊用笔清丽，别有神韵。我背地抄录一过，寄投一家报馆去，果然披露。校里同学看见了，都来赞美伊，说伊现在是女诗人了。伊方才知道我出的抢花，便埋怨我道：

"姊姊，我不该怪你，为什么一声不响去和我投稿呢？我们女子的著作，切不能胡乱发表。不好的不要说起，若是好呢，人家又疑心有人捉刀，稍有绮思，便讥放荡，飞短流长，无微不至，尽有许多人因此生出祸来。"

我自知这事做得鲁莽，便向伊请罪道：

"请你饶恕我的不是。"

伊却对我笑了，不过我因此感想，女子在文学界上这样能力的薄弱吗？那些男子见有女子著作，应该裹视吗？为什么女子的著作不见尊重，反要引起他人的妄想呢？这倒是社会上一个紧要问题。

暑假来了，我和伊将要分别，心里实在有些恋恋不舍，各自勉强说些安慰的话。我又和伊到照相馆里去拍了一张小照，伊坐在藤椅中，一手支着香颐，含笑凝视。我立在伊身旁，左手抚着椅背，右手擎着一丛花，好像送给伊的样子。至今这张照还挂在我的房里呢。临别时，伊送我到火车站，说了许多珍重的话。古话说得好，桃花潭水深千尺，不及汪伦送我情。我和伊的感情，可算深厚了。暑假中常常信来信去，或是和伊取笑，或是细诉离怀。幸亏双丸跳动得很快，秋风起时，校里又要开学，我和伊再得见面，两月的相思一朝宽释，快乐得不可名状。这番我已约定和伊同居一室，更是亲近了。夜里我常瞒着舍监，睡在伊的床上去。校里同学见我和伊这般亲爱，背后便鬼鬼祟祟地讲我们。有一天饭后，我正自一个人在阅报室里看报，因为伊到里面去换衣服了。忽然我的同级密司华凤珍和二三同学笑嘻嘻地走进来，对我说道：

"秀姊，怎的一人在此，不觉寂寞吗？"

我知道她话中有意，便道：

"倒不见得，我正看《新闻报》呢！"

凤珍道：

"我们有一件事，要和你商量。"

我问道：

"是什么事？"

她们一齐说道：

"这要请秀姊跟我们去再说。"

我只好跟她们走去。走到礼堂里，只见前面一堆同学拥着一个人，那人急得汗流满面，挣扎不脱，细细一看不是伊，却是谁？那时，一群同学一声呼喝，早有几人把我拥住口里乱嚷道：

"我们都是月下老人，她们两人既然亲爱，我们来代她们结婚吧！"

我自知不妙，急忙用力推开，要想逃走，却被她们紧紧挟住，不能动弹，由着她们把我推到伊身上去。可怜伊两颊涨红，口里连喊：

"不要闹了！不要闹了！"

说时迟，那时快，她们已把我们两人拥在一起，只顾挤紧拢来，挤得伊娇声喊救，几乎要哭出来。我着恼了，大喊：

"这成什么样子？我要告诉校长的。"

她们才放手散开。我忙问伊可曾挤痛吗，伊摇摇头，引得众人在旁拍手喊笑，伊羞得抬不起头来，一溜烟地逃向楼上去。我也不顾什么，跟伊上楼。到得房里，见伊坐在床上，低倒了头，还是不胜含羞。我笑了一笑，过去握着伊手说道：

"她们真会恶闹，然而我却很情愿的。可惜我不是男子，否则定要和你结成夫妇，然而我不妨和你做一对假凤虚凤，你也情愿承认吗？"

伊微微笑了一笑，说道：

"姊姊说的痴话吗？"

我道：

"并不是痴，实在爱你不过。"

那时，我情不自禁，便抱住伊，和伊紧紧接了一个吻。伊倒在我怀里，哧哧笑个不住。从此，同学们看见我一个人时，便笑问道：

"你的 W（Wife）呢？何不去陪陪伊？"

若然看见伊，也要对伊说：

"你的 H（Husband）真爱你啊！"

可惜伊面嫩不过，弄得一句话也对答不来，只好尽受同学的说笑，那是我害伊的。

国庆日，校里放假二天，我因为母亲生病，故而向校长请假，回家省视，和伊小别经旬，相思万分。等我们重得聚首时，我是一因母病痊愈，二因和伊见面，自然十分快乐。但我觉得伊好像有了心事，言语举动上都较前有些两样。我暗暗问伊，却说没事。不过我绝不相信伊所说的。

有一次，黄昏时，我在寝室中和别人谈话，一个不留心，却不见了伊。我遂出来找寻，却见伊站在阳台东边，凭栏望月，若有深思。我轻轻掩过去说道：

"吾爱，你一人在此想些什么？"

伊不防被我唬了一跳，两手捧住了酥胸，说道：

"好姊姊，你这一声，险些被你唬得魂灵出窍。我却不知道你在我背后掩来呢！"

我忙代伊揉搓道：

"请你别吓，我要问你到底转什么念头？"

伊沉吟着道：

"不。我正在看看月色。"

我道：

"你不要瞒我，你的事犹如我的事一样，有什么不可告人之处，说了出来，我或可代你商酌。难道你我这样相好，你还不信任我吗？"

伊紧蹙着双眉，仍是不响，我也没法，只好携着伊手走去了。

我这个疑团一天不释，一天便不快活。伊见我这样情状，也表示有些抱歉的样子。可是每星期日，伊终和我一起的，现在却独自一人。我问伊，伊总说有事。那时，我心中的难过，实在不可形容。我是爱伊的，见伊如此心神不定，举止有异，岂不要查个明白？如有能帮助伊的地方，我也或可想法。现在伊给我一个闷葫芦，叫我如何是好？唉！伊这样无情吗？何不爽爽快快地告诉我呢？

某星期六早晨，伊预先问我道：

"这天可要出去？"

我故意说：

"要温习功课，不想出去。"

伊不响了。饭后，我一个人横在床上，却见伊很忙地在那里妆饰，我不觉暗好笑。隔了一刻，伊打扮整齐，走到我的床前说道：

"这样可好吗？"

我见伊上身穿着淡绿色锦纹缎的骆驼绒棉袄，下系着一条闪光江绸跳舞裙，足穿网球皮鞋，颈御丝织围巾，果然美丽得和天仙一般。我想伊平素很朴实，为什么新近渐渐妆饰起来？今天打扮得如花一般，到底去会见哪一个？我遂笑着回答道：

"你本是人间的安琪儿，妆饰了益发娇媚，包你心上人见了，格外欢喜。"

伊听我说话，不觉面上一红，把我双手扶起，说道：

"姊姊这话好奇怪，我的心上人便是姊姊，除掉姊姊，还有谁来？姊姊说的我不明白。"

我冷笑道：

"你口里说不明白，心里总会明白。我想做你的心上人，却是资格不够，还不如那个好。"

伊用手在我嘴上拧了一把，笑道：

"好姊姊，别说这种话。你这般伶牙俐齿，简直说不过你。我要去了，稍停再会。"

我道：

"你到哪里去？"

伊道：

"到二姨母处去。"

我道：

"真的吗？你这般妆饰，我让你一人出去，很不放心。"

便将伊一把拖住。伊道：

"别闹，你又不肯一起去。"

我道：

"我若去时，你便去不成了。我爱你，若不说明白，我今天一定不放你走。"

伊苦苦央求道：

"秀姊，你饶了我吧！人家见时，又要说笑了。"

我对伊很诚挚地说道：

"我并非有别样心肠，所以要问你。因为我是爱你，请你自己良心上责问责问，为什么守着秘密，不对我说？人家待你怎样，你却待人家怎样？你细细想一想。"

伊逼不过，只好说道：

"那么我告诉你，请你代守秘密。我在前月国庆日放假，姊姊还乡时候，到姨母处，认得一个男友，此人姓许名君亮，现在某大学肆业，是我姨母的亲戚，待我很好。我也不知怎的，每星期日不见他的面时，我便心旌摇荡，不得安慰。他和我通信时，化为我表妹的芳名。"

我跳起来道：

"原来便是你时常接到信的阿玉珍吗？很好。你人虽年轻，心思很深，然而总瞒不过我，你今天想是又去会他了？"

伊点点头道：

"他说三点钟在半淞园守我，现在时光不早了。"

我又问道：

"那姓许的家世如何？人品如何？"

伊道：

"他家倒很有钱财，他的父亲也曾做过议员，至于他的人品也好，姊姊可和我一起去会见他。好在姊姊眼光很锋利的，总能察见一二。"

我为好奇的心冲动，不加思虑，一口答应。伊便催我换衣服，我笑道：

"我和你是两样的，不比你……"

伊听说，啐了一口，娇嗔着不响。我略换衣裙，戴上一副眼镜，遂同到舍监处领了名牌，出得校门，喊了两辆人力车，坐着前去。

　　进了半淞园，曲折走去。见云路边立着一个少年，向伊点头，我知道便是此人了。当下伊代我和他介绍姓名时，我把他细细瞧看，见他穿着一身哔叽西装，紫色的领结，鼻架玳瑁边的克罗克镜，左手握着一根司的克，生得珠辉玉润，美好便娟，立在那里，翩翩风流，宛似傅粉何郎。当下见面后，一齐在小亭里烹茗闲谈。我细细地把学问试他，他似乎都精明的。其实不过说些门面语，可以说得空泛无当。并且他喜和伊多说话。伊好像喝了甜蜜的玫瑰酒一般，对他所说的无不合意。我想伊心坎中本来满贮个我，不料现在却变换了，我若真的是男子，他便是我的情敌。这时心里不免有些妒意。许君又邀我们坐了一会儿划子船。伊手棹兰桨，容与中流，风姿绰约，如同凌波仙子，引得岸上人都向我们注目。后来出园，许君早雇好一辆轿车，请我们去一品香吃番菜，又到夏令配克戏院去，直到夜深，然后许君送我们到伊的姨母处去住宿。过后思量，我殊悔此一行，因为我若不出校，他们俩一对璧人，鹣鹣鲽鲽，岂不更好？有了我时，反觉言语之间不能舒畅，我不是去做讨厌人吗？不过我和伊十分相爱，伊的事总放不下。这么一来，伊心上的人也被我亲眼看见了，照我看来，容貌固然生得好极，但觉他的行动略有轻浮。况且年纪又轻，心志未定，一时的恋爱，恐怕不能稳固。到明朝伊问我时，我便将这话告诉伊，伊笑了一笑，也不加判语，只求我在人面前莫说。并且又对我说，伊心里还有一件忐忑不定的事，因伊的继母来信，要把伊许配某姓人家，伊一定不肯，但还没有写回信，伊便和我商量。专制婚姻我本是极力反对的，遂代伊想些回答的话，写了一封婉转谢绝的信寄去。不过我又嘱咐伊，对于那位许君还要审慎相交，切不可一时热爱，贻悔将来。古话说，一失足成千古恨，我们女子对于婚姻，断不可轻忽，若是有了自由权，更要留神，否

362

则身堕情网，心无主宰，那是最危险的。

一个月后，伊正在音乐室中弄钢琴，我走过去，伊对我笑着道：

"秀姊，我来弹一阕《微波曲》给你听听，好不好？这曲乃密司哀伦教我的。今天是礼拜一，大后天星期四，我们开恳亲会，有一节钢琴独奏，伊要我上去弹的。"

我道：

"亲爱的，你试一下子看。"

伊便翻着琴谱，两手撩拨起来，琴声忽高忽低，悠扬动人。我倚在琴旁静听，忽然一眼瞧见伊右手中指上红光闪闪地戴着一枚红宝石戒指，便惊问道：

"你这戒指从何而来？我一向不曾见你戴上，莫非是……"

伊粉颊晕红，把琴停住，低声答道：

"秀姊，我已和他订婚了。"

我听说，心中怪难过的，不知是喜是悲，只觉得伊的终身已定当了，伊也很爱那位密斯脱许，我但愿他们前途充满着幸福，爱神常常和他们一淘便好了。

伊现在禀明白家长，不再瞒人了。可是伊的继母十分恨伊，因为伊拒绝她，不肯许人，自己反和人在外面订婚了，写封信来说，伊既要和人订婚，也应该向家长要求同意，不该这样鲁莽，明明是不把伊后母放在心上，所以她也不愿认伊是女儿。伊接到这信，心中发急，不觉哭泣起来。我见了伊，十分可怜，便用话安慰伊。伊说道：

"若然继母不认伊时，伊的学膳费怎样可得？并且是无家可归了。我只好叫伊去和伊的未婚夫商量，若是膳宿一层，我也可以稍尽绵薄。"

伊听我说话，果然去和许君协商，回来时对我说，好在伊明年便要毕业，学膳费等和伊一切使用，许君都能完全担任，因为那方面的家长很听他说话的。所以我听了，心上也代伊安慰一些。后来，年假中，伊便住在我家，一同切磋学术，很是有趣。我母见伊性情和淑，而貌姣好，也十分爱伊，认伊做了寄女。

这一年暑期，伊受毕业文凭了，好不高兴。等到行毕业礼时，伊上台演说，题为《女子参政的预备》。伊的国学本来很好的，吐语雅驯，态度自然，大为来宾称赞。伊的未婚夫许君也来参观，很是快活。以后校长便介绍伊到杭州某女校里充当教员。不过秋天开学后，我的修业未满，还有一年，仍到校里肄业，只觉伊人已去，满目凄凉。我和伊本像夫妇一般厮守着，现在钿劈钗分，各居一方，灯前月下，回忆旧欢，未免黯然销魂。因想人生不能无别，终不能一辈子厮守着到老，便是夫妇也不可知，何况他人呢？幸我和伊时常书信来往，稍慰离愁。

光阴很快，暑期又到，我也毕业了。聚校友会时候，伊也赶到，我便向伊问起许君的状况。伊含羞告诉我说，许君今夏也得大学学位，并且在北京交通部里已谋着要职，暑假后便要去的，所以许君想和伊结婚，伊也答应了。现在日期已选定在六月初十日，在爱俪园举行婚礼，并请好某伟人做证婚。伊请我帮伊料理，因伊继母不管伊了。我得了这个消息，便回到家中，在六月初头，和母亲等一齐到上海，赁下旅馆。我母也买了许多物件，送伊做陪嫁的礼物，又代伊张罗一切，不知道的人以为我家有喜事了。

结婚那一天，果然非常热闹，新郎、新妇都装饰得十分美丽，真是一对璧人。我是扶新人的，在用印的时候，我扶着伊，见伊玉手盖印，心里很为难过，因为我可爱的伊，从此归了他人了。许君，许君，你得着这样倩丽温文的安琪儿，不知前生几时修到，但不知你可能心坎儿温存，眼皮儿供养，爱护着这一朵鲜花吗？婚礼完毕，我又送伊到许君府上去，见新房十分华丽，不愧富贵之家。我和伊说了几句话，方才回转。一个人在房中想想，舍不下伊，不觉哭起来了，我母亲却笑我是痴呢。

我毕业后，便在本乡女子高小学校里执教鞭。伊因许君要到北京做事，便决定跟他同去，一齐来和我告别，我们设宴代他们夫妇饯行。我叮嘱伊许多说话，含着眼泪，看他们手携手地告辞而去。伊去后，每星期必给我一信，我也注意在教育上头，不再像前次苦思伊了。不过空闲时，仍旧要想伊。

两年过去，一直和伊不曾见面，伊也并不南返，却写信叫我去到北京游玩，可是我总没有机会如我的愿。后来，忽然有一个月没有信写给我，我想念得了不得，疑心伊或是芳体欠和，然而伊也应该叫伊夫婿写封信来。我一连寄信去探问。

又隔了一星期，好容易接到了伊的信，拆开一看，不觉使我平地添起几分愁闷。原来，伊信上告诉我说，许君近来待伊的情景变了，日夜和着那些政客花天酒地般尽玩，把昔日所学的学问尽抛汪洋。伊说上去的话，犹如过耳秋风，休想听从。伊在家很觉沉闷，要想到女子高等师范里再去读书。许君却偏不许，推说家中没人，不必再出求学。伊不服，和他辩驳，两下冲突了一场，故此伊百事不高兴，信也懒写了，请我原谅。我看信后，想想伊的性情，可算十分温柔的，现在两下弄得不睦，可知许君对待伊一定有令人难以忍受之处了。唉！我早疑许君是个轻薄少年，爱情容易变动的人，果然不出我的所料，真是伊的不幸啊！我也无可如何，只好长长地写封信去安慰伊。从此伊来信时，无非是诉愁道怨的语句，令人十分慨叹。我虽和伊相爱，自恨这件事也不能出力。

再隔几个月，伊忽然来了一封快信，我知道事情不妙，心里跳个不住，拆开看时，见上面写道：

我亲爱的竟秀姊姊：

现在我要告诉你，我写这封信时，我已和许君脱离关系了。你要疑心我的说话吗？待我慢慢写来。

他到了北京后，性情渐变，想是沾染着北京污浊的空气，自己不能跳出这个旋涡，一天到晚，奔东走西，无非是"功名利禄"四个字把他圈住。我见了，本已看不过，想不出什么方法，使我们离开这个地方，去吸些新鲜空气，苏醒苏醒他的神经。更想不到他竟在八大胡同里宠爱上一个妓女，名叫媚香，一向瞒着我，在他处别筑香巢。现在被我知道了，便向他责问。哪里知道他索性要求我许他把媚香认作侧室。唉！姊姊啊！我哪里能够答应他呢？我气伤了心，不觉哭了。暗想：他昔日的爱情竟像流水般流去了，像这样人枉空有些学问的，也配说什么恋爱神圣，明明是一味拿欺骗的手段来玷污我们女子。往日把种种甜蜜的话来哄我到手，及到达了目的，他便积久生厌，另爱他人了。恨我没有 X 光能够照到的心里，便是有了 X 光，恐怕只能照他一时的心，不能照他永久的心，他真是我国古书上有的王魁、李益一种人，得新忘旧，朝秦暮楚，只想玩弄女子，不是尊重女子的人格堕落到极点了。我当时想到这里，恨恨地向他交涉，哪知他不别而行，一连几天不回家来。此时，我心中的难过，恨不得要走自尽的末路，反落得一个还我干净，岂不可怜！

我连日想了不知有几千个念头，似这般薄幸的人，我若和他再厮守在一起，爱情终究是还不转来，并且我的人格也堕落了。他今日卖妻，难保他日不去卖国。我从前的爱情，已是白白糟蹋，以后我当怎么样做？若是效那旧时妇女去悬梁雉经，未免是个懦人。现在我觉悟了，前途方长，我当去想自立的新生活，为社会服务，不是我可以做的吗？遂鼓起勇气，向他提议离婚，磋商几次，他已答应我了，所以我说我和他已是断绝关系。

婚虽离了，我不久也要南下，重得和姊姊晤面，可以告诉我两年来在京里所受的苦况。不过我又想起和他初订婚的时候，姊姊曾向我下忠告，可惜我被情字迷住，不能细细考察，事后追思，不胜悔恨。为了他一人，连我家庭也断绝了。如今我一个人孤零零的，犹如荒田孤雁，好不悲伤，思想起来，还是自由婚姻害了我。并且恨我没有衡鉴人家的能力，以致有今天这样的结果。

我现在承认世上最亲爱的人便是我姊姊一个人了，你能可怜我的不得已吗？不以我离婚为可耻，仍旧看得起我吗？请你速速写封回信前来，我预备早日离去这个污浊地方了。寄母处代我请安，想她老人家一定是照常康健的。

祝你教育进步！

绮华

十三年十月五日

我拿了这信，读了又读，不觉滴下泪来，代伊十分可惜，忙告诉了我母，写复信去劝伊，不必悲伤，早日南下。隔了几天，伊果然带了几件很简单的行李赶到我家，形容憔悴，比前消瘦了不少。见了我面，将我紧紧抱住，掩面哭泣。我要想觅一句安慰的话也没有，可知伊的离婚，是万不得已的，痛苦极了。伊从此绝口不谈情字，仍在一个女学里教书，将文学来消愁解闷，很冷静地过伊的个人生活，到如今又有三年了。

唉！伊本来是一个天真烂漫的好女儿，碧玉年华，绿珠容貌，好似春日美丽的鲜花。若能得着好好的雨露培滋，人工爱护，可以欣欣向荣，成为奇葩。现在却不幸受了风雨的吹打，虫蚁的剥蚀，便不觉叶落花萎，呈露黯然之色了。唉！世上的害虫，怎么这样多呢？绮华，绮华，你真是一个可怜的人啊！

幽秘的心

标有梅，其实七兮。求我庶士，迨其吉兮。

标有梅，其实三兮。求我庶士，迨其今兮。

标有梅，倾筐塈之。求我庶士，迨其谓之。

（注：标梅者，言过时也。）

柳丝绿了，一条条如线的柔枝，在那春风骀荡中飘拂到它旁边一角红楼外的栏杆上。

这时，有一个娇模样的女郎，梳着一条辫子，额上前刘海剪得绝齐，插着一支月牙式的水钻骨针，上身穿着黑丝绒直襟夹袄，下穿闪色绸的裤子。生得圆姿替月，纤腰如柳，两颊隐着两个小小酒窝儿，又婀娜，又幽倩，的是一位令人可爱的安琪儿。伊的娇躯倚在油绿的雕栏上，一手托着香腮，露出雪白粉嫩的臂腕，盈盈双瞳，瞧着下边马路上的景致。那袅袅碧柳，被风飘到伊的鬓旁，依依拂拂，却在伊芳心中勾起了千万道的情丝。又见一对毛羽润泽的燕子，在那檐下飞出飞进，口里衔着泥，正在造它们的新窠。伊不觉叹道：

"燕啊，燕啊！去年你们去了，今年却又双双飞了回来，享受这快乐的春日，使我也不胜艳羡。但是蔓草萦骨，拱木敛魂，那人已

369

是撒手尘寰，怎能像你们去而再来呢？"

　　伊低下头看时，那边呜呜呜地驶来一辆青色轿式汽车，车里头并坐着一对青年男女，如箭一般地过去了。伊想：这几天桃红柳绿，春光大好，龙华道上一定是车水马龙，士女如云，今天又是星期日，所以一辆一辆的汽车载着情海鸳侣前去，驰游春郊，畅叙幽情。这些人自然是兴高采烈，十二分的起劲。只是伊自己好像觉得懒懒的，没精打采，一颗心没有安放处。看了一歇，将手掠着鬓发，悄悄地回到伊房内，走到伊的玻璃橱前面，伸手把橱门开下，取出一只小铁箱来，坐在软椅上，将小铁箱搁在两膝，从怀中掏出一个小钥匙，开了锁。只见铁箱里一叠一叠的都是书札，有的是粉红信封，有的是紫信笺，有的是湖色小札，花花绿绿，映到伊的眼帘里。伊不觉支着香颐，呆呆无语，慢慢地一封一封把来细读，好似重温旧书。这其中充满着可忆的资料，当时写的温馨缠绵的文字，何等香艳？到了今朝，却变作断肠遗迹，使伊见了，芳心中时常受着悲惨的刺激，回肠荡气，不能自已。正是天长地久有时尽，此恨绵绵无绝期。若是硬起心肠，把这些勾人愁肠的情书都付祝融氏一齐烧了，那么以前种种譬如昨日死，解脱一切，岂不是好？但伊一缕痴情，藕丝难杀，哪里能够舍弃得下呢？伊看了许多信，恍恍惚惚，想起以前情景来。

　　幽静无人的园里，桃花开得鲜红明艳。伊和伊的爱人手臂相挽着，在那池塘边走来走去。池中有一对鸳鸯，正在嬉水相逐。伊一手支着香颐，看得呆呆出神。那时，伊的爱人轻轻凑在伊耳朵上说道：

　　"你看物犹如此，人何以堪？"

　　伊不觉面泛桃花，把头倒在伊的爱人怀中。伊的爱人便拥住伊，很甜蜜地亲了一个吻。然而这是三年前的事情，现在对于伊看起来宛如梦景了。

夕阳西下，金色的阳光照在水波上，一阵一阵的清风，飘人衣袂。伊和伊的爱人正坐在一只小艇里，橹声欸乃，容与中流。伊手摇轻罗小扇，嗑着瓜子，和伊的爱人喁喁闲谈，何等潇洒？然而这是三年前的事情，现在对于伊看起来宛如梦景了。

一间小室里，铁床上卧着伊的爱人，骨瘦如柴，病容满面。伊坐在床沿上，眼眶里含着眼泪。伊的爱人握住伊的柔荑，喘气说道：

"我爱，我是去死不远了。蒙你这样钟情于我，可算是我生平第一知己。可惜彩云易散，病魔祟人，天可怜的，我自知不能和你再在一起了，请你原谅我。"

伊听了，心中说不出的万分悲酸，眼泪好如脱线珍珠般滴下。这也不过是二年前事情吧，然而在伊看起来宛如梦景了。

这样看来，人生无异做梦。伊的爱人梦已做完，脱离这五浊世界而去。但是伊的梦却不曾做完，前尘梦影，每每痛上心头。可怜伊一颗幽秘的心能够告诉给谁人知道呢？伊把信仍旧什袭藏好。再拿出伊爱人的小影，细细凝视，人亡物在，旧恨难消，伊不觉叹了一口气，懒懒地立起身来。忽听房门外脚步声响，只见伊的母亲捧着水烟筒走将进来。伊忙把照片往怀里一塞，起身迎接伊的母亲。伊的母亲在旁边一张交椅上坐定，咳了一声嗽，说道：

"我儿，这般好天气，怎的不出去散散心？镇日价偪蹴在房里，不怕气闷吗？我是年纪老了，怕出门。你是个年纪正轻的人，起先你不是也很活泼的吗？怎样渐渐变了？适才朱家二小姐打电话来约出去游园，你却一口拒绝，我真不晓得你的心啊！"

伊微微答道：

"是的，母亲不明白我的心，我近来只是不喜欢出外闲游，想是前几年游畅了。"

伊母亲又说道：

"昨天张家嫂子到来，和你做媒。我因为那人学问虽好，却没有家产，到底不能答应。前月说你的周家，虽是富有，可惜年纪不对，又不能配。不晓得几时可以得个如意郎君，你的心里怎样想呢？"

伊叹口气答道：

"悉凭母亲主意便了，我终身不嫁也好。"

说时，一缕幽怨，形上眉梢。伊的母亲讨了一句没趣，只好支吾开去，闲讲家务，伊没精打采地敷衍着。隔了一歇，伊的母亲有事走出房去，伊遂倒向床上，和衣而睡。

一天，将近黄昏，马路上的电灯都霍地亮了，发出灿烂的光。伊妆饰得像花朵一般，臂上挽着一个白色钱囊，上绣着一朵紫罗兰花，还有一行蟹行小字"Kind thought"路上黄包车，一直拖到一座巍然高大的洋房门前，上面有电灯缀着"上海大旅馆"五字。伊付了车钱，举起伊脚上穿的白色革履，跨上水门汀的阶沿上。伊忽然转了一个念头，暗说：不好，我这么一来，不是堕落了吗？

原来，伊这时暗中认识了一个男友，那人翩翩年少，工架甚好，手段又是圆滑，可以使一班妇女醉心于他。但他是个有名的滑头，一心想引诱伊堕落，以遂他敲诈好骗的念头。伊绮年玉貌，春心难遏，竟被他的甜言蜜语勾动了心。此番他约伊到此会晤，无非是想去玷污伊。伊若进去，不消说得，伊干净的身体来时，变作污秽的身体回去，岂不危险？此时，伊渐渐退下阶沿，立在门首，低头细想，男女结合，岂不全仗着爱情吗？前几年伊与伊的爱人相识长久，两下的爱情何等浓厚。伊的爱人哪里有媟亵的举动？可称得高尚神圣四字。现在他约我到此，所为什么啊？哎哟！不好了，我险地上他的当。若然我进去了，岂不把我二十年来的贞洁，一旦尽付东流吗？还有何面目去见人吗？对得起我的父母吗？唉！这人真是歹人，

372

我怎的脂油蒙了心，贸然会到此间？现在悬崖勒马，未始非我的觉悟，不如回家去吧！主意已定，遂又雇了一辆人力车，拉回家里。在途中，又想到情和欲是不同的，肉欲的爱恋是到底要失败的，哪里及得有爱情的长久呢？我是好好一个清白女儿，岂能跟那狂蜂浪蝶结识呢？他约我到此，绝非好意。幸亏我醒悟得早，不然也难说了。伊一路思念，车已到得门前，伊付了车钱，走进家门。但见伊的母亲笑着对伊说道：

"你不是被你同学约到她家中去住一宵的吗？怎的又回来了？"

伊不觉面上微微一红，答道：

"母亲，我不去了。"

唉！伊的一颗幽秘的心到底永久深藏着，连伊自己亲爱的母亲也不知道啊！

明星脱辐记

一

　　黄睿和他的夫人吴守真女士看看影戏，回到家中坐定，大家讲起影片里的情迹，怎样是好的地方，怎样是坏的地方，男主角有什么出色之处，女主角有什么出色之处，讲了一刻，守真忽然向伊丈夫说道：

　　"我有一句话，不知你可赞成？"

　　黄睿道：

　　"什么话？"

　　守真道：

　　"我想妇女也应有个职业，发挥伊的本能，不必靠着丈夫吃饭。不过现在女子职业在社会上还没有普遍，仍被一班男子占据着优先权。这是一个大大的缺憾。今天我看了影戏回来，觉得这也是我们女子的投机的事业，趁现在电影风行一时的当儿，要得个电影明星的头衔，并非难事，倒可以名利双收。"

　　黄睿听了伊的话，不觉一怔道：

　　"你有这种思想，难道你真想去充当女演员吗？但这事究竟不是我们做的。"

守真道：

"这是研究一种艺术，并非一种低微的事，外面的说话也不可以全听。只要自己尊重人格，不去同流合污便好了。我也并不是真的欢喜出去做事，只因你做个小学教员，每月赚得二三十块钱，还要欠薪，我们两人的生活怎样可以维持下去？所以我要去尝试一下。我有个同学王女士，现已在千散公司里做女主角，外面也有些小名气。前天伊告诉我说，大胜公司里要出一种哀情片子，正在物色女主角，我听了，不觉跃跃欲试。你若答应我的，我去托伊向经理说项。伊和经理、导演等都相识的，或者可以成功。将来我成了女明星，于你多少有些好处。"

黄睿看看守真娇美的面庞，两道水汪汪的媚眼，很有些不放心。但他也喜欢研究电影的，常常作了批评电影的稿子，登到小报上去，并且近来手头更见窘迫，自己觉得区区小学教员，要养活一个活泼而爱时髦的女子，实在不济事。所以他勉强说道：

"姑且让你去试试，但要做明星也不容易的啊！"

二

不多几天，大胜影片公司里新来了一个女演员，风度婀娜，面貌秀丽，大家都十分注意，这就是吴守真女士了。守真在这天，和伊丈夫商酌以后，便去托王女士力为介绍。王女士先领伊去见经理和导演，都很满意。隔了一天，便和守真把合同订好，代守真换了一个名字，叫吴珊珊，以后作书的也称呼伊珊珊了。珊珊自然兴致很高，回到家中，告知黄睿。黄睿听伊已订下了约，一半儿喜，一半儿爱。从此，珊珊天天到公司里，受导演的训练。大胜公司新出的片子，取名《恋爱之贼》，导演的即教珊珊充女主角，和一个男主角穆伯士同演。珊珊热心希望女明星的头衔，凡是导演叫伊怎样做，伊无有不听，而且十分熨帖。果然，这片摄成后，在中心大戏院开映，博得社会热烈的欢迎，一班批评电影的纷纷赞美吴珊珊的艺术，说伊表情细腻，风姿明媚，简直可以压倒杨耐梅，媲美王汉伦。有些办画报的编辑都来向伊索照片，登在画报上，于是吴珊珊竟一跃而为明星了。

三

珊珊自被社会上人士捧后，伊时常要赴人家的宴会，卡尔登、新泾别墅、大华饭店、安乐宫，哪一处不有伊的芳踪？舞袖翩翩，轻裾飘飘，自己也不曾想到竟做了交际之花。于是伊的衣饰当然也入时了，向来所穿的衣服，伊都一股脑儿把来放在箱子里，不去顾问了。黄睿见伊的妻子这般模样，眼中却有些看不惯，心里也有些放不下。因为他知道珊珊的月薪也是有限，不知哪里来的钱供伊挥霍？虽伊不再向他索钱，免去絮烦，但妻子的进款，丈夫也该明白知道，遂向伊盘问。伊只是含糊回答。又在银幕上见伊和男主角亲密的样子，实在难堪。最使他愤妒的，有一幕伊和男主角穆伯士偎抱着接吻。唉！大胆的穆伯士，侮辱他的妻子，也是侮辱他啊！所以，他和伊要提出条件，以后伊和人家摄影片时，不得和人家接吻。珊珊笑道：

"奇了！这是不关我事的，你可请问导演为什么要有这个？我既然做了演员，只好听导演的指挥，而且这是假的，不见得便有什么暧昧啊！"

黄睿被珊珊说住，也无话可说了，只在背后长吁短叹。

一天，珊珊要到杭州去，因为新摄一种影片，要到杭州山中去摄。回家告知伊的丈夫，黄睿不愿意让伊去，可是事实上不能成功的，到底珊珊跟着公司里一众演员到杭州去了，摄了十多幕。正式公事已办好了，导演请一众演员游湖，共雇了三只小划子船，分坐着导演和珊珊，还有一个女演员同坐一舟，带着酒肴在船中吃喝，前后招呼，很是快乐。那导演是个很漂亮的少年，喝了几杯酒，微有醉意，坐在船舷旁。珊珊立在他身边，指点着湖畔绿荫深处一处一处的桩子询问。导演一面还答，一面伸手握住珊珊的玉手，且笑且谈。不知怎样的，珊珊俯首下去，导演竟钩住伊的头颈接了一个吻。三船上人看得清楚，一齐喝声彩。珊珊羞得抬不起头来，索性伏在导演的身上。导演又凑在伊的耳朵上，不知说了几句话，大家故意咳了几声嗽。珊珊对导演说道：

"他们又在那里作怪了。"

导演道：

"让他们去休好了。"

四

人心本是活动而多变幻的，他们俩本是一对很好的夫妇，但自珊珊投身银幕，成了电影明星后，夫妇间时常发生冲突，爱情渐渐有了裂纹。黄睿虽然省掉供养妻子的费用，可是耳朵里听了人家不少奚落他的话，偏偏有些好事的小记者把珊珊和导演的秘密在报上披露出来，又有人说他因为贪钱的缘故，所以让他的妻子出去做电影明星，甘心戴上一顶绿头巾。其实黄睿何尝拿到伊的一文钱呢？便是珊珊也没有什么钱多，不过多了许多套数的衣服罢了。因此黄睿心里实在气闷得很。珊珊的性情也变了，见了伊的丈夫便憎恶，家里再也坐不住，每天非到夜深二三点钟不回家，有时竟不回来。黄睿问伊时，伊总推诿有事。可怜的黄睿，再也忍不住了，深悔起先让他妻子到影戏公司里去的不是。以前虽然缺少些钱，可是夫妻间却一块儿厮守着，没有什么不欢的事，现在珊珊固然快乐得很，他自己却太苦了。长此以往，危险得很，他的名誉将要跟伊牺牲去了。他遂劝珊珊辞退不再做演员，珊珊哪里肯依？说：

"我好容易得了明星的地位，怎肯弃掉？况且我不做了明星便没有进款，你还能够有力量供给我的用途吗？"

黄睿十分愤怒，所以两下时时吵闹。伊竟常住在外边不回来了。最后，珊珊竟请了外国律师，写信给黄睿，提议离婚。黄睿本来气得了不得，现在又知道珊珊忘却前情，这样给他一个重大的打击，万般伤心，一人闭了门痛哭一场。到底两人在律师前各签了字，黄睿一声也不响，签好字对珊珊看看，珊珊却低倒头走去了。

五

一天，中心大戏院里又开映珊珊主演的新片《爱之花》了，看影戏的人都是慕名而来，挤得满院没有空座。银幕上的动作，正做到珊珊所饰的女学生，用狐媚的手段来勾引某少年时，珊珊的表情果然有声有色，一众看客都看得出神了。忽听台下一声喊，有一个少年狂奔到台上去，因为电灯熄了，看不出是什么人。那少年举起手中的手杖，向着银幕上的珊珊劈头打去，口里大喊：

"不要脸的东西！薄情的妇女！我今天打死你，看你还能够去迷惑别人吗?"

　　此时，观客惊奇莫名，秩序大乱。管院的忙去喊了印度巡捕过来，才把这个怪少年驱逐出去。那少年一路走出去时，骂不绝口，都是怨恨珊珊的话，好像一个疯人。大家很是奇怪，后来探听始知那少年便是珊珊的故夫黄謇，可怜他现在已成了疯人了。

恋爱史中的牺牲者

　　梁亚民是个十五六岁的学生，他在本城初级中学里读书，那天放学后，把皮书带缚住的几本书负在肩上，喜滋滋地走回家来。一看自家轿厅上早打扫得十分干净，那些堆满灰尘的行牌，和蓝呢官轿等，一股脑儿都收拾开了，还有厅旁两间小地板房也开直了门。亚民很稀奇的，走到内室，见他母亲胡氏正坐在沙发上抽水烟，旁边坐着一个十八九岁的女子，梳了一条三股辫，插上水钻木梳，容貌生得也还不恶，可是身体却十分肥重，一件绿色物华葛的夹衫，在伊身上绷得紧紧的，正是他表姊冯杏娟。亚民一脚踏进房里，先叫了一声母亲，后叫一声表姊。杏娟忙立起身来，带笑说道：

　　"民弟回来了？"

　　过去接亚民手中的书包，亚民却不愿放，说道：

　　"谢谢你，我便要到书房去的。"

　　胡氏道：

　　"你放下了，我有话和你说。"

　　亚民只好把书包放在桌上。胡氏又道：

　　"你爹爹来的信要看吗？"

亚民问道：

"适才来吗？可有什么事？"

那时，杏娟早走到沿窗一张红木四抽屉台子边，在抽屉里取出书信，送到亚民手中。亚民接过一看，不觉涨红了脸，杏娟也别转脸，对着一面玻璃大橱上的镜子里，用小木梳来梳她的头发。胡氏笑道：

"到底小孩子面嫩，你不晓得你父亲早已和我商量过这事了？"

亚民急道：

"孩儿年纪还小，休要提起这事，我最恨那些有钱人家，老早便替他们子女完婚了，也不顾他们子女前途的幸福。他们不过为自己讨媳妇，并不是为儿子娶妻（其语痛快）。"

胡氏忙道：

"好了，又引你发呆话了，好在这事有我做主，现在不提也罢，将来包管你要发急了。"

亚民遂走去，把这信仍放在抽屉中，回转头来，见杏娟正向他瞧。亚民道：

"表姊，我们外边轿厅上为什么打扫得那样干净？"

杏娟道：

"哎哟！我还不曾告诉你。陆裁缝隔几天要搬到这里来了，轿厅上借给他做衣服，两间小屋也借给他们住宿。"

亚民道：

"那边小天井中不是有棵枇杷树吗？年年要结很多的枇杷，恐怕今年我们要没有吃了。"

胡氏听着，便道：

"好儿子，我们是租与他，并不是卖给他，将来你要去采便采，怕什么？我因为陆裁缝做的衣服很时式，很可人意，我家大小衣服

381

总是叫他做的。前天我代杏娟买了一件纱衫的料，叫他来剪。那时他说起他们的房东要全家搬到北京去，他的成衣铺也要迁移了，只是一时没有相当的房屋。我晓得陆裁缝非寻常裁缝可比，他做的生意很大，客师也多，须要较好较大些的，方称他心，我才想起我家轿厅没有什么用处，旁边两间小屋正可做房间，并且看门王老又是个聋子，外面少人照管，不如租给他用吧！我把我的意思告诉他，陆裁缝十分快活，也说太太若然应许让他们住在这里，那是再好没有的了，就此一言为定，讲明每月房金两元。好在我的用意并不是贪什么租金，将来他家搬来，我们剪衣服更便当些，所以现在打扫干净，到后天他家马上要搬来了。"

亚民听着点点头，随即携了书包，走出房去。杏娟也跟出房来，走到外面天井里，亚民走得很快，杏娟过去拉住亚民臂膊说道：

"民弟，你来看我种的月季花，开得这么样的好看啊！"

亚民只得回过身来，和杏娟走到月季花边。杏娟把玉手紧紧握住亚民的手，口里不住地赞月季花好。亚民虽觉得柔荑如绵，可是他的手小，尽在杏娟掌握之中（可发一笑）。他要想走到书房里去读书，自己却做不得主。杏娟又从衣袋里拿出一小包可可糖来，塞在亚民衣袋中道：

"我知道民弟喜吃这糖，适才到观前去买来的。"

亚民道：

"多谢你，多谢你，我们到书房里去吧！"

两人遂走到书房中。杏娟放脱了手，亚民把书带解开，取出一本英文来，坐在书桌旁诵读。杏娟立在旁边，听他朗诵。隔了一歇，杏娟道：

"这个半年，我因正月中生了病，没有到学校去，现在我正自己温习。暑假后我想换一个学校，民弟，你想哪一处是好？"

亚民答道：

"民智女学课程很新，教员也好，表姊不妨去试试看。"

杏娟道：

"是的，不过我的英文实在不济，暑假中我要你来教我，你可答应？"

亚民道：

"我哪里能够教你呢？我要请先生来补习，一同读吧！"

亚民说罢，掏出那包可可糖来吃，杏娟看着很快活。亚民道：

"你也要吃一个吗？"

杏娟摇摇头道：

"我不喜欢吃这个，请你吃吧！"

亚民吃着可可糖，双目凝视着杏娟。杏娟不觉低头一笑，但是一刻儿，伊面上又现出凄然之色。杏娟对亚民说道：

"民弟，你可知道，一星期后，我要回到上海去吗？"

亚民道：

"怎的？你不再住在我家吗？"

杏娟道：

"不是，因为我的母亲写信来叫我去，我不得不去，大约隔一个月我便要再来的。舅母待我很好，况且她很寂寞，常要我侍奉的。不知你要我来不来？"

亚民道：

"我是……"

他说到这里，见杏娟紧瞧着他，遂道：

"我自然也喜欢你来的。"

这时，忽听门外脚步响。走进一个十六七岁的婢女来，正是使女阿香，带笑对杏娟说道：

"杏小姐在这里伴少爷吗？太太有事要请杏小姐进去。"

杏娟答应道：

"来了！"

随即跟着阿香进去。唯有亚民独坐在书房中，呆呆地好似想什么。

梁家轿厅上安着几张缝衣台，有几个裁缝司务在那里做衣服，原来陆成衣已迁居进来了。别看他是个小本经纪人，他的户头很多，生意很忙。他自己一天到晚出去剪衣料，招顾主客，除却几处特别讨好的人家，一切衣服都由请来的客师去做，所以手中很积几个钱，进屋时还有请酒等许多热闹。亚民和杏娟出去看白相，忽见陆家房里走出一个女子来，正在十七八妙年华，梳着一条辫子，面前打起一撮前刘海，生得鹅蛋般的面孔，两颊红润如玫瑰，秋波婉媚，风姿娟秀，一身粉红格子布的衣裙，胸前套着一串珊瑚珠链。见了亚民和杏娟，微微一笑，好似要招呼一般。杏娟不由一呆，暗想：裁缝店里哪来这般好女儿？我见犹爱，简直是一个很优秀的女学生呢！亚民却不这样，反叫杏娟看许多裁缝朋友吃酒时一种狼仓的样子。那时使女阿香也走了出来，杏娟指着那女子，低低问她道：

"你可知道伊是谁吗？"

阿香道：

"陆裁缝告诉我的，这是他的女儿，名叫采南，在城东一个女子中学里读书。小姐，我看她的容貌委实生得美丽啊！"

此时，亚民也紧瞧着，那女子在天井中立了一刻，见这边有人看着议论伊，伊就低着头走进伊的房中去了。

过了几天，杏娟回上海去了，只剩亚民一个人放学回来，独自预备些功课，很觉无聊。一天，无意中走到轿厅上，看裁缝缝衣。

忽听一种读书的声音，又清脆，又柔曼，从陆裁缝房里透出来。亚民伫立静听，听得有"呜呼！其信然耶？其梦耶？其传之非其真耶……"知为韩愈《祭十二郎文》，三个耶字读得呜咽郁结，音韵婉转，正是陆裁缝的女儿陆采南在那里朗诵古文。亚民只顾听，却见陆裁缝的妻子从房里走出来，向亚民招呼道：

"小少爷放学了吗？可进来白相白相。"

亚民闻言，身不由主地走进房中，见外房沿窗安着一张书桌，上面放着些书籍和笔砚，陆采南正坐着读书。旁边还坐着伊兄弟思棠，却在习字。采南一见亚民进来，不禁两颊一红，不再读了。亚民立在桌旁，陆裁缝的妻子对采南道：

"这是梁家小少爷，也在学校里念书。"

采南别转身，对亚民看了一看。亚民顿时面上也红起来，一句话都说不出，一溜烟地逃出房去了。到得里面，在天井中立住想想，自己懊悔我何不同伊谈谈，为什么一走呢？重又踅出去，却不听见采南的读书声了。但是，余音袅袅，犹觉在耳，亚民很不忘地想着。

五月九日的前一天，亚民从校里回转，走到庭中，忽见陆采南正在墙边浇花。亚民立定了，对伊看了一看。伊回过粉颈来，瞥见亚民，也就似笑非笑地对亚民点点头。亚民连忙也向伊招呼，慢慢走过去，说道：

"浇花吗？"

采南答道：

"正是，这一些洋玫瑰是我从校里索得种子来种的，你看颜色多么姣丽？"

亚民低头瞧着，答道：

"果然很好，那边书房天井里我家也种有很多的花，你如高兴，

385

可去看看吗？"

采南踌躇着不答。亚民很恳切地说道：

"不妨事的，请你到我的书房里去坐坐，赏光赏光。"

采南不觉笑了一笑，放下水壶，跟着亚民走进里面，曲曲折折，从大厅左侧陪弄里转到花厅，又从月亮洞里进去，便见有一间书房，收拾得十分精雅。庭中有一个小池，池里有几条红色金鱼，浮游水中。墙边有个花坛，上面的蔷薇花，开得正是烂漫。还有许多花盆，种着杜鹃花、山茶花、玫瑰花等，花叶纷披，幽香阵阵，真觉得鸟语花香，幽静恬适，正是好一个读书所在，琅嬛福地。在那书房后面，还有两扇小门开出去，乃是梁家的家园。园地虽小，也有亭台池沼之胜。当时两人立在庭中，亚民一样一样指给采南看。采南啧啧称美，说亚民种得好。其实何尝是亚民种的呢？不过是梁家的花匠一种成绩罢了。亚民又请采南到书房里坐，采南跟着走进，见四壁挂着名人书画，还有几张照片，和亚民父亲的放大照。左边放一张大沙发，上面堆着许多小说书和报纸，旁边还有一张风琴。沿窗安放着写字台，亚民便请采南在台边一同坐下。亚民放下书包说道：

"我的台上杂乱得不成样子，请你不要见笑。"

采南见台上有一篇文稿，正想伸手取看，早被亚民抢着藏到抽屉中去了。亚民面上顿时红着说道：

"我的作文一句都不通，不能给你看的。"

采南带笑说道：

"客气客气！"

亚民对采南瞧着，一声不响。采南忍不住问道：

"你们校里的国文教员可是钟世铭先生吗？"

亚民道：

"正是。"

采南道：

"他的国学很有研究，做得好诗词，是此间一代文人。前年在我们校里当国文主任，我着实得了他不少益处。"

亚民道：

"明光女学的国文本是很有名的，**姊姊的作品可否赐观?**"

采南听亚民称呼伊姊姊，不觉两颊泛起红云，立起身来要走。亚民不知就里，忙问：

"怎的便要去了？我们还有话讲呢！"

采南低声道：

"请你不要叫我姊姊。"

亚民不由一怔，问道：

"这样讲来，难道姊姊不肯和我做朋友吗？我不叫你姊姊却叫你什么（快人快话，如闻其声）？"

说罢，噘起了嘴，好似动气。采南道：

"并非别的，只因我和你身份不同的，你称呼我姊姊，别人听见却要讥笑（采南还有这种存心）。"

亚民道：

"原来如此，别人家笑不笑，我们都不要管他，你的年纪比我大，当然我叫你姊姊。譬如在学校里，大家是同学，谁是少爷，谁是下人，我们应该取平等主义，打破阶级制度。姊姊，我们都是新学界中人，我情愿称呼你的姊姊，谁人好来干涉我（却不知道以后有人来干涉你也）？"

采南听亚民如此说法，只得重又坐下。亚民道：

"明天是国耻纪念日了，我们校里学生会在早晨要排队到公共体育场出去游行，下午又要演讲。你们校里怎样？"

采南道：

"我们校里吗？上午也是和你们一样，下午都有化装演讲会，欢迎来宾。"

亚民叹道：

"年年有这样一个国耻纪念日，但是此耻此辱，不知何日才能真的洗掉（作者有同感也）？若然心尽是这样演讲演讲，开开会，将来好像成了一个老例，并没有什么价值。国民志气日馁，不能奋发，五月九日成了历史上一种过去名词，岂不更是可痛？我可想到前几年的学生会，何等淬厉奋发，轰轰烈烈地去干国事，好似日出之阳，初放之花，但是现在的学生会渐渐变成强弩之末，不过遇到有事时候，出来敷衍敷衍罢了。自身如此萎靡不振，怎能去唤醒同胞为改造社会的急先锋呢？便是聚起会来，譬如有二十个学校，却有一大半缺席，问问他们为什么不来，不是说校中有事，无暇出席，便是说没意思，故而不来了。大约中国人五分钟热度，这句话竟被外人估定了（靡不有初，鲜克有终，外人知我国民弱点之所在，遂沮我朝气，踏我闲隙，交涉因之失败。如今之五卅惨案，亦如昙花泡影，徒留国耻史上一种创痕，可不悲乎）。"

亚民说至此，握着拳头，十分愤恨。采南道：

"国必自伐而后人伐之，孟老夫子说的话一些不错。我国这几年来，阋墙之战，无时或息，人民流离死亡，不胜痛苦，救死不暇，何暇御侮？以致鹬蚌相争，造成渔人之利，都是中国人自己招来的祸殃。而军阀可称祸首罪魁，外人知道军阀可以利用，便协助某某系，推倒某某系，助械借款，造成中国今日这种纠纷不解的时局。内乱一天不息，国耻一天不除。最可恨那一班军阀，借外援以自固，甘为戎首，妄思逞兵，等到战事一起，百业俱废，只知破坏而不能建设。却不知我们是中国人，他们也是中国人，中国保存一天，中

388

国还能够做自由国民，可以享他的幸福，却只顾打来打去。等到国家灭亡了，他们好怎样啊？自己也不过和他的同胞一齐做亡国奴罢了（并剪哀梨，其快无比）。"两人正说着话，却听窗外有人喊道：

"什么亡国奴，上海大马路上的印度阿三真是亡国奴啊！"

扑地跳进一个人来（此何人耶），两人定睛看时，却是采南的兄弟思棠。手里握着一个皮球，立定了，对采南说道：

"好啊！何处不寻到，你却在此地讲话，母亲有事问你，快去快去！"

亚民道：

"且慢，你也坐一刻。"

思棠摇摇手道：

"我要拍皮球啦，你可出来和我拍吗？你喊我家姊姊到你书房里来作甚（一味顽皮，写来如画）？"

亚民不好还答，只说道：

"好的，我和你去拍，输了要打手心。"

遂和采南一齐立起身来。三人说说笑笑，走到外面去了。

小朋友一见面便容易亲热，而采南和亚民尤其是容易投合，每每放学回来，便厮守着一起。采南嫌自己房间狭小，思棠又常要和伊胡闹，所以很欢喜到亚民书房里去看书习字。亚民本来独学无友，自从他表姊杏娟去后，更觉孤寂。他母亲又是喜欢打牌吸烟的，没有人去伴他，现在得到这一个温文美丽的异性伴侣，多么欢迎，多么快活。胡氏也知道这事，她见采南学问很好，并且品性温柔，有伊伴着她的儿子读书，时时在旁指教，以良师而兼良友，再好也没有。不料他们俩方在情芽萌发的时候，亚民年纪虽小，他只觉对于采南异常敬爱，有时说出言语来，不假思索，露出很亲密而无避忌的样子。采南因为年龄较亚民长大三岁，况且女孩儿家自矜身份，一言一行，自知谨重，不过伊的芳心中也渐渐有了亚民一个影子了。

一天晚上，晚餐后，亚民和采南在书房里一同研究算学。亚民有几个题目算不出，都被采南数出来。亚民十分起劲，功课预备完毕，亚民把室中悬的荷花瓣式的四盏头电灯开亮了，再把书桌上的紫色台灯闭没，笑嘻嘻地对采南说道：

"姊姊教我踏琴吧！"

采南立起身来道：

"怎么你有了琴倒不会弄的啊？"

亚民道：

"这是我父亲的友人送给我的，我只会胡乱按，不懂拍子。我又在教会学校里读书，没有音乐一科。前次在小学校里只会唱，不会按。"

采南道：

"你们教会学校里的赞美诗，倒很好听的。"

亚民道：

"快弄一下子吧，我要唱一首《普天世界》给你听。"

采南过去，坐在椅子上把琴开了，又从怀中掏去手帕在琴上拂拭一会儿，然后把纤纤玉手按着音键，说道：

"我先要踏一曲国乐。"

说罢，果然琴声悠扬起来。亚民也唱道：

　　中国雄立宇宙间，廓八埏。华胄来从昆仑巅，江湖浩

荡山绵连……

亚民唱到"绵连"二字，连连连连地不会唱了，拍手大笑道：

"这里很难唱的了，如同拍曲子一样。"

采南道：

"我们做了中华国民，怎么可以国乐、国歌都不会唱，不要贻笑外人吗（果然不错，但是现在外面不会唱的人很多很多，然则采南当如之何？）？听我来唱。"

遂和着琴韵，曼声而唱，珠喉婉转，抑扬有致。亚民听得只是张开口笑，遂要采南教弄。采南让他坐下，自己在旁边教他弄，教了两遍，说道：

"再不会弄时要打手心了。"

亚民如法按弄，果然有些合拍（免打手心，亚民之幸耶）。两人弄了一刻琴，亚民又去里面拿出一匣牛奶饼干，吩咐阿香煎两杯可可茶送来，遂和采南坐在沙发上闲谈，忽而讲天文，忽而讲地理，海阔天空，尽管讲下去。亚民道：

"我最欢喜和姊姊讲话，虽讲一夜也不倦的，可惜姊姊不能伴我。"

采南对亚民看了一眼，道：

"什么话？"

亚民道：

"我说可惜姊姊不能伴我。"

采南听了，好似感触着什么，手托香腮，仰望承尘，默无一语（采南动了心事矣）。这时，阿香端进两杯可可茶来，放在百灵台上，立定了，又从身边取出一封粉红色信封的信来，递给亚民道：

"少爷，这是上海来的信（此何信耶）。"

亚民接过，连忙藏在衣袋里，挥手说道：

"你去好了。"

阿香退出后，亚民端着茶杯，送到采南面前道：

"姊姊用茶。"

采南微微抬身，接了笑道：

"谢谢你！"

亚民也拿了一杯，坐着同喝。采南问道：

"谁人寄给你的信？"

亚民面上一红，搭讪着答道：

"表姊。"

采南道：

"表姊吗？可是前次我家迁来的时候，我看见同你在一起的那个胖女郎吗？"

亚民道：

"正是。"

采南道：

"伊敢是很想念你，所以写信前来，这个信封多么美丽啊！"

亚民不响，立起来把茶杯放在桌上。采南也将杯子放下了，见亚民不答，也就不响。此时，室中静默了片刻，只听那壁上钟声嗒嗒地走着（实则二人心中却不静也）。亚民忽然开口道：

"譬如有一个人，有人爱他，他却不爱那人，当该怎样对付？"

采南摇摇头道：

"什么爱，我却不能管他人的爱不爱（妙语）。"

亚民又不响了，采南道：

"亚君再讲一段故事吧，我也要出去了。"

亚民道：

"不，我要问姊姊，你为什么只称呼我亚君，不叫我一声弟弟，我却这样姊姊姊姊地叫你（奇哉问也）。"

采南面上一红，答道：

"你的说话奇了，多蒙你欢喜叫我姊姊，是你自己情愿叫的，没有一定交换的条件。现在你这样说，是何意思？"

亚民道：

"好了，算我说错。"

采南立起身来要走，亚民连忙一把拖住伊的玉臂说道：

"动气了吗？再坐一刻去。"

采南道：

"动什么气？我因时候不早，要去了。"

亚民便放脱了手道：

"那么你去吧！"

采南走到书房门口，忽地立定，回过脸来对亚民说道：

"你来开一开电灯，伴我出去。"

亚民故意不肯，道：

"你要去便去好了，我没有空（故意使刁）。"

采南听说，赌气便往外走，刚转到花厅上，忽听亚民喊道：

"好怕呀！有一个大头鬼在厅上走来呢（亚民活是小孩儿脾气）。"

采南生性很胆怯的，平日常有亚民或是阿香伴伊出来，现在一听亚民呼喊，不觉心慌，重又奔回房中，娇嗔道：

"好！你既不肯伴我出去，反说有鬼吓我，这样无情，从今以后，不再和你做什么朋友。"

说罢，珠泪盈睫，要哭出来了。亚民带笑忙赔罪道：

"请你原谅，我肯伴你出去的，请你再坐歇。"

采南把足一顿道：

"我偏不要，不坐了，你快伴我出去（负气之言）。"

亚民道：

"那么你叫我一声弟弟（亚民乘此要挟采南，其难堪矣）。"

采南道：

"我偏不叫。"

回转身来，又往外走（倔强到底）。亚民随即跟出来道：

"我送你好了。"

遂开亮了灯，送采南到得外边，握住采南的柔荑道：

"我是和你玩笑，请姊姊不要见怪。"

采南不答，撒脱了手，奔入房中，扑地把门关上（饷以闭门羹，此时亚民无可奈何矣）。

明天，亚民放学回来，在书房中看书，却不见采南到来，一看钟上已近五点，暗想：此刻采南总放学了，怎的不来？莫非昨夜真的动了气吗？忙抛了书，走到外边，见陆裁缝手下许多裁缝正在做衣，陆裁缝却不在家。思棠立在天井里玩竹蜻蜓，亚民问道：

"你家姊姊回来吗？"

思棠道：

"回来了。"

亚民便走到房中去，见采南坐在床边挑十字布，伊母亲在后房里包粽子。亚民走上前道：

"姊姊，怎么你不到书房中去啊？"

采南抬头见了亚民，便答道：

"省得你拖步送我，所以不来了。"

亚民笑道：

"你就动气吗？我真的和你玩笑，下次不敢了，请你来吧！"

采南不响。亚民又道：

"以后我总送你。"

采南的母亲听见亚民的声音，走出来道：

"你们说什么？"

亚民道：

"我要伊进去伴我读书，伊今天却不肯了。"

采南的母亲便对采南说道：

"采儿，你快进去吧！"

采南嗔道：

"我自有我的自主权，今天我不高兴去。"

说罢，低着头仍挑伊的十字布。亚民觉得没趣，便走出去了。

星期日的上午，采南正伏案习字，却见思棠手里举起一封信，放在桌上道：

"这是梁亚民给你的。"

采南很稀奇，随即拆开，见信上写着道：

采南吾姊：

承你不弃，和我做朋友，灯下读书，窗前论文，何等的快乐！我自信很觉快乐，不知姊觉怎样？不料前天夜里，我们的感情上却发生了裂纹，这是何等不幸的事！

我年纪小，喜欢胡闹，有什么得罪的地方，请你当我是自家人，不妨教训我，打我骂我，都可以的，请你不要和我不对。若是因为这一些事情，就此和我绝交，姊姊你也太不情了。我们有什么误会之处，再可剖心直说。我只有一片爱你的真心，所以不顾什么，没有避忌，现在我诚心地请你原谅。

你不到我书房里已有三天了，这三个夜里，我一人灯下独坐，好不凄凉，宛如离群的小鸟、失乳的羔羊，不得已回到母亲房里去读书。母亲也问我为什么你不来伴我，我没有什么可以回答，只好说你有些不适意，并不是诅咒你，实在说不出什么来。愿你接到我信后，鉴谅我的诚心，仍旧和我做很好的朋友，那么我感激不尽了。即此祝你幸福！

弟亚民
六月十一日晨

采南读完，不觉滴下泪来，背地和信接一个吻，把来揣在怀里，字也不写了，只是呆呆地想。饭后，采南正帮伊母亲做事，听见门外亚民的声音，忙走将出去，见亚民穿了一身白色的学生装，手中拿着一对网球拍，从外面走进，一见采南，便道：

"姊姊，好几天不见了，可到书房里去坐一刻吗？"

采南点点头，便移步跟着亚民到得里面。亚民把网球拍放在沙发上，请采南在百灵台前的椅子上坐下，亚民坐在伊的对面，带笑问道：

"我的信谅你总收到了，可能就此原谅我吗？"

采南道：

"我本没有和你不对，但是你要强迫人家怎样，自然别人也不答应的。善戏谑兮，不为虐兮，这两句诗上的话，请你顾到便好了。"

亚民大喜，拱拱手道：

"领教，领教。"

采南见他这种样子，不觉嫣然微笑（小小风波告一结束，岂知以后风波更有险恶者在耶？于是知情海中必常震撼轰隥，彼一帆风顺，同登乐岸者，真幸运儿也）。亚民又道：

"我们校中不久要放暑假了，放了暑假，我要请陈光汉先生每在

396

早晨到我家来教授英文一小时。他是金陵大学毕业生，英文很好，姊姊你可和我一起补习，还有表姊也要来读的。"

采南笑道：

"很好，你的表姊几时来呢？"

亚民道：

"伊在下星期要来了，前天给我一封信，你不妨一看。"

说罢，遂走向写字台前，在抽斗中取出那个粉红信封来，抽出二张粉红色的信笺，授给采南道：

"你看！"

采南读道：

我亲爱之亚民表弟如握：

别来时荣梦寐，一日三秋，渴念殊深。敬赢者：为问吾弟可否接到姊之来函？何以近来没有接奉大扎？不胜挂念之至。岂弟弟已忘有姊之人耶？玉体安康否？非常想念。

今有一事，弟弟闻之，其快乐耶？盖吾母已许余于本月二十日左右来尊处也。此后可得常相聚手。暑假中可以一同补习，因此写信告知以慰。

姑母大人安好否？甚念，请代问安。临阴忽忽，专此即上，敬颂夏安！

表姊　杏娟鞠躬

五月十日

采南读了，不觉咯咯地笑将起来。亚民道：

"莫不是你看出信中的别字来吗？"

采南道：

"非也，若讲别字，像时萦梦寐的'萦'字，却误写'荣'，大札的'札'字，误写'扎'，'聚首'写作'聚手'，'临颖匆匆'，却写成'临阴忽忽'，固是可笑。但我可笑的，却另有其故（请道其详）。"

亚民道：

"笑什么？快快告诉我吧！"

采南道：

"你不是要强迫我称呼你弟弟吗？现在叫你弟弟的大有其人。信中弟弟、弟弟地叫得何等亲近？若是当了你面，千万声也可以叫你的，并且还加着亲爱的形容词，总称了你的心了。伊不久要来，你也快活吗？省得伊时萦梦寐了（好犀利的言语，直到打入亚民心坎）。"

亚民听得采南说的话，不禁叹口气道：

"什么话？你又来调侃我了。唉！不要说起。"

便把信取来，团成一堆，丢在字纸篓里。采南道：

"罪过，罪过。"

亚民重又坐下说道：

"我老实告诉你吧，我表姊和你差不多的年龄，但是国学很低劣，和你相去甚远。不过伊很得我母亲的宠爱，所以要伊前来，蒙伊很要和我亲热。但我却不甚欢迎，你又何苦来调侃我呢？人之相在，贵相知心，我这颗心你知道吗？"

采南不响。亚民遂道：

"我想在夏天往往下午无事，我家园后还有一片空地，我很喜欢拍网球，我想辟一个网球场，和姊姊可以拍球游戏。我母亲已答允，明天就喊人动工了。网球拍我已买来。"

说罢，指着沙发上的球拍，采南立起身来。亚民道：

"我们可到后园去看看。"

遂开了小门，和采南踱出去。园中树木荫翳，鸟声聒噪，二人走到后面，果见一片空地，芜草秽杂，若是收拾清楚，的是好一个球场。二人又去穿了假山洞，转到荷花池边，并肩立在一株柳树下，望着水中双影，亚民紧紧握住了采南的手，瞧着采南微笑。此时，采南杏靥上陡地起了两朵红云，爱神的金箭已射中伊的芳心了。

池荷送香，轻蝉吟风，采南和亚民都放了暑假，网球场也辟好，但杏娟亦已前来。杏娟到的时候，带了许多东西送给亚民，罐头鸡啦，油焖笋啦，饼干啦，茶食啦，都是冠生园、泰丰和、先施公司的食物，还有画片、扇子等类。亚民口里称谢，其实心里却不愿接受（辜负深情）。胡氏见了杏娟，很是欢喜，便说道：

"自你去后，我十分冷静，亚民本也少了做伴的人，幸有陆裁缝的女儿伴他读书，现在你来了，很好。"

杏娟听说，便对亚民看了一眼，回答道：

"裁缝女儿伴少爷们读书，倒很风雅。"

胡氏忙道：

"杏儿却不要这样说，那陆采南虽是小家碧玉，却很有学问，亚儿也十分佩服伊。"

杏娟笑道（着一笑字妙）：

"姑母说得不错，民弟素来心高气傲，不肯轻易佩服人家。现他竟拜倒在那陆女士（裁缝女儿的名称，一变而为陆女士，杏娟诚善于转变）的石榴裙下，伊的学问自然可想而知了。"

亚民面上一红，说道：

"许久不见表姊，表姊的口才益觉好了。"

杏娟道：

399

"我想着了，本要问你怎样不多有信给我，为什么这样懒惰……"

亚民道：

"你又要兴问罪之师了，我要逃了！"

遂回身奔到外边来。杏娟对胡氏道：

"民弟倒好狡猾呀，我偏要问他。"

遂追出房来。亚民尽向外跑，不防和一个人正撞了一个满怀，那人喊声哎哟，险些跌下地去，幸被亚民一把拖住，定睛一看，正是采南，手里拿了几本小说，正是送给亚民看的。此时，杏娟也立定脚步，杏娟见采南秀发覆额，梳着一个直包头，穿一身条子纱的短衫裤，脚上一双白帆布鞋子，不敷脂粉，天然妩媚。采南见杏娟一头云发，烫得蓬蓬松松，耳悬一对绿油油的翡翠环子，鼻架金镜，薄施脂粉，轻点绛唇，身穿白色印度绸的短衫，下系蓝色纱裙，的是一个时髦的女学生。四目相顾，各含着异样的光。亚民遂代她们俩介绍，两人都说些谦虚的话。亚民道：

"你们两人可以做一对朋友了，请到书房里坐吧。"

采南心里要想不去，却不便推却，便跟着他们一同前行。进房坐定，亚民把小说放在桌上，采南问问杏娟上海的情形，杏娟便讲些伊家中的情形，语气中很含着自高身价的说话。采南听着，有些不耐烦。杏娟也问采南校中读书的情形，采南约略还答了几句，托故告辞而去（一则富贵自炫，一则孤芳自负，宜其不能相合也）。杏娟等采南去后，便对亚民道：

"民弟，我看采南真好，无怪你倾倒于伊。有伊夜夜伴你读书，你的学问自然一日千里，格外进步了（语有针锋）。"

亚民答道：

"也不见得。"

杏娟又道：

"我在上海很想念你，时时写信给你，你却来信很稀，我不知道什么缘故，直到我来了，才知你有了新朋友，便忘却旧表姊了。"

亚民道：

"我何尝忘记你呢？我只不欢喜多说罢了。现在我请了一个英文教员陈先生前来补习，你可和我一起读，还有那采南姊姊也要一同来读。"

杏娟不觉冷笑道：

"谁是你的姊姊？多么亲热啊（酸素作用）。"

亚民涨红了脸，噘着嘴不响。杏娟立起身来，走到桌边，拿起桌上的小说，一看是几本《石头记》，杏娟又笑道：

"原来你们正在研究《红楼梦》（研究二字用得妙），宝哥哥，林妹妹，必然看得很有趣味（请问杏娟姊姊何从知之耶？），不要着了魔啊！"

亚民道：

"现在学校里也有将《红楼梦》作为国文教科辅助书的，看看也不要紧，偏是表姊会说出这些话来。看来表姊有转弯眼睛的，会看到人家心里去啊！"

杏娟见亚民有些不悦，也就不说了，又和亚民讲些别的闲话。亚民只好敷衍着，心里却很惦念采南。

亚民书房中，每天早多了一个西装少年，正是英文教员陈光汉先生。亚民和杏娟一同补习读本和文法。那位陈先生英文很好，读音清楚，讲解详细，亚民遂请采南也来补习，采南推辞不来。亚民道：

"我早已和你说过，要你和我们一同读，况且补习费一总讲好在内的了。"

采南道：

"你们补习好了，何必要我来凑一份呢？"

亚民道：

"我觉得和姊姊一起惯了，没有姊姊伴我读书，趣味也觉减少。"

采南笑道：

"现在有杏娟小姐伴你，还不够吗？伊的口才很好，我说不过伊，若然一起读，必有许多口舌，反而不妙。我的脾气也是孤僻的，出身虽微贱，却不肯让人，所以还是不读的好（有自知之明）。"

亚民听了，面上露出一种失望的样子。采南又道：

"我请你原谅吧，你的心我也知道的，只好辜负你了（采南之言也颇是诚恳）。"

亚民没法，只好听采南自便。自己每天清晨和杏娟一同补习一个钟头，下午常要请采南进来弈棋谈话，采南勉强前来。杏娟见亚民和采南亲近，心里很是放心不下，又说不出什么话来。伊总以为采南学问虽好，究属是裁缝的女儿，我自己和亚民都是官家子女，身份不同，故而对待采南常常要显出骄傲。

有一次，两人说话互相讥笑，幸亏亚民解了围。杏娟和采南拍网球，杏娟又屡次输给伊，杏娟怀恨，遂约了几个同学女友，每天下午前来拍网球，吃冰淇淋，弄得亚民和采南都不能拍了。不料过得两星期，正在六月中旬，杏娟的母亲在沪生病，写了快信来苏，要杏娟速即回家。杏娟不得已别离了姑母和亚民，重返海上。但是心中却十分不愿意去放弃伊监视亚民的责任。因为伊认采南是伊的情场劲敌，卧榻之下，非他人酣睡地，不将伊排除去，伊和亚民恋爱的前途大有危险啊！

亚民自杏娟去后，便再三再四请采南来读英文，采南见杏娟不在这里，也欣然挟书来补习。采南天资聪颖，读一本《莎士比亚乐府本事》，不但读得朗朗上口，而且造句也很好。陈先生时常称赞伊。亚民也把自己读的《鲁滨孙漂流记》停了，和采南一同读《莎氏乐府》。那《莎氏乐府》中都是言情故事，喜剧和悲剧都有，描摹女子的爱情，十分深刻。两人读了《飓风》（*Tempest*）和《夏夜之梦》（*Summer Night Dream*）两剧，两下的爱情也不觉热烈起来。亚民时常背地带笑，打着英语称呼采南什么 Sweet heart 啦，Darling 啦，Lover 啦。采南虽然娇嗔不许，可是一颗芳心也已软化，情不自禁，甘堕爱河了。

夕阳影里，晚蝉声中，两人在那后园草地上拍网球，此击彼迎，各显身手。采南究竟力小，拍了些时，便觉香汗涔涔，必要休息。亚民便和伊坐在场旁安放的长椅上，有说有笑，这样过他们快乐的光阴（杏娟闻之其何以堪）。

七夕的晚上，玉露初下，银河已横，亚民和采南坐在后园纳凉。采南浴后新妆，换上一件淡红衫子，露出雪白的藕臂，手里握着一柄轻罗小扇，倩雅可人。亚民又叫女仆端上一个西瓜来，和采南剖食。亚民见采南樱唇微动，雪乳生凉，觉得意中人的一举一动，别自有一种消受，遂和采南说道：

"唐人诗中有天阶夜色凉如水，卧看牵牛织女星。今夜灵鹊填桥，牛郎织女相会于银河之旁，细诉衷肠，情话依依。此情此景，天上人间，果有不同之处吗？"

采南笑道：

"这是一种神话，《齐谐记》上说：'杜阳成武丁有仙道，谓其弟曰，七月七日，织女当渡河，诸仙悉还宫。弟问织女何事渡河？答曰织女暂诣牵牛，世人至今云织女嫁牵牛也。'可知是后世人附会出来的，一经诗人点染，自然七夕的名永久流传了。"

亚民道：

"虽然荒唐神话，也是千古美谈，女儿韵事。我们中国的令节古典，像清明、端阳、中秋、重九，哪一个不有来历？都含着历史的意味，不可尽废。从前唐明皇和贵妃避暑骊山宫中，七夕夜半，贵妃独侍明皇，凭肩密誓，欲世世为夫妇，所以《长恨歌》上有七月七日长生殿，夜半无人私语时。三郎的是多情种子。"

采南微笑不语（自然此时采南也难说话）。亚民又道：

"争将世上无期别，换得年年一度来。牛郎织女虽然一年聚首一次，在人间视之以为离别日久，无限相思。其实他们的爱情是天荒地老，亘古不变的。在神仙看起来，一年也不过一日罢了。岂如人间的男女，即使良缘天成，白首偕老，也不过数十寒暑，何况生离死别，哀多乐少，焉能及得天上双星呢？"

采南仰着看着天上星斗，答道：

"你的思想近乎浪漫派了。"

正说时，忽听假山石后黑森森的树荫中有窸窸窣窣的声音（忽起波折），采南忙推推亚民道：

"你听什么声音？"

亚民笑道：

"不要怕，这是风声。"

采南道：

"我们怎样不吹着？哪里是风声呢？我们进去吧！"

亚民方要回答，又听几声怪叫（此声何来？读者试猜），不像人，不像鬼的，唬得采南玉容失色，忙躲向亚民怀里，颤声道：

"我害怕得很，我听见你家周妈说过园里有鬼的……"

亚民笑道：

"哪里有鬼？我们好好的人，怕什么鬼？姊姊读了科学，还相信有鬼吗？"

亚民说罢，那里又叫了一声，似笑非笑，似哭非哭。采南把头伏在亚民的肩上，低低道：

"你想个法儿吧！"

亚民去抚伊的胸口，觉着伊心中跳得甚急。采南忙推开他手。亚民道：

"让我去看看是什么东西，把他一脚踏死了，才知道我的厉害。"

采南道：

"亚民弟弟，你不要去（弟弟两字来了）。"

亚民听得伊叫出弟弟两字，如膺九锡一般荣耀，便笑道：

"你现在叫我弟弟了，望你以后一直这样称呼。"

采南是无心叫出来的，羞得无可奈何，自己怪这张嘴如何不留心，现在被他捉着了。隔了一歇，怪声也没有了（奇哉），两人重又讲话，可是采南终有些虚怯，紧依着亚民。亚民道：

"我今日和你讲一句真心话吧，母亲常要把杏娟表姊和我结成夫妇，我智识虽浅，却是崇拜婚姻自由的，终觉杏娟表姊的性情不合我心，无论如何，我必拒绝。我心中所敬爱的只有一个人（盘马弯弓，跃跃欲言）。"

采南何等灵敏，早知他言外意旨，只推作不知（女孩儿家惯技），慢慢说道：

"我看杏娟姊也很好，你的母亲又很爱伊，你却怎样不要呢?"

亚民叹道：

"人各有志，未能强也。"

采南道：

"那么你敬爱哪一个人呢?"

亚民道：

"我不敢说。"

采南道：

"怎么不敢说？"

亚民道：

"便是姊姊，请你原谅我出言无状。"

采南不觉双目莹然有泪，答道：

"你只知道任性爱我，其实却害我了（何等沉痛）。"

亚民惊道：

"我实在是爱你，怎样说是害你呢？"

采南道：

"你不思量我们的地位不同吗？我是裁缝人家的女儿。蓬门弱质，任你有什么学问，终被人家看不起。你是富贵人家的子弟，怎能和我结合？齐大非偶，古之训也。你的父母断不允许你的。何况早有了杏娟一个人横梗在内呢？我看杏娟这人很会猜疑，所以前日伊在你处时，我不大高兴进来，免得惹伊讪笑。你却对我十分殷勤，使我又不忍拒绝你，所以我劝你还是放下我一个人好。我和你做个光明的朋友也好（此本是采南由衷之言，无如亚民不能运慧剑以断情丝耳，实则两人至此地位，已固结而不能解矣!）。"

亚民道：

"我誓死愿爱你（终成谶语）。只要姊姊答允爱我，什么人也不能间断我们。将来我学成后，我父母也不好来干涉我了。姊姊，你爱我吗？"采南不答。亚民遂凑上去在伊樱唇上接了个吻，采南十分羞怯，低倒头，又喜又忧。忽听那里又是一声怪叫（怪声又来，方知暂无声息者，欲擒故纵之笔也），采南唬得躲避不迭。亚民立起身时，石后扑地跳出一个人来，拍手大笑道：

"唬得你们也够了。"

两人仔细一看，却是思棠。采南便怒骂道：

"做什么装神扮鬼来唬人？我险些被你吓去了魂。稍停回去，要重重打你一顿手心。"

思棠大声道：

"好啊！我本要来寻你问字的，走到书房里，见你们不在，想你们总在后园了，所以赶来，却见你们讲话讲得起劲，遂躲在石后，装出怪声来唬唬你们。不然，你们也太快活了（思棠终是一味顽皮），你要打我的手心吗？我却要打你的嘴（怪哉）。我要回去告诉母亲说姊姊怎样给人家亲嘴，看你该打不该打（原来如此)？"

采南又气又羞道：

"你倒如此凶吗？"

亚民过去掩住思棠的口，说道：

"我以前给你的画片、食物各处东西要讨还了，否则你不许声张，我明天送给你两匣香蕉饼干。"

思棠听见有饼干吃，便道：

"我不说，我不说。"

亚民和采南都笑了。

亚民和采南的爱情热度一天高涨一天，但是天气却反低落不热了。一眨眼间，秋风已起，玉露送凉，各校暑假期满，都预备开学，杏娟也从海上来苏，大家都入校读书。可是杏娟一来，亚民和采南不能再像前次那样亲热了。采南和亚民说道：

"我们现在大家用心读书，形迹不妨稍疏，我也不便当到你的书房里来，请你也和我冷淡一些，免得人家疑忌。好在我们两心相印，抱定宗旨不变，此身只有你一人相爱了。"

亚民答应。但是，杏娟见亚民和伊貌合神离，心中誓要打断他们两人的情丝，伊视采南是伊的心腹之患，枕戈待旦，不共戴天。采南见了伊，却十分恭敬。凑巧有一天采南患起疟疾来，只好请假在家，陆裁缝也去请医生前来诊治。亚民知道了，常常出来探望采南。采南叫他不要前来，他哪里忍耐得住？星期六的下午，医生来过后，亚民便走到采南房中去，坐在采南床边闲谈，握着采南的手，十分温存。杏娟因为这两天采南生了病，亚民时常到外边去，书房里也坐不安身，知道他是去看采南的，心里很是怨恨，所以特地掩出来，走到采南处去，只做看病，一脚踏进房门，见亚民正握着采南的手，低倒头和伊不知讲什么，故意咳嗽一声。亚民回头见了杏娟，不由慌得直立起来。杏娟走到床前，说道：

"我来看看采南姊姊的病可好吗？"

采南勉强答道：

"多谢你的盛情，现在稍觉好些。"

杏娟道：

"阿弥陀佛，要望你早早好吧，不然民弟格外忙了，书也没有心路去读了。姊姊你倒有这一个特别看护呢！"

采南听杏娟几句讽刺的话，不由十分气恼，两颊绯红，颤声答道：

"多谢他念朋友之情，要来看我，我是早叫他不要这里来。像我这种人，本不配他来一顾的啊！"

亚民忙道：

"这是我自愿的，也是我的自由……"

话犹未了，杏娟冷笑道：

"你尽顾自由好了，谁人敢来说什么？采南姊生病人，切不可自寻动气，我去了。"

说罢，回身便走。亚民很觉没趣，回身走到床边，低低说道：

"伊说话总是这样讽刺人家的，姊姊不要动气。"

采南别转头朝着里床，不睬他，亚民过去握伊的手腕，采南摔去他手，说道：

"又要这样了，怕人家说得不畅吗？我却受不起这般冷嘲热讽。"

说罢，双手掩着脸，耸肩饮泣。亚民十分依不过，便道：

"姊姊何必如此？我听你的话便了。"

采南回转头来道：

"那么你快出去，不要到我这里来，我不死终会和你相见的。"

亚民叹了一口气，只得退出房去。

这天晚上，亚民一肚皮的闷气无处发泄，勉强吃了一碗饭，跑到书房中，坐在灯下，只是痴想。杏娟却挟着书走来，一见亚民那种神气，便笑道：

"民弟，你呆呆地想什么？要不要外面去走走？"

亚民道：

"走便怎样，不走便怎样？"

杏娟道：

"有你的自由。"

亚民变色道：

"不错，脚生在我的腿上，和表姊有什么相干？岂非笑话？"

杏娟见亚民动怒，也娇嗔着说道：

"你不要把好人看作歹人，一失足成千古恨，常言道，当局者迷，旁观者清，你要和采南……"

说到此，却又进住不说。亚民道：

"你不要胡疑。"

杏娟又道：

"须知犯不着啊！"

亚民道：

"这些话不配你和我说的（此语殊厉害，不畏得罪表姊耶）。"

409

杏娟听见这话，叹了一口气（叹气妙），回身走出去了，亚民却还在书空咄咄，十分无聊。

杏娟回到房里，将手帕拭着泪对胡氏说道：

"我要回上海去了。"

胡氏大惊道：

"杏儿做什么？你受了什么委屈吗？"

杏娟便把适间情形以及言语冲突的事，一一详细奉告。胡氏恍然大悟，她本心爱杏娟的，但对于儿子也宠爱非常，便命使女把亚民唤来，细细劝他要和表姊和睦，凡事谨慎，却绝不提起采南的事。亚民没奈何，只得依从母命。胡氏便又安慰了杏娟一番，一面却暗里吩咐她房中的秦老妈出去到陆家关照，以后请陆采南不必进来和少爷一同读书，因为天气渐寒，少爷要在楼上读了。一面便在楼上安排亚民读书的所在，仍使杏娟伴读，自己就近以便监视。但是，采南得了这个信息，气得只是哭。采南的母亲却不使陆裁缝得知，只劝采南以后休要理梁家家里的人，自己病好起来，仍可用心读书，这也因为采南方在病中，不忍深责伊，并且也知伊是个贞洁的女儿，和亚民交友，没有什么歹事做出来的。但是，亚民和采南从此断绝了吗？唉！胡氏的计划、杏娟的嫉妒，只能隔绝他们的形体，而不能隔绝他们的精神。因为他们俩的爱情已到不可变减的地位，压力愈大，抵抗力愈大，世事都是这样。后来，采南常常接到亚民的来函，是从邮局寄的，细细把苦衷告诉伊，并叫伊如何寄回信到亚民校里，可以瞒过家中众人，采南自然如法而行。两人的爱情因受着外界的刺激，却更深固一层，缠绵悱恻，固结不解。直到采南的病好了，两人有时相见，也不过点点头，没有什么话讲。杏娟留心观察，也疑心亚民果然和采南冷淡了。

国庆日的前两夜，杏娟伴着伊姑母在楼下，忽然觉着亚民不在这里，已经好一刻，忙到外面探看，没有亚民的影踪。回到楼上，却见亚民正伏在桌上写信，一见杏娟前来，忽地把信笺急速藏向抽屉中去。杏娟何等乖觉？佯作不知，和他闲谈。稍停，楼下喊用夜饭，杏娟遂和亚民下楼，一同陪着胡氏坐定。杏娟刚用箸吃得一口饭，便揉着肚子喊痛，胡氏忙问怎样，杏娟只说腹泻，遂放下饭碗，匆匆上楼而去，忙开亮了电灯，走到亚民书桌边，开出抽屉一看，见果然有一封信，写好在那里，但是封面还未写完，不是写给采南的还有谁呢？杏娟拿起，赶快看了一遍，仍放回原处（有心人可畏也），跨进自己房里，把电灯开了，便听见扶梯上登登的脚声响，亚民已跑上楼来（亚民未尝不料及此？而见事已迟矣，天也），口喊表姊。杏娟忙解下裤带，跑向马桶上一坐。亚民踏进房中，杏娟道：

"民弟，不要来，我在马桶上呢！"

亚民也就退出去，深信不疑（极写杏娟权诈处）。你道这封信上写的是什么？

原来，亚民和采南自从起了波折之后，为避嫌疑起见，大家不多谈话，同处一门之内，而可望不可即，如隔蓬山万里，无以慰相思之忱。所以亚民想在国庆节上约采南私自到某园见面，以便谈心，不料被杏娟偷窥得，就此发生悲剧，也是亚民料想不到的了。

园中的菊花盛开，魏紫姚黄，各呈奇妍，一座小小藕舫里，坐着一对少年男女，饮茗清谈，正是亚民和采南了。采南接着亚民的信，本想不来的，瓜田李下，避嫌为妙。无如亚民说得万分诚恳，不由伊不答应，只得贸然前来相会了。可是他们俩心地光明，并没有什么非礼的事，但是外人却不易原谅的。采南见了亚民，不觉凄然欲泣，亚民用许多话一安慰。两人正在情话依依之时，忽然杏娟伴着胡氏也到园中来了，不知的以为飞将军从天而下，其实这是杏娟的计划。因为杏娟看见了亚民所写的信，知道亚民和采南仍然痴心不死，并且约期晤会，恋爱的关系愈深了。伊又惊又恨，想了长久，一定要把这事破坏，棒打鸳鸯，不惜煮鹤焚琴，兴风作浪，闹出大事来。便背地里把这事告诉伊姑母，并且添上不少奋激的话。胡氏自然大怒，要想不许亚民在国庆节上出去（若果依胡氏之言，也无后事）。杏娟却怂恿胡氏佯装不知此事，让他们在园中晤谈时，可以前去，把这事揭穿，好加上采南诱惑的罪名。于是，胡氏听了杏娟的话，到了那日，等亚民出去后，也同杏娟特地赶来。亚民一见他的母亲和表姊走进舫中，没处躲避，心里着急非常，不知道她们怎样知道这事的，只好立起身来叫应。采南恨得没有地洞可以藏着，羞得抬不起头来。胡氏便对亚民说道：

"你好啊，背着我和人到此做什么？家里不好谈话，却到园中来啊？被人遇见了，岂不羞死？人家要说我管教不严呢！你不要吃了迷魂药似的，小小年纪闹出什么不端的事来。你的父亲又不要怪我吗？快些回去。"

说罢，拖着亚民的手便走。亚民究属年小，不敢违拗，只好跟着走，心里很想和采南说几句话，但又不能。杏娟却轻步走到采南身边，笑道：

"采南姊，请你独坐些时吧，我们失陪了。"

一声冷笑，跟着胡氏、亚民一同走了出去。采南见他们走后，玉容战栗，心里不知道还是悲伤，还是怨恨，也就惘惘而出，回到家里。采南的母亲见采南好似失神的样子，忙问何故，采南只是不答，坐着呆想。到晚上，便和衣卧在床上，只是啜泣。忽然陆裁缝跑进房来，大声咆哮，把采南大骂，什么淫娃啦，不要脸啦，我被你气死啦，快给我死啦，采南的母亲向陆裁缝惊问，陆裁缝把梁太太如何喊他进去，告知他园中的事情，说他女儿引诱他家小少爷做非礼的事，要好好管束，否则要不许我住在这里，一齐告诉他妻子听了。又对采南跳脚道：

"我的脸面被你削光了！"

采南泣道：

"父亲，请饶恕我，千错万错，总是我的错。我虽和亚民交友，可是不敢有什么越轨的举动。既然人家不能原谅我，我终要使人明白我清白的心迹。"

采南的母亲也道：

"我看采南很懂规矩，你不要疑心。"

陆裁缝道：

"不是我一个人疑心啊！人家明明见他们两人在着园中一处谈话的，这不是一个凭据吗？都是你平日纵容伊到里面去，一同读书，我本不赞成的。现在果然有事发生。唉！我可没有说话了，看这孽障怎样有脸去见人家？"

采南的母亲本是不胜悲恨，现在又见丈夫怪她，不禁也哭起来了。

这夜，采南夜饭都没有吃，一个人睡在床上，思前想后，心中十分难过，枕边泪痕湿了一大片，双目哭得和胡桃一般肿起。忽然心地光明，好似觉悟着什么，也不哭了。采南的母亲本伴着采南，生恐伊自寻短见。陆裁缝却怒气未息，赌气走到友人家中去了。采南的母亲十分忧愁，一面又要服侍思棠安睡。思棠见了伊姊姊的模样，也觉十分不快活，晚饭后倒头便睡。梁家的使女阿香时时来门口探望，采南的母亲把门闭了，坐在灯前，守着采南。到半夜，见采南不哭，好似回复了原状，稍觉放心。采南劝伊母亲去睡，她遂卧在采南床上，觉得十分疲倦，蒙眬睡去。忽听响声，陡地惊醒，见采南正坐在桌前尚没有睡，忙拖伊上床安寝。采南微笑，也就脱衣而睡。直到天明，采南的母亲醒来，见采南正自睡着，泪痕界面，十分可怜，也不忍去唤醒伊，自己起来做早事。但到九点钟时，采南仍自拥被不起。采南的母亲却在伊抽屉中发现火柴的空匣和许多断枝，大惊失色，忙喊道：

"不好了！采南服毒啦！"

一面叫人去寻陆裁缝，一面去请西医，急得她像热石头上的蚂蚁一般，不知如何是好。恰巧陆裁缝经朋友劝回家来，医生也同时到临。陆裁缝见采南果然自寻短见，到底是亲生骨肉，意中不忍，陪着医生要设法灌救。无如采南一定不肯服药，伊母亲急得呼天抢地，采南泣道：

"世人哪里有一个不死？只争着早晚罢了，我既然被人家冤枉我不贞，也无从剖白。我的一颗心，只有一个人知道，现在情愿一死干净，免得留这个不祥之身，为父母羞辱，给人家毁谤。劝父母也不必为我悲伤，请恕我不孝的罪（言词凄恻，读之令人下泪）。"

说罢，向里床卧着，哪里肯受药？医生无法，只得辞去。挨到晚上，可怜这一个兰心蕙质、绮年玉貌的采南，一缕芳魂遽辞人世了。

亚民自被他母亲逼回家中，胡氏遂同杏娟把他软看在楼上，亚民只是长吁短叹，闷闷不乐，见了杏娟，十分痛恨，一声不睬她，因他明知这是杏娟故意来破坏他们的恶谋。到了明朝，隐隐听得外边有哭声，他着实放心不下，不知采南回家后如何情景，后来，听得哭声大纵，下人们跑出跑进，知道事情不妙，要想下楼出去一看，胡氏不许他下楼。猛听得阿香在楼下告诉老妈子道：

"陆裁缝的女儿死了。"

他听着，心中一惊，神经错乱，如发狂一般往扶梯边便奔。杏娟过来拦阻，亚民大喝一声，用力把杏娟一推，早把杏娟推跌，冲下楼去。下人们哪里敢抵挡？随即跟着在后。亚民奔到轿厅上，哭

414

声更是凄切，他也不顾什么，跑进那边房里去，果见采南陈尸床上。此时，他心里宛如乱箭攒刺，上前抱住尸身，放声大恸。众人十分惊奇。采南的母亲走上前去，亚民只把双脚乱跳，哭道：

"不想姊姊就此为我而死，我哪里对得住你啊？"

此时，胡氏和杏娟也都赶将出来，却见亚民伏在采南身上，一恸而绝。众人过去，一抚他身上，已冷，气息全无。于是，胡氏同杏娟也哭了。唉！这一对可怜虫殉情而死，岂不是恋爱史中的牺牲者吗？

啼鹃余墨

呜呼！茫茫宇宙，欢娱少而愁苦多，娲皇采石，难补恨天。作者非自趋颓废，好为哀音，实以耳闻目击，率多可怜之事，安可不笔而出之？使天下多情人同声一哭哉？作《啼鹃余墨》。

王青芝女士，邗江人，肆业海上某女校，貌仅中姿，而文名藉甚，与同学陈女士相友善。陈有表兄张某，执教鞭于某校，性情颇沉挚可亲。一日，以其表妹之介，得识青芝，谈吐之余，钦佩靡已。翌日，即修函致青芝，求为文字交。青芝颇心仪其人，即许之，由此书札往来不绝。假期之暇，时相晤面，张遂作进一步之请求，向青芝乞婚。青芝一诺无难色，两方即求家族同意，越数月乃结婚于某旅社。两校学生皆来贺礼，颇极一时之盛。婚后，夫妇间爱情甚笃，但青芝习惯学校生活，不耐操作家事，且以曩因婚事未竟求学之志，深为可惜。闻人谈北京某女校内容如何精美，心焉向往，商之其夫。张以青芝天资聪颖，本系可造之才，爱之不忍拂其意，愿听其自由。于是青芝毅然往北京求学，张亲自送之于车站，握手珍重，曰：

"卿有远大之志，吾不敢以吾片面之爱，而尼卿行。但新婚远别，劳燕分飞，此后关山遥隔，梦魂飞越，余其何以自慰？古云，黯然销魂者，唯别而已矣。愿我二人常将爱情保存心坎，他日归来，益见深厚也。"

青芝亦别绪填胸，隐隐有泪痕，强以求学之念，稍抑其悲，因与张接吻而别。

青芝既至京，有张之族兄来站迎接，至其家，一切考试入学等事皆由族兄为其照顾。盖张先有函与其族兄，以青芝托之也。在张之意，以青芝一弱女子，独处异地，不能无虑。适其族兄亦在京中某机关任事，托其保护，当较外人妥善。孰知族兄虽文士，而好色甚，家中已有一妻一妾，皆居津埠，彼一人独处京寓，常感寂寞。今忽来青芝，与谈文学，深得门径，叹为扫眉才子。而青芝每星期亦必至其寓，盖慕其才高，欲为女弟子也。族兄常有吟咏，必倩青芝唱和，青芝有所作亦然。久之，族兄成香艳诗三十首，录之锦笺，以赠青芝，语意颇近狎亵。青芝爱玩不释，芳心忐忑，不能自已，盖聪明伶俐如青芝，安有不明其意者？但自问良心，尚不能忘怀于张也。然青芝究非超人，几番琴挑，便堕魔障，自此，假期中亦托故不归，与张之族兄双宿双栖，俨然夫也妇者。

其故夫张某尚痴心以望，因来函绝少，且日渐淡漠，不免心有所疑。适暑假将近，发函促其归沪。讵意青芝复书，谓际此暑期，正拟在京补习，不能遄返，张怏怏如有所失。稍有所闻，使人侦之，尽得其实，则大悲愤，谓青芝有高尚之学问，而为此等事，使吾心碎矣。然急欲其归，遂拍急电至京，言张病死，促其回家守丧。青芝得噩耗，绝不悲伤，反幸其死，乃与族兄约曰：

"我此去奔丧，暑假后当复至京，彼人既死，我亦安矣！"

族兄亦大喜曰：

"但等卿归，吾侪即可正式成婚矣！"

欢然而别。

青芝至沪，方知张未死，见面后，张掬诚相劝，谓：

"卿一旦为宵小所诱，致有此不德之行，然实非卿过，深冀卿能悔悟，不难复归旧好，我心不变，誓不抛弃也。"

张言讫，静俟其答，以为青芝苟非铁石心肠者，必涕泣悔罪矣。顾青芝恚恨交并，反向其提议离婚，谓和信口诬蔑，不愿再为夫妇。张长叹曰：

"我以赤心待人，真爱爱人，而人竟弃我如遗，夫复何言？"

遂听其脱离而去。

青芝亦不恤人言，重返京都，以实告张之族兄，而二人乃如愿以偿，得成夫妇，青芝仍读于某校。

越年，忽有娠，辍学育一女，而族兄不幸以政潮去职，欲与青芝同返天津。青芝无如何，从之返里。于是此中秘密一旦豁然显露，方知族兄已有妻妾，前所云云，皆属謷言，自恨无知人之明，为人所欺，事至今日，进退狼狈，痛哭不已。亟向族兄诘责，族兄唯唯谢罪，然此等事岂谢罪所能已乎？矧大妇悍且妒，常以恶声相向。前妾亦屡受鞭挞，含怨莫诉，故闻青芝涕泣则辱詈曰：

"若本有夫，而不识羞，私与他人做野鸳鸯，自贱若此，即为妾亦岂损若颜？而哭哭啼啼何为者？须知张家自有大妇在，断不容若猖狂，仔细汝皮肤受一顿打也。"

青芝闻言，忍泣不敢出声，终日如在奈何天中过，其所处之境，亦大可怜矣。后亦随人操作，俯首听大妇使令。盖慑于积威，不克自振。张之族兄亦以事往游奉天，青芝欲随行，而大妇不许，益痛恨，卧病不起，怀中儿呱呱而啼，无人临视。病稍愈，强起治事，忽触大妇怒，大发狮威，操皮鞭裼青芝衣，痛挞数十下，血迹狼藉，至晕去,弃之不顾也。青芝既醒,觉痛彻骨髓,回想当时一念之错,遂堕泥犁。既怨且悔,决一死以脱离痛苦,遂啮指血书"一失足成千古恨"七字,血迹鲜红,如朵朵桃花,函以投寄故夫张某,即吞磷寸数匣,卧床待毙。但见其女孩尚睡其旁,自思:我死后,此孤雏当投火炕,不如在彼尚无知觉之时即死之,免为他人虐待,遂又掩面以被角闷毙其女。至明晨,家人见青芝晏卧不起,知有异,排闼视之,则青芝与其女孩儿皆长逝矣。即由大妇草草收殓讫。知其事者皆为青芝悲惜,亦有人言其自作之孽者。但张在海上得青芝遗书,触动旧情,不胜悲悼。及闻死耗,乃跋涉至津,请于族兄,扶其枢归,葬之祖茔。每当苦雨凄风之日,或花飞莺啼之天,张辄以鲜花至坟上展拜,深为冢中人之身世可怜也。使青芝死而有知,必曰我负张郎矣。

前避兵海上,与二三知友,常相聚谈。某君尝言其同学江君,在求学时尝钟情有一某女校学生,其后卒达目的。卒业之后,江君任事他方,其夫人则居故里,执教鞭于小学校。江君则于假日归来,与家人团聚。江君已失怙恃,故中馈之责,悉任其夫人,而夫人每月必向江君索款,例如江君月入百元,则夫人必得九十或八十之数,实则家中日用不至此数,而夫人则谓人必储蓄,方无后患。江君以其言正,不得已从之。后江君忽患大病,病后体弱,勉力任职,而其夫人则致书江君,要求离婚,大意谓江体羸弱,又无恒产,一旦发生变故,将如之何?江君出不意,惊奇甚,乃还书相责,并询其储款。越日,夫人又有书至,云储款在病中已用尽。江君大愤,以谓数年发妻,乃如此狡诈而无情,人心殊不可测,人生到此,有何乐趣?乃自沉于江。人谓此等离婚之要求,可称残酷,江君之死,其夫人实尸其咎也。至中途何以有此剧变?其余原因则不可得知。

湖口某乡有魔贞井者，据人云，昔乡中有女子徐丽贞，修态婀容，美艳倾一乡，且善刺绣，有针神之誉。许字南昌董某，董年少有才名，为左文襄幕僚，方从军塞北，未赋桃夭。乡有恶少某，觊觎女之姿色久矣。

一日，女出，途经僻地，忽遇某，某遂要遮于道，欲犯焉。女四顾无人，度难脱，见道旁有井，即纵身跃入。某知肇祸，乃逸去。徐家失女，踪之得女尸于井中，面貌如生，顾未知何以惨死也，哭而敛之。闻于董生，哀悼欲绝。后某忽于酒后尽言其事，有报于官者，执而置之法，殆所谓天网恢恢者欤？邑之人哀其事，为建碑于井旁，记其事，且名之曰丽贞井，题咏甚多。

曹元标君为予言，有冯生者，海上某大学高才生也，因同学之介绍，识城中王家姊妹英珍、英贤二女士。二女士者，为海上人，家仅有老母，英珍昔读书于某女校，今辍学，曾为小学教员半载。其妹英贤，卒业于某女校，受某影戏公司聘为演员。英珍年二十九，英贤年二十四，皆未许人。但英贤放荡不羁，名誉稍坏，然英珍则无其妹之冶荡也。冯生既识二人，尤与英珍善，每当星期六及星期日，常至英珍处晤谈，或驾言出游，情意颇惬。彼此皆醉心婚姻自由者，故已私订婚约。不幸冯生家权悉操之于其已嫁之姊氏，而冯生与英珍之婚事，虽经剖白而不得通过于其姊。盖其姊以谓弟年尚少，王家女则年已将近三十，年龄相差太远，且王家之名誉不甚清洁，故万难允许。几经其弟之坚求，卒至无效。而冯生以目的难达，悲观忽至，于某日之夜，吞磷寸数匣，从此，一瞑不视矣。余谓冯生当有勇气奋斗到底，以求获胜，何必自杀耶？

420

高璞女士为海上神州女学教员，长于文学，顾睹其玉照，则渺小甚。前年时报忽载女士死耗，并云家有老母，身后萧条，殊可怜也。女士曾有著作，名《春》之一篇，载于无锡《苏民报》，多悲世之语，不意竟成谶也。兹录之如下：

　　春光好，山明水秀，芳草如茵，百花含笑。柳树随风袅袅，有楚楚可怜之致。流水无波，光明如镜。不知韶光易老，一朝风雨，花谢叶落，流水吹动，波浪遂起，即努力支持，得免憔悴。顾寒霜既降，又将神沮色变，叶绿转黄，无边漂泊，水结成冰，了无生趣。春树今期，不问来日之如何？松柏虽长青，遇冬亦未免愁容。

　　噫！今春过去，希望再度来春。须知春光虽依旧，落叶安得复生树头？天有不测，变幻无情之风雪，能萧瑟尔。凶暴之烈日，能枯槁尔？彼地球之大变幻，亦可虑也。春草春树，春花春水，我非无病而呻，添尔烦恼，我实不知尔究竟视尔外表之精神气度骄傲，不可一世，我不善文，不工诗，不敢借尔作消遣之资，我唯不能自知，我将如何？我甚感于尔一片春光之容易老去，我为尔怜，尔亦为我怜否？

通篇语语哀感，殆世之别有怀抱者，红颜薄命，我为女士悲矣。

沪上某女友为余言，有邹君者，为海上著名之某大学毕业生，任事于某银行，颇称得决。其新夫人某女士，即毕业于著名之女学，与邹君由友朋而为夫妇得，可称自由恋爱。已而事有出人意料之外者，某女士忽私与某甲发生不正当之恋爱，而某甲并非高尚之人，盖一工师耳。不知某女士何以垂青此人？常假旅馆中为幽会淫奔之所，初尚隐秘，后为邹君所知。邹君既愧且怒，顾不能明言。

一日，窥伺某女士靓装而出，亦即尾之入某诱馆，排闼而入，则两人皆在房中，无可隐匿。邹君戟指大骂，且呼警拘某甲去，自逼妇归。某女士见事已泄露，无颜见人，竟仰礮以死。邹君虽恶其不贞，而目睹香消玉殒之惨事，亦为悲伤不置，几类痴人。某女士又言，某女士姿态秀雅，学问广博，每出外，人皆惊羡其美丽而倜傥者，乃结果如此，宁不哀哉？

汉阳刘陈玉芬读余所著之《啼鹃录》而善之，遗书述其仰慕之意，常以哀情资料见贶，今不幸死矣。据云，其母萧氏，四川绵竹县人，姊妹共八人，而死者七，唯七姨忠贞，如鲁灵光殿之巍然独存焉。性清高，擅文学，玉芬尝以其函寄余一览，则蝇头小楷，殊工秀，不幸于归三月，遽丧所天。族中以家产之分，又起纠葛，继幸讼胜，矢志守节，县之父老赠以"节并松筠"之额。其才如此，而其遇若彼，抑亦可怜人也。

又其妹忠琇，性尤颖慧，貌亦娟秀，曾毕业于四川省立大学，任小学教职可一年，归本省王某。王为留英法政毕业生，言庆好述，而明年，忠琇即产后不起，魂归忉利，年方二十有一耳。忠贞哭之恸，尝作挽诗十八首，出以哀感之笔，今悉录之，不敢僭易一字，所以存其真也。后得玉芬信，则知忠贞不幸而失明矣。

天道茫茫，摧珠残玉，不亦可悲也欤？其诗云：

一

栗栗朔风砭骨冷，正逢橘绿与橙黄。

天公忽下无情剑，一赋离魂一断肠。

422

（注：琇没于冬月）

二

本来骨肉最相亲，况属同胞共母人。
常隶犹赓兄弟乐，花间姊妹不成春。

三

忆从幼小处闺中，性敏才优迥不同。
姊妹虽然成数八，萧然独有谢家风。
（注：琇为姊妹八人中之最聪明者）

四

家世绵关理学乡，前人司铎伴宫墙。
宦成留得诗书泽，也积余波润女郎。

五

髫年家塾共从师，攻苦曾无懈惰时。
但理琴书亲笔砚，不叫刺绣绕心思。

六

椿庭无禄仰慈晖，姊妹伶仃傍母帏。
幸有阿兄持门户，春吟才解觅芳菲。

七

沧海桑田世变迁，乡间无处不骚然。
妹从母赴锦江曲，姊为家羁独住绵。

423

八

前年省母到蓉城，喜妹潜修学渐成。

同校非无贤女士，都夸雌伏胜雄鸣。

（注：琇在省立第一女子师范毕业）

九

文笔诗才噪艺林，算筹英语并弹心。

迩来更熟伯牙技，流水高山一段琴。

（注：琇性爱琴先弄风琴，后又操七弦琴）

十

姊因家事累牵缠，与妹离多怅别筵。

回想芸窗修业日，恨无暇晷缔前缘。

十一

前秋鲤信寄家乡，喜得乘龙兴颇扬。

连岁卜姻无定议，庶凭吉语慰高堂。

十二

俗冗稍躅来念母，恰当梅萼幽香吐。

归妹佳期叶凤凰，秦楼夜月醉箫鼓。

（注：琇于腊月出嫁）

十三

春初贺岁赋归宁，紫燕双飞慰母心。

祝汝无灾又无害，花开并蒂鸟同林。

十四

贤母生平志气强，朗如明月点秋光。

更兼雅量容侪辈，谦下不轻炫己长。

十五

善能取友与亲师，切劘修羊处处宜。

可惜未遑膺教职，闺中化雨最相思。

十六

性虽爽朗气慈和，寻得家庭乐事多。

娱悦亲心兼娱姊，一生不解苦中过。

（注：琇生平真无有一不如意事者，乐极生悲耶）

十七

去岁蓉垣聚首长，每因谈艺话衷肠。

明珠只说光生掌，岂料珠生蚌已亡。

（注：琇死于产后，现遗一女已能行步）

十八

姊妹八人唯我汝，今朝汝去我犹存。

回看阿母双垂泪，月落乌啼总断魂。

余每思著小说以叙述其事，而人事倥偬。惜玉芬又告余，其友某夫人一日至白衣大士庙进香，见一妙年女尼，静娴类闺阁名媛，乃询其何以为尼？则凄然答曰：

"辱垂询，度夫人必不笑余者。盖余本富家女，肄业于女子师范，因女友之介，得识某生。迩时年尤少，喜读言情小说，醉心自由恋爱，乃与买卖式之婚姻奋斗。而余父母坚不许，以余已早岁许人，若悔婚，则不将贻讥乡里乎？余遂从某生言，私下偕奔，至此觥居。顾不及一载，夫己氏又与邻女结不解缘，弃我如遗。余深悔前此孟浪无知人之明，因悟彻一切，来此皈依佛座，木鱼蒲团，以了我生矣。夫人如遇青年姊妹，乞告彼等，若欲自由择偶，须先有衡鉴之能，毋以一时冒昧，为热情所冲动，而贻终身之戚也。"

因唏嘘不置。某夫人欲觅一言以慰，而中心悲悯勿能也。明道曰：

"彼女之不遇，岂非自取？然聆其告某夫人者，虽寥寥数语，足可为今世青年妇女醉心于自由恋爱者之棒喝矣。"

江浙之战，苏军与浙沪联军相持于沪宁，路线之黄渡安亭间，历数旬而胜负未决，然而田庐人畜靡有孑遗矣。

有郑氏者，世居黄渡，其夫任事于青岛，家仅母子二人，郑氏美姿色。战事起时，乡人有声价资财者，相率走沪避，而郑氏以阮囊羞涩，走则恐为他乡饿莩，留则吉凶难卜，又其子适有病，因犹豫不能决。无何而交通绝，两军开火矣。

某军至乡间拉夫，且占民屋，无暴不施。郑氏与子虽闭户不出，而丘八竟惠然来临，初冀搜刮财物，唯是室如悬磬，无利可图，唯郑氏虽蓬头粗服，而不能掩其天然之美，数丘八见而大喜，拟之苎罗村中之西施，群思尝脔。郑氏跪地哀求，不愿从焉。一丘八勃然怒，伸其巨灵之掌，径遂直捽。郑氏大哭，其子卧床上，亦惊号。丘八鸣枪击毙其子，而拥氏去。邻有某老，伏小楼上见之。

426

翌日，郑氏之尸乃发现于河中，死状之惨，目不忍睹。某老具畚钟往掩埋之。劫后余生，常以告人，其声颤而哀，盖恻隐之心，人皆有之。彼丘八者，真人而兽耳。

徐君枕亚文笔典丽，所著小说家言，尤长哀情体。《玉梨魂》一书风行全国，今且摄为影戏矣！

前年，其室人蕊珠女士遽尔物化，君哀感不胜，为悼亡诗三首，一字一泪，而名之曰《鼓盆遗恨》，寄以示余。余读罢，觉无限凄怆，有不能已于言者。因赋诗四绝以予之：

> 薰砧本是最多情，东海三郎况擅名。
> 忽地罡风连理折，蕊珠宫里梦魂惊。
>
> 鼓盆遗恨一编收，偕老难期到白头。
> 多少伤心堪忆事？挥毫题罢不胜愁。
>
> 枕上泪痕何日尽，梦中月色几时真？
> 杜鹃啼破三更血，为怅空床独宿人。
>
> 遗容婉嬺叹空存，天道茫茫何足论。
> 最是使君哀怨处，不堪重读《玉梨魂》。

自愧未能工也。

官场交结大都缔朱陈之好，以为联络情谊，然一朝冰炭，便成陌路，如奉张之与曹氏可知已，亦何苦以亲爱之儿女为其牺牲哉？

保定某宦与浙省秦某为同僚，至好，欲以其爱女归秦。秦辞之曰：

"吾有两子，皆订姻矣！"

某曰：

"惜哉！然苟得公之一二子侄辈为吾乘龙快婿，于愿足矣！"

公不得已，许以第三侄，愿顾。是子多病，家产亦薄，婚后三年，公侄以疾死。某宦女悲痛不自胜，空帏孤守，形影凄凉，未亡人之身世大可怜也。女曾受高等教育，薄负才能，思欲出外服务，借以消遣岑寂之光阴，不意夫家与母族均反对其请，以谓阀阅门第岂不能养一寡妇，而使其抛头露面求役于人耶？且女方青年，投身社会，恐有他种引诱，惑其心志，坚不可。女返母家，则不惯与后母同居，守夫家则姑媳之间意见分歧，遂萌厌世之意，即要求其姑挈之回乡。归后之夜，女即仰药以死。盖共意早决矣！时年方二十有一也。女弟子秦墨兰述之如此。

胜清时，女学之风始开，一二女学生视之如凤毛麟角。有毛女士者，肄业于某氏所设之私立女校，貌美丽而学高深，冠诸同学，尤善英语，人皆艳之。颖川少年以能通大食之语，得意于政界，思欲得一美妇。

某日来苏，闻某女校名，躬往参观，校长竭意欢迎，徘徊间，忽见毛女士翩跹而过。颖川少年一见倾心，以询校长，因知女士尤娴英语，尚在待字之年。颖川少年遂挽校长为媒，欲得毛女士为佳偶，真所谓蓦地里遇见了五百年前风流冤家也。校长欲结欢于颖川少年，愿以蹇修自居，遂踵毛女士之门而执柯焉。毛女士唯有老母，闻校长言，竟允其请，于是颖川少年与毛女士得成伉俪。婚后，相爱甚，曾以公使事，一度出洋，吸新鲜空气于新大陆。归国后，颖

428

川少年奔走南北，毛女士则居于母家。不意王魁无情，李益薄幸，颍川少年在外别恋一女，而毛女士竟如秋扇捐弃，莫望藁砧妇矣。

毛女士忍之年余，不得已，请律师向颍川少年责问，颍川少年亦延律师宣布离婚。磋议良久，未能决。毛女士知良人之心，终不可挽，自嗟命薄，愿得数千金为赡养费。颍川少年亦有允意，而其所延之某律师仍坚执不可。

毛女士年华已大，中途觏此剧变，芳心悲痛逾恒，形容日益憔悴，竟恹恹成病，遽于去年与世长诀，而其事乃不解而解。然闻某律师于毛女士魂归忉利之后，数日亦猝然死。

哀女弟子刘陈玉芬

　　尝忆癸亥之春，余方卧病，忽接汉阳刘陈玉芬女士自数千里外来书，词意勤勤恳恳，愿从余学文。嗟余不才，自愧滥竽教育界中，一无建白，安敢效袁随园列女弟子于绛帐耶？病愈即以书谢绝。而女士叠函固请，遂贸然允之。

　　从余两载，研讨文艺，积函盈箧，今不幸短命死矣。噩耗飞来，有不能已于言者。呜呼！蕙折兰摧，珠沉玉碎，彼苍苍者，抑何残酷耶！

　　女士蜀人，年十七，于归刘继明君。君任汉阳兵工厂器械主任，故女士离乡至鄂，亦任职于厂中。而来书中，常言及伴同某夫人、某女士参观兵厂云云。女士喜阅小说，而尤嗜哀情说部，自言喜读《孤鸿影》《玉田恨史》，及拙著《啼鹃录》，常有评议寄余，多中肯綮。亦尝握笔作短小说《文凭》一篇，余为介绍于《半月妇女》栏中。喜作诗，虽未工，而其好学之志可嘉也。女士与刘君伉俪间，感情綦笃，某函中自云："民国八年，我年十七，吾夫自美国返乡，七月初四在成都公园行结婚礼。成婚后二星期，即至湖北。芬一人甚觉岑寂。所幸吾夫待吾甚好，心目中并不以余为无智识之妇人，有暇则助吾读书，或写字。又送吾至某校读书。星期六放学时，彼已驾一双人汽车，在校外候等，接我回家。星期日时携芬至各游戏场游览。明年，芬生一子，名楚，遂退学。次年，又举一女，名佩。现芬来汉已六年矣，吾夫待我真好。彼抱定欧西主义，注重神圣爱情，我之一生苦处，亦可消为乌有……"读此则，可知女士处境堪称美满。但所谓一生苦处，则以女士自幼即丧母，伶仃弱质，受制于继母，含有无数隐痛也。

顾女士有咯血病，时发时愈，且富情感，每逢他人伤心事，辄悲痛若切己肤，此亦出于天性也。女士有姨八人，而忠贞、忠琇尤擅长文学，女士尤敬爱之。然忠琇早死，忠贞亦早寡，近又失明，红颜薄命，今古一例。女士不胜惋惜，曾以忠贞所作诗词寄余请余代为发表。女士亦擅湘绣，尝亲绣山水横幅，远道寄余。时询余《啼鹃录》能否出续集，亦常以哀情资料见贶。自谓生平读书小说，最喜《啼鹃录》，余亦不知其何以倾倒如是也？

前岁余编撰小说《新铃》，女士作一序文，本拟刊入，后因出版稽迟，而女士已长辞人世，遂未付印。今余又出《啼鹃续录》，惜女士已死，不及读吾文也。客岁，女士久无书至，余亦卒卒多事，不通信者四阅月，余以为女士返蜀矣。是年秋，余与希孟订婚，驰函往告，亦不得报，已淡然置之矣。而二旬后，其侄述明忽有书抵余，始知女士已患肺疾逝世。哀哉！女士生前亦言体弱多病，自信非肺疾，但常告余以呕血。其最后一函言："去年秋，我受了一件很痛苦的事情，悲伤过度，双目几失明。又因时局不靖，东去西逃，亦很受苦恼。新年中就大病，在汉口诊治，现犹未愈，故移居汉口。"不知有何痛苦之事也。函末有"武昌抱冰堂的桃花也被风雨打残了"。

呜呼！孰意自身亦为病魔打残乎？女士函中又有云："昨天是星期日，我到汉口去的。晚上坐本厂的小轮归家，时近十一时，仰望明月横空，水天一色，心里倒很快活。但回想十年前我尚同父母弟妹欢坐一堂，今则父亲也不在了，继母和弟妹又远阻他乡，对景怀人，心如乱麻。归来取先父母照片视之，看见他慈爱的遗容，枕上泪痕，不知东方之既白。念人生在世，草草数十年光阴，中间还要使人生离啦，死啦，别啦，病啦，恨啦，思之无味，诚空虚也。"言为心声，殆不虚矣。又有函述及杜鹃鸟及杜鹃花，足可为余《啼鹃录》之点缀文字。其辞云："我生平心里对于鹃字很喜欢，蜀中故产杜鹃鸟，每当春初秋暮之时，夜半哀啼，非晓不息。往时在家一闻此声，虽有要事，亦抛诸不理。步入后园杜鹃花下，移一小风琴，必唱歌相和，夜深不顾也。诸姊妹戏赠一蜀鹃啼魂之别号，今犹呼之，就是说我一闻此声魂都没有了。现在可惜我几年都没有此种清冷娇音，送入我的耳鼓中了，思之令人神驰。鹃花有三种，最可爱者，名血杜鹃，此花初放浅红色，白天含苞不放，夜晚鸟声一起就全开了，三四夜即变深红色，同血一样，令人可爱。从前我手植数百盆，分送他人外，自己亦有一二百盆，可惜我心爱的花，现在不知有谁去培植它了？"

女士享年二十有三，多忧多病，卒致不享永年，是可哀已。兹《啼鹃续录》出版，故拉杂识之，并刊其遗影及文字，蕊珠宫里，芳魂有知，亦能一读此哀痛之纪念文耶？悲夫！

呜呼小丽

呜呼！小丽，汝安在耶？吾思汝哭汝，汝之声容笑貌宛然在目，然而汝之形体果安在耶？吾只能默想汝，追忆汝，至于无穷。而汝之声容笑貌，永永不复能接触于我之耳目矣。

呜呼！小丽，汝殆长眠地下，解脱一切耶？然而汝知汝父汝母之哭汝否？亦知汝之尊长念汝否？魂兮有知，殆将哀悯不能自已。望家乡而雪涕，思父母兮断肠，其必怨造物之不仁矣。其无知耶？则昙花一现，空留泡影，骨化神散，归于虚无，已而已而。虽然汝仅三岁而殇耳，亦复何知？所难堪者，爱汝之人，平日抚汝呼汝，一旦化为异物，不可复见，其悲痛为何如耶？

呜呼！小丽，我今作文纪念汝，恐汝亦不知，徒使汝父母读吾文而增其痛耳！然思汝之心不能自已，何能无一言以悼汝耶？

呜呼！小丽，吾固愿汝之无知也。

小丽者，余之甥女，而丽妹之长女也。生三岁而殇，病中备受痛苦，死于庸医之手，弥可悼惜。曩读归有光《思子亭记》、汤傅楹《哭莲儿》文，至情之语，令人酸辛。余草此篇，仅以其可忆之事，拉杂记之，未能为文也。

小丽生后，即随其母两次避兵海上，往返跋涉，在襁褓中即受

433

兵灾，抑何其不幸耶？初喜视壁上画，似有知者，故当其啼时，辄抱向壁画指点以慰之，每每止其啼，是亦奇也。性活泼，常不肯睡，强人抱之走动。双瞳漆黑有神，常向人作浅笑，绝不畏生人。当在沪时，里口有一越捕，爱其肥硕，辄戏逗之，而小丽亦喜其抱负，肩之走马路上，意殊自得。

夏时，同其母来居我家，常坐庭中榻上，仰观天空，闻鸟鸣，辄效其声曰"哑哑"。我侪苟作哑哑声，小丽必仰首，以为鸟至矣。一日，有鸦鸣于屋顶，久不去，小丽与之对呼，哑哑之声不已，跳而大乐。

小丽见人每呼"阿姊"，不论其为男为女也。暑假中有数学生来补习英文，有一生常喜抱小丽，小丽每呼之曰姊。因此学侣中即戏呼此生曰姊，亦趣事也。小丽又喜弄西瓜，颠来倒去不休，绝不觉疲乏。咸以为是儿啼声壮，力气大，将来身必健康，不料其一病而殇也。

一夜，余与妹等皆倦甚欲睡，而小丽精神充足，跳跟游玩，不堪其扰，强逼之睡，不得。余乃熄去电灯，隐于室隅，作猫叫，欲其畏怯而睡也。不意小丽能辨余声，反曳其母循声来寻，且口中亦作猫叫声。余不能隐，乃大笑而出，小丽尤大乐，更不思睡矣。

小丽喜金鱼，我妹乃购数尾置我家水缸中，迄今小丽已死，而鱼仍游泳水中，且大矣。我妹归家见之，每太息曰："不意小丽之寿曾金鱼之不如也！"

呜呼哀哉！小丽性慧，早能学语。我母为制棉鞋穿之，小丽则跷其足示人曰："新鞋鞋。"人问："其谁人制者？"则答曰："好婆。"又问："好婆爱汝否？"亦答曰："好婆爱我。"噫！谁谓孩提无知耶？

乙丑冬，海上猩红热流行甚盛，小儿病者尤多。不幸小丽亦染此症。初发时寒热大炽，即延某医诊治，不知某医徒有虚名，实则庸医耳。医治一月无效，病乃转变，项甚涨。虽曾延他医诊视，然仍服某医之药。某医乃创议开刀，开后流水不止，一日间湿透七布巾。

呜呼！早知开刀之后，仍不能活，则何必使小儿多受此苦痛耶？且不开刀，病或有救，则是小丽不死于病，乃死于医也，可不痛乎？

小丽病剧时，余在苏颇思念之。一夜，梦见小丽两手自按其颈，呼痛不止，向余啼哭。醒而恶其不祥，及接沪函，知小丽已为医生开刀，余惊曰："小丽殆不起矣！"小丽没于丙寅正月十六日，是日之晨，某医尚来开方，及去，小丽乃气绝。此病始终请某医诊治，既不能救，宜早还绝，俾别延名医，而某医以贪医费之故，贻误人命，事后尚强词推诿，不任其咎。

呜呼！人孰无子女？某医如是行为，是诚何心？其心亦残酷矣哉！

自小丽之死，我母、我妹时时思及，辄不禁泛澜悲悼，哀思无已。余心焉悲之，竟无语可慰。然读《齐物论》，则又爽然若失。

呜呼！小丽，我今作此文，盖犹未能忘情于尔也。邻家有女儿，甫四龄，时来我家嬉游，口齿伶慧，颇得人怜，因念小丽苟勿死者，今日亦如此矣。

呜呼！小丽！

跋 一

　　迩来小说以描写爱情者为夥，而一班青年男女读后，蒙其影响而溺于爱河者，不知凡几也。

　　知友顾君明道，治小说有年，所有作品，多情文悲切，以悱恻缠绵胜。曩读《啼鹃录》，不禁为之唏嘘泪下。猗欤！其艺术之手腕神矣。近又编撰《啼鹃续录》，驰书相告，属写数言以为跋。不才如余，乌能为文？第以不能辱命，故不可无一言，爰书吾二人之遇合以遗之。自民十一读《啼鹃录》后，倾慕之忱，旦夕萦怀。至民十二始得订交，今已三载于兹。每当花晨月夕，惦记之时，辄于《啼鹃录》而解之。或遇友借书，亦以《啼鹃录》贻之。故余自《啼鹃录》出版后，购有二十余集，因此书颇有耐人寻味之处，且足促人猛省也。今出《续集》，其必能更受人欢迎，可预卜矣。

　　吾愿一班青年男女，读君之心血结晶作品后，思而感之，则勿负作者一片婆心矣。

民国十五年一月三日

泗安颜波光谨跋于春雨楼

跋　二

　　顾师明道，为海内说界中杰出人才，所著说部，如《明道丛刊》《侠骨恩仇记》等，均为士林所推重。民国十一年，又汇集其短隽之哀情小说，成为一卷，题为《啼鹃录》，哀感顽艳，盛极一时，再版数次，其价值之名贵，不言可知。

　　今者又有《啼鹃续录》行世，所刊作品较之前集有过之无不及，皆哀艳动人，一卷终了，不知赔去几许热泪？世间不乏同情人，亦将以是书作承泪盘欤？顾师此作，精心结撰，寓意颇深，诚哀情小说之光也。

　　爰附数语，以告阅者。

丁卯夏

受业吴真奇跋于绛云楼

跋 三

　　余读明道君所著《啼鹃录》十八篇，既觉回肠荡气，不能自已，何其感人之深也。君休文体损，平子工愁，所作又多要眇凄怨之辞，颇有悲天悯人之思，而于当世男女用情之际，尤三致意焉。

　　呜呼！今何时乎？沧海横流，人欲溃决，教育陶冶之功，不及社会熏染之力，而君乃欲借小说家言，作中流之砥柱，迷津之宝筏，其志亦可怜矣。

　　今者又有《啼鹃续录》之出版，其哀感顽艳，当较前集有过之无不及。然君亦善作武侠小说，剑光刀影，虎虎如生，颇足振起人之尚武精神，故吾望君勿为呕心文字，作春蚕之缚茧，而多注力于武侠之类也，君亦以为然否？

　　　　　　　　　　　　　　　　　　　丙寅孟夏
　　　　　　　　　　　　　　　　　琴川席宝珍跋

跋　四

　　昔苏东坡以作文为乐事，东坡为古文名家，嬉笑怒骂，皆成文章，传之后世，盛名不朽。今世国故稍衰歇矣，能文之士皆为小说以鸣于时，虽镂心刻肝，而乐之不厌，不知其乐与东坡之乐何异也？

　　明道作小说，尤多哀感顽艳之作，赚人眼泪，触人愁绪，灯下展读，恻恻多感，人言文字有不可思议之魔力，其信然矣。

　　《啼鹃录》出四版，而明道乃复以《啼鹃续录》问世，可十万言，皆哀情之作。吾不知著者作此时，其心中有若何无限缠绵之思也？罗邺《闻杜鹃》诗："满天明月东风夜，正是愁人不寐时。"杜鹃之声，亦唯伤心人能彻听之。然作文为乐事，作小说亦乐事，而明道一若以作哀情小说为乐事，且读小说亦何莫非乐事，而读者偏以读哀情小说为乐事，亦奇矣。

　　明道嘱为一言，因书数语，附于卷末。

丙寅初夏

吴县田希孟跋

图书在版编目（CIP）数据

啼鹃录·啼鹃续录／顾明道著. — 北京：中国文
史出版社,2018.5

（民国通俗小说典藏文库·顾明道卷）

ISBN 978 - 7 - 5034 - 9963 - 0

Ⅰ. ①啼… Ⅱ. ①顾… Ⅲ. ①短篇小说 - 小说集 - 中
国 - 当代 Ⅳ. ①I247.7

中国版本图书馆 CIP 数据核字（2018）第 009914 号

点　　校：清寒树　旷　野
责任编辑：薛媛媛

出版发行：中国文史出版社
网　　址：http://www.chinawenshi.net
社　　址：北京市西城区太平桥大街 23 号　邮编：100811
电　　话：010 - 66173572　66168268　66192736（发行部）
传　　真：010 - 66192703
印　　装：廊坊市海涛印刷有限公司
经　　销：全国新华书店
开　　本：720×1020　1/16
印　　张：28.5　　　字数：334 千字
版　　次：2018 年 5 月第 1 版
印　　次：2018 年 5 月第 1 次印刷
定　　价：85.80 元